W0299695

Gallmeister

NUIT TORRIDE EN VILLE

DU MÊME AUTEUR

L'Été de Katya, 2017, totem n°189

The Main, 2013 ; totem n°80

Incident à Twenty-Mile, 2011 ; totem n°124

L'Expert, 2009 ; totem n°33

Shibumi, 2008 ; nouvelle édition anniversaire illustrée par Qu Lan, 2020 ; totem n°65

La Sanction, 2007 ; totem n°3

Trevanian

NUIT TORRIDE EN VILLE

Traduit de l'américain par
Fabienne Gondrand

Gallmeister

FICTION

Titre original : HOT NIGHT IN THE CITY

Original publishers : St. Martin's Press, New York

ISBN 978-2-35178-316-0
ISSN 1956-0982

Illustration de couverture © Eiko Ojala
Conception graphique : Aurélie Bert

À Alexandra
Sans la patience, la foi et les idées inspirées de qui
ce livre n'aurait pas pu être écrit.

NUIT TORRIDE EN VILLE

Il n'y avait que trois passagers dans le dernier bus en provenance du centre-ville : un homme, une femme et un clochard. Le jeune homme mince s'était assis à l'écart, au fond, parce que d'instinct il se méfiait des hommes en uniforme, chauffeurs d'autobus compris. N'ayant pas réussi à trouver le sommeil à cause de la chaleur et du tiraillement incessant de son estomac, il avait quitté l'asile de nuit et déposé son balluchon à la consigne de la gare routière pour pouvoir marcher sans être encombré. La jeune femme assise juste derrière le chauffeur étreignait son sac à main sur ses genoux serrés, les yeux fixés sur le tapis de sol en caoutchouc mamelonné pour éviter de croiser le regard du vieux clochard face à elle, qui sentait la pisse et la sueur et se réveillait avec un reniflement mouillé à chaque fois que l'autobus roulait dans un nid-de-poule ou faisait une embardée pour en contourner un autre.

Une vague de chaleur étouffante frappait la ville depuis plus d'une semaine. Après minuit, seulement, il faisait assez frais pour que les habitants se risquent à sortir respirer un brin d'air. Dans les immeubles suffocants qui séparaient le centre-ville climatisé des banlieues aérées, on laissait les enfants dormir sur les escaliers de secours, étendus sur des coussins de canapé. En contrebas, sur les perrons des maisons de grès rouge, les femmes vêtues d'amples robes d'intérieur en coton devisaient d'une voix endormie pendant que les hommes en maillots de corps moites sirotaient des bières. Au début de la canicule, les gens s'étaient plaints du temps qu'il faisait à de parfaits inconnus dans un élan de camaraderie bougonne née d'une détresse partagée, comme pendant une guerre, une inondation ou un ouragan. Mais une fois toute la fournaise emmagasinée, quand la brique et l'acier de la métropole s'étaient mis à irradier la chaleur en pleine nuit, l'humeur de la population s'était faite maussade et amère.

L'autobus remontait au pas les rues des bas quartiers étrangement plongées dans la pénombre, car on gardait les lumières éteintes pour ne pas surchauffer les appartements et plusieurs lampadaires avaient été cassés par des groupes de gamins que la chaleur rendait aussi malheureux que mutins. Mais l'intérieur de l'autobus était fortement éclairé et le jeune homme était mal à l'aise à l'idée de sillonner les rues sombres sous une cloche de verre à la vue de tous cachés par l'obscurité. Les vitres de l'autobus étaient ouvertes pour combattre la chaleur, mais l'air ambiant était si chargé de suie qu'il sentait comme du sable entre ses dents, si bien qu'il claqua la vitre devant son siège. Un panneau publicitaire fixé dans la courbe du plafond lui garantissait d'améliorer ses chances de réussites de 25 %, 50 %, 75 %… *Plus encore… en développant un solide vocabulaire grâce à l'incroyable technique du Magicien des Mots ! Satisfait ou remboursé ! Libérez votre potentiel intérieur avec le mot juste !* Mon potentiel intérieur doit être sacrément enfoui, songea-t-il. Voilà deux ans qu'il était en errance, depuis qu'il avait mis officieusement un terme à sa participation à l'action de police en Corée.

À l'avant, la jeune femme tira sur le cordon lâche pour demander l'arrêt et un *ding* distordu précéda l'immobilisation du bus dans une embardée. Le jeune homme se faufila par les portes en accordéon à l'arrière tandis qu'elle remerciait le chauffeur et descendait à l'avant. L'autobus s'en fut dans un tourbillon de poussière et de détritus, emportant les ronflements du clochard dans la nuit.

Elle se dirigea vers l'unique réverbère encore intact de toute la rue, titubant légèrement sur ses talons hauts qu'elle n'avait pas l'habitude de porter. Quand sa cheville se tordit, elle se retourna vers le trottoir avec un froncement de sourcils accusateur, comme si un obstacle l'avait fait trébucher. C'est à ce moment-là qu'elle le remarqua.

Le jeune homme s'avisa qu'elle risquait de penser qu'il la suivait, or il ne voulait surtout pas l'effrayer, de sorte qu'il enfonça les mains dans ses poches et se mit à siffler pour montrer qu'il n'avait nullement l'intention de sauter sur quiconque à l'improviste, ni rien tenter dans le genre. Il avait jeté son dévolu sur le thème musical du film *Le Troisième Homme*, qu'il avait vu six fois en une journée quand il était entré dans un petit cinéma miteux par un après-midi pluvieux pour piquer un roupillon mais que, fasciné, il était resté jusqu'à la fermeture de la salle après minuit. Il était capable de réciter "la tirade du coucou" par cœur, avec la voix d'Orson Welles en prime.

Il était toutefois évident, à en juger par la raideur de la fille qui allongeait le pas, que son sifflement ne la tranquillisait pas du tout. Et pourquoi donc en serait-il autrement ? se demanda-t-il. Sans doute était-elle férue des histoires d'épouvante de *The Whistler* retransmises à la radio. Quelle ne fut donc pas la surprise du jeune homme quand, une fois arrivée à hauteur du réverbère, elle fit volte-face.

— Ne tentez pas quoi que ce soit, je vous préviens ! (La tension lui donnait une voix grêle.) On est dans un quartier italien, ici !

Le jeune homme leva les paumes en signe de reddition.

— Ouh là là, m'dame, lança-t-il avec la diction suintante et édentée de l'acteur Gabby Hayes. Y'a pas de raison pour que vous m'balanciez une tripotée d'Italiens sur le paletot.

Mais sa répartie ne la dérida pas. La lumière du réverbère transforma ses yeux en deux déchirures d'ombre sous le dessin net de ses sourcils ; seul le bout de ses cils ourlés de lumière étincelait. Il sourit et poursuivit de sa voix balbutiante à la Jimmy Stewart :

— Écoutez, je… je suis terriblement navré si je vous ai effrayée, mademoiselle. Mais je tiens à vous dire que je ne vous suivais pas. Enfin, si, si, j'imagine que je vous suivais. Mais pas intentionnellement ! J'étais simplement, disons que, eh bien… je me promenais. En pleine rêverie. Simplement… j'étais plongé dans ma rêverie, c'est tout. Écoutez, et si je… tout bonnement… si je faisais demi-tour et que je repartais dans l'autre sens ? C'est du pareil au même pour moi, parce que je ne vais nulle part en particulier. Moi je… vous savez… j'erre sans but dans la vie.

Elle ne souriait toujours pas, alors qu'en toute modestie, c'était une excellente imitation de James Stewart. Elle ne le lâchait pas des yeux, effrayée, tendue ; si bien qu'il lui adressa un petit salut comique et remonta la rue dans l'autre sens. Puis il se retourna :

— Excusez-moi, mon petit poussin, mais vous avez dit quelque chose qui a titillé ma cu-rio-si-té.

Il étira les syllabes dans le style nasal et sifflant de W.C. Fields. Ils se tenaient à une distance de dix mètres l'un de l'autre, mais il était minuit largement passé et la rumeur de la circulation du centre-ville était si lointaine qu'ils pouvaient se permettre de parler d'une voix normale.

— Je vous prie, dites-moi, mon petit, pourquoi m'avoir prévenu qu'il s'agit d'un quartier italien. Quel est le rapport – tel qu'ont l'habitude de s'interroger les philosophes antiques ?

W. C. Fields fit tomber les cendres de son cigare imaginaire et attendit poliment sa réponse.

Elle s'éclaircit la voix.

— Les Italiens sont différents de la plupart des citadins. Ils ont le sens de la famille. Si une femme crie, ils sortent en courant et cassent la figure à celui qui l'embête.

— Je vois, observa W. C. de son inflexion traînante. Une coutume des plus louables, c'est certain. Mais qui serait bien sévère pour un gars accusé à tort d'être un agresseur, tel que votre humble serviteur.

W. C. Fields la faisait sourire, alors il continua.

— J'en déduis que vous êtes une femme d'origine i-talienne ?

— Non. J'habite ici parce que c'est plus sûr. Et moins cher.

Il gloussa.

— Vous m'en avez dit plus que vous ne le vouliez, dit-il de sa voix propre… enfin, de la voix maquillée qu'il utilisait au jour le jour.

Elle fronça les sourcils, et la lumière biseautée remplit d'ombres les rides de son front.

— Comment ça ?

— Vous venez de me dire que vous vivez seule, et que vous n'avez pas beaucoup d'argent. Auriez-vous la gentillesse de me dire une autre chose ?

— Quoi donc ? demanda-t-elle avec méfiance, mais la première poussée d'adrénaline s'estompait déjà.

— Y a-t-il un endroit par ici où je pourrais boire une tasse de café ?

— Ma foi… il y a un White Tower. Quatre pâtés de maison plus loin, au tournant.

— Merci, dit-il avec un sourire qui lui plissa les yeux. Vous savez, c'est une scène étrange. Je veux dire… vraiment étrange. Essayez plutôt de vous la représenter. Notre héroïne descend d'un bus, d'accord ? Elle est suivie par un jeune homme, qui rêvasse vaguement. Soudain, elle fait volte-face et le menace de le tuer à coups d'Italiens. Surpris, perplexe, abasourdi, dérouté, et tout bonnement apeuré, il décide de prendre ses jambes à son cou. Mais la curiosité – ce vilain défaut notoire – le contraint à s'arrêter et ils se mettent à bavarder, séparés par plusieurs mètres de trottoirs dont il espère qu'ils lui apporteront un sentiment de sécurité. Tandis qu'ils parlent, il remarque la lueur du réverbère qui embrase sa chevelure et drape ses épaules tel un châle de lumière… Un châle de lumière. Mais ses yeux… ses yeux se perdent dans l'ombre, de sorte qu'il ne sait pas ce qu'elle pense, ce qu'elle ressent. Le jeune héros demande le chemin du café le plus proche, qu'elle lui indique obligeamment. C'est maintenant qu'arrive la partie épineuse de la scène. Osera-t-il l'inviter à boire un café en sa compagnie ? Ils pourraient prendre place dans la plus immaculée des tours blanches du White Tower et passer quelques heures de cette nuit étouffante à parler… ma foi, à parler de ce que bon leur semble. De la vie, par exemple, ou de l'amour, ou peut-être – je ne sais pas trop – de base-ball ? Enfin le vagabond trouve le courage de le lui proposer. Elle hésite – eh bien, évidemment ! Quelle jeune héroïne n'hésiterait pas ? Il lui sourit de son sourire le plus enfantin – je crains que ce soit en effet mon sourire le plus enfantin. Et puis la fille – eh bien, je ne sais pas trop ce que notre héroïne déciderait. Que ferait-elle à votre avis ?

Elle le dévisagea, soupesant muettement ses intentions. Puis elle demanda :

— Vous êtes anglais ?

Le changement brutal de sujet le fit sourire.

— Pourquoi cette question ?

— Vous avez la même voix que les Anglais dans les films.

— Non, je ne suis pas anglais. Ceci étant, vous n'êtes pas italienne. Nous voilà quittes, à égalité, sauf d'humeur. Pour ma part, je suis d'humeur simple, d'humeur égale, volontiers d'humeur badine. Mais vous ? Vous êtes d'humeur bizarre.

— Comment ça bizarre ?

— Oh, allons ! Accepter l'invitation d'un parfait inconnu à aller boire un café, c'est pas banal, quand même.

— Je n'ai pas dit que j'irais boire un café avec vous.

— Pas en ces termes peut-être, mais… dites, c'est par où votre White Tower ?

— Il faut rebrousser chemin.

— Il me semble que vous avez dit : quatre pâtés de maison plus loin, au tournant.

Ils descendirent la rue côte à côte, mais en laissant un grand espace entre eux et il se fit fort de maintenir un filet de bavardage, essentiellement des questions à son propos. Elle ne tarda pas à céder à son ton léger et souriant, tant elle se sentait seule et désireuse de parler à quelqu'un. Ainsi apprit-il qu'elle n'était à New York que depuis six mois, qu'elle venait d'une petite ville dans le nord de l'État et qu'elle avait un travail qu'elle n'aimait pas tant que ça. Non, elle n'aurait pas préféré rester dans sa ville d'origine. Oh bien sûr, elle avait le cafard parfois, mais pas au point de vouloir retourner là-bas. À l'embranchement suivant, elle bifurqua soudain en direction du café ouvert jour et nuit, et leurs épaules se touchèrent. Ils réagirent d'un "pardon" de concert et poursuivirent leur chemin, désormais plus proches, quoiqu'elle veillât à ce que leurs épaules ne se touchent plus tandis qu'ils approchaient du White Tower, bloc de lumière blanche comme de la glace dans la chaleur de la nuit.

En dépit de l'heure avancée, le café était bondé. La climatisation avait attiré les gens que la touffeur avait chassés des rues. Dans le box voisin du leur, un couple dorlotait trois enfants en pyjama et chaussures de tennis délacées. Le bébé dormait dans les bras de la femme, sa bouche humide appuyée contre son épaule. Les deux autres faisaient des bruits de succion avec leurs pailles plantées dans une glace pilée brun clair dont les tout derniers arômes de cola avaient été aspirés depuis belle lurette. Parmi ces réfugiés de la canicule, le jeune homme identifia plusieurs oiseaux de nuit à leur manière défensive de se courber sur leur tasse de café qui leur valait droit de séjour. Il reconnut en eux ses semblables : les débris qui flottent jusque dans les cafés ouverts toute la nuit et s'y amoncellent ; les paumés et les perdus ; ceux à la dérive et ceux qui avaient échoué ; les prédateurs et les proies.

Le garçon et la fille bavardaient, leurs mugs de café entre eux ; et quand la conversation s'étiolait ou que leurs pensées s'égaraient en leur for intérieur, comme cela arrivait parfois, ils jetaient un œil à la rue déserte qu'éclairait seulement la grosse tache de lumière filtrant de leur fenêtre. À un moment, il la surprit à scruter son reflet à lui sur le carreau. Lorsque ses yeux s'aperçurent qu'il la regardait en retour, ils se détachèrent dans un tressaillement. Comme il n'avait pas vraiment eu l'occasion de voir à quoi elle ressemblait dans la pénombre, il jaugea rapidement le reflet qui s'offrait à lui. Elle était jeune et mince, mais elle n'était pas jolie. Son visage avait une expression falote. Pourtant ses yeux vifs, que faisaient ressortir de longs cils duveteux – son unique apprêt naturel –, étaient pleins de bonté. Il s'appliqua toutefois à ne pas la complimenter sur ses yeux, parce que dire qu'une fille avait de beaux yeux revenait à confesser qu'elle n'était pas belle ; un peu comme de décrire une personne dénuée d'humour comme étant “sans façon”, ou une fille vraiment assommante comme “une bonne oreille”. Ses cheveux rebiquaient sur ses épaules, et avec leur frange courte, dessinaient un cadre qui soulignait la fadeur de ses traits. Ce soir-là, elle était sortie vêtue d'une robe en coton rêche avec des petits nœuds sur les épaules, un jupon ample retenu par une crinoline froissée et un boléro assorti. Son accoutrement avait quelque chose d'incongru… comme si elle avait emprunté ces vêtements à quelqu'un qui ne faisait pas tout à fait sa taille.

C'est alors qu'il percuta : June Allyson !

Toutes les grandes actrices de film avaient un maquillage, une coupe de cheveux et une garde-robe caractéristiques que les filles essayaient de reproduire, suivant chacune le style de sa "star de cinéma préférée" : à savoir l'actrice à laquelle elle pensait le plus ressembler. Pour les filles à gros visage, il y avait "le style Loretta Young" ; pour les filles à visage sévère, "le style Joan Crawford" ; pour les filles à visage maigre, il y avait Ida Lupino ; pour les filles à la bouille joufflue, Mitzi Gaynor ou Doris Day ; et pour les filles incurablement quelconques, il y avait toujours Judy Garland, qui n'avait d'autre choix que de s'en remettre à sa gravité mièvre, œil humide, voix perchée dans les aigus.

La frange filasse, les cheveux qui rebiquaient, la robe de coton de fille lambda et le boléro coordonné lui donnaient à penser que sa "préférée" à elle était June Allyson. Il trouvait triste qu'elle eût jeté son dévolu sur June Allyson, laquelle, avec son visage plat, ses yeux affleurant la tête et ses dents en avant qui lui faisaient parler avec un cheveu sur la langue comptait parmi les actrices populaires les plus banales. Une fille vraiment lambda, nom d'un chien.

— Elle est jolie, cette robe, dit-il d'un air grave.

Elle baissa les yeux sur le tissu en souriant.

— Je me suis mise sur mon trente et un pour sortir au cinéma ce soir. Je ne sais pas pourquoi. J'ai simplement…

Elle haussa les épaules.

— Un film avec June Allyson ? demanda-t-il.

— Oui. J'attendais la sortie de… (Ses yeux s'écarquillèrent). Comment avez-vous deviné ?

Il endossa sa voix de Bela Lugosi.

— Je sais quantité de choses, très chère. J'ai des pouvoirs qui dépassent largement le tout-venant des êtres humains ordinaires qu'on trouve dans le commerce.

— Non, sérieusement, en vrai. Comment avez-vous su que j'étais allée voir un film avec June Allyson ?

Il sourit.

— Un coup de chance. (Puis reprenant la voix de Bela Lugosi.) Ou peut-être pas ! Peut-être ai-je rôdé devant le cinéma, avant de vous suivre dans l'autobus, à traquer ma proie !

Il passa à Lionel Barrymore, tout en sifflements débonnaires.

— Maintenant écoutez-moi bien, jeune dame ! Vous devriez vous méfier des mauvais garçons qui vous emmènent dans des repaires bien éclairés pour vous abreuver de stimulants… telle que la caféine.

Elle rit.

— En tout cas, vous avez vu juste. Je suis allée voir un film avec June Allyson. C'est ma préférée.

— Sans blague ?

— C'était *Les Femmes mènent le monde*. Vous l'avez vu ?

— Hélas, non.

— Eh bien, c'est l'histoire de trois hommes qui convoitent le même emploi formidable, sauf qu'il n'y qu'une place. Et leurs épouses tentent de les aider, et…

— Et June Allyson est la plus gentille des trois épouses ? Une jeune provinciale ?

— C'est exact, et elle… mais attendez ! Vous dites que vous ne l'avez pas vu.

— Encore un coup de chance. (Puis reprenant sa voix de Bela Lugosi). À moins que ? Il ne faut jamais vous fier aux mauvais garçons, très chère. Car derrière leurs sourires et leurs airs inoffensifs… se cachent des chaudrons bouillonnants de passion !

Elle balaya ses absurdités d'un mouvement de la main : un geste vieux jeu, provincial, à la June Allyson.

— Pourquoi vous présentez-vous comme un mauvais garçon ?

— Je n'ai jamais dit ça, rétorqua-t-il d'une voix brusquement sévère.

— Mais si. Vous l'avez répété deux fois.

L'espace d'un moment, il la regarda fixement… puis il sourit.

— J'ai fait ça, vraiment ? Ma foi, ça fait de nous une fine équipe, j'imagine. Moi, le mauvais garçon et vous, la fille bizarre. Deux transfuges des bas-fonds. En voilà une idée : vous êtes Bas et moi Fonds, ça marche ? Ce qui fera dire à Amos, dans *Amos 'n' Andy* : "Éclairez donc ma lanterne, Mamzelle Bas. Qu'est-ce que c'est-y que vous faites donc comme travail ?"

Elle décrivit son emploi dans le grand magasin JC Penney, où les caisses aériennes voltigeaient sur des câbles, faisant transiter espèces et reçus à toute allure jusqu'à une caisse centrale suspendue au plafond, puis envoyant la monnaie en retour aux vendeuses à qui l'entreprise rechignait à confier de l'argent. Elle officiait tout là-haut dans la cage de la caissière, où elle préparait la monnaie qu'elle renvoyait en salle.

— Mais la plupart des magasins se sont modernisés et se sont débarrassés de leur système de transport d'argent liquide.

— Et que se passera-t-il si votre magasin se modernise et laisse tomber les caisses machin-chose…

— Les caisses aériennes.

— Les caisses aériennes. Qu'adviendra-t-il de votre poste ?

— Oh, d'ici là je serai devenue secrétaire qualifiée. Je prends des cours de sténographie deux soirs par semaine. Avec la méthode Gregg, ça vous dit quelque chose ? Et puis je suivrai des cours de dactylographie dès que j'aurai assez économisé. Vous savez ce qu'on dit : si vous savez taper à la machine et prendre des notes en sténo, vous ne connaîtrez jamais le chômage.

— Ouais, ils n'arrêtent pas de nous le rabâcher. Des fois, j'en ai marre, à force. Donc, je suppose qu'avec votre travail, votre sténo, vos cours et tout le tintouin, vous ne sortez pas trop.

— Non, pas trop. Je ne connais pas grand monde… Personne, à vrai dire.

— Vos parents doivent vous manquer.

— Non.

— Même pas un peu ?

— Ils sont croyants et terriblement stricts. Avec eux, tout n'est que péché, péché, péché.

Il sourit.

— Ça leur fait beaucoup de péchés, non ?

— Non, ils ne fautent jamais. Jamais. Mais ils… je ne sais pas comment décrire ça. Ils sont tout le temps à *penser* au péché. À s'en purifier, ou à se fortifier pour lui résister. Je pourrais dire qu'ils passent leur temps à *ne pas* pécher. Un peu comme… vous vous souvenez quand on marchait dans la rue, que je vous ai bousculé et que nos épaules se sont touchées, après quoi on a continué en faisant attention à ce qu'elles ne se touchent plus mais en y pensant tout du long ?

Eh bien avec eux c'est la même chose pour le péché, si vous voyez ce que je veux dire.

— Je vois parfaitement ce que vous voulez dire.

En réalité, il n'avait pas pensé une seule fois à leurs épaules se touchant, mais l'avouer eût été cruel. Et il admirait sa franchise là où d'autres filles auraient joué les fausses effarouchées.

Ils restèrent un instant sans parler, puis elle émergea de sa rêverie en poussant un petit soupir et dit :

— Et vous ?

— Ce que je pense du péché ?

— Non, je voulais dire parlez-moi de vous, de votre travail et tout ça.

— Très bien… voyons voir. Tout d'abord, je dois avouer que je ne travaille pas dans une enseigne JC Penney et que je n'ai jamais suivi de cours de sténo de ma vie. Je n'ai pas le temps. Je suis trop occupé à rôder aux alentours des salles de cinéma et à suivre les filles à bord des autobus.

— Non, sérieusement ! Comment ça se fait que vous parliez avec un accent anglais alors que vous n'êtes pas anglais ?

— Ce n'est pas un accent anglais. C'est ce qu'on appelle un accent "mid-Atlantique". Et il est totalement bidon. Quand j'étudiais l'art dramatique à l'université, je…

— Vous êtes allé à l'université ?

— Deux ans, seulement. Après l'action de police en Corée, j'ai… (Il éluda la suite d'un haussement d'épaules.) Non. Je ne suis pas anglais. Je détestais ma voix alors j'ai décidé d'en changer. Elle faisait tellement… new-yorkaise. Monotone, métallique, nasillarde, pas assez de résonance, trop d'acuité. Je voulais la voix des acteurs que j'admire. Welles, Olivier, Maurice Evans. Alors j'ai pris des cours de diction et je me suis entraîné pendant des heures dans ma chambre, à écouter des disques et à les imiter. Mais en fin de compte, ça n'aura été qu'une perte de temps.

— Mais pas du tout ! J'aime bien votre manière de parler. Elle est tellement… cultivée. Un peu comme Claude Rains ou James Mason.

— Eh oui, ma chère, dit-il avec la voix de Rains, l'intonation bidon a fini par devenir une habitude.

Il passa à Mason, pour lequel il suffisait de poser Rains plus avant dans le masque, de descendre dans les graves et d'ajouter une touche d'enrouement aspiré.

— Mais même avec une nouvelle voix, j'étais encore la personne que j'essayais de ne plus être. Quelle plaie ! (Après quoi il reprit la voix qu'il utilisait au jour le jour.) Malgré toutes mes voyelles bien placées et mes consonnes terminales voisées, je restais un mauvais garçon qui fuyait… ce qu'on est tous censés fuir.

— Donc vous avez quitté l'université pour vos enrôler dans l'armée ?

— C'est exact. Sauf que l'armée… eh bien ils ont décidé de me laisser partir plus tôt.

— Pourquoi ?

Il haussa les épaules.

— J'imagine que je ne suis pas du genre soldat. Pas assez agressif. Vous avez froid ?

Elle se tenait les bras croisés sur la poitrine, le haut de ses bras serrés entre ses paumes. Il tendit la main par-dessus la table et l'effleura au-dessus du coude.

— Vous êtes frigorifiée.

— C'est la climatisation. Je ne sais pas pourquoi ils la mettent aussi fort.

Petit à petit, les réfugiés s'étaient dispersés, et ce fut au tour de la famille voisine de leur box de partir, la mère serrant contre elle le bébé à la bouche humide, le père portant un enfant dans ses bras et tirant par la main une fillette ensuquée de sommeil, dont les chaussures aux lacets défaits sonnèrent comme des sabots contre le plancher. Il ne tarderait pas à n'y avoir plus un chat, seulement des drôles d'oiseaux.

Elle leva les yeux sur l'horloge au-dessus du comptoir.

— Oh là là, il est deux heures passé. Je travaille, demain.

Pourtant, elle ne bougea pas. Il poussa un profond soupir et s'étira, ses pieds touchant les siens sous la table. Il dit "Excusez-moi" et elle répondit "Ce n'est rien" et ils tournèrent tous les deux la tête vers la rue déserte. Il scruta ses yeux à elle qui se rivaient à son reflet à lui à la surface du carreau, et il lui sourit.

— Et vous ? demanda-t-elle. Vous ne devez pas travailler tôt, demain ?

— Non. Je n'ai pas ce qu'il est convenu d'appeler un emploi stable. Je me laisse porter de ville en ville. Quand j'ai besoin d'argent, je me rends au marché avant l'aube et j'attends avec tous les autres vagabonds et alcoolos. Les placeurs débarquent dans des camions et sélectionnent les plus jeunes et les plus costauds pour une journée de dur labeur. Je ne suis pas si balaise que ça, mais je trouve de l'embauche presque à chaque fois. Je gratifie les contremaîtres d'un de mes sourires enfantins, et à tous les coups ils me choisissent.

— C'est vrai que vous avez un sourire enfantin.

— Et quand le sourire enfantin n'y suffit pas, je me rabats sur "mon expression de profonde sincérité". Avec ça, c'est dans la poche. Une journée de travail ne rapporte qu'un dollar ou un dollar dix de l'heure. N'empêche qu'une journée de treize ou quatorze heures me permet de gagner deux jours de liberté.

— Mais il n'y a aucun avenir dans de telles conditions.

— *Quoi ?* Pas d'avenir ? On m'aurait menti ! On m'a certifié que le travail de journalier agricole était la voie royale vers la richesse, la gloire et la renommée auprès des femmes, sans oublier une relation étroite avec mon Sauveur personnel. Mince alors, je ferais mieux de laisser tomber et de prendre un cours de sténographie. La méthode Gregg.

Sa répartie se voulait spirituelle, mais le sourire qu'il suscita était si mince et fugace qu'il se reprit :

— Je suis désolé. Écoutez, je ne me moquais pas de vous. Si je me moquais de quelqu'un, c'était plutôt de moi. Vous avez mille fois raison ! Journalier agricole, ça n'a aucun avenir. Je ferais bien de commencer à prendre la vie au sérieux ! (Il plissa les yeux dans un sourire.) Je m'y mettrai peut-être jeudi prochain. Qu'est-ce que vous en dites ?

Elle resta un long moment silencieuse, puis annonça qu'il fallait vraiment qu'elle rentre chez elle.

Il opina du chef.

— Vous voulez que je vous raccompagne ? Ou vous vous sentez bien en sécurité dans votre quartier italien ?

— Et vous, alors ? Vous n'allez pas dormir ?

— Ils ne me laisseront pas rentrer. Il est trop tard. Je vais traîner dans les rues en attendant. Les villes sont intéressantes juste avant le lever du jour, quand il n'y a pas un bruit si ce n'est une sirène au loin qui signale un incendie, un crime ou une naissance – ce qui est une forme de crime, vu l'état du monde. Les sirènes qui retentissent au loin ont quelque chose d'obsédant. Comme quand on entend le sifflement d'un train de marchandises la nuit, tout au fond de la vallée, et qu'on donnerait tout au monde pour ne pas être le genre de…

Il s'interrompit et son attention se replia en son for intérieur. Il semblait prêter l'oreille à un train de marchandises au loin dans sa mémoire.

Elle s'éclaircit discrètement la gorge.

— Mince alors, ça doit être passionnant de voyager dans des trains de marchandises et de voir des tas de choses. On doit se sentir seul, j'imagine. Mais ça doit être intéressant.

— Ouaip ! fit-il, la mâchoire contractée à la Gary Cooper. Très intéressant, m'dame. Mais on se sent très seul, aussi.

Elle poussa sa tasse de café sur le côté.

— Il faut vraiment que j'aille dormir un peu.

Pour autant, elle ne faisait toujours pas mine de bouger.

— Quand vous avez dit que vous n'alliez pas vous coucher parce qu'ils ne vous laisseraient pas rentrer. De qui vouliez-vous parler ? Pourquoi feraient-ils une chose pareille ?

— De toute évidence, vous n'êtes pas *au fait*[*] du protocole en vigueur dans le sympathique asile de nuit de votre quartier. C'est à peu près le même partout. On dort dans des cages grillagées qu'on peut verrouiller de l'intérieur pour protéger son balluchon des voleurs et son corps des hommes qui… Ce ne sont pas exactement des homosexuels. La plupart d'entre eux préféreraient avoir une femme sous la main. La plupart d'entre eux fantasment sur les femmes. Mais…

* En français dans le texte original. (Toutes les notes sont de la traductrice.)

Il haussa les épaules et lui jeta un coup d'œil pour voir si le sujet la décontenançait. Mais non. Elle écoutait, le front barré d'inquiétude, et tentait de saisir ses propos avec une absence absolue de fausse pudeur qu'il trouvait épatante.

— La routine de l'asile de nuit est aussi simple qu'inflexible. Les portes ouvrent à dix heures du soir et à onze heures c'est l'extinction des feux. Tôt le matin, habituellement aux alentours de cinq heures trente ou six heures, les sonneries se déclenchent et on dispose de trente minutes avant qu'ils ne nettoient tout à la lance à incendie, en visant à travers le grillage des cages. Les matelas sont entourés d'une matière plastique imperméable pour qu'ils ne prennent pas l'eau, mais ça ne les empêche pas d'être moites, et l'endroit empeste toujours l'urine et le Lysol. Mais les prix sont intéressants ! Cinquante cents la nuit. Dix cents de plus pour la douche. Ce soir, j'ai pris une longue douche froide, puis je me suis allongé sur mon lit de camp pour lire un bouquin jusqu'à l'extinction des feux. Mais il faisait une chaleur ! Le revêtement caoutchouteux du matelas me collait dans le dos et faisait un petit bruit de déchirure à chaque fois que je me retournais. Et puis la sueur me piquait les yeux. À tel point que j'ai décidé de sortir et de traîner dans la rue. Mais alors… (et il bascula sur sa voix de Peter Lorre, nasillarde et latérale, aux consonnes dentales :)… qui vois-je si ce n'est June Allyson sortant d'un film avec June Allyson, que tout naturellement j'ai suivie. Vous pensez que c'était mal de ma part, n'est-ce pas Rick ? Vous ne m'aimez pas beaucoup, n'est-ce pas, Rick ? (Il sourit avant de reprendre avec sa voix de la rue :) Et me voilà, en train de parler avec une fille très, très fatiguée, dans un White Tower quasiment désert. Qu'est-ce qu'on se marre, hein ?

Elle secoua la tête d'un air triste.

— Mince alors, quelle vie terrible. Et pour quelqu'un qui est allé à l'université, en plus.

Il laissa la réplique à W.C. Fields :

— Ça se passe comme ça, dans le vaste monde, mon petit poussin. C'est pas une vie, ni pour un homme ni pour une bête !

— Quelle solitude !

— Ouaip. Parfois, un gars comme moi se sent plus seul que toutes ces choses esseulées qu'on peut voir en train de se sentir seules. (Soudain, il cessa de faire le pitre.) J'imagine que je me sens presque aussi seul qu'une fille qui se met sur son trente et un par la nuit la plus chaude de l'année pour aller au cinéma… toute seule.

— Ma foi je… je ne connais pas grand monde ici. Et avec mes cours du soir et tout le reste… (Elle haussa les épaules.) Mince alors, il faut vraiment que je rentre.

— Très bien. Allons-y.

Elle jeta un nouveau coup d'œil à l'horloge.

— Vous allez rester dehors à marcher jusqu'à l'aube ?

— Ouaip.

Elle baissa les yeux sur ses genoux, sourcils froncés, tandis que sa gorge se marbrait de rose.

— Vous pourriez…

Elle s'éclaircit la gorge.

— Vous pourriez venir chez moi, si vous voulez. En attendant le lever du soleil, je veux dire.

Il hocha la tête, plus pour lui-même que pour elle.

Ils abandonnèrent la fraîcheur du White Tower pour la chaleur humide de la rue. Au début, la sensation était agréable sur leur peau froide, mais bien vite elle se fit abrutissante. Ils marchaient sans un mot. En l'invitant dans sa chambre, elle s'était jetée avec audace et désespoir dans l'inconnu, si bien qu'elle se sentait désormais tendue, le souffle court face au péril... et à l'excitation.

Il la regarda avec douceur. Nous y voilà, se disait-il. C'est la bonne. Et il ressentit une excitation comparable à la sienne. Quand il lui sourit, elle lui répondit d'un sourire timide plein de fragilité et d'espoir. Il y avait quelque chose de folâtre dans sa démarche incertaine, perchée sur sa paire de talons hauts, quelque chose de puéril dans le murmure sifflant de sa crinoline rêche. Il poussa un profond soupir.

Il la suivit, gravit derrière elle trois volées d'escaliers sombres et étroits, l'un comme l'autre veillant à fouler les marches le plus légèrement possible parce qu'elles craquaient et qu'ils ne voulaient pas réveiller la logeuse. Elle fit jouer la clé dans le verrou lâche, ouvrit la porte et lui fit signe d'entrer en premier. Après l'obscurité de la cage d'escalier, la chambre l'éblouit et le surprit. Le réverbère sous lequel ils s'étaient rencontrés se dressait juste au-dessous de sa fenêtre et jetait jusqu'au plafond la forme trapézoïdale distordue des carreaux, emplissant la chambre de rais de lumière crue séparés par des taches d'ombre sans fond. Ses yeux avaient du mal à s'accoutumer à ce jeu déroutant de clartés et de ténèbres tant la luminosité dilatait ses pupilles qui ne distinguaient plus rien dans la pénombre. La toile cirée d'une petite table était incrustée de lumière, tandis que dans le coin, le lit en fer était scindé en deux dans la diagonale par l'ombre d'une vieille penderie démesurée qui mangeait la majeure partie du maigre espace. La seule porte était celle par laquelle ils étaient entrés et il en conclut que la salle de bains devait se trouver dans le couloir. La chambre était une mansarde convertie à peu de frais dont la toiture métallique qui coiffait le plafond bas laissait infuser la chaleur du soleil du matin au soir dans l'espace exigu.

— Il fait horriblement chaud, je sais, murmura-t-elle pour s'excuser.

Elle se tenait dos à la fenêtre, et un halo étincelant détourait ses cheveux, la laissant sans visage, tandis que la lumière était si vive sur son visage à lui qu'elle brûlait la moindre expression ; elle portait un masque d'ombre ; il portait un masque de lumière.

— Je vais ouvrir la fenêtre pour faire entrer un peu d'air, chuchota-t-il.

— Vous ne pourrez pas. Elle est bloquée.

— Merde alors.

— Désolée. Voulez-vous un verre d'eau ? Si je la laisse couler suffisamment longtemps, elle est froide. Enfin… fraîche, en tout cas.

— On est obligés de chuchoter ?

— Non, mais je…

— Mais vous ne voulez pas que les voisins sachent que vous avez fait monter quelqu'un ?

Elle confirma d'un signe de tête.

— Voyez-vous, je n'ai encore jamais…

Elle déglutit bruyamment.

— Je comprends.

Il avait cessé de chuchoter, mais il parlait à voix très basse.

— Oui, je veux bien un verre d'eau, merci.

Il s'assit au bord du lit, plongé jusqu'au torse dans la pénombre.

Elle ouvrit l'unique robinet de l'évier cassé et laissa déborder l'eau du verre sur son poignet jusqu'à ce qu'elle fût froide. Il voyait bien qu'elle était soulagée d'avoir quelque chose à faire, ou plus exactement, qu'elle avait quelque chose pour retarder ce qu'ils allaient faire.

La lumière crue du réverbère laissait voir une plaque chauffante à deux brûleurs posée sur la table. Son fil électrique courait jusqu'à un plafonnier fixé de guingois. L'ampoule avait été retirée et remplacée par une douille vissable. Il supputa qu'il était interdit de cuisiner dans la chambre, mais qu'elle le faisait quand même pour économiser de l'argent. Elle devait vraisemblablement débrancher la plaque chauffante et la cacher quand elle partait travailler. À côté de l'appareil reposaient un cahier d'exercices et un bloc-notes ; la méthode Gregg. Ces objets de la vie de tous les jours devenaient abstraits et caricaturaux à la lumière fragile du réverbère qui embrasait leurs contours tout en les noyant de nappes d'ombre. La chambre avait quelque chose de criard et d'irréel qui lui faisait penser à un champ de foire illuminé mais désert, et cette image lui évoqua un enfant qui, se réveillant en sursaut d'un horrible cauchemar, découvre la silhouette d'une branche en train de s'agiter furieusement derrière le store d'une fenêtre.

Elle lui apporta le verre d'eau ; il la remercia et le but d'un trait ; elle lui demanda s'il en voulait un autre ; il répondit que ce n'était pas la peine, je vous remercie ; elle lui dit que cela ne la dérangerait pas du tout ; il dit non, merci et elle resta sans rien dire d'un air embarrassé.

— Hé, qu'est-ce que c'est ? demanda-t-il.

Il brandit une sphère en verre que ses doigts avaient débusquée sous l'oreiller après être partis inconsciemment à la recherche de cette fraîcheur que les enfants trouvent en retournant les oreillers pour y coller la joue.

— C'est ma boule à neige.

Il secoua le lourd presse-papiers de verre, le leva jusqu'à la bande de lumière qui tombait en biseau sur le lit et regarda la neige tourbillonner autour d'un bonhomme de neige affublé d'un nez en carotte.

— Une tempête de neige rien que pour vous. C'est bien utile par une nuit torride comme celle-ci !

— Je l'ai gagnée à la foire du comté quand j'étais petite. J'avais acheté un ticket de tombola avec mes sous pour payer les attractions et j'ai remporté le troisième prix. J'ai raconté à mes parents que je l'avais trouvée à la fête foraine parce qu'ils sont totalement opposés aux tombolas, aux bingos et à tous les jeux d'argent. Cette boule à neige est la seule chose que j'ai emportée quand j'ai quitté la maison. Sauf mes vêtements, bien évidemment.

— Comme ça votre boule à neige est votre amie, hein ? Une compagne fiable qui vous aide à traverser les vicissitudes de la vie.

— Je la garde sous mon oreiller et parfois la nuit, quand j'ai vraiment le cafard, je la secoue et je regarde les tourbillons de neige, après je me sens plus en sécurité et plus… oh, je ne sais pas, conclut-elle avec un haussement d'épaules.

— On retourne à son poste de sentinelle, loyale boule à neige.

Il rangea le presse-papiers sous l'oreiller qu'il remit à sa place d'une petite tape ; puis il tendit les mains, se saisit des siennes et l'attira à lui pour qu'elle vienne s'asseoir tout près.

— Je vous en prie…, dit-elle d'une voix à peine perceptible. J'ai peur. Je ne devrais vraiment pas… je veux dire que je n'ai jamais…

Il étreignit ses mains, qu'elle avait moites d'effroi.

— Écoutez. Si vous voulez que je m'en aille, je vais descendre discrètement et m'éclipser. C'est ce que vous voulez ?

— … Non, mais… Ne pourrait-on pas simplement…

— Vous savez ce que je pense ? Je pense que je ferais mieux d'y aller. Vous avez peur et je ne voudrais pas vous convaincre de faire quelque chose que vous n'avez pas envie de faire.

Il se leva du lit.

— Non, ne partez pas !

L'effort de parler à voix basse tendait sa voix.

Il se rassit, mais veilla à laisser un écart entre leurs hanches.

L'espace d'un instant, elle ne dit rien et resta à pétrir les doigts de sa main gauche avec la droite. Puis elle les serra très fort. Sa décision était prise. Elle reprit la parole d'une voix monocorde.

— J'étais assise à table, comme tous les soirs. Je m'exerçais à la sténo à la lueur du réverbère parce qu'il fait trop chaud pour allumer la lumière. Et soudain je me suis mise à pleurer. Je me sentais si vide, si seule et si déprimée ! Ce n'étaient pas des gros sanglots, mais les larmes coulaient sans discontinuer. Je n'aurais jamais pensé avoir tant de larmes en moi. Je me sentais tellement *seule.* (Sa voix couina sur le mot.) Je ne connais pas âme qui vive dans cette ville. Je n'ai pas d'amis. Même à la maison, je ne fréquentais personne. Mes parents ne me l'autorisaient pas. Ils disaient qu'une chose mène à une autre. Ils disaient que les garçons veulent tous la même chose. Et je suppose qu'ils ont raison.

— Oui, ils ont raison, approuva-t-il avec sincérité.

— Au bout d'un moment, j'ai arrêté de pleurer, poursuivit-elle avec un faible sourire. J'avais dû me vider de mes larmes. Je me suis aspergé le visage d'eau froide et j'ai voulu me remettre à ma sténo, mais alors j'ai fermé le livre en disant : Non ! Non, je ne vais pas rester ici à me morfondre ! Je vais me mettre sur mon trente et un, je vais sortir et je vais *trouver* quelqu'un. Quelqu'un à qui parler. Quelqu'un qui aura de l'affection pour moi et qui saura me prendre dans ses bras quand j'ai le cafard.

— Vous avez décidé de sortir et de… de vous laisser draguer ?

— Je ne vois pas les choses comme ça, mais… oui, j'imagine.

— Vous vouliez faire l'amour avec un parfait inconnu ?

— Non, non. Enfin… pas exactement. Voyez-vous, je n'ai jamais…

Elle secoua la tête.

— Permettez que je vous dise quelque chose ? J'ai su que vous étiez vierge dès l'instant où je vous ai vue. Si, c'est vrai. Vous aviez des airs de fille sage. Comme June Allyson. Mais d'une certaine manière – ne me demandez pas comment – je voyais bien que la fille sage que j'étais en train de regarder cherchait un mauvais garçon pour lui faire l'amour. C'est marrant que j'aie pu voir une chose pareille, hein ?

— Mais vous vous trompez. Je cherchais seulement quelqu'un à qui parler. Quelqu'un qui prenne soin de moi.

— Ah. Donc vous ne vouliez pas faire l'amour, c'est ça ?

— Je ne sais pas. Peut-être que si. En quelque sorte. Je n'y ai pas du tout réfléchi. J'ai pris ma serviette, je suis allée dans la salle de bains au bout du couloir, j'ai pris un long bain froid, et après j'ai enfilé ma belle robe et hop je suis sortie. Comme ça.

— … Comme ça.

— J'ai pris l'autobus jusqu'au centre-ville et je me suis promenée. Aux coins de rue, les garçons me regardaient. Vous savez, cette façon qu'ils ont de regarder les femmes. Mais aucun d'eux… j'imagine que je ne suis pas… je sais que je ne suis pas jolie ni rien…

Elle s'interrompit, espérant à moitié une objection. Puis elle poursuivit :

— Ils me regardaient, mais personne ne m'a dit bonsoir ni rien du tout, alors…, conclut-elle avec un haussement d'épaules.

— Alors vous avez décidé d'aller au cinéma. *Les Femmes mènent le monde.*

— Oui, dit-elle et sa voix avait défailli en mode mineur.

— Mais oh, attendez ! Vous avez bel et bien fait une rencontre ! Pas des plus extraordinaires, j'en conviens. Un vagabond des plus communs. Mais vous lui avez parlé pendant des heures autour d'un café. Et maintenant… voilà où nous en sommes.

— Oui, voilà où nous en sommes, répondit-elle en écho. Et j'ai peur.

— Évidemment, vous avez peur. C'est bien naturel. Ce n'est pas tous les jours qu'une vierge se retrouve dans la pénombre avec un mauvais garçon qu'elle connaît à peine.

Comme elle ne disait rien, il poursuivit :

— Quand bien même vous êtes vierge, j'imagine que vous savez comment deux personnes… l'amour et tout ça ?

— Oui. Enfin, un peu. Ça faisait glousser les filles dans les vestiaires de l'école. Elles parlaient de la manière dont les gens… le faisaient. Au début, je ne les croyais pas.

— Je vois très bien ce que vous voulez dire. Pour un gosse, ça paraît tellement bête de faire une chose pareille.

De coller ensemble son attirail à faire pipi. Comment, *ça*, c'est censé être agréable ? Et quand on s'imagine ses propres parents à l'œuvre… ! C'est à faire vomir un ver de terre, comme disent les vieux clochards de la campagne.

— À l'école, les filles inventaient des histoires horribles sur… sur ça. Rien que pour me faire rougir. C'était facile de me taquiner parce que j'étais timide, et que j'étais ignorante. Ma mère ne m'a jamais rien expliqué. Un jour, les filles m'ont fait une blague. Elles m'ont donné une feuille de papier pliée et m'ont demandé d'écrire mon chiffre préféré, puis sur la ligne d'après ma couleur préférée, puis ma deuxième couleur préférée, puis – oh, je ne me souviens pas de tout ce qu'il y avait ; mais la dernière question était pour savoir si je croquais mes cornets de glace ou si je les léchais. À la fin, elles ont déplié la feuille et elles ont tout lu à voix haute. Et rédigée de ma propre écriture, il était écrit combien de fois par jour mon petit ami et moi faisions la chose, et la couleur de son… engin… quand on commençait et sa couleur à la fin, ce genre de choses.

— Et pour finir, l'aveu que vous le léchiez.

Elle hocha la tête piteusement.

— Je ne suis pas retournée à l'école de tout le reste de la semaine, tellement j'avais honte. J'ai fait semblant d'être malade. Et puis je suis vraiment tombée malade. Je veux dire… c'est à ce moment-là que mes règles ont commencé.

— Mais ça n'avait aucun rapport avec les moqueries des filles.

— Oh, je sais bien, mais n'empêche… que ça arrive après tout ça…

— Oui, je comprends. Les gamins peuvent vraiment être méchants entre eux.

— Ça remonte à des années, mais j'en ai les larmes aux yeux rien qu'à y penser.

— Oui… des larmes de rage. Ça m'arrive, parfois. La rage enfle en moi et je me mets à pleurer comme une madeleine.

— Ça vous arrive ? Vraiment ?

— Bien sûr. Et donc vous avez vu toutes ces choses embarrassantes rédigées de votre main et à présent vous apprenez à écrire d'une autre manière. En sténographie.

Elle fronça les sourcils.

— Ce n'est pas pour ça que je prends des cours de sténographie.

— Ça pourrait l'expliquer en partie. La psychologie est une affaire tordue. Comme moi qui joue toutes sortes de rôles parce que je n'ai pas envie d'être… (Il haussa les épaules.) Alors comme ça vous n'avez jamais fait l'amour. Ça alors. Quand même, je suppose que vous avez déjà bécoté des garçons. Qu'on vous a déjà caressée et… vous savez… touchée.

— Non, jamais. Je n'ai jamais eu de… de petit ami. (Elle avait prononcé ces deux mots d'une voix un peu impressionnée.) Aucun garçon ne m'a jamais trouvée attirante de cette manière. (Elle eut un petit rire dédaigneux.) Ni d'aucune autre manière, d'ailleurs. Ma mère disait toujours que c'était une bénédiction que je sois quelconque. Qu'au moins mon apparence m'éviterait les ennuis.

— Mais vous avez toujours rêvé d'ébats amoureux. Et c'est bien normal.

Elle ne répondit pas.

— Et je suppose que vous avez déjà fait l'amour avec vous-même.

Elle resta coite.

— Je veux dire, vous vous êtes… vous savez… touchée et caressée. C'est tout ce qu'il y a de plus naturel.

— Mes parents ne seraient pas d'accord pour dire que c'est naturel. Ils diraient que c'est un péché.

— Eh bien, venant d'eux c'est évident. Mais vous, pensez-vous que ce soit un péché ?

Au bout d'un moment elle répondit à mi-voix :

— … oui.

— Mais vous le faites quand même ?

— … oui…

— Hum. Eh bien, c'est grosso modo ce à quoi ressembleraient nos ébats. Seulement c'est moi qui ferais… vous voyez bien… ce que vous vous faites à vous-même. Je vous toucherais, vous caresserais et vous donnerais du plaisir. À moins, bien entendu, que vous n'en ayez pas envie.

Elle se concentra sur ses doigts qu'elle tordait sur ses genoux.

Il prit ses mains et les baisa. Elles étaient rugueuses et froides. Il souleva son menton pour incliner son visage et embrassa délicatement ses lèvres closes. Elles étaient minces et sèches, avec un goût de rouge à lèvres bon marché. Quand il recula, il s'aperçut qu'elle avait les yeux fermés et qu'une larme perlait au coin de l'un d'eux, alors il bascula sur sa voix de W. C. Fields :

— Le plus dur, mon petit poussin, c'est de se lancer. Si nous étions déjà au lit et que j'étreignais votre déé-licieux châssis dans mes bras viriiiils, tout s'enchaînerait de manière naturelle.

Il changea alors pour une voix douce et compréhensive avec un soupçon de sourire.

— Je sais parfaitement ce que tu ressens. Même pour nous autres mauvais garçons expérimentés, ce n'est pas facile. Au début.

— C'est vrai ?

— Ouaip. Écoute, tu sais quoi. Et si j'allais attendre dans le couloir pendant quelques minutes, le temps que tu te faufiles sous les draps. Puis je reviendrai jeter un œil. (Il employa sa voix de Lionel Barrymore.) Oh terre de Goshen, qui est-ce donc sous ces draps, Dr Kildare ? Eh bien ma foi, je crois bien que c'est June Allyson. Je ferais mieux de me glisser là-dessous pour lui tenir chaud. Il y va de mon devoir médical.

Elle ravala ses larmes en reniflant et balaya ses inepties de son mouvement caractéristique de la main.

— Je reviens dans deux minutes.

D'un geste ostensiblement burlesque, il l'intima au silence en posant un doigt sur ses lèvres et traversa la chambre sur les pointes des pieds. Une fois dans le couloir plongé dans la pénombre, il prit de longues respirations lentes tout en écoutant à la porte. Au début, il n'entendit rien. Puis il y eut un soupir. D'anticipation ? De résignation ? Les ressorts du lit en fer vibrèrent doucement quand elle se leva. Il entendit couler l'eau du robinet. Puis le bruissement de son jupon en crinoline tandis qu'elle le retirait. Un autre silence. Puis de nouveau la vibration douce des ressorts du lit.

— Tout ceci est tellement... (Elle chercha le mot juste pour décrire la beauté de cet instant.) ... Tellement *agréable*. Étendus comme ça... à parler... si proches.

Il avait guidé sa main jusqu'à son pénis flaccide, qu'elle tenait timidement, consciencieusement ("poliment" serait plus exact) tandis que son esprit caressait les mots : “petit ami… mon premier petit ami”. Sa main sur sa verge était le seul point de contact entre leurs corps tant il faisait chaud. Après l'avoir amenée à l'orgasme d'abord avec sa main, puis avec sa langue, il avait relevé la tête et trouvant son ventre trempé de sueur, avait soufflé doucement dessus pour la rafraîchir. À présent, ils étaient allongés côte à côte, les yeux rivés au plafond sur l'ombre évasée des vitres que jetait le réverbère.

— C'était tout simplement merveilleux, dit-elle d'un air rêveur.

— Hum, je m'en rendais bien compte à ta manière de bouger. Et aux bruits que tu faisais.

— Mince alors, j'espère que les voisins n'ont pas entendu.

Elle rentra la tête dans les épaules et rit en silence dans le creux de sa main.

— Combien de fois est-ce que tu as… ?

Elle ne savait comment formuler sa question.

— Est-ce que j'ai quoi ?

— Combien de femmes as-tu… tu vois ?

— Tu tiens vraiment à le savoir ?

— Non, ne me dis pas ! (Puis, après un temps :) Si, dis-moi. Combien ?

— Tu es ma cinquième.

— La cinquième fois que tu fais l'amour ? Ou ta cinquième femme ?

— Les deux.

— Les deux ? Tu veux dire que tu n'as fait l'amour que cinq fois et à chaque fois avec une fille différente ?

— Exactement, Watson, dit-il avec la condescendance traînante de Basil Rathbone. Cinq filles… cinq fois. Curieuse affaire, n'est-ce pas ?

— Étaient-elles comme moi, tes autres petites a… ces femmes ?

Il massa ses tempes entre son pouce et son majeur pour soulager la pression.

— Non, rien à voir avec toi. La première, j'étais à l'université. Elle était âgée. À peu près de l'âge de ma mère. Je l'ai rencontrée dans un bar où les étudiants n'avaient pas le droit d'aller. Elle y était tout le temps, assise à un bout du zinc, à boire du gin. C'était un peu la risée du bar, avec sa couche de maquillage et sa voix faussement glamour. Les clients l'appelaient la Comtesse. Elle buvait et elle parlait de quand elle était une jeune femme de la haute société, et que tous les hommes étaient fous d'elle, sauf qu'ils n'étaient pas de son rang social, ce genre de conneries. À la fermeture du bar, on est allés marcher le long des voies ferrées. J'étais bien éméché. Je devais me dire qu'on allait aller chez elle. Elle avait du mal à garder l'équilibre sur le sol accidenté. Elle a fini par tomber contre moi, je l'ai rattrapée, elle m'a embrassée, un gros baiser humide et je l'ai allongée sur un terre-plein boueux. Et c'est ainsi, mesdames et messieurs, que se déroula mon initiation aux merveilles de l'amour ! Cette nuit-là, j'ai quitté l'université et je me suis enrôlé dans l'armée pour défendre la démocratie américaine et l'*apple pie* contre la menace du communisme international et le *bortsch*. Mon entraînement de base terminé, j'ai eu ma permission avant le départ en Corée. C'était Noël, et j'ai pris un bus pour Flagstaff en Arizona. Pourquoi Flagstaff ? Il fallait bien que j'aille quelque part, et Flagstaff compte comme quelque part… enfin presque. Aux alentours de la gare routière, j'ai aperçu une fille dans un café ouvert toute la nuit et depuis l'autre bout de la rue j'ai bien vu qu'elle se sentait seule. J'ai une sorte d'instinct pour la solitude.

— Comme quand tu as vu que je me sentais seule ? murmura-t-elle dans la pénombre.

Il resta un instant silencieux.

— Oui, comme quand j'ai vu que tu te sentais seule. En tout cas, j'ai plaisanté avec la fille, en imitant la voix de tout plein d'acteurs, et en deux temps trois mouvements on s'est retrouvés à aller chez elle. Elle était indienne, orpheline, et seule, et aussi loin qu'on peut l'être d'être jolie, et… Enfin voilà. (Il posa son pouce contre sa tempe, et appuya fort dessus.) J'ai décidé de ne pas retourner à l'armée. Il m'a fallu prendre le large. Travailler à la cueillette ici et là, suivre les cultures fruitières vers le nord, les asiles de nuit, les embauches de journaliers, les trains de marchandises. Après, il y a eu une femme à Waco, une chrétienne régénérée fanatique qui voulait me sauver. Et plus tard, une prostituée noire à Cleveland qui avait été tabassée par son mac. Je n'ai pas pu l'embrasser pendant qu'on faisait l'amour parce qu'elle avait la lèvre fendue. Et le compte y est. L'intégralité de ma vie amoureuse. Pas vraiment un Romeo. Faut dire que les gens préfèrent éviter les types dans mon genre. Les garçons abîmés finissent par abîmer les autres. Tu comprends ce que je raconte ?

— Un peu. Enfin… non, pas vraiment.

Ils restèrent un instant en silence, puis elle dit :

— J'ai cru que ça allait faire mal, mais en fait non.

Il s'extirpa de l'enchevêtrement de ses pensées.

— Quoi ?

— Quand on… tu sais. Les filles à l'école disaient que ça faisait mal la première fois, et qu'on saigne.

— Eh bien on n'a pas fait la partie qui fait mal.

— Oui, je sais. Tu ne… tu n'en as pas eu envie ?

— Tu veux que je te fasse mal ?

— Non. Non, bien sûr que non, mais je veux que tu aies… tu sais… du plaisir. Si seulement je savais comment… (Elle haussa les épaules.) Je ferai tout ce que tu veux.

Elle lova son corps brûlant contre le sien et lui susurra à l'oreille :

— Qu'est-ce que je peux faire pour que tu te sentes bien ? Dis-moi, s'il te plaît.

Il ne dit rien.

— Je ferai tout ce que tu veux.

Il rit.

— Tu me lécherais comme un cornet de glace ?

Il la sentit se crisper et s'empressa d'ajouter :

— Je suis désolé, je plaisantais. Non, je ne veux rien. Il n'y a rien que tu puisses faire.

— Comment ça ?

— Je suppose que tu as déjà vu des graffitis sur les murs des toilettes à l'école. Tu te souviens comment étaient dessinés les pénis ?

Elle secoua la tête.

— Oh, allez. Bien sûr que si tu t'en souviens. Décris-les moi.

— Eh bien… sur les dessins, ils sont toujours énormes. Gros comme le bras. Et parfois il y a des gouttes de sève qui giclent au bout.

— De sève ? rit-il. De *sève* ?

— Oui, enfin le liquide qui goutte à cet endroit. Pour fabriquer… Oh, je vois ! Tu as eu peur de me faire un enfant. C'est pour ça que tu n'as pas…

Elle l'étreignit.

— Non, ce n'était pas pour ça. Je ne t'ai pas fait la partie qui fait mal parce que… parce que je ne peux pas.

— Ah bon ?

— Mon pénis ne peut pas avoir d'érection.

— Oh. (Puis, après un silence assez long :) On t'a fait mal ? Une blessure ou quelque chose comme ça ?

— Non, je n'ai pas été blessé. (Puis, après un moment :) Mais oui, on m'a fait mal.

— Je ne comprends pas.

Il poussa un soupir. C'est parti. C'est parti. C'est parti.

— Quand j'étais gamin – en réalité, ça a commencé quand j'étais bébé –, ma mère avait l'habitude de… elle jouait avec moi. Essentiellement avec sa bouche. C'est mon premier souvenir, elle en train de jouer avec moi. Bien évidemment, moi je ne savais pas que ce n'était pas bien. Je croyais que ça se passait comme ça entre les mères et leurs petits garçons… Les baisers, les câlins et tout ça. Et puis, un soir, elle m'a dit que je ne devais jamais, jamais dire à qui que ce soit ce qu'elle faisait, sans quoi des gens méchants allaient venir et me donner la fessée *très fort* et me jeter dans un grand trou sans lumière jusqu'à la fin des temps. C'est là que j'ai compris que ce qu'on faisait était mal. Et comme je n'étais qu'un enfant, naturellement j'ai cru que c'était ma faute. Je faisais des cauchemars, dans lesquels on me jetait dans ce grand trou sans lumière et je…

Il s'interrompit brusquement et secoua la tête.

— Tu n'es pas obligé de m'en parler si tu n'as pas envie, murmura-t-elle.

— Non, j'en ai envie. En fait, je suis obligé, parce que c'est le seul moyen…

Il haussa les épaules, puis prit plusieurs inspirations avant de commettre à l'obscurité qui régnait sur eux toutes les choses qu'il tenait à lui confier.

— Pendant que ma mère me léchait et me suçait, elle se touchait et au bout d'un moment, elle gémissait en se tortillant, alors elle suçait de plus en plus vite et de plus en plus fort et parfois ça me faisait mal et je me plaignais que j'avais mal, mais elle continuait jusqu'au moment où elle retenait son souffle et poussait un cri ! Après, elle se laissait tomber sur le dos en haletant, et je me sentais tout froid en bas, là où j'étais tout collant à cause de tout ce qu'elle avait léché et sucé. Et parfois ça faisait vraiment mal. À l'intérieur.

— Ta mère… ! Elle était folle.

— Ouaip. Elle était toujours saoule quand elle faisait ça. À ce jour, l'odeur du gin me rappelle quand j'étais tout gamin, et la douleur à l'intérieur, derrière mon pénis.

— Je suis désolée. Je suis sincèrement désolée.

Elle retira la main de son sexe flasque, comme pour éviter de le faire souffrir davantage.

— Puis, je devais avoir cinq ou six ans – je ne sais pas exactement, mais je n'allais pas encore à l'école – elle jouait avec moi un soir, à me caresser et me sucer, quand soudain elle a relevé la tête avec un petit sourire satisfait – je revois encore ce sourire – et m'a dit : "Tiens, tiens ! En voilà un petit coquin ! Tu en as envie, hein, espèce de mauvais garçon ?" Tu comprends, mon pénis s'était durci. Ça peut arriver, même quand un garçon est trop jeune pour… eh bien qu'il est trop jeune pour savoir ce qui se passe. À partir de ce soir-là, et pendant les deux années qui ont suivi, elle s'est amusée à me faire bander et ça la rendait dingue, et elle me suçait à fond en même temps qu'elle se caressait, et elle me répétait que j'étais un mauvais garçon parce que j'en avais envie. Elle disait que j'étais tout dur uniquement parce que j'en avais envie et elle me suçait jusqu'à ce que ça me fasse mal aux testicules. Et puis une nuit… une nuit la douleur n'est pas partie à la fin. Elle a empiré. Et le lendemain, je n'ai pas pu aller à l'école tellement j'avais mal. Ma mère m'a dit que ce n'était rien. Que la douleur n'allait pas tarder à disparaître. Mais je voyais bien qu'elle avait peur. Elle m'a répété que si quelqu'un découvrait ce qu'on faisait, je finirais dans le grand trou sans lumière pour toute l'éternité. Et tout le monde saurait que c'était ma faute, parce que j'étais tout dur, et que ça voulait dire que j'en avais envie et qu'ils se rendraient compte que j'étais un petit coquin, un mauvais garçon. Arrivé au soir, j'avais le flanc enflé et de la fièvre. Je me suis tordu de douleur dans mon lit toute la nuit. Le lendemain matin, je me suis retrouvé tout seul à la maison. Ma mère était partie. J'avais vraiment envie de faire pipi, mais je n'y arrivais pas tellement j'avais mal. J'ai eu peur de mourir. Alors j'ai appelé le numéro d'urgence inscrit au dos de l'annuaire téléphonique. C'était la première fois que j'utilisais un téléphone. Une ambulance m'a emmené à l'hôpital. Je souffrais de hernies. Deux hernies. J'ai subi une opération et suis resté longtemps à l'hôpital. Quand je me suis senti mieux, une assistante sociale m'a rendu visite dans le service de pédiatrie. Ma mère avait disparu de la circulation. Elle s'était enfuie. Elle m'avait abandonné.

Elle se tourna sur le côté et contempla son profil. Il sentait ses yeux sur son visage, le poids de sa compassion, ça faisait du bien.

— Et ton père ? demanda-t-elle. Pourquoi est-ce qu'il n'a pas empêché ta mère de… Pourquoi il n'est pas intervenu ?

— Il n'y a pas de père.

— Oh. (Après un silence, elle reprit :) Tu as dit aux médecins ce que ta mère t'avait infligé ?

Il secoua la tête.

— Pourquoi ?

— Parce que je ne voulais pas qu'elle ait des ennuis. Après tout... c'était ma mère.

Les muscles de ses mâchoires étaient à l'œuvre et elle percevait le grincement de ses dents.

— Mais ce n'est pas juste ! protesta-t-elle.

— Non, en effet, madame, acquiesça sa voix de Gary Cooper. Ce n'est vraiment pas juste. (Puis il continua dans sa propre voix :) Le docteur a raconté à l'assistante sociale que je m'étais blessé à force de me masturber, et elle m'a dit que j'avais fait une terrible bêtise et que je risquais de me faire très mal si je n'arrêtais pas.

— Et alors... que s'est-il passé ensuite ?

— Ils m'ont mis dans un orphelinat dirigé par des frères catholiques. J'ai eu droit à de longs sermons sur la dépravation de la masturbation, à tel point que les lobes de mes oreilles rougissaient de honte... de rage... face à tant d'injustice. Les enfants ont un sens aigu de l'injustice. Les frères m'obligeaient à prendre des douches froides, même l'hiver. Ils me disaient que ça m'enlèverait l'envie d'abuser de moi-même. Les douches froides m'ont valu une otite qui m'a renvoyé à l'hôpital et ça a été la fin des douches froides. Mais pas des sermons.

Il se tut et frotta doucement son ventre pour calmer ses tiraillements. Puis, usant de sa voix de Bela Lugosi :

— Et voilà, très chère. La terrifiante histoire... du pénis mou !

— Je suis vraiment désolée.

Quelque chose dans la profondeur du silence au-dehors lui fit dire qu'ils avaient atteint la dernière heure de la nuit avant l'aube. Il allait bientôt devoir partir.

— Tu devais être un petit garçon vraiment intelligent. Je veux dire, tu es allé à l'université, et tout ça.

Elle était résolue à trouver le bon côté des choses : une fin heureuse comme dans les films d'Hollywood.

— Oui, j'étais intelligent. Mauvais garçon, mais intelligent. N'empêche que j'ai quitté l'université pour m'enrôler dans l'armée. Et puis que j'ai quitté l'armée pour devenir vagabond à plein temps.

— Mais on ne peut pas quitter l'armée comme ça, si ?

— Oh, l'armée n'était pas très contente de me voir partir. Elle me cherche en ce moment même alors qu'on est là côte à côte, à se dire des secrets.

— Tu n'as pas peur qu'elle t'attrape ?

— J'ai peur de tout un tas de choses.

Elle poussa un soupir plein de compassion et murmura :

— Mince alors.

— Tu peux le dire. Quand j'étais dans l'armée, je me suis un peu déchaîné un soir. J'ai fini en sanglots, à hurler et donner des coups de poings dans le distributeur de Coca-Cola. Je m'en serais peut-être tiré à meilleur compte avec un distributeur de Pepsi, mais le Coca-Cola c'est l'Amérique, et s'y attaquer avec les poings relève de la Commission sur les activités anti-américaines, de sorte qu'ils m'ont mis à l'hôpital. Chez les fous. Le docteur là-bas m'a dit… (Il se glissa dans sa voix de Groucho Marx.)… Votre problème n'est pas d'ordre physique, fiston. Mais psychologique. Cela fera dix millions de dollars. En espèces. Nous n'acceptons pas les chèques. Tout bien considéré, nous n'acceptons pas non plus les Polonais ni les Yougoslaves.

— Et maintenant, tu ne peux plus ressentir de plaisir ? Le genre de plaisir que tu m'as donné ?

— Si, je peux ressentir le plaisir. Et parfois j'en ai sacrément envie. Mais ce n'est pas facile pour moi d'y accéder. C'est difficile et… un peu compliqué.

— Je ne peux vraiment rien faire ? Pour t'aider, je veux dire ? demanda-t-elle d'une voix aussi fluette que sincère.

— Tu veux vraiment m'aider ?

— Oui. Honnêtement et sérieusement, je le veux.

— Croix de bois, croix de fer, si je mens je vais en enfer ? (Il soupira et ferma les paupières.) D'accord. (Il s'assit au bord du matelas.) Glisse-toi par là et mets-toi dos à moi. Et moi, je vais me donner du plaisir. Tu es d'accord ?

Elle s'avança au bord du lit, l'air gauche et hésitant.

— Ça va me faire mal ?

— Oui, dit-il à mi-voix. Mais pas pendant longtemps.

Elle resta mutique.

— Tu es d'accord ? Pour la douleur et tout ça ? demanda-t-il. Si tu ne veux pas, je ne ferai rien.

Elle avala sa salive et répondit d'une petite voix.

— Non, ça va.

Il posa sa main sur son dos et fit courir ses doigts le long de sa colonne jusqu'à sa nuque et ses cheveux. Elle émit un léger fredonnement et il sentit un frisson de chair de poule recouvrir la surface de sa peau. Ses paumes glissèrent sous sa chevelure et il remonta depuis sa nuque jusqu'à ses oreilles, puis il les contourna et prit délicatement sa gorge entre ses mains. Elle déglutit, et il sentit le cartilage de sa trachée sous ses doigts. Il dévoila ses dents en un rictus, ferma les paupières et serra jusqu'à ce que le plaisir le submerge.

Après l'avoir recouverte du drap, délicatement et tendrement, il s'assit au bord du lit et leva les yeux vers le quadrilatère déformé de lumière vive qui se découpait au plafond. Dans sa lutte, elle avait tiré sur son oreiller, révélant sa boule à neige. Il la souleva à la lumière, la secoua et contempla la tempête qui tourbillonnait autour du bonhomme de neige à nez de carotte… la neige noire en ombre chinoise et un bonhomme de neige noir. Quand sa respiration recouvra un rythme normal, il alla se nettoyer au lavabo. Il se retourna vers le lit et sentit une vague de pitié le submerger. Elle s'était montrée si confiante… si vulnérable. Le tiraillement au creux de son ventre avait disparu, pour toujours peut-être. Peut-être n'aurait-il plus jamais à…

Mais il n'était pas dupe. C'était revenu après chacune des cinq autres, et ça reviendrait après June Allyson.

Il se rhabilla et descendit les marches grinçantes sur la pointe des pieds jusqu'à la rue déserte où l'air humide qui précédait le lever du soleil était presque froid. Il rebroussa lentement chemin en direction du centre-ville, les mains au fond de ses poches. Il irait sur la place du marché et il embaucherait comme journalier, après quoi il irait retirer son balluchon à la gare routière et mettrait le cap sur la gare de triage pour monter dans un wagon de marchandises. Peut-être pour la côte Ouest, cette fois-ci.

Au-dessus de la ville, les premières teintes laiteuses de l'aube commençaient à diluer le fond du ciel, et l'air matinal emplissait déjà ses narines d'une odeur de renfermé et de poussière.

Une nouvelle journée caniculaire s'annonçait.

COMPTE RENDU D'UNE RÉUNION DE VILLAGE

Notre petit village, dans la province basque de Xiberoa, est perché sur un coteau en surplomb des eaux étincelantes du Uhaitz Handia dont les crues de printemps, en inondant les pâturages de basse altitude, rendent sa fertilité à la terre. Nous ne sommes ni riches ni pauvres ; Dieu subvient suffisamment à ceux qui travaillent dur et gardent bien leurs troupeaux, mais Il nous soustrait aux tentations de l'opulence en nous donnant une terre qui n'est point trop abondante.

Sans fanfaronnade aucune, je peux dire que nous accueillons trois festivals traditionnels basques par an, tandis que notre village voisin de Licq n'en fête qu'un et encore, seulement parce qu'ils veulent attirer le chaland à leur foire aux fromages animée par des négociants cupides en concurrence directe avec notre foire à nous, dont l'offre est bien supérieure – mais assez ! Ce n'est ni le moment ni le lieu d'afficher l'avidité rapace des Licquois, pas plus que je n'ai l'intention de condamner leur inclination à laisser dépérir les traditions basques, car je vois bien que les coutumes anciennes se laissent facilement oublier de ceux qui font ami-ami avec les touristes de Paris et de Bordeaux, écoutent la radio de l'Étranger en langue française et finissent par vouloir ses machines et son confort modernes. Il n'en reste pas moins que les habitants de mon village de montagne se nourrissent de ces fêtes et coutumes ancestrales qui scandaient déjà les joies et les peines du Pays basque bien avant que Roland ne fendît en deux la montagne de son épée, à quelques kilomètres à peine d'ici. (Ce sont nous les Basques, vous savez, qui avons battu à plates coutures l'orgueilleux Roland à la bataille de Roncevaux – des ancêtres à moi, qui sait.)

Nous autres de Xiberoa sommes considérés comme arriérés et démodés par les Basques du littoral qui vivent dans l'ombre de l'étranger. On singe l'accent de chez nous pour rendre les blagues plus amusantes, et il arrive que des gens viennent d'aussi loin que Paris pour photographier nos *lera*, ces traîneaux attelés aux cornes des bœufs brun-roux d'Urt et chargés des fougères séchées que nous récoltons à flancs de côteaux pour la litière d'hiver des animaux de ferme. Comme nous sommes les derniers en France à utiliser des roues en bois, les gens de l'extérieur nous disent avec des sourires qu'ils nous trouvent un charme désuet, puis ajoutent avec un hochement de tête que nous serons bien obligés de nous adapter à la marche du monde et de nous mettre au diapason du rag-time parisien. Peut-être bien. Assurément les choses changent, même ici. Nous sommes lentement en train de devenir un village d'enfants et de vieilles personnes, car nos jeunes femmes partent travailler dans les ateliers de fabrication d'espadrilles à Mauléon, ou s'en vont à Paris se faire embaucher comme domestiques tandis que nos jeunes hommes partent vers le Nouveau Monde garder les troupeaux d'hommes riches – pour ne revenir qu'au moment des fêtes, les jeunes hommes au volant d'automobiles équipées d'un poste de radio, et les jeunes femmes portant des jupes qui laissent voir la moitié inférieure de leurs jambes.

Ma foi, assez sur le village. Peut-être est-il aussi démodé qu'on le dit, en tout cas la probabilité d'un changement rapide est exclue par la pesanteur de notre vieux mode de gouvernement basque : des réunions de village au cours desquelles tout un chacun peut dire ce qu'il a à dire avant de voter, y compris ceux qui ont une voix moindre. Car tous les votes n'ont pas le même poids dans nos réunions de village ; certains sont plus déterminants que d'autres, selon la quantité de terres dont vous avez hérité et si vous avez su les faire prospérer. Dans les plaines, nous dit-on, tous les individus sont égaux devant la loi. Cela paraît parfaitement idiot, car quiconque a des yeux pour voir se rend bien compte que les gens ne sont pas égaux. La loi devrait avoir pour rôle d'assurer l'égalité entre égaux et de permettre aux gens de devenir plus égaux s'ils travaillent dur et s'ils ont la chance de Dieu avec eux. Notre manière de voir les choses a peut-être ses défauts, mais c'est notre manière à nous et comme le veut le vieil adage : *txori bakhoitzari eder bere ohantzea**. Et comme nous le dit avec sagesse le vieil adage basque : Sages sont les vieux adages.

Nous ne faisons pas à proprement parler passer des "lois" lors de nos réunions de village ; nous concluons plutôt des ententes qui sont consignées dans des comptes rendus. Et ces derniers sont parfois très compliqués, car nous prenons

* Chaque oiseau trouve que son nid est beau.

en compte chaque considération en évitant toute faille qui pourrait tenter les hommes de faire des choses pour lesquelles le village se verrait contraint de les ostraciser. Ici, l'ostracisme est une sanction redoutable, vu qu'elle s'étend à la femme du coupable, laquelle ne sera plus autorisée à partager les délicieux commérages qui s'échangent chaque mardi au lavoir du village, où les laveuses devisent gaiement au rythme des battoirs en bois dont elles tapent le linge. Une épouse ainsi privée du piment savoureux de la vie de village fera de la vie de l'époux incriminé un enfer sans nom. De cette façon, l'épouse devient le bâton pour battre l'homme ; toutefois la vieille justice basque n'autorise pas d'étendre l'ostracisme aux enfants, ce qui serait injuste. Si les épouses sélectionnent leur mari, les enfants ne choisissent pas leurs parents.

Ce que je vais vous raconter ici est le compte rendu d'une réunion de village qui s'est tenue il y a quelques années, juste avant que la Grande Guerre ne prenne sept de nos jeunes hommes pour les envoyer à l'armée, dont trois rejoignirent Dieu, un revint fêlé de la tête à cause des gaz et un autre, parti Zabala-le-beau, revint Zabala-une-jambe. Je vais vous montrer à quel point nous avons une manière méticuleuse et intelligente de penser les choses – pas par orgueil, qui est un péché, mais pour garder une trace de nous-mêmes, parce que je commence à me dire que les vieux usages sont voués à disparaître et que, sans la moindre trace écrite, nos petits-enfants sont condamnés à sombrer dans le monde de l'étranger où, vous le savez bien, tous les gens sont rigoureusement identiques.

Toutefois, pour comprendre le compte rendu de cette réunion, il vous faut connaître deux trois choses sur la veuve

Jaureguiberry, désormais rappelée à son Créateur, mais qui à l'époque était encore parmi nous. Je vais donc commencer par vous parler de la veuve Jaureguiberry.

Chaque jour, la veuve Jaureguiberry menait son petit troupeau de brebis depuis notre village jusqu'à Etchebar, le village au-dessus. Et chaque soir elle le ramenait. L'usage veut que le berger précède le troupeau et le guide, de sorte que les bêtes ne s'éloignent pas sur les champs des autres. Il ne doit pas *suivre* le troupeau et le laisser se fourvoyer sur les champs des autres pour s'y repaître de leurs herbages. Exception faite en cas de tempête soudaine qui prendrait le berger de court, l'obligeant à regrouper ses brebis dans un champ pour les empêcher de s'égarer. Cette exception ne se prête pas aisément aux abus, car tout le monde sait si le mauvais temps aurait pu être anticipé en guettant les signes dans le ciel. Tous les Basques des montagnes naissent avec la capacité de lire le ciel, même si certains commencent à la perdre à force d'écouter les bulletins météorologiques à la radio.

La veuve Jaureguiberry *suivait* toujours son troupeau et ses brebis passaient leur temps à s'égailler dans les champs des autres pour y brouter leur herbe, tandis que la veuve claudiquait après elles en criant comme si elle ne savait plus où donner de la tête, et n'arrivait qu'à les disperser d'une prairie à l'autre. Et elle allait de maison en maison en psalmodiant de longues excuses larmoyantes aux propriétaires des terrains, se plaignant de la difficulté de devoir faire le va-et-vient chaque jour, sachant qu'elle avait son logis dans notre village mais que son pâturage se trouvait là-haut à Etchebar. Et tout le temps que la vieille femme s'expliquait, ses brebis broutaient votre herbe !

Bien évidemment, comme Dieu fait des imbéciles uniquement dans le Béarn, tout le monde chez nous au village savait que la veuve Jaureguiberry ne possédait aucun champ, pas plus dans notre commune que là-haut à Etchebar. Son mari n'avait pas été un bon paysan, mais un rêveur et un buveur qui avait perdu toutes ses terres avant que Dieu ne le rappelle à Lui en le foudroyant au cours d'un orage dans les alpages. Sa femme, sans enfants, se retrouva sans rien du tout si ce n'est la bonne volonté du vieux Aramburu, le négociant en vins qui avait pris leurs terres, un verre après l'autre. Et c'est ainsi que la veuve Jaureguiberry, pour subsister, fut obligée de laisser ses quelques brebis se nourrir des herbages des autres. Mais sur ce point elle gardait un esprit équitable ; elle laissait ses bêtes errer plus longuement sur les pâturages des paysans plus riches et les maîtrisait de manière à contourner les terres des pauvres. (Ce qui prouve bien qu'en réalité, elle était aussi bonne bergère que vous et moi.)

Voyez-vous, la veuve Jaureguiberry était basque et fière et ne pouvait s'abaisser à demander de l'aide à la commune. L'inverse eût été admettre que son mari n'avait pas été un bon chef de famille – ce que, de toute évidence, il n'avait pas été, mais cela ne regardait qu'elle, pas la terre entière. Et puis il n'était pas question de couvrir de déshonneur son défunt père, initiateur de l'infortuné mariage. Elle avait donc trouvé le moyen de vivre aux dépens de la communauté sans avoir l'air de le faire exprès. Nous étions tous au courant, et pas peu fiers de son ingéniosité basque. Tous, sauf le Colonel qui avait combattu les Prussiens en 70 et qui était l'homme le plus riche de notre village et de ce fait le plus pingre, car Dieu punit les pingres en les soumettant aux tentations de l'opulence, de même qu'Il protège les généreux en les gardant dans le havre sûr de la pauvreté – tel que nous en répond le vieil adage basque.

Fort bien, c'est tout ce qu'il faut savoir sur la veuve Jaureguiberry pour comprendre le compte rendu de notre réunion de village. En dire plus serait indiscret.

Ainsi ce jour-là les hommes du village se retrouvèrent-ils chez le vieux Aramburu, le marchand de vin, qui nous recevait parce qu'en de telles occasions on boit du vin, pour fortifier l'esprit et délier la langue. Le problème qui se posait à nous était le suivant : il était nécessaire de refaire le toit de l'école maternelle, car il laissait passer la pluie, et la maîtresse qui montait de Licq trois jours par semaine menaçait de ne plus venir si les réparations n'étaient pas faites. Bien évidemment, les hommes du village se chargeraient des travaux. Ce serait l'occasion d'une kermesse et de passer du bon temps. Mais comme il fallait acheter les tuiles avec de l'argent, nous décidâmes de lever un petit impôt entre nous à cette fin. Soit tant de francs par hectare de terres détenues.

Qu'à cela ne tienne. La dépense ne serait pas considérable et nous épargnerait le déshonneur de perdre notre école maternelle, surtout après avoir été témoins de l'humiliation récente des habitants d'Etchebar, forcés de fermer leur église parce que le curé ne voulait plus se déplacer une fois par semaine pour dire une messe en sus à l'intention d'une simple poignée de communiants. Quelle triste journée ce fut quand deux de leurs jeunes hommes grimpèrent sur le clocher pour retirer les aiguilles de l'horloge qui ne tournerait plus. Mais la décision était inéluctable. Ils ne pouvaient pas se permettre de laisser l'horloge de Dieu tromper son monde en ne donnant pas la bonne heure.

Après ça, les fidèles d'Etchebar n'eurent d'autre choix chaque dimanche que de faire tout le chemin jusqu'à notre église, et autour de petits verres après la messe, certains d'entre nous se prirent d'une commisération excessive envers eux sur la honte que ce devait être de vivre dans un village si pitoyablement médiocre qu'il n'avait pas même une église. Dans ce contexte, la fermeture de notre école entraînerait une mortification cinglante pour nous et une moquerie facile pour eux, étant donné que leur maternelle, en dépit de ses maigres effectifs, avait au moins le mérite d'être étanche.

Ainsi l'accord pour que nous fassions nous-mêmes les travaux et pour prélever l'impôt sur nos terres fut-il rapidement conclu… peut-être au bout de trois verres, que le vieux Aramburu notait scrupuleusement sur son ardoise. Bien évidemment, le Colonel protesta, lui qui était riche et pingre n'avait pas d'enfant et ne risquait pas d'en avoir, puisqu'il n'avait plus de vigueur auprès des femmes. Il y eut quelques récriminations à propos de la famille Ibar, laquelle avait très peu de terres imposables, mais donnait néanmoins un nouveau-né à Dieu chaque année, que le village était bien obligé d'éduquer. Mais il faut s'attendre à de telles complications. Comme dit le vieil adage : Rien n'est totalement juste à part le Jugement dernier… tant pis pour nous.

L'affaire paraissait suffisamment simple pour que la rédaction du procès-verbal ne demandât a priori que quelques heures de débats poussés.

Quand soudain quelqu'un pensa à la veuve Jaureguiberry !

— Mais attendez ! La veuve va devoir soit payer sa part, soit reconnaître publiquement qu'elle ne possède aucune terre. L'aveu la couvrirait de déshonneur !

— Mais elle est trop pauvre pour payer ! Elle ne vit que de fromages et de prières !

— Bah, fit le Colonel. Quelle honte y aura-t-il à ça ? Elle sait que nous savons qu'elle ne possède aucune terre !

Le Colonel était aigri envers la veuve Jaureguiberry qui laissait toujours ses brebis s'attarder plus longuement dans ses champs, puisqu'il était le plus riche de nous tous.

— Évidemment qu'elle sait que nous savons. Ce n'est pas la question ! La question est que personne ne l'a jamais dit à haute voix ! Le déshonneur de ces choses-là vient en les avouant, le premier imbécile venu le saurait, s'il n'était pas pingre comme un pisse-vinaigre – sans vouloir offenser personne ici, ex-officier de l'armée ou autre.

— Oh là, là, là, s'émut le vieux Aramburu en frottant l'une contre l'autre les paumes de ses mains. J'ai bien peur que ce soit un casse-tête qu'il faille démêler autour de plusieurs petits verres si nous voulons trouver une formulation convenable au compte rendu.

C'est ainsi que, trois heures durant, s'ensuivit au domicile du marchand de vin un débat des plus vifs et des plus approfondis. Quoique, en qualité d'auteur de pastorales, je fus connu pour ma grande prédilection pour les mots, voire pour un certain don de ce côté (je ne m'en vante pas, de crainte que Dieu n'engourdisse ma langue et n'assèche mon esprit), ce fut le doyen du village que l'on choisit pour prendre en note le compte rendu. J'en avais les mains qui me démangeaient de le voir sans arrêt mouiller la pointe de son épais crayon sur sa langue tandis qu'il besognait malhabilement sur sa feuille tachée, le corps voûté sur la table, le visage à vingt centimètres à peine du papier, à raturer et reformuler, raturer et reformuler, pendant que nous autres donnions notre avis à tour de rôle pour lui suggérer quelque tournure plus précise.

Voici à quoi finit par ressembler le compte rendu :

COMPTE RENDU DE LA RÉUNION
DE VILLAGE CONCERNANT LE NOUVEAU TOIT
POUR L'ÉCOLE MATERNELLE

Il est décidé et convenu que de chaque ferme – ou de chaque homme si deux hommes adultes ou plus vivent sur la ferme (et par "adulte" s'entend plus de dix-huit ans, ou déjà marié, ou les deux), mais exception est faite pour quiconque espère être admis en études de médecine à l'université l'année prochaine et a besoin du moindre centime que sa famille réussit à mettre de côté dans ce but – mais qui ne sera pas exempté s'il s'avère qu'il n'est pas accepté à l'université parce qu'il lui arrive de jouer à la pelote contre le mur de l'église alors qu'il devrait être en train de se creuser les méninges sur ses livres – et exception est faite aussi de tout homme qui est devenu l'un des "innocents" de Dieu *quand une pelote l'a frappé à la tête en 1881, après qu'il a écrasé la concurrence pendant huit années d'affilée lors des compétitions annuelles au jaï-alaï de Mauléon, couvrant notre pays de grande gloire (si une telle personne existe) ; et exception faite aussi de tout vieux clochard qui occupe le grenier de la grange de quelqu'un d'autre, se nourrit seulement de pain et d'oignons, et erre sur les routes par tous les temps en murmurant dans sa barbe (et ceci n'est absolument* pas *une allusion à quiconque du nom de Beñat, même si cela peut bien y ressembler) – mais toutes les* autres *fermes contribueront vingt-trois francs par hectare (ou partie d'hectare). Et le nombre d'hectares possédés par une personne ne s'appuiera pas sur ce qu'il ou elle déclare au profit des impôts, mais plutôt sur l'estimation de ses bien-fonds la dernière fois qu'il ou elle a voulu les hypothéquer et, dans un cas précis, sur la superficie de terrain qu'il a affirmé avoir au beau-père potentiel alors qu'il essayait de marier sa fille au fils de cet homme crédule – si une telle personne existe. (Nota bene : il est entendu que la famille Eliçabe s'inscrit en faux contre cette dernière partie parce qu'ils considèrent qu'elle frise dangereusement la calomnie et qu'ils prendront à partie quiconque avait l'intention qu'il en soit ainsi, tout particulièrement Bernard Irouleguy, qui a proposé la formulation au départ.)*

Cependant, si une personne possède des champs dans un autre village (tel que Etchebar, pour ne citer qu'un exemple), alors cette personne (ou ces personnes, quelles qu'elles puissent être) n'auront pas à payer l'impôt général, parce que ce conseil ne trouve pas de moyen de les (ou la) faire payer sans subir le déshonneur de donner l'impression de demander à Etchebar de contribuer à notre école maternelle. Et de toute façon, de telles personnes n'ont probablement pas d'enfants scolarisés en raison de leur âge.

Mais si toute personne (ex-officier ou autre) décide d'acheter un lopin de terre à Etchebar pour éviter de payer sa part, alors cette exception ne s'appliquera pas à lui, donc il ferait mieux de laisser tomber.

Signé par les soussignés
Le 11 mars 1911.

ÔTE TA CASQUETTE, GAMIN !

QUAND est-ce que j'ai commencé à m'intéresser aux fêtes foraines ?

Eh bien, c'était au cours de l'été 1934, et dans le bassin de poussière* entre le Kansas et l'Oklahoma il faisait plus chaud que dans l'enfer vu par les Méthodistes, et presque aussi sec que dans l'un de leurs sermons. La poussière qui se soulevait de la terre des chemins vous collait la langue au palais jusqu'à ce que vous n'ayez plus assez de salive pour avaler, et encore moins pour cracher.

La Grande Dépression tenait l'Amérique à la gorge et serrait. Aux quatre coins de cette république bénie, on voyait des hommes marcher d'un pas lourd le long des chemins charretiers, les revers de leur salopette mangés au talon soulevant des petits tourbillons de poussière. Parfois, on avait l'impression que c'était le pays tout entier qui était en mouvement. Certains cherchaient du travail – n'importe quel type de travail –, mais la plupart étaient

* En référence au *Dust Bowl*, les tempêtes de poussière qui ont ravagé la région des grandes plaines dans les années 1930.

sur la route depuis des mois et avaient perdu espoir ; ils se bornaient à chercher un nouvel endroit où être malheureux. Un peu comme quand on se tourne et se retourne sur un matelas brûlant.

Un peu avant ça, en 1930 ou 1931, quand les gens avaient encore du courage en stock qui leur restait du bon vieux temps, les puits de science du cru enfonçaient les poings dans les poches de leur salopette jusqu'à ce que leurs coudes soient tout droits et lançaient à qui voulait l'entendre au magasin d'aliments pour bétail : "Croyez-moi, les gars, ce jeune pays brillant qu'est le nôtre va lui mettre une déculottée, à cette dépression. Oui mon bon monsieur ! Elle va botter le cul de M. Dépression si fort qu'il devra rester debout devant le buffet pour prendre ses repas ! Bientôt, tous les grincheux qui courent en tous sens en se plaignant de ne pas trouver du travail seront plus occupés que le préposé au comptage des pets lors d'une kermesse de l'église baptiste et sa sempiternelle fête du flageolet !"

Mais les mois étaient devenus des années, et il n'y avait toujours pas de travail. Les tempêtes de poussières emportaient les fermes ; les enfants regardaient leurs pères de leurs grands yeux caves quand il n'y avait plus assez à manger ; et la plupart des gens ne se souvenaient pas de la dernière fois qu'ils avaient ri.

Dès le début de la Dépression, les fêtes foraines, les cirques et les *medicine shows** avaient fait affaire gaillardement pour les mêmes raisons que les films mettant en scène des beaux parleurs en smoking et pleins aux as avec

* Spectacle itinérant présenté par un soi-disant médecin afin de vendre élixirs et remèdes miracles et souvent agrémenté de numéros de cirque (acrobates, ventriloques, etc.) ou de l'exhibition de "monstres" humains (*freak show*).

des téléphones blancs étaient populaires : parce que les gens étaient affamés de rêves. Ils voulaient qu'on leur raconte que les plus belles choses de la vie sont gratuites et qu'on pouvait trouver la fortune sous les sabots d'un cheval ; ils avaient besoin de croire qu'on pouvait avoir quelque chose pour rien, parce que c'est ce qu'ils avaient dans leurs poches : rien. Jusqu'au dernier bouseux de Ploucville voulait oublier ses problèmes pendant un temps et se perdre dans la cacophonie criarde des stands de foire, au milieu du *oumpapa* de l'orgue limonaire et du baragouinage abrutissant des bonimenteurs. Il voulait montrer à la petite dame de quoi il était capable, en renversant les pintes de lait en bois et en gagnant une poupée Kewpie à dix cents moyennant un dollar de balles de base-ball cabossées. Mais tandis que les mois et les années défilaient sans que la situation ne s'améliore, rien ne servait de dire aux péquenauds que la seule chose dont ils devaient avoir peur était la peur elle-même, parce qu'ils crevaient de trouille. La peur pompait jusqu'à leur dernière goutte d'espoir, laissant leur esprit trop sonné pour pouvoir remonter la pente. Bientôt il resta si peu de travail que même les fêtes foraines de pacotille, de la taille de trois camions, se mirent à offrir l'entrée gratuite à leurs spectacles. Les péquenauds se traînaient entre les stands de foire, à lécher des yeux les attractions et les jeux, mais en serrant si fort leurs *Buffalo nickels* que des gouttelettes de pisse coulaient le long de la patte du bison frappé au revers de la pièce de cinq cents. Les roues et les manèges tournaient toute la journée sous un soleil de plomb, à vide, et le rabatteur pour le spectacle de strip-tease se retrouvait à discuter avec une poignée de gamins et deux trois vieux schnocks qui crânaient avec leurs questions, avant de glousser en se donnant des coups de coude comme s'ils connaissaient la chanson et qu'on ne pouvait rien leur cacher.

Mais même quand les choses allaient au plus mal, un forain digne de ce nom ne perdait jamais le sens inné de sa supériorité sur les gogos – ces habitants crédules de la ville du coin qu'il considérait comme un fatras indifférencié d'êtres humains dont le seul objectif dans le grand dessein de l'univers était de faire du manège, de regarder les spectacles avec des yeux de merlan frit, de se dépouiller de son argent aux jeux et d'engloutir de la barbe à papa, des pommes d'amour et tout le reste de la camelote à marmots. Ah, bien sûr un forain pouvait se retrouver dans la dèche ; il n'avait peut-être pas mangé un vrai repas en trois jours ni pris de bain en une semaine ; et il était peut-être obligé de se produire dans un champ de chaume devant une poignée de péquenauds d'East Ploucville ; mais il n'en restait pas moins un forain et à ce titre savait que le dernier des forains était supérieur au plus riche et fortuné des gogos. Réfléchissez plutôt : avez-vous déjà vu un forain jouer au jeu du seau ? Ou parier sur une roue à E ? Ou jouer quitte-ou-double sur un lancer de dés ? Ou perdre son dernier billet de cinq au bonneteau ? Bien sûr que non ! Mais les gogos, eux, font ça tout le temps. Tout le temps ! C'était quoi le crash de 29, si ce n'est une bande de gogos qui s'étaient retrouvés en slip à cause d'une espèce de version snobinarde du jeu du seau ? Hein ? Eh ben voilà.

La différence entre le gogo et le forain est aussi simple que fondamentale. Même quand les choses sont au plus mal, le forain est "dans le coup". Alors que le gogo a beau devenir aussi riche, célèbre ou puissant que ça lui chante, il est tout bonnement incapable d'être "dans le coup" et ne le sera jamais. Un point c'est tout.

J'ai entendu parler pour la première fois de la supériorité fondamentale du forain sur le gogo de la bouche d'un vieux de la vieille qui se faisait appeler Dirty-Shirt Red – bien qu'il ne fût pas roux et que sa chemise ne fût pas plus sale que la moyenne. J'avais treize ans et je m'étais enfui de la maison de correction où on m'avait mis pour me punir de m'être enfui du foyer d'accueil où on m'avait mis pour m'être enfui de chez moi. Je remontais les traverses de chemin de fer en direction du nord quand je dépassai Dirty-Shirt Red, qui avait quitté le trou paumé où il avait passé l'hiver à faire la plonge dans un boui-boui et s'apprêtait à prendre en marche la caravane du Jonah J. Jones Greater Shows qui mettait le cap à l'ouest depuis les terres rouges du Tennessee occidental. Comme j'arrivais à sa hauteur, je baissai la tête et allongeai le pas pour le dépasser sans rien d'autre qu'un grognement et un hochement rapide de la tête en guise de salutation, parce que les jeunes vagabonds apprennent bien vite à se tenir à bonne distance des vieillards. Mais en me voyant il rit et dit quelque chose d'amusant et je me rendis compte d'emblée qu'il n'était pas à craindre, si bien que nous ne tardâmes pas à marcher côte à côte et à bavarder. Il me raconta qu'il connaissait comme le fond de sa poche le pays que nous étions en train de traverser parce qu'il s'y était produit avec des fêtes foraines plus souvent qu'une grosse truie jaune a des tétines. Je lui demandai ce qu'il faisait dans les fêtes foraines.

— Tout et rien, gamin, et d'autres choses aussi. Dans ma jeunesse dorée, j'étais un dix-en-un. Tu sais ce que c'est ?

Je l'ignorais.

— Un dix-en-un est une attraction solo, une véritable aubaine pour une petite fête foraine qui essaie de tirer son épingle du jeu. Ah, je savais tout faire. Je pouvais faire mangeur de feu, avaleur de sabre, acrobate pieds nus sur une échelle d'épées cosaques et jongleur de torches, le tout en détaillant le rituel nuptial scabreux des habitants des îles Fidji par des mots et des gestes (réservé aux hommes, et pas avant minuit, pour éviter d'échauffer les jeunes esprits – je suis certain que vous comprenez, messieurs). Je pouvais faire de la magie, des tours de passe-passe et de prestidigitation tout en lisant la Déclaration d'Indépendance sur une tête d'épingle où elle était gravée en caractères si petits que les gogos à qui je vendais les épingles n'y voyaient goutte – mais je leur assurais qu'ils seraient en mesure de la déchiffrer mot pour mot une fois chez eux en mettant l'épingle sous une loupe grossissante. (Le genre d'arnaque qu'on garde pour la dernière représentation, gamin. Il vaut mieux leur laisser douze bons mois pour décolérer avant de revoir ta pomme.) Ah ouais, ça marchait comme sur des roulettes. Évidemment, je suis un peu vieux pour ça maintenant, mais je ne démérite pas de ma paillasse, ma bière et mes fayots. Je sais gérer un manège, tenir un stand, dire la bonne aventure, piper une roulette et vendre ma part de pomme-pomme-d'amour avec son pop-pop-corn-caramel. Je suis ce qu'on appelle un authentique forain polyvalent, pure souche, formé à bonne école, garanti sans risque de rouille, de casse, de corrosion ou d'explosion. La seule et unique version originelle brevetée. Méfiez-vous des imitations.

Eh bien, une chose était sûre : il savait causer. Et le gamin impressionnable que j'étais à l'époque aurait donné n'importe quoi pour avoir le même bagou étourdissant et chantant que lui : une faconde qui n'avait pas vocation à informer, mais à hypnotiser et mystifier. Sans le savoir, en cet instant, je devins un forain dans l'âme. Et peut-être Dirty-Shirt Red s'en avisa-t-il, parce qu'au bout de deux heures à cet espèce de faux rythme de croisière qu'ont les hommes sur les voies de traverse, il se tourna vers moi et me demanda :

— Becqueté ?

— Quoi ?

— "Becqueté", en forain c'est une manière de demander si tu as mangé. C'est comme ça que les forains se saluent, parce que l'estomac c'est ce qui compte le plus quand on est en vagabondage. Donc un forain demande à l'autre : Becqueté ? Et l'autre répond oui ou non, selon le cas, puis il continue à bavarder pour faire connaissance, parce qu'il met un point d'honneur à ne pas paraître affamé et sans le sou, sachant que s'il dit non, l'autre forain se mettra en quatre pour lui dégoter de la bouffe en vitesse. Alors, becqueté, gamin ?

— Pas aujourd'hui, non monsieur.

— Ce n'est pas du tout comme ça qu'on répond ! Tu m'écoutes quand je cause ? Je pète aux quatre vents ou quoi ? Tu incorpores ce non dans la masse et tu enchaînes en douceur : quelque chose du genre non, mais saperlipopette, on peut pas dire qu'il fait froid. On pourrait faire frire un œuf sur le bord de la route… et puis tu continues ton bavardage pour faire connaissance. Dire non tout net, puis rester planté là avec tes dents dans ta bouche, c'est trop humiliant pour un forain. Pigé ? Allez, on réessaie : Becqueté ?

— Non, et je dirais pas non à un de ces œufs que vous faites frire sur le bord de la route.

Dirty-Shirt Red éclata de rire.

— T'es au poil, gamin. T'as du culot, mon coco, et il en faut, parce qu'il y a deux types de gens en ce bas monde, les forains et les gogos : ceux qui prennent et ceux qui se font prendre. Eh bien tu seras heureux de savoir qu'il y a une gogo facile sous la forme d'une veuve dans une ferme un peu plus au nord de la ligne. Elle devrait faire l'affaire pour un repas, si elle a pas passé l'arme à gauche ou fini chez les fous, ou fait tout autre chose qui la rendrait insensible aux besoins de ses semblables.

Au bout d'une heure, un chemin de terre s'embrancha depuis l'est, longeant le chemin de fer jusqu'au portail d'une petite ferme : une maison aux murs bruts, une grange et deux dépendances affaissées. Dirty-Shirt Red s'arrêta et essuya la sueur sur la bande de tissu de son vieux chapeau cabossé. Puis il montra du doigt un des poteaux télégraphiques à l'odeur de créosote qui suivaient le tracé des rails :

— Tu vois, là ?

Quelqu'un avait marqué le poteau d'un grand X et ajouté un petit x entre les deux branches supérieures du grand.

— Tu sais ce que ça veut dire, gamin ?

Je l'ignorais.

— C'est le signe qui veut dire qu'ici on est bien traité. Le petit x en haut veut dire qu'on trouve à bouffer. S'il avait été en bas, ç'aurait voulu dire qu'on pouvait dormir dans la grange ou par là. Il va falloir que tu apprennes un peu à parler 'bo si tu veux suivre les fêtes foraines, parce que la vie n'est pas toujours un lit de crème fouettée à la cerise. Parfois, y'a plus que des noyaux et du lait caillé, et ça t'oblige à vivre comme un 'bo pendant un petit temps.

— Un 'bo ?

— Un *hobo*, un vagabond, quoi.

— Oh !

— Ah !

Il ramassa sur le ballast un éclat pointu de pierre concassée et traça trois traits épais en travers du X, avant d'ajouter dessous ce qui ressemblait à une pointe de flèche boudinée.

— Là ! Maintenant allons voir ce que la veuve veut bien nous prodiguer, gamin !

Comme nous remontions le chemin poussiéreux qui menait au portail, je lui demandai à quoi rimait ce qu'il avait gravé sur le poteau.

— Les traits qui traversent le X informent les trimardeurs de passage que les choses ont changé et qu'on n'est plus bien reçus. Le symbole d'explosion – celui qui ressemble à une espèce de pointe de flèche à l'envers ? – ça veut dire que quelqu'un dans les parages a une carabine et n'hésite pas à s'en servir.

Je m'arrêtai net.

— Te bile pas, gamin ! La veuve est une chrétienne *reborn**, une âme charitable de longue date issue des tréfonds de Vertuville. Elle saurait pas par quel bout manier une carabine.

— Oui, mais...

— J'ai gravé ces marques par-dessus le poteau pour mettre les 'bo sur une fausse piste. Notre grande république traverse une crise économique, au cas où t'aurais pas remarqué, gamin. La dernière chose dont on a besoin, c'est de se tirer dans les pattes pour avoir l'aumône.

— Oui, mais...

— Oui mais mon cul. Maintenant toi et moi on est au courant d'une bonne adresse que les autres connaissent pas.

* "Née de nouveau" ou "régénérée".

Ça nous donne un coup d'avance. Un bon forain a toujours un coup d'avance, parce que si t'as pas un coup d'avance, gamin, t'as un coup de retard. Bon maintenant, quand on va arriver là-bas, tu vas te borner à sourire. Pas un mot. En fonction de la situation, je sortirai notre jeu ; toi tu suis le mouvement. Et surtout, tu ne m'aides pas ! La dernière chose dont j'ai besoin, c'est d'une espèce de gamin qui va me couper la chique. T'as un chapeau dans ton balluchon ?

— J'ai une vieille casquette.

— Mets-la.

— Mais il fait chaud !

— Je suis pas là pour animer un groupe de parole. Fais ce que je te dis.

Je sortis ma casquette de mon balluchon et l'enfonçai sur ma tête en maugréant :

— Je vois pas pourquoi je devrais porter ma casquette.

— Tu dois la porter pour pouvoir l'ôter ! dit-il en insistant sur chaque mot comme s'il parlait à un crétin. Les femmes apprécient les gamins bien élevés. Surtout les veuves. Allez, on y va.

Un gros chien avec des crocs jaunes déboula en aboyant et se mit à gratter au portail en grognant à travers ses lattes, ce qui eut pour effet de me donner des picotis dans l'estomac comme quand on regarde tout en bas depuis un lieu en hauteur. Sans bouger de notre côté de la clôture, Dirty-Shirt Red s'employa à amadouer le chien en lui parlant avec des sourires, en l'appelant bon gars, bon gars et en disant :

— Ça, pour aboyer, tu sais aboyer, hein, mon p'tit père ? (Avant de murmurer sous cape :) J'lui botterais volontiers le cul jusqu'à que ses poils lui sortent par la gueule. (Puis à voix haute :) C'est un bon gars, ça ! Mais oui c'est un bon gars !

Une femme aux cheveux gris sortit de derrière la maison, cria “Hugo ?” et aussitôt l’agressivité du chien s’évanouit en une grande moue molle et humide, langue pendante sur le côté, avec force gémissements pour attirer l’attention.

— Pas la peine d’avoir peur, dit la vieille femme en arrivant au portail. Il n’y a pas une once de méchanceté chez lui.

— Je m’en suis avisé de suite, madame, répondit Dirty-Shirt en retirant son chapeau cabossé tout en me donnant un coup de coude dans le même mouvement. Mais il ne faut pas le réprimander d’avoir aboyé, madame, parce que c’est son travail et qu’il le fait pour protéger sa maîtresse. C’est-y pas vrai, mon grand ? Mais oui parfaitement. Oui, parfaitement ! Le fait est que, madame, j’adore les chiens. C’est peut-être une faiblesse dans ma constitution, mais c’est comme ça. (Il me flanqua un autre coup de coude, sans ménagement, et je tirai sur ma casquette.) Ah que oui ma bonne dame, j’ai eu des chiens depuis que je suis haut comme trois fèves, et j’en aurais encore un aujourd’hui si je n’étais pas sur la route sans les moyens de m’occuper de lui comme il faut.

— Dites, attendez une minute, l’interrompit la dame. Je vous reconnais, non ? Vous ne vous êtes pas déjà présenté à mon portail ?

— Bonté divine, j’ai bien peur que non, madame. C’est la première fois que moi et mon garçon on passe dans le coin.

— C’est votre garçon ?

Elle me regarda, je me bornai à sourire.

— Oui, madame, dit Dirty-Shirt. C’est pas grand-chose, mais c’est le mien.

— Vous cherchez du travail, c’est ça ?

Elle s’exprimait encore d’un ton mesuré.

— C'est exact, madame. Chez nous, il n'y a plus de travail pour rien au monde. On espère trouver quelque chose au Nord.

— Vous êtes seulement tous les deux ?

Le sourire de Dirty-Shirt s'effondra soudainement. Il baissa les yeux sur ses chaussures et d'un filet de voix dit :

— Oui, madame, il y a plus que nous deux maintenant. Après que la sécheresse et la poussière ont fait leurs mauvaises œuvres, c'est la fièvre qui est arrivée et…

Mais il ne put continuer. Il enfouit son visage dans sa main, et enfonça son index et son pouce dans ses orbites jusqu'à ce qu'il en sorte des larmes. Puis il renifla et s'essuya les yeux.

— Ma femme a toujours été plutôt frêle, j'imagine qu'elle n'a pas eu la force de continuer, et alors elle…

Il n'eut pas la force de continuer, lui non plus. Mais après un reniflement, il afficha un sourire vaillant, quoique pâle.

— J'espère prendre un nouveau départ dans le Nord. Dans l'intérêt du garçon.

La femme baissa sur moi ses yeux compatissants et tendres. Les sourcils froncés, je plantai le regard sur le sol.

— Le fait est que, madame, continua Dirty-Shirt, j'espérais que votre mari ait du travail que je puisse abattre pour gagner un dîner pour le garçon et moi. Mais avant que vous répondiez, sachez que si vous n'avez pas de travail honnête à faire faire, ou si les temps sont si durs que vous ne pouvez pas vous permettre de donner deux repas, je comprendrais tout à fait, parce que les choses étaient ainsi pour moi et Maudie avant qu'elle…

Il ne put continuer.

— Je suis veuve, nous dit-elle. Alors bien sûr qu'il y a plein de travail pour des hommes.

— C'est vrai. J'ai remarqué un tas de bois là-bas qui a bien besoin d'être rangé.

— Exact. Deux clochards sont passés hier et je leur ai donné à chacun un *po'boy* à manger pour qu'ils me fendent le bois. Mais ils sont partis sans l'avoir empilé.

— Tous les mêmes, ces clochards, pas vrai ? Ils nous importunaient *tout le temps* à la ferme autrefois...

Il s'interrompit de nouveau, puis s'ébroua pour se ressaisir.

— Alors je sais aussi bien que vous que la plupart de ces "Chevaliers de la Route" sont rien que des mendiants en quête d'aumône qui cherchent à esquiver le travail honnête. Pourtant, autrefois je leur donnais toujours ce que je pouvais parce que, comme nous l'a expliqué un jour notre pasteur, si ça se trouve l'un d'eux traverse authentiquement une mauvaise passe, et ce serait une honte de tourner le dos à un homme dans le malheur, même si tous les autres sont rien que des bons à rien de clochards. Jamais je n'ai oublié ces paroles pleines de sagesse.

— Ma foi, entrez donc dans la cour. Aujourd'hui, c'est le jour de la fournée, alors il y a du pain frais. Je peux vous préparer deux *po'boys* avec du poulet froid et ce qui me reste d'autre. J'espère que ça vous ira.

— Ce sera très bien, madame. Bas les pattes, Hugo ! S'il est pas mignon à coller sa truffe partout, cette espèce de... de chenapan ?

La veuve nous guida jusqu'au tas de bois puis nous laissa sur place le temps de retourner à l'intérieur pour préparer les sandwichs. Dès qu'elle fut hors de portée de voix, Dirty-Shirt me dit en un murmure hâtif :

— Tu vas aller t'asseoir là-bas à côté de la pompe et tu vas appuyer ta main au milieu de la poitrine, comme ça. Tu vois ? Quand elle revient, tu n'arrêtes pas de sourire mais tu ne pipes pas un mot.

— Mais pourquoi ?

— Pourquoi mon cul. Fais ce que je te dis.

Perché au bord d'un abreuvoir en bois à côté de la pompe, je me sentais bête avec ma main appuyée sur la poitrine comme ça, et pendant ce temps Dirty-Shirt sélectionnait un petit bâton du tas de bois et le portait jusqu'à la pile, marchant lentement et s'arrêtant deux fois pour prendre de longues inspiration laborieuses, avant d'expirer en soufflant de ses joues gonflées.

Il avait réussi à déplacer trois morceaux jusqu'au tas de bois et il se reposait, le quatrième au creux de ses bras comme si c'était un bébé, quand la veuve ressortit avec une petite planche chargée de deux demi-miches de *po'boys* bourrées de poulet, de tomates et de salade et deux grands verres de lait sorti tout frais et mousseux du garde-manger bâti sur une source. Elle me tendit un de chaque, et je lui souris sans un mot, tel qu'on m'en avait donné l'ordre.

— Ta mère t'a donc pas appris à dire “merci”, petit ? demanda-t-elle d'un ton plus taquin que tyrannique.

J'élargis mon sourire.

— C'est un bon garçon, lança Dirty-Shirt depuis le tas de bois en hissant la bûche fendue jusqu'au sommet au prix d'un effort certain, avant de s'appuyer contre le tas pour reprendre son souffle. Oui, madame, c'est un bon garçon, et il a bon cœur, mais il est un peu…

Il agita vaguement la main en direction de sa tempe et haussa les épaules.

— O-oh, fit la veuve d'une voix attendrie. Eh bien, dans ce cas ce n'est pas grave. Reste bien là tranquillement et mange ton sandwich. Quand tu auras fini, tu pourras aider ton papa.

J'étais tellement mal à l'aise que j'aurais pu flanquer un coup de pied à Dirty-Shirt en plein tibia. À la place de quoi, je souris encore plus grand – exactement comme le ferait un demeuré – et je mordis à pleine bouche dans mon *po'boy* qui gicla par l'arrière, ce qui finit de me mettre mal à l'aise.

— J'ai bien peur de pas pouvoir laisser le garçon me donner un coup de main, affirma Dirty-Shirt en venant prendre son sandwich et son verre de lait. Mais ne vous faites pas de mouron. Je travaillerai pour nous deux… dès que j'aurai fini ce déé-lii-cieux festin que vous avez préparé de vos blanches… Bas les pattes, Hugo ! Nom de… d'une pipe ! Vous avez un chien en sacrée bonne santé, madame.

— Je vous ai regardé par la fenêtre pendant que je préparais les *po'boys*, lui dit la veuve.

— C'était bien gentil de votre part, madame.

— Je vous ai pas trouvé bien fringant dans votre façon de bouger. Je pense que votre garçon ferait bien de vous aider.

— Je ne peux pas lui demander ça, madame, marmonna-t-il la bouche pleine de pain, de poulet et de salade. C'est son cœur, voyez-vous.

Je reposai mon verre et portai la main à ma poitrine.

— Mais n'ayez crainte, continua Dirty-Shirt. J'abattrai le travail de deux hommes.

— C'est pas tous les jours qu'on entend parler d'un enfant au cœur fragile, observa la veuve.

— C'est bien vrai, madame. Bien vrai. C'est une forme congénitale rare d'endocardite bactérienne subaigüe. Mais par pitié ne vous laissez pas embobiner par mes mots savants. La seule raison pour laquelle je connais le terme médical c'est que… eh bien, je souffre moi-même de cette maladie. Depuis que je suis tout petit. C'est héréditaire. Heureusement, elle tue pas rapidement… du moment qu'on se fatigue pas de trop.

— Mais… comment diable avez-vous réussi à gérer une ferme avec votre endobactérienne sub-quoi donc ?

— Difficilement, madame. Très difficilement. Et peut-être que c'est pour ça qu'il n'est pas resté assez de côté pour soigner ma Maudie quand la fièvre est arrivée et qu'elle…

Il ne put terminer. Je veux parler de sa phrase. Il n'avait eu aucune difficulté à terminer son *po'boy* et son lait. Même qu'il s'était resservi en lait. Mais maintenant la veuve ne voulait plus le laisser terminer la corvée de bois, quel que soit le mal qu'il se donnait à la supplier de lui éviter la honte cuisante de le traiter comme un fainéant de mendiant parce qu'il tenait à fournir une bonne journée de travail en l'échange d'une bonne…

— C'est moi ou ça sent *la tarte aux pommes* ?

— En effet. Comme je vous le disais, c'est le jour de la fournée.

— Alors écoutez-moi bien, ma bonne dame, et ne vous avisez pas de me contredire ! dit-il en agitant l'index dans sa direction. Rien au monde ne me fera accepter une part de cette tarte aux pommes ; pas après avoir dégusté vos délicieux sandwichs sans les avoir dûment gagnés. Toutefois, il y a bien quelque chose que je *pourrais* accepter, mais seulement après vous avoir expliqué ce que l'on pourrait appeler le fin mot de l'arnaque. Ce que j'accepterai – et la *seule* chose que j'accepterai –, c'est votre permission de rester là pendant une minute à me remplir les narines du merveilleux arôme de la cannelle et des pommes sorties toutes chaudes du four. Rien en ce bas monde ne me rappelle autant de souvenirs de ma Maudie bien-aimée.

Sur ce, il s'inclina en direction de l'odeur qui flottait de la fenêtre de la cuisine, les paupières closes et un doux sourire aux lèvres comme s'il tenait en l'air accroché par le bout du nez.

N'osant pas s'immiscer dans ses réminiscences silencieuses, la veuve tourna son regard apitoyé vers moi, si bien que je reposai mon verre de lait, portai la main à ma poitrine, et souris sans trop de conviction.

Dix minutes plus tard, nous remontions la voie ferrée, Dirty-Shirt Red tenant précautionneusement une moitié de tarte enveloppée dans un journal, suivis par le chien qui zigzaguait sur nos talons. Dirty-Shirt mit l'animal en garde :

— Hugo, si tu me fais un croche-patte et que je laisse tomber cette tarte, je m'en vais te coller mon pied au cul si profond que t'en auras le goût du cuir dans le gosier !

Dès que nous fûmes hors de vue de la ferme de la veuve, Dirty-Shirt renvoya le chien chez lui à coups de bouts de ballast, après quoi nous poursuivîmes notre route et ne tardâmes pas à retrouver l'allure saccadée des marcheurs de traverses.

Je voyais bien qu'il était content de lui. Moi, j'avais honte, et je lui en fis part.

— Ça nous aurait pas coûté grand-chose d'empiler le bois de cette dame.

— Grand-chose mon cul. Ça n'a rien à voir. C'est une question de principe. Le plus gros gogo du monde peut bien *gagner* un sandwich. Mais en dégoter un sans lever le petit doigt… pour ça, faut un forain. Et la manière que j'ai eue de dégoter ces garnitures est la marque d'un forain de haut vol.

— Les garnitures ?

— C'est du parler 'bo pour causer des desserts et des confiseries, tous les petits plus. Un forain ordinaire se serait contenté des sandwichs, vu qu'elle a failli me reconnaître de la dernière fois que je suis passé et que je l'ai bernée. J'espère bien que tu as remarqué, quand j'ai soutiré la tarte aux pommes à cette vieille niaise, comment j'ai eu le culot de lui faire la réclame de l'arnaque bien en face, en lui annonçant que j'allais lui faire le coup. Plus savoureux que ça, tu peux pas, gamin. C'est la partie la plus fameuse d'une bonne escroquerie.

— Je vois pas en quoi ça demande tant de culot de lui annoncer qu'on l'arnaque alors qu'elle ne sait même pas ce que c'est, une arnaque.

— Il y a des tas de choses que tu vois pas, gamin.

— Peut-être bien, mais je trouve que c'est un coup bas de berner une gentille dame comme ça.

Il s'arrêta net et baissa sur moi son visage barré d'un froncement de sourcils.

— C'était pas une gentille dame. C'était une gobe-mouche. Et les gobe-mouches c'est ni vieux ou jeune, ni gentil ou méchant, ni homme ou femme. C'est des gogos, et faut les traiter comme des gogos. Si t'en es pas capable, alors il y a aucune chance pour que tu deviennes un forain digne de ce nom.

— Mais j'admire sa bonté envers les inconnus.

— Tu *quoi* ?

— Je l'admire, répétai-je avec véhémence, parce que je venais tout juste d'apprendre le vrai sens du mot “admirer” et n'étais pas entièrement convaincu de l'avoir bien saisi.

D'où je venais, les gens disaient “admirer” pour dire leur “bien aimer”, comme dans : “J'admirerais bien d'aller au cinéma, maman.”

— Tu admires une gobe-mouche ? Et avec ça tu t'imagines que tu vas devenir forain ?

— Ouais, mais…

— Mais mon cul ! Si t'es peiné à ce point de l'avoir bernée, te sens pas obligé de manger ta part des garnitures.

Il crapahuta tout en bas du talus et alla s'asseoir à l'ombre d'un arbre, où il déplia le papier journal.

À nous deux, nous ne fîmes qu'une bouchée de la tarte, puis nous continuâmes à suivre les rails pendant deux heures, avant d'arriver à un petit trou paumé qui s'appelait Perpète-les-Oies, jusqu'à ce que je comprenne que les forains surnomment toutes les villes Ploucville, ou Pétaouchnok, ou Trifouillis-les-Oies ou quelque chose dans ce goût-là. Nous quittâmes les rails pour rejoindre la route parce que quiconque marchait sur les rails était considéré comme un clochard et que dans certaines villes, ça vous valait de finir au trou pendant dix ou quinze jours pour motif de vagabondage, et d'être utilisé comme main-d'œuvre gratuite, à creuser des fossés de drainage ou à rafistoler des routes de l'aube à la nuit. Quand les choses allaient vraiment mal, l'hiver surtout, les hommes se risquaient à entrer dans la ville en suivant les rails, voire à faire un peu la manche sur la grand-rue dans l'espoir de se faire coffrer par les autorités locales, histoire d'avoir quelque chose à se mettre sous la dent en plus de crécher au chaud, même si ce n'était que pour deux semaines. Mais la plupart du temps, la flicaille flairait l'arnaque et se contentait de vous chasser de la ville après vous avoir flanqué une bonne raclée avec le manche d'une hache pour s'assurer que vous n'alliez pas revenir de sitôt.

Dirty-Shirt et moi marchions tranquillement dans la grand-rue, toujours en direction du nord, quand une grosse Packard noire rutilante nous dépassa et alla se garer devant la banque. Le chauffeur en descendit d'un bond pour aller ouvrir la portière arrière, dont sortit un homme bien mis qui entra dans l'établissement après avoir échangé quelques mots avec des badauds qui se décoiffèrent, souriant et dodelinant de la tête tant ils s'esbaudissaient de son attention.

— Bon sang, visez-moi ça, dis-je. Posséder une banque pleine d'argent et avoir tout le monde qui vous renifle les basques ? Je crois bien que je pourrais me faire à ce genre d'existence.

— Pas moi, coupa sèchement Dirty-Shirt.

— Vous êtes en train de me dire que vous ne prendriez pas la place de cet homme avec son costume chic, sa grosse berline et tout le monde qui lui fait des risettes et des courbettes comme ça ? Vous rigolez.

— Pour rien au monde. Je préférerais baisser la tête et me rendre compte que je pisse du sang plutôt que d'être cet homme. Et tu sais pourquoi ?

— Non, pourquoi ?

— Parce que derrière toutes ses manières prétentieuses, c'est rien d'autre qu'un gogo.

— Oh, n'importe quoi !

— Je déconne pas, gamin. C'est un gogo. Je suis déjà passé ici, et je l'ai berné.

— *Lui*, vous l'avez berné ?

— Un peu, mon neveu. Il y a sept, peut-être huit ans de ça, la troupe de l'United International Shows de David Meeker s'est produite dans ce bled de pacotille. Je faisais tourner une roue de la fortune enjolivée qui empêchait les gogos de remporter plus d'une authentique poupée Kewpie Betty Boop 100 % celluloïde ou une de ces espèces de couvertures plaid Beeno-Bingo taillées dans cinquante centimètres de tissu de couleur criarde qui s'étirait comme du caramel et finissait en boule de feu si on y mettait une allumette. Eh bien, ton banquier arrive avec ses grands airs et deux autres péquenauds de dignitaires, comme s'il allait s'encanailler avec la racaille pour montrer que c'était un type normal, et il avise les jambons que j'exhibe pour attirer le chaland. Des jambons fumés au miel Southern Delight de Virginie, pour être précis, emballés qu'ils étaient dans du beau papier doré.

— Notre cuisinière ferait des merveilles avec un de ces jambons, qu'il dit à un de ses copains rupins.

"Bon, évidemment, c'était pas vraiment du jambon dans l'emballage, vu qu'on faisait le boniment pour les mêmes depuis une demi-douzaine d'années et qu'ils avaient tous viré vert et huileux depuis longtemps à cause de la chaleur et qu'on les avait remplacés par de la sciure enveloppée dans des paquets en forme de jambons, mais ça n'avait aucune importance vu que le gogo avait autant de chance qu'une boule de neige en enfer de remporter assez de points pour en acheter un. (On ne donnait pas d'argent parce que les jeux d'argent sont illégaux quasiment partout dans le Sud-Est. On distribuait exclusivement des bons d'achats haut de gamme que les gogos pouvaient échanger pour 'acheter' ce pour quoi on bonimentait.) Bref, voilà-t-y pas que ton chicos de banquier fait claquer dix cents sur le comptoir pour que je fasse tourner la roue. Et devine quoi ? Il récolte immédiatement presque assez de points de bons d'achat pour gagner son jambon… presque, mais pas tout à fait. Alors je m'en vais lui expliquer qu'il ne lui reste plus qu'à tomber sur un cinq et un neuf, ou tout produit ou multiple d'un des deux, sans toutefois dépasser le total optimal, ni totalement retrancher les racines cubiques et les variations fractionnées les plus significatives. Là, il me dévisage une minute, puis bombe le torse et me dit : 'Je suis banquier. Les nombres, c'est mon affaire et votre charabia sur les racines cubiques et les fractions ne me fait ni chaud ni froid.' Là, je lui souris et je lui dis : 'Vous savez, monsieur, dès que je vous ai vu approcher ma roue, j'ai saisi que vous étiez un homme aux penchants mathématiques et aux propensions arithmétiques, et que ce serait bien en vain que j'essaierais de vous rouler dans la blanche farine. Je m'en vais être franc avec vous parce qu'à long terme la franchise est la meilleure politique. J'utilise ce baratin – dont les mathématiciens comme vous et moi savent parfaitement bien que ce n'est rien d'autre qu'un enchevêtrement assoupissant de sons insolites – afin de persuader le badaud de rester dans le jeu jusqu'à ce qu'il remporte un jambon, car la loi des moyennes assure que tel sera inexorablement le cas, tôt ou tard. Et pourquoi fais-je une chose pareille ? Parce que, monsieur, je *veux* qu'il gagne. Je veux qu'il gagne parce que je veux que les autres passants de la foire le voient marcher avec un de mes jambons fumés au miel Southern Delight de Virginie sous le bras et un sourire satisfait sur le visage, qu'ils soient envieux et qu'ils arrivent ventre à terre à mon échoppe pour y lâcher leurs pièces de dix cents et remporter un jambon. C'est comme ça que je gagne ma vie. Comme vous pouvez le voir, monsieur, il y a un nombre total de trente-six chiffres peints sur la roue devant vous. Sachez qu'avec un plein chaland (le 'chaland' s'entend dans ma profession comme la foule des spectateurs qui s'agglutine devant un jeu ou une roue), j'aurais trente-six pièces de dix cents – une par chiffre – à chaque tour de roue. Ce qui donnerait sauf erreur de ma part un total de trois dollars et soixante cents, n'est-ce pas, monsieur ? N'hésitez surtout pas à remettre en questions mes affirmations et à vérifier mes estimations. Sachez que je peux acheter ces délicieux jambons en gros pour trois dollars et quarante cents pièce. Ainsi, si je réussis à conserver le chaland nombreux et enthousiaste, alors quelqu'un gagne un jambon à chaque tour de roue et j'empoche vingt cents, bénéfice net. Pour un homme riche tel que vous, ça peut sembler peu, mais prenez vingt cents et multipliez-les par toute une flopée, et vous serez surpris de voir comme ça grimpe ! Bien, je ne vais pas rester là à vous demander de jouer tous les numéros de la roue, tout ça pour m'assurer que vous remportez votre jambon. Et pourquoi ? Parce que vous refuseriez. Et pourquoi un homme intelligent irait-il payer trois dollars et soixante cents pour un jambon à trois quarante ? Ce serait une mauvaise affaire et n'importe quelle buse voit bien que vous avez l'œil vif, l'esprit aiguisé et un goût prononcé pour les bonnes affaires, ce qui est la marque du businessman américain, et comme l'a dit Cal Coolidge : 'Ce qui est bon pour les banques est bon pour l'Amérique.' Ma suggestion est la suivante, monsieur. Je vous suggère de mettre un dollar – un dollar – soit sur le neuf soit sur le cinq, à vous de choisir, suggestion librement exprimée et librement acceptée. Après quoi je veux que vous veniez jusqu'ici et que vous fassiez tourner la roue de vos propres mains parce qu'il s'agit là d'un jeu de hasard et qu'il est hors de question que l'habileté joue le moindre rôle injuste. Si votre nombre tombe en l'espace de douze tours de roue – *douze* tours ! – alors je vous remettrai libre et clair de toute charge subséquente un de ces jambons fumés au miel Southern Delight de Virginie. À présent, prenons le temps ensemble de passer en revue les pourcentages et probabilités d'une telle offre. La probabilité pour que votre chiffre tombe en un seul tour de roue serait de un pour trente-six. Je ne me trompe pas ? Donc avec douze tours de roue, la probabilité pour que vous gagniez devient… devient quoi ?' Et le banquier de me répondre : 'Une chance sur trois', sur quoi je fronce les sourcils et bataille avec les nombres pendant une seconde, avant de m'exclamer d'un air étonné : 'C'est exact ! Une chance sur trois ! Sachant que je propose un lot qui a un prix de marché de gros, non pas de trois dollars, mais de trois dollars *et quarante cents*, ce qui vous donne un avantage incontestable sans me faire passer pour l'imbécile qui va bientôt se départir de son argent. Ai-je commis la moindre omission ou erreur en calculant les probabilités, monsieur ?' Voilà que le banquier fait défiler les chiffres dans sa tête et devine quoi ? J'avais raison : les conditions lui étaient mathématiquement favorables. Il plisse les yeux et me demande comment ça se fait que je sois prêt à lui laisser les meilleures chances, alors j'agite mon index dans sa direction et lui dis : 'Si je ne m'abuse, vous voyez clair dans mon jeu, monsieur. Vous admettez que je suis gagnant dans les deux cas. Si vous échouez et que votre nombre ne sort pas au bout de douze (douze !) tours de roue, alors j'empoche votre dollar. Mais si la loi internationale des moyennes vous met en possession d'un de ces délicieux jambons, alors tous les citoyens de cette ville verront une figure de la communauté sillonner les rues avec un de mes jambons sous le bras, et en un rien de temps ma pauvre roue sera submergée de clients, et je serai assuré de me faire vingt cents à chaque tour. Comme dit, dans les deux cas je suis gagnant. Oh, à ce propos, monsieur ? Ne vous sentez pas obligé de ménager la roue. Vous pouvez y aller aussi fort que vous voulez parce qu'elle a été minutieusement enjolivée.'

"Voilà pas que le gogo claque son dollar sur le neuf, qu'il s'amène et fait tourner la roue. Et qu'il la refait tourner. Et encore. Et il tarde pas à attirer tout un chaland de badauds qui se demandent ce que fabrique le banquier de leur ville, à suer sous le soleil en faisant tourner cette grande roue. Lui, pendant ce temps, il continue à la faire tourner, même si je vois bien qu'il est mal à l'aise que tous ces gens le regardent. Finalement, il épuise ses douze tentatives sans sortir le neuf et il est un peu vexé par la réaction de la foule, qui rigole et lui donne des conseils pour bien faire tourner la roue ; alors, évidemment, je lui offre cinq autres tours de roue par pure bonté, en lui disant que j'ai sincèrement envie qu'il gagne son jambon et fasse rappliquer une tripotée de clients. Alors il tourne encore cinq fois la roue en poussant des grognements, mais ce satané neuf refuse de sortir. J'empoche son dollar en secouant la tête et je dis : 'C'est-y pas têtu les mathématiques quand ça s'y met ? Parfois la loi des moyennes ne marche tout bonnement pas à court terme. Dites, vous n'auriez pas envie de tenter un autre dollar, par hasard, monsieur ?' Il ronchonne et s'éloigne avec ses copains qui rigolent en le charriant. Alors tu vois, gamin. Après tout, ton Monsieur le banquier grand seigneur de province qui prend le p'tit gars de haut n'était ni plus ni moins rien qu'un gogo.

— D'accord, mais s'il avait sorti le neuf et gagné le jambon ?

— S'il avait sorti le neuf, j'aurais été si surpris que j'aurais pas su s'il fallait me chier dessus ou perdre la vue. J'aurais probablement fait un compromis en pétant avec un seul œil ouvert. Jamais de la vie il aurait pu sortir le neuf. Comme je te l'ai déjà dit, la roue avait été enjolivée. J'ai même attiré l'attention de notre ami banquier dessus quand je lui ai dit qu'il pouvait faire tourner la roue aussi fort qu'il le voulait parce qu'elle était bel et bien enjolivée.

— C'est quoi une roue enjolivée ?

— Une roue enjolivée est une roue truquée. Parfois avec des freins sophistiqués qui permettent au forain expérimenté de l'arrêter sur un numéro vide, parfois avec une glissière qui lui permet de sauter un numéro avec beaucoup d'argent dessus. Mais la meilleure roue enjolivée est celle dont les chiffres sont écrits sur des petits triangles, la moitié avec la grande base orientée vers les clous tout autour du bord, et l'autre moitié avec la pointe. Sur cette roue-là, tous chiffres impairs avaient la pointe orientée vers un clou, donc évidemment, le clapet ne pouvait absolument pas s'arrêter sur un nombre impair. Une roue enjolivée vaut toujours mieux que n'importe quelle roue à manivelle, même celles qu'on pouvait freiner en appuyant sur un bouton à la dérobée avec le ventre, parce qu'elle est au nez et à la barbe du gogo, sauf qu'il ne voit rien parce qu'il est sérieusement concentré sur des arnaques et des dispositifs compliqués. Bien évidemment, une roue enjolivée exige un tisserand des mots pour leur embrouiller l'esprit, c'est pourquoi votre humble serviteur est l'un des meilleurs timoniers de cette république, d'un océan à l'autre sur tout le continent.

Je me retournai pour regarder dans la rue la grosse Packard rutilante garée devant la banque, et je secouai la tête.

— Ouais, n'empêche, j'admire la façon…

— Admire, mon cul, gamin. C'est rien qu'un gogo. Pas la peine de s'y arrêter.

Une fois arrivés en bordure de la ville, là où les habitations commençaient à s'éclaircir, nous montâmes de nouveau sur les rails pour reprendre la route du nord. Le soleil se couchait à l'horizon, son disque de plus en plus gros et d'un rouge poussiéreux là où il s'était accroché à un bouquet d'arbres qui jetaient leurs longues ombres sur les plaines obscurcies. J'entendis des chants provenant de notre gauche, où une petite église blanche à bardeaux se tenait à côté de son cimetière, ses fenêtres allumées déjà pour le culte du soir. Sur le perron, le pasteur attendait dans ses habits noirs et quelques paroissiens l'entouraient en levant sur lui des regards pleins de respect et d'admiration.

Je m'arrêtai pour contempler la scène qui se déployait en contrebas, et ressentis un serrement de poitrine.

— Bon sang, qu'est-ce que je donnerais pas pour être à sa place à *cet-homme-là*, dis-je. Je me vois parfaitement me tenir comme ça, admiré et respecté de tous, sans rien d'autre à faire que m'avancer vers la chaire et m'en prendre aux gens, en leur disant à quel point ils sont ignobles, vils et mauvais, et comment ils vont à coup sûr rôtir dans les flammes éternelles s'ils sont pas foutus de se remuer et plus vite que ça.

Dirty-Shirt opina.

— Ouais, faut reconnaître que la prédication est une escroquerie fastoche. N'importe quel forain moyen pourrait se faire un paquet avec ça, à condition d'être prêt à sacrifier sa liberté et à prendre racine au fin fond d'un bled de balourds. Ils sont plusieurs à l'avoir fait. Mais crois-moi, gamin, pour rien au monde tu voudrais ressembler à ce spécimen de marchand de honte.

— Pourquoi pas ?

— Parce que c'est le plus gros idiot de gogo que j'aie jamais vu. Et j'en ai vu des tas.

— Vous le connaissez ?

— Je le reconnais, me répondit Dirty-Shirt en se remettant en marche et je le suivis. Dans mon métier, on apprend à reconnaître les gens avant qu'ils ne vous reconnaissent et qu'ils se saisissent de la loi. Ou de leur fusil. Ouais, je le reconnais d'il y a vingt-cinq ans de ça, quand j'ai joué ici avec le Great Eastern Amalgamated Shows d'Happy Elmer Holliday. Il était sacrément plus jeune alors mais bon, qui ne l'était pas ? Sauf toi, évidemment. Tu faisais encore partie du cauchemar d'un ange.

— Pourquoi c'est le plus gros gogo que vous ayez jamais vu ?

Dirt-Shirt secoua la tête.

— Ce type !… Cet type a gâché ce pour quoi la plupart des hommes donneraient leurs premières loges en enfer. Il a laissé passer Loving Grace Appleby. T'arrives à le croire ?

Je n'arrivais pas à le croire vu que je n'avais pas la moindre idée de qui Loving Grace Appleby pouvait être, ce dont je lui fis part.

— Loving Grace Appleby était le plus beau morceau qui ait jamais foulé notre bonne vieille terre. On ne peut la comparer à aucune autre femme, pas plus qu'on ne peut comparer une fête foraine avec un train rapide de dix wagons dirigée par des cracks en arnaque de haut vol à un *freak show* minable dirigé par une poignée de *forty-milers** qui n'ont jamais taillé la route.

N'étant pas encore forain, j'ignorais tout des cracks, *freak shows* et autres *forty-milers*, mais j'en retirais que cette Grace Appleby devait être hors du commun.

Il soupira et continua d'une voix attendrie par le souvenir :

— … Loving Grave Appleby… Ah là là, *là là* ! Elle dansait le *hoochie coochie* pour la tournée d'Happy Elmer et crois-moi, gamin, quand elle proposait sa petite mise-en-bouche devant sa tente, tous les péquenauds se rassemblaient pour s'en mettre plein les mirettes, leur imaginaire soufflant à pleine vapeur, pendant que leurs femmes soupiraient avec des airs dégoûtés ou se tenaient raides comme des piquets, à fusiller Grace des yeux, les lèvres si serrées qu'elles se les mordaient presque. Grace était la danseuse de *hoochie-coochie* la mieux payée du métier parce que Happy Elmer obligeait tous les stands de chamboul'tout et de roues de la fortune à lui verser une part, et ils acceptaient de payer tellement elle avait le chic pour attirer les gogos et les laisser tout estourbis et prêts à se faire cueillir. Grace Appleby c'était de la fleur. La fine fleur !

— Que lui est-il arrivé ?

* Terme péjoratif désignant les forains qui se contentent de se déplacer dans un court rayon autour de chez eux.

— Ah, gamin, elle a connu le sort de tout être de chair. Elle est devenue vieille et malade et grosse et elle s'est fait lacérer le visage dans une bagarre sur les droits de l'amour. Mais dans sa fleur de l'âge, tout forain au sang chaud qui se respecte aurait donné son bagou contre une demi-heure en compagnie de Grace. Je me souviens d'un homme déclarant qu'il mangerait volontiers un kilomètre de sa merde juste pour voir d'où elle sortait… on ne fait pas plus grand louange ou sentiment plus noble. Je te le dis tout net, gamin, Grace était *extraordinaire* ! Pour ne rien te cacher, ils ont même écrit un hymne spirituel à son sujet.

“Mais ne va pas t'imaginer que c'était une couche-partout. Oh que non, petit patapon. Son *hoochie coochie* était plein de billets à ordre, qu'elle n'endossait jamais. Ah, bien sûr, pour la dernière soirée en ville de la fête foraine, elle faisait son célèbre Double Final de Minuit qui coûtait un dollar au gogo rien que pour pouvoir regarder (réservé aux hommes adultes, s'il vous plaît, pour préserver les femmes des pensées malfaisantes et les plus jeunes des habitudes harassantes). Et en un éclair, elle leur montrait un bout de sein juste avant l'extinction de la rampe et puis elle disparaissait derrière les rideaux, et jamais elle ne lorgnait plus du côté de Catinville. Non, Loving Grace Appleby n'a jamais vendu son corps. Mais de temps en temps elle l'*offrait*. Un forain chanceux lui tapait dans l'œil, alors elle l'invitait dans sa roulotte et on ne le revoyait que le lendemain matin, à errer dans les allées, hébété, l'œil vitreux, un vague sourire aux lèvres. On s'attroupait tous autour de lui pour lui demander comment c'était, mais le veinard nous disait jamais rien, pas parce qu'il était prude et oppressé par le péché comme certains gogos, mais parce qu'il trouvait pas les mots pour rendre justice à l'expérience qu'il venait de vivre.

— Elle vous a jamais choisi ?

— Non, fiston, jamais. Et c'est le plus grand regret de ma vie. Je lui aurais donné toute mon attention et mon entière coopération, tu peux me croire, mais elle a choisi de ne jamais exercer ses incroyables dons sur moi. Par contre elle a choisi ce gogo de pasteur !

— Quoi ?

— Comme je te le dis ! Un soir après la représentation, Grace prenait un verre pour se détendre avec tout un groupe de nous autres sous la tente-cuisine, quand voilà-t-y pas que débarque ce bigot qui demande à lui parler en privé. Forcément on rigole et on lui répond mais bien sûr, tout le monde en enfer demande à avoir de l'eau glacée, pendant qu'on y est ! Il explique que plusieurs femmes de sa paroisse se sont plaintes de la corruption des mœurs causée par cette Grande Prostituée de Babylone, laquelle – là on saute sur nos pieds comme un seul homme en resserrant nos ceintures, prêts à botter du cul pieux, mais il lève la main en expliquant qu'il ne fait que citer les femmes et qu'il ne porte aucune accusation de sa propre initiative. Ce à quoi on lui répond qu'il a pas intérêt, et on renifle et roule des mécaniques avant de nous rasseoir, chacun espérant que Grace ait remarqué qu'il s'était précipité à sa défense – tu sais comment sont les hommes. Alors le pasteur se met à nous expliquer qu'il n'est pas là pour chasser Grace de la ville, tel que le souhaitaient ses paroissiennes. À la place, il est venu la sauver. Là on se marre de plus belle, mais Grace se lève et lui dit que c'est très gentil de sa part de se préoccuper du bien-être de son âme, et qu'elle serait ravie d'entendre ce qu'il a à dire. Et les voilà partis dans sa roulotte, nous laissant nous autres comme des ronds de flanc à se lamenter que décidément tous les goûts sont dans la nature.

"Ce pasteur ne devait pas avoir la moindre idée de ce que Grace avait en tête parce que quand elle lui fait clairement connaître ses intentions, il sort à reculons de la tente, à bégayer la gorge serrée en la suppliant de ne pas se méprendre sur sa mission. Puis il tourne les talons et part en courant, et c'est la dernière fois qu'il a été vu : il a disparu entre les allées tout en coudes, talons et queue-de-pie dans le vent.

"Figure-toi que ce refourgueur de honte con comme un cul a l'opportunité de faire l'expérience du paradis ici sur terre et qu'il choisit de prendre ses jambes à son cou et de laisser Loving Grace Appleby aussi frustrée qu'un tapissier manchot dans une pièce pleine de ventilateurs électriques ! Et tu as le culot de me dire que tu admires cet homme ? Recule donc que j'aie la place de respirer, tu veux ?

Je réfléchis un moment à son récit, puis finis par répondre qu'il avait vraisemblablement fallu beaucoup de volonté à cet homme pour s'enfuir, mais que c'était de toute façon la chose à faire pour un pasteur.

Dirty-Shirt Red se figea tout net et se tourna vers moi.

— Gamin, je commence à me dire que tu n'as peut-être pas la carrure d'un forain, tout bien considéré.

— Eh bien, peut-être pas. Mais j'admire la bonté de la veuve, sa gentillesse quand elle nous a donné les *po'boys* et la tarte et…

— Une cible facile. Nom d'un chien, même les vagabonds peuvent la berner !

— … Et j'admire un homme tel que le banquier qui a réussi à réunir suffisamment d'argent pour avoir une grosse voiture et des beaux habits et des domestiques et…

— Une cible facile, lui aussi. Je viens de te raconter que je l'ai empaumé d'un dollar avec une roue à jambon, nom de Dieu !

— … Et j'aimerais qu'on me regarde avec admiration, comme ces communiants qui admiraient le pasteur et étaient pendus à ses lèvres.

— … Le gogo le plus idiot de tous ! Laisser passer une occasion avec Loving Grace Appleby ! Regarde-toi un peu, avec ton air baba, à me chanter les louanges de tous ces gogos. Ce qui n'a pas l'air de vouloir entrer dans ta caboche dure, c'est que le dernier des forains dans la dèche vaut mieux que le plus gentil, le plus riche ou le plus pieux des gogos qui a jamais mis les pieds dans une fête foraine. C'est comme ça et ça ne changera jamais…

Il se tut brusquement.

— Que se passe-t-il ?

Il avait le regard fixé sur les rails dans l'obscurité.

— Ah ben ça alors, murmura-t-il. Si c'est-y pas… Qui l'eût cru ?

Je suivis son regard et s'approchant le long des rails, je vis cette… chose molle. Je ne sais pas comment décrire autrement cette apparition. C'était un homme. Mais il n'avait pas la démarche d'un homme. À chaque pas, il hissait son genou et laissait retomber son pied comme s'il n'éprouvait aucune sensation dans la moitié inférieure de son corps. Ses coudes tressautaient des deux côtés en même temps et ses épaules se soulevaient si violemment que j'ai cru que sa tête allait s'arracher. Ses nippes donnaient l'impression qu'il avait détroussé un épouvantail, effet exacerbé par le flottement de ses guenilles qui claquaient dans son sillage. Ses cheveux blancs étaient hirsutes et emmêlés et à son approche j'entendis qu'il était en grande conversation avec quelqu'un qui le fâchait tout rouge.

Dirty-Shirt Red me tira sur le côté des rails pour faire de la place, et cette apparition passa devant nous, avec force bredouillements et tressautements, à gratifier son interlocuteur invisible de clins d'œil et de coups de coudes dans les côtes, sans jamais s'aviser de notre présence.

— Ôte ta casquette, gamin ! m'ordonna Dirty-Shirt. Puisque t'as tant envie d'admirer quelqu'un, admire un peu ! Voici Carl Boyd, alias Doigts Agiles. Autrefois le meilleur bonneteur de la profession !

LE LICENCIEMENT DE MISS PLIMSOLL

MISS Plimsoll était quelconque.

Oh, elle était loyale ; il fallait bien lui reconnaître cela. Complètement, inexorablement, effroyablement loyale. Mais cette vertu canine ne suffisait pas à infléchir la décision qu'il avait prise de se débarrasser d'elle tant, pour être honnête, son manque de beauté était à ses yeux une source d'embarras. Quasiment un affront personnel.

Non seulement le lectorat, mais aussi la masse des moutons de Panurge des critiques professionnels voyaient en Matthew Griswald le dernier représentant de la Génération Désenchantée ; l'archétype du créateur solitaire et maussade ; un marchand de mots pugnace dont le style minimaliste, net et précis masquait des abîmes de sensibilité. Les années passant, il avait fini par faire sienne cette perception de lui-même. Un romancier snobinard de l'école new-yorkaise du oh-là-là-quelle-souffrance-d'être-un-incompris-tel-que-moi alla jusqu'à le décrire comme "grand prêtre de son propre culte, brûlant à jamais de l'encens sur l'autel de Matthew Griswald". Ramassis d'inepties envieuses s'il en est, mais oui, Matthew se voyait bel et bien comme un homme dur, héroïque et viril, en dépit d'une sensibilité profonde. Or un homme sensible n'irait pas mettre à la porte la femme qui l'avait épaulé tout au long des années de sa Grande Sécheresse, quand il était incapable d'écrire quoi que ce soit d'intéressant, au simple motif qu'elle n'avait rien d'une jolie pépée bien roulée.

Il fallait pourtant garder à l'esprit la manière dont Plimsoll traitait ses invités!

Elle ne désapprouvait pas ouvertement les idoles du cinéma, les étoiles filantes de la jet-set et autres sangsues sociales et éponges culturelles qui cherchaient à affirmer leur importance en lâchant négligemment avoir été conviées à une des célèbres soirées de Matthew, mais elle se montrait d'une impassibilité exaspérante quand il mentionnait un de ces *happy few*, et exprimait cette indifférence d'un "Ah, vraiment?" cassant ou, pire, d'un "Devrais-je connaître cette personne, monsieur?" décourageant.

Non seulement elle n'était nullement impressionnée par ceux qui se pressaient pour le porter aux nues et être vus ce faisant, mais encore elle n'était nullement impressionnée par le Grand Monsicur des Lettres Américaines en personne. Bien évidemment, il ne s'attendait pas à la voir sombrer dans l'adulation béate. En aucun cas! Il n'en restait pas moins que ses quatre décennies de notoriété littéraire méritaient une certaine déférence, une certaine...

Et puis elle avait cette façon de débarquer chez lui chaque matin, d'un air si professionnel et déterminé qu'il n'osait jamais lui dire qu'il avait décidé ce jour-là de ne pas travailler parce qu'il était fatigué, ou qu'il avait une sale gueule de bois, ou qu'il se sentait simplement d'humeur paresseuse. Sa présence s'accompagnait d'un affairement puritain qui l'obligeait à pondre son quota journalier de mots, que cela lui plaise ou non.

Mais si ces contrariétés de longue date composaient la toile de fond de son intention de la mettre à la porte, il fallait bien admettre que la raison fondamentale résidait dans le fait que Plimsoll était quelconque. Implacablement, éhontément quelconque. Bon sang, elle n'avait même pas la laideur intrigante d'une *jolie laide**. Son manque de beauté avait une lourdeur néfaste, épuisante. Son arrivée dans une pièce provoquait le même effet que le départ soudain de trois jolies filles. (Il aimait bien cette formule. Il l'avait utilisée par le passé. Plusieurs fois, d'ailleurs.)

S'il niait avoir construit de toutes pièces son image publique d'un homme d'action bourru et macho, Matthew en reconnaissait volontiers les avantages mercantiles, et force était de constater que son aura de mâle ténébreux aurait tout à gagner d'une secrétaire que d'autres lui envieraient : le genre dont on partirait du principe qu'il couchait avec quand il était trop débordé pour faire la tournée du lieu de drague qu'était ce Londres bohême des seventies qui n'avaient plus rien de swinging. Son image avait besoin d'une secrétaire qui attiserait la jalousie de ses invités : une Noire svelte et hautaine, peut-être, ou une Orientale exotique, ou mieux encore une Cockney coquette en minijupe. Personne n'irait jamais taxer Plimsoll d'être exotique ou coquette. D'ailleurs le mot “coquette” était de ceux qu'il convenait d'éviter en sa présence, de peur d'essuyer le mépris glacial de ses yeux clairs et intelligents derrière ses lunettes à montures d'acier.

* En français dans le texte.

Tout en frottant les articulations de son poing sur son chaume de barbe, Griswald s'avança pieds nus, d'un pas lent, pour examiner les dégâts laissés par la fête de la veille dans son salon. Il laissa échapper une réaction à mi-chemin entre un soupir et un grognement. Il n'avait pas eu l'intention d'organiser une fête ; c'était arrivé comme ça ; et avant même qu'il ne s'en rende compte, l'appartement s'était rempli de fumée et de bavardage, et tout le monde sifflait ses alcools en se flattant l'ego, et les fesses aussi. À présent, il régnait dans la pièce une odeur de bordel catalan et dès qu'il bougeait la tête, les contours imprécis de sa gueule de bois lacéraient l'arrière de ses globes oculaires.

Il se débarrassa de son épais peignoir en tissu-éponge et resta planté en caleçon, sa poitrine et son ventre flasques sous le vernis violacé de la lampe à bronzer qui tannait sa peau. Et dire que ce bide bedonnant avait autrefois encaissé des coups au corps sur le ring ! Après un soupir, il s'attela à la torture de ses exercices matinaux, en dépit du goût aigre dans sa bouche et des éclats de douleurs derrière ses yeux. Le premier mouvement d'abdo fit cogner le sang dans son crâne et il se rallongea avec un gémissement de supplicié.

— Oh, mon Dieu.

Il enfouit son visage entre ses mains. Pourquoi se soumettait-il à cet enfer quotidien ? Était-ce sa faute si son lectorat persistait à l'identifier aux athlètes, guerriers et chasseurs blancs sur lesquels il écrivait ?

Bien sûr que c'était sa faute. Il avait sucé ces rôles jusqu'à la moelle.

Allez, on s'y remet. Trente-cinq sans flancher !

Un… argh… deux… argh… trois… oh, mon Dieu… quatre… argh… cinq… argh…

À la parution de son troisième roman – tous de solides récits d'aventure portés par un style journalistique incisif et garnis d'un effet répétitif qu'il avait glané chez une poétesse américaine expatriée qui avançait l'hypothèse selon laquelle les lecteurs ressentaient le besoin de remplir les réitérations déconcertantes avec des couches de signification subtile –, Matthew s'était retrouvé propulsé au rang d'écrivain culte par des critiques qui louaient son style faussement simple et consacraient des paragraphes entiers à ses personnages faussement bi-dimensionnels aux valeurs faussement juvéniles et buts faussement égoïstes. Cette irruption de la célébrité faillit coûter à Matthew sa carrière – voire sa vie. Il commit l'erreur fatale, quoique compréhensible, de croire ce qui se disait de lui, et pendant les onze années qui suivirent s'évertua à écrire dans le style de Matthew Griswald. En pure perte, bien évidemment.

Quatorze… argh… quinze… Oh, doux Jésus ! J'ai perdu le fil. Bon, vingt et un… argh… vingt-deux… argh.

Fort heureusement pour ses finances, si ce n'est pour son art, les milieux critiques et universitaires avaient trop investi de leur réputation en sa personne pour lui permettre d'échouer ; c'est ainsi qu'il se vit décerner le Prix Pulitzer au cours des années de sclérose qu'il passa à imiter sa propre écriture.

… Trente-quatre… ah-hh… trente-cinq… ah-h-h. Oh, et puis merde ! Ça suffit !

Matthew s'était toujours méfié des intellectuels, étant lui-même davantage un homme des sens que de l'esprit, davantage un homme d'expériences que d'expérience. Ses personnages masculins étaient sans exception des créatures d'action et non de réflexion ; et ses personnages féminins étaient les enjeux qui poussaient les hommes à jouer, et non pas des protagonistes dans le grand jeu de la vie. Pour résumer, Matthew s'était fait le porte-parole des idéaux infantiles de l'Amérique masculine de son époque. Pourtant, en dépit de toute sa superficialité intellectuelle et philosophique, il était doué d'un tempérament original, d'un fort pouvoir évocateur, d'un sens aigu des dialogues ; et il était un critique sévère de son propre travail. C'est d'ailleurs ce don critique qui entraîna sa chute. Un soir, à l'apogée de sa popularité, alors qu'il se tenait devant son chevalet d'écriture, il relut pour la troisième fois sa production du jour d'auto-émulation. Il regarda fixement les pages sans les voir, les yeux troubles, jusqu'à ce que la pièce s'obscurcisse en fin d'après-midi. Sans emphase aucune, il prit le manuscrit presque terminé et le jeta dans la corbeille à papier. De façon un peu plus théâtrale, il but une bouteille de whisky en deux heures et en fut si malade qu'il dut passer quatre jours à l'hôpital, après un tête-à-tête humiliant avec une pompe stomacale. Pendant plus de deux années à compter de cette date, il souffrit de ce qu'il appela la Grande Sécheresse, au cours de laquelle il n'écrivit pas une ligne. Perdu, effrayé, il se ridiculisa à grands coups d'ivrognerie, de bagarres et de femmes, pour la plus grande joie des journalistes. Au bout du compte, ce fut la peur qui le sauva. Soit il se remettait à écrire, soit c'était le suicide.

C'est drôle comme la vie se joue à de petites choses : lorsqu'il glissa dans sa bouche le canon du fusil qui venait tout juste d'être nettoyé et graissé, le goût d'huile de foie de morue l'écœura, un goût qui le ramena brutalement à une enfance écrasée par un père froid et intraitable auquel il avait passé le restant de sa vie à “prouver sa valeur”. Il frémit, pris d’un haut-le-cœur, et reposa le fusil.

Pour marquer son nouveau départ de manière tangible, il quitta New York pour Londres, où il prit un appartement et se mit au travail. Il freina sa consommation d’alcool en restant sobre jusqu’à la tombée de la nuit et prit l’habitude de manger et de faire de l’exercice à heures régulières. Et chaque jour, chaque jour, chaque jour, il pondait un nombre imposé de pages dans lesquelles il tentait de se libérer de son vieux style monosyllabique saccadé et de ses tournures éculées au service du héros viril aux souffrances secrètes. Au départ, tout se passa très mal. À l’instar de l’artiste de cirque qui lâche la barre du trapèze avant que l’autre ne soit à portée de main, il abandonna un style avant d’en avoir forgé un autre, et tomba dans le vide. Voulant éviter le futile, il se retrouva à créer le fastidieux. Il n’avait jamais eu grand-chose à dire et voilà qu’il avait perdu la faculté de le dire dans son bon vieux style laconique, qui avait au moins le mérite d’être parlant.

Avec l’énergie du désespoir, il s’obligea à se répandre en mots, produisant des pages entières de phrases flasques, de personnages stupides et d’histoires grotesques – lesquelles pour la plupart allaient directement de la machine à écrire à la corbeille, recalées par son impitoyable sens critique, son seul talent qui ne se flétrit pas au cœur de la Grande Sécheresse. L’argent avait fondu et il survécut grâce aux menus chèques que son agent lui envoyait en règlement des rééditions et autres droits résiduels. Heureusement, les ventes à l’étranger se maintenaient à un niveau élevé, parce que la simplicité monosyllabique de son style et la transparence des motivations de ses personnages se prêtaient sans grande perte à la traduction et le rendaient accessible à des locuteurs non anglophones dotés d'un vocabulaire de quinze cents mots. Si sa capacité à écrire de la fiction avait flanché, il pouvait encore vendre des articles sur la chasse, la pêche et les sports sanguinaires espagnols.

Mais le temps vint de se remettre à produire de la fiction s'il voulait que sa renommée perdure. Il décida d'embaucher une secrétaire littéraire pour se soulager de la tâche prenante et usante de relecture. Quelqu'un – il avait oublié qui – lui recommanda une relectrice-correctrice de sa maison d'édition britannique, une femme fascinée par ses écrits et qui par conséquent pourrait être prête à travailler pour pas cher.

Et c'est ainsi qu'il commença à collaborer avec Miss Plimsoll, qui était tout ce que se devait d'être une secrétaire – tout sauf suffisamment jolie pour contribuer à l'image de Griswald. Efficace et discrète, elle ne tarda pas à se charger de sa correspondance avec son bon-à-rien d'agent et avec les lecteurs qui continuaient à lui envoyer des courriers – subterfuges, s'il en était, pour obtenir son autographe, qui avait encore quelque valeur sur le marché des collectionneurs. Elle gérait en outre ses fragiles finances et tenait son calendrier mondain de plus en plus restreint. Elle faisait même des travaux mineurs de rédaction, nettoyant les passages confus, supprimant les répétitions involontaires, corrigeant les petites erreurs de logique et d'enchaînement, autant de gains de temps et d'énergie tandis qu'il s'attaquait à la phase la plus frénétique de la Grande Sécheresse. Il s'infligea un rythme de travail encore plus harassant lequel, à défaut de le faire renouer avec le succès, eut la vertu de répandre sur ses angoisses un baume consolateur de fatigue.

Petit à petit, un nouveau style prit forme. De temps à autre, une feuille réchappait à la corbeille à papier. Ses personnages restaient des hommes de chair et d'appétits plus que d'âme et d'esprit, davantage caractériels que profonds, plus hésitants que réfléchis, mais ils gagnèrent un peu en âge, un peu en amabilité et alors des éléments inconnus se mirent à influer sur leurs agissements : la compassion et le regret, par exemple… voire le remords. Une première nouvelle soumise fut publiée, puis une autre. Il remporta un prix mineur pour un article sur le Paris de sa jeunesse, les jalousies autodestructrices et les angoisses auto-infligées de sa "génération perdue" d'exilés volontaires. Il commença un roman. Et quand il perdit l'inspiration, les encouragements qu'il reçut de son agent, de pair avec les prédictions financières sombres de Plimsoll, l'incitèrent à persévérer et à débiter du mot, sans pour autant cesser de se plaindre avec humeur que rien ne lui venait naturellement et aisément, comme au bon vieux temps. Mais tandis qu'il peaufinait sa copie, son sens critique lui disait que son écriture n'était pas mauvaise, et qu'elle allait en s'améliorant.

Le livre donna l'occasion aux critiques de remplir leurs colonnes de comparaisons entre son style d'avant et le nouveau, et Le Vieillissement de Matthew Griswald devint un sujet en vogue des cocktails littéraires. Le livre ne grimpa jamais au sommet du classement des meilleures ventes, le premier de ses romans à y échouer ; mais le fait était que l'ère héroïque des lettres américaines cédait graduellement le pas à des romans moites et feuilletonnesques perclus d'adjectifs, écrits au sujet de et par des femmes ambitieuses en quête d'accomplissement et de découverte de soi par le biais de succès commerciaux et de parties de lits musicaux.

Un film honnête, qui bénéficia par conséquent d'un succès d'estime, fut tiré de son roman ; puis un autre roman suivit ; et bientôt on s'arracha ses histoires partout, en dépit de l'effondrement du marché des nouvelles de fiction aux États-Unis, où les classes lisantes de la société s'intéressaient plus volontiers aux articles sur l'affirmation de soi, l'avancement de sa carrière, l'ouverture à son soi intérieur et la gestion experte de ses finances. La Grande Sécheresse n'était plus et son quotidien retrouva rapidement son rythme d'antan. Son appartement devint le lieu de rencontre des sommités littéraires de Londres : des jeunes talents en route pour la gloire ; des plumitifs qui luttaient pour ne pas tomber aux oubliettes même s'ils ne produisaient guère plus que des billets littéraires ; des parasites qui considéraient l'oisiveté comme une manifestation de savoir-vivre ; des créatures médiatiques qui, dénuées du moindre talent si ce n'est celui de s'imposer agressivement, devinrent animateurs de débats et consultants à la télé – de fait tout l'éventail des vivaces de la société : les plantes grimpantes, les plantes grasses, les épiphytes, les nuisibles et les fleurs délicates qui s'épanouissent mieux à la lumière indirecte. Les soirées fleurissaient spontanément, toujours à ses dépens et le plus souvent il finissait ivre dans son lit en compagnie d'une de ces femmes de lettres ou de ces adorables petites choses qui gravitent autour de telles coteries. Il se rendit compte qu'il pouvait réduire son temps de travail à trois ou quatre heures par jour, dont il passait aisément la moitié à dicter sur son magnétophone des réponses à des courriers ou des sollicitations, tandis que Plimsoll révisait les dernières pages de sa rédaction en cours.

Au gré de quatre années d'un succès relatif, son tour de taille et ses sourcils s'épaissirent, ses cheveux se clairsemèrent et sa barbe blanchit. Quant à Plimsoll, elle ne changea jamais d'attitude, d'endurance ni d'apparence. Toujours nette et précise, toujours exacte, toujours à le pousser à respecter ses échéances et ses obligations – présence austère en jupe en tweed, chemisier blanc à col montant, chaussures confortables et longues jambes sans viande. Son expression semblait proposer un mélange d'impatience contenue et de reproches muets, notamment quand elle arrivait – tel qu'en ce matin –, et qu'elle trouvait l'appartement jonché des détritus d'une fête. Et son attitude envers les femmes à qui il arrivait de s'attarder jusqu'au lendemain offrait une version poliment glaciale de la réaction que d'aucuns pourraient avoir en tombant sur une chose vivante au fond de leur bol de soupe.

Naturellement, Matthew en éprouvait de la rancœur, de même qu'il ressentait la proximité productive et affairée de Plimsoll comme un reproche silencieux fait à sa fainéantise. Mais par-dessus tout, il lui en voulait d'être si implacablement, si éhontément quelconque ! Parfois, il avait l'impression qu'elle le faisait exprès.

Au cours de la fête de la veille, il s'était senti blessé par les moqueries constantes d'une de ces personnes qui s'imaginent qu'ils doivent payer leur écot en brillant constamment par leur intellect. L'homme en question avait soutenu que tous les écrivains couchaient avec leur secrétaire (ou, s'ils ne "couchaient" pas à proprement parler, tout du moins les utilisent-ils à l'occasion pour relâcher les tensions liées au travail). Plusieurs de ses convives avaient croisé la très froide et très convenable Miss Plimsoll, si bien qu'ils trouvaient désopilante l'image de Matthew Griswald, Homme de Fer des Lettres, réduit sur ses vieux jours à s'escrimer sur le pelvis acéré de Miss Plimsoll.

Ce fut la goutte d'eau. L'heure était venue de se débarrasser de Plimsoll. Il s'acquitterait fort bien tout seul de ses révisions et corrections… ou quelles que soient les satanées tâches qu'elle assurait. Ce dont il avait vraiment besoin, c'était qu'on jongle avec son calendrier et qu'on réponde aux courriers sérieux de ses lecteurs à l'aide des formulaires standard qu'il avait élaborés pour gagner en temps et en réflexion. N'importe quelle dactylo en était capable, y compris une jolie petite chose sans plus de cervelle qu'un cheval de course. Oui, sa décision était prise. Ce matin il trouverait une occasion – et le courage – d'interrompre leur routine à toute épreuve et de l'informer que ses services n'étaient plus indispensables. Un point c'est tout. Question réglée.

… Ou peut-être valait-il mieux rédiger un courrier. Pour éviter que l'affaire prenne une tournure vulgaire et… disons, personnelle. Une personne impartiale n'y verrait pas de la lâcheté. Non, il s'agissait simplement de s'acquitter d'une vilaine corvée de la manière la plus digne possible… Pour toutes les parties concernées.

Certes, mais quel motif invoquer dans ce courrier pour la virer ? Le problème, Plimsoll, est que vous avez un pelvis pointu ? Désolée, mon petit, mais la rondeur de vos lunettes et votre menton fuyant commencent à gêner votre vitesse de frappe ?

Non, l'idée d'écrire un courrier était stupide ! Après tout, il faudrait qu'il le lui dicte à *elle*, ce qui le priverait de l'avantage de la distance émotionnelle. La meilleure façon de bien jouer son jeu consisterait à critiquer tout ce qu'elle faisait pendant deux semaines d'affilée, de sorte qu'elle ne serait pas étonnée qu'il finisse par lui annoncer qu'il lui devenait impossible de travailler avec toutes ces disputes et ces prises de bec ! Hé, peut-être que s'il trouvait à redire avec suffisamment de constance, elle finirait par démissionner de son plein gré. Lui se montrerait surpris et blessé par sa décision de le quitter, mais il ferait son possible pour comprendre son ressenti et il serait...

Il entendit le bruit de sa clé dans la porte, qui se referma ensuite avec un cliquetis précis. Elle avait une façon horripilante d'*appuyer* sur les battants, plutôt que de fermer ces foutues portes. Comme le ferait une personne normalement constituée ! Nom de Dieu, même avec les portes elle était soigneuse !

— Monsieur Griswald ? s'enquit-elle en entrant.

Elle traversa la pièce vers la petite table qui lui faisait office de bureau, sur laquelle elle laissa tomber le courrier qu'elle avait ramassé à la porte d'entrée de l'appartement. Elle le saluait très précisément de cette même manière chaque matin, l'intonation légèrement interrogative à la fin de son nom tenant lieu de "bonjour". Elle jeta un œil aux décombres de la fête avec une inexpressivité exaspérante.

— Bon sang, Plimsoll..., commença-t-il.

Mais si son irritation était plutôt sincère, il ne trouva rien de précis à lui reprocher.

— Monsieur ? demanda-t-elle tout en ouvrant le tout nouvel attaché-case surdimensionné qu'elle semblait avoir adopté ces derniers temps, et dont elle sortit la pile de feuillets redactylographiés de la production de la veille, qu'elle tapota sur son bureau pour en aligner parfaitement les bords avant de la poser à plat pour qu'il puisse annoter ses corrections au crayon… le cas échéant. Monsieur ? redemanda-t-elle. Est-ce que tout va bien ?

— Bon sang, Plimsoll ! J'étais en train de résoudre un problème, et à deux doigts de trouver la solution, quand vous m'avez fait perdre le fil en déboulant dans la pièce !

Elle l'évalua de son regard franc et intelligent. Puis elle sourit imperceptiblement et s'affaira à rassembler les pages dispersées qu'il avait pondues la veille entre son départ et l'arrivée inattendue de ses convives.

— Je suis sûre que cela vous reviendra, monsieur, dit-elle par-dessus son épaule tandis qu'elle ramenait les feuillets vers son propre bureau.

— *…suis sûre que ça vous reviendra, monsieur*, l'imita-t-il d'une voix psalmodique dont il regretta instantanément la puérilité. Non, ça ne reviendra pas, merde ! C'est fichu, maintenant.

Elle le regarda depuis sa chaise à dos droit, les yeux légèrement plissés, comme si elle jaugeait son état d'esprit.

— Vous sentez-vous souffrant, monsieur Griswald ?

“Se sentir souffrant” était un euphémisme pour évoquer une gueule de bois, et Matthew répondit que non, il ne se “sentait pas souffrant” !

Son sourire s'amenuisa.

— Peut-être pas, monsieur. Mais vous êtes un tantinet irritable, ce matin.

Elle jeta les courriers publicitaires dans sa corbeille à papier et commença à décacheter les autres lettres, les parcourant de son rapide coup d'œil vertical afin de les ranger sur son bureau par ordre d'urgence.

— Oh, il y a un courrier de M. Gold. Le détail des droits d'adaptation de la MCA dont vous devriez prendre connaissance. Il va téléphoner de New York à... (Elle inclina la montre à pendentif qui constituait le seul ornement à sa poitrine.)... à une heure, heure de Londres.

— Oui, oui, je sais, gronda-t-il. Salopard de sangsue.

— C'est tout à fait injuste, monsieur. M. Gold nous est resté fidèle tout au long de nos moments difficiles.

— Un agent honnête, ça n'existe pas. Certaines personnes ont une déformation dans leur spirale ADN, qui paralyse leur conscience et les fait devenir dealers de drogue, violeurs d'enfant, directeurs de compagnie de tabac ou agents littéraires. Et c'est quoi cette histoire de *nos* moments difficiles ?

— C'est une manière de parler, monsieur. Voulez-vous que l'on passe en revue votre agenda ?

— Non, gronda-t-il. Et où est passée Mme Machin-Chose, nom d'un chien ? C'est une vraie porcherie, ici !

— Certes, dit Miss Plimsoll d'un ton si dénué d'expressivité que Matthew aurait pu y voir de l'espièglerie. Mais j'ai bien peur que Mme O'Neil ne vienne pas. Elle a appelé ce matin pour dire qu'elle ne se sentait pas bien.

— Pas bien quoi ?

— Pas bien fichue, vraisemblablement. Et pas bien sobre, je dirais.

— Vous désapprouvez la consommation d'alcool, n'est-ce pas, Plimsoll.

— Je désapprouve tout ce qui empêche une personne de faire son travail, monsieur.

— Mais tout particulièrement les vices, hein ?

Il s'agaçait de plus en plus du refus de Plimsoll de mordre à l'hameçon de sa mauvaise humeur et de ses algarades.

Elle le toisa de derrière ses lunettes à montures d'acier et sourit avec une pointe de lassitude.

— De quels vices voulez-vous parler, monsieur ?

— La bande habituelle. Les sept grands. La paresse, l'avarice, l'envie et le reste de la troupe. Et leurs insidieux cousins, les sept vertus mortelles : la tempérance, la probité, la sincérité, l'économie, la chasteté et tutti quanti. Quelle est votre position sur la vertu mortelle de la chasteté, Plimsoll ?

Ses lèvres s'étrécirent imperceptiblement tandis qu'elle s'en retournait aux annotations marginales des lettres auxquelles elle répondrait en son nom.

— Si la chasteté est effectivement un vice, monsieur, d'aucuns seront rassurés de savoir qu'il s'agit là du seul que la société moderne s'efforce à éradiquer, et non sans… Ah ! (Elle brandit une enveloppe.) Nous avons reçu une invitation de Somerville, mon université à Oxford. Vous y êtes convié à donner une conférence le trimestre prochain.

— Sur quoi ? lâcha-t-il en s'asseyant à son bureau avec un grognement sourd.

— Voyons voir… Il va y avoir un colloque sur “L'anti-héros dans la Littérature et la Société”.

— L'anti-héros existe uniquement dans la littérature. La même personne dans la société se fait brocarder ou conspuer… ou les deux. Et de toute façon, les universitaires ne font pas la différence entre un anti-héros, un héros improbable et un méchant séduisant. Ils proposent quoi ?

— Apparemment, ils proposent le défraiement et une réception en votre honneur.

— Allons bon, une réception en mon honneur ? Eh bien qu'ils aillent se faire foutre, ces salopards de rats.

— Me permettez-vous de paraphraser cela dans ma réponse ?

Se voulait-elle amusante ou était-elle sarcastique ?

— Je n'ai jamais eu de diplôme universitaire. En réalité, j'ai été renvoyé de deux facultés.

— Wisconsin et Northwestern.

— Exact ! Et je n'ai jamais étudié la *littérature* !

— J'en suis bien consciente, monsieur. (Elle sourit.) Je me souviens d'une lettre à un universitaire américain dans laquelle vous exprimiez votre idée selon laquelle l'étude de la littérature, pour un vrai écrivain, serait l'équivalent pour un étalon de l'analyse du crottin.

— Je n'ai jamais écrit "crottin" ! Non, je n'ai jamais étudié la littérature, mais *vous*, oui.

— Oui, monsieur. D'ailleurs, j'ai publié une analyse stylistique de vos premières œuvres dont, si je puis me permettre, beaucoup saluèrent le…

— Mais en dépit de toutes vos connaissances littéraires, vous avez fini dactylo. Et toc, Plimsoll. Certains pondent les œufs ; d'autres se contentent de grignoter l'omelette.

Elle baissa les yeux.

— Eh bien… j'avoue grignoter mon lot d'omelettes, monsieur, si vous avouez pondre votre lot d'œufs.

Avec un grognement et un froncement de sourcils, il se plongea dans la transcription soigneusement dactylographiée par Plimsoll de la production de la veille, tandis qu'elle expédiait les réponses aux courriers du matin. Elle rédigeait des missives qui imitaient si parfaitement son style qu'il ne lui restait plus qu'à apposer sa signature ou, dans de rares cas, à griffonner un post-scriptum de sa propre main.

— Et alors, et vous Plimsoll ? demanda-t-il après un long silence.

— Monsieur ?

Sa voix était distante, son attention à la lettre qu'elle tapait.

— Nous étions en train de parler de la vertu mortelle de chasteté.

Elle avait l'habitude des sauts du coq à l'âne que faisait fréquemment sa pensée lorsqu'il travaillait.

— Me demandez-vous ce que je pense de la chasteté, monsieur ?

— Je vous demande si vous en êtes coupable.

Elle resta un instant silencieuse, puis changea ostensiblement de sujet.

— Avez-vous décidé ce que vous allez dire à M. Gold au téléphone ?

— Ce profiteur à dix pour cent !

— M. Gold s'être révélé être un ami dévoué.

— Dévoué au profit, oui. Revenons à votre chasteté. De quelle forme est-elle, Plimsoll ? Inaltérée ? Altérée mais bien défendue ? Altérée mais pas au cours de la dernière décennie ?

— Je ne vois aucune raison de débattre de ma chasteté, monsieur.

Il perçut une certaine note dans sa voix. Ah ! Une fente dans son armure glaciale. Enfin.

— N'allez pas croire que je pose la question au nom de ma propre libido inquisitrice. Je travaille sur un personnage qui n'est pas sans vous ressembler, et je me demandais quelle serait sa réaction à une avance sexuelle.

Elle se détourna de sa tâche pour le regarder droit dans les yeux.

— Mais pour quelles raisons chercheriez-vous à introduire un personnage comme moi, monsieur Griswald ?

Vous peuplez habituellement vos romans de femmes d'un genre plus flagrant et fonctionnel.

— Le contraste, Plimsoll. Je veux poser un personnage à côté duquel la femme ordinaire aurait des airs de houri passionnée.

— ... Je vois.

— Alors ?

Elle poussa un soupir et plia ses longues mains fines sur ses genoux.

— Très bien. Pour commencer, je pense que la chasteté – laquelle à mon sens découle d'un sentiment d'amour-propre – est la qualité la plus souhaitable chez un individu. Il m'a été donné d'observer que les personnes aux mœurs légères cherchent soit à réfuter une accusation sous-entendue d'incompétence sexuelle soit à trouver de la compagnie sur le plan le plus primitif et le moins empathique qui soit. On pourrait dire que pour ces gens-là, le coït prélude à se tenir la main ; la fornication ouvre la voie à la conversation. Mais je n'assimile pas la chasteté à l'abstinence sexuelle. Je ne vois rien d'impudique à faire l'amour lorsqu'on aime... même quand cet amour n'est autre qu'un flot éphémère de sentiments, ni produit ni précurseur d'une relation durable. Ai-je répondu correctement à votre question, monsieur ?

— N'en jetez plus, nom de Dieu !

Il se replongea dans les feuillets de la veille, mais au bout d'une minute il releva la tête.

— Quel âge avez-vous, Plimsoll ?

Elle émit un mince soupir qui semblait demander si elle aurait jamais le loisir de poursuivre son travail.

— J'ai quarante-six ans, monsieur.

— Quarante-six. Quinze ans de moins que moi. Et déjà vous vivez retirée de l'existence. Vous êtes devenue observatrice plutôt que compétitrice.

— Je n'ai jamais souhaité être une compétitrice, monsieur. Ce qui ne signifie pas pour autant que je ne souhaite pas participer.

— Pour participer il faut vouloir concourir. La vie est un sport de contact.

La formule sonnait bien, de sorte qu'il la griffonna dans le petit carnet qu'il gardait à portée de main pour compiler des bribes de tournures aussi pittoresques que bien senties. Quand il releva les yeux, il surprit le regard de Plimsoll.

— Puis-je vous demander ce qui ne va pas, monsieur Griswald ?

— Quoi ? Comment ça ?

L'espace d'un instant, son regard resta fixé sur lui, sans ciller. Puis elle baissa les yeux.

— Vous semblez hérissé d'hostilité ce matin, monsieur. Et j'éprouve quelque difficulté à passer outre le sentiment que vous êtes résolu à me mettre dans l'embarras… voire à me blesser.

— C'est absurde ! Et c'est là l'un de vos problèmes, Plimsoll. Vous êtes susceptible.

Il sentit que le moment était bien choisi pour énumérer ses autres travers, et pour lui dire qu'il avait décidé de la virer. Pourtant il rechignait à s'atteler à cette tâche déplaisante.

— Est-ce vraiment absurde, monsieur ?

Elle leva les yeux et le jaugea un moment, puis, après un léger haussement d'épaules, s'en retourna à l'annotation des courriers du jour.

Merde, pensa-t-il. L'opportunité de régler la question était en train de lui filer entre les doigts.

— Ah… en fait, Plimsoll, j'ai effectivement quelque chose en tête.

— Vraiment ? réagit-elle, les yeux sur son travail, mais pas son attention.

— Oui, je… eh bien pour tout dire, j'ai décidé de…

Il savait qu'il s'apprêtait à mentir, comme toujours quand le contexte social le mettait mal à l'aise. Davantage pour ne pas froisser la personne en face de lui que pour son propre agrément, bien entendu.

Elle laissa son doigt posé sur son feuillet pour ne pas perdre sa ligne et leva les yeux sur lui, les sourcils en pointe.

— Qu'avez-vous décidé, monsieur ?

Il s'éclaircit la gorge.

— Écoutez, Plimsoll. Ce quotidien de travail, travail, travail va finir par m'épuiser. J'en ai assez de pondre deux mille mots tous les jours, tous les jours, tous les jours. J'ai besoin d'une pause. Je songe au sud de la France.

— Quelle merveilleuse idée, monsieur ! Et peut-être avez-vous raison. Un changement de cadre vous fera le plus grand bien. Mais, bien évidemment, il ne faut pas cesser complètement d'écrire. Nous connaissons les pièges d'une telle disposition. Vos fluides créatifs se tarissent et votre style devient lourd, et…

— On s'en bat l'œil, de mes fluides créatifs !

— La saison a déjà commencé, je vais m'y mettre sans tarder pour nous trouver un point de chute agréable qui ne soit pas pris d'assaut par les touristes. (Elle eut un petit sourire d'auto-dérision.) Je crains d'avoir un niveau de français de collégienne : grammaire acceptable, mais avec un accent atroce. Quoi qu'il en…

— Attendez ! Je n'ai jamais dit que *nous* partions en vacances. Je parlais pour moi.

— Oh, dit-elle dans un léger étranglement. Oh, je vois. (Une infime rougeur marbra son long cou.) Je ne voulais pas… Mais je partais naturellement du principe que…

Elle afficha un sourire vaillant, mais Matthew aurait juré qu'elle avait les yeux humides. Elle inspira vivement par le nez et enchaîna d'une voix toute professionnelle :

— Et que pensez-vous me faire faire pendant que vous êtes *en vacances*, monsieur ? (Le français lui avait échappé.) J'imagine que je ferai office de boîte aux lettres, à moins que vous ne souhaitiez négocier directement toutes les futilités…

— Écoutez, Plimsoll, le fait est que… Eh bien, je ne suis pas entièrement persuadé de rentrer en Grande-Bretagne. Cette satanée météo et… tout. Et quand bien même je reviendrais à Londres, ce ne sera plus comme avant. Je projette de réduire définitivement mon rythme de travail. Je peux me permettre un peu plus de temps libre. Je veux dire… bon sang, je l'ai mérité. En tout état de cause, je n'aurai plus besoin de… disons que ce serait du gâchis que de solliciter le talent de quelqu'un comme vous pour répondre à quelques courriers et… ce genre de choses.

Pendant qu'il parlait, les yeux de sa secrétaire s'arrondirent lentement, sa colonne vertébrale se redressa et elle sembla gagner en hauteur sur sa chaise.

— Êtes-vous en train de me remercier, monsieur Griswald ?

— Je ne dirais pas ça comme ça.

— Comment le diriez-vous, monsieur ?

— Eh bien, ce n'est pas comme si… Vous savez, c'est drôle, l'autre jour je discutais avec quelqu'un de chez Piper and Hathaway, qui m'a dit qu'ils mouraient d'envie de vous reprendre, mentit-il avec sa désinvolture coutumière. D'ailleurs, je ne serais pas étonné s'ils vous passaient un c…

— Je n'ai aucune envie de redevenir relectrice-correctrice, monsieur, dit-elle fermement.

— Ah ? Ma foi, ce sont vos affaires, évidemment. Je me disais juste que vous pourriez…

— Pardonnez-moi de vous interrompre, mais je préférerais ne plus en parler, si vous voulez bien. Je dois me dégager d'un grand nombre de tâches, ce matin. Et j'avoue trouver le sujet plutôt… déconcertant.

Il haussa les épaules.

— Comme vous voulez. Mais il faudra bien s'y résoudre à un moment ou à un autre.

Elle ferma les paupières et prit une profonde inspiration avant de se remettre en devoir de répondre à une fan inconditionnelle de Seattle qui indiquait, sans y aller par quatre chemins, que si le Grand Homme se trouvait dans la région Nord-Ouest de la côte Pacifique aux États-Unis, elle serait ravie de se montrer utile.

Une heure s'écoula dans un silence tendu, brisé seulement par le cliquettement saccadé de la machine à écrire de Plimsoll en contrepoint au claquement lâche de sa vieille machine portative, qu'il détestait parce qu'elle tombait constamment en panne, mais qui faisait tellement partie de la mystique de Griswald que tous les gens de passage demandaient à la voir. Encore un sacrifice au profit de son image. Il resta la tête penchée en avant, feignant d'être absorbé par son travail. La réaction puérile de Plimsoll échappait à son entendement. Ce ressentiment latent ! Cet affairement accusateur ! Ce silence hystérique !

— J'ai besoin d'un verre, marmonna-t-il en se levant pour aller se servir du bordeaux.

Il ne ressentait pas véritablement le besoin de boire, mais il voulait lui signifier que la situation n'était pas simple pour lui non plus.

— Regardez-moi ce capharnaüm ! Je ne comprends pas pourquoi Mme Machin-Chose n'est pas foutue de se ramener ici pour faire le ménage. À croire que je la paie des clopinettes !

Plimsoll ne réagit pas. Elle tira le dernier courrier de la matinée du rouleau de sa machine et l'ajouta à la pile en attente de signatures. Puis elle fit pivoter sa chaise vers le bureau de Matthew et croisa les mains sur ses genoux.

— Il y a une ou deux choses dont je souhaiterais vous faire part, monsieur.

Nous y voilà, se dit-il.

— Allez-y, videz votre sac.

Il était content qu'elle n'accepte pas son licenciement sans se plaindre, parce qu'il savait que le face-à-face avec sa causticité contribuerait à diminuer le sentiment de culpabilité que risquait de lui inspirer cette sombre affaire. Il ramena son verre de vin à son bureau et se rassit lourdement.

— Balancez la purée, Plimsoll, dit-il avec un soupir de martyre.

— Avant de "balancer la purée", monsieur, je souhaiterais vous rappeler que M. Gold va vous appeler de New York dans… (Elle inclina sa montre à pendentif.)… Approximativement deux heures.

— Un homme averti en vaut deux… saleté de sangsue.

— Votre appréciation injuste de M. Gold constitue le point de départ opportun à ce que j'ai à dire.

— Du moment que le point de départ n'est pas trop éloigné de la ligne d'arrivée.

— Je ferai mon possible pour être brève, monsieur. (Elle prit son élan pour ce qu'il redoutait être une diatribe interminable.) Je devrais commencer par vous dire que je vous ai toujours considéré comme l'un des écrivains les plus doués de notre temps.

— Rarement ai-je entendu entrée en matière plus annonciatrice d'un "cependant".

Elle sourit.

— Cependant… je trouve également que vous êtes l'homme le plus égocentrique et ingrat qu'il m'ait jamais été donné de rencontrer. Mme O'Neil en est une excellente illustration. Voilà six années qu'elle fait le ménage après vos stupides soirées de débauche et vous n'avez pas même pris la peine de retenir son nom. M. Gold vous a porté à bout de bras pendant la période la plus difficile de votre existence, et pourtant vous ne cessez de le traiter de parasite. Quant à moi, qui ai travaillé à vos côtés et vous ai soutenu tout au long des années… Dites-moi, monsieur Griswald, connaissez-vous *seulement* mon prénom ?

— Votre prénom ?

— Mon prénom.

— Eh bien, c'est… d'accord, je ne m'en souviens pas là tout de suite maintenant ! Mais je suis sûr que vous en avez un. Issue que vous êtes de générations de pique-assiettes de l'église anglicane, je ne doute pas un instant que votre évêque de père vous a couverte de tous les fastes bon marché, à commencer par un prénom. D'ailleurs, je ne serais pas surpris si dans une profusion de prodigalité nomenclaturale, il ne vous avait donné un deuxième prénom par-dessus le marché ! Il a même pu… Qu'est-ce qui vous fait sourire ?!

— Rien d'important, monsieur. L'habitude que vous avez de vous cacher derrière des barrières "d'obfuscation polysyllabique" quand vous êtes accablé du sentiment d'avoir tort m'a toujours amusée. C'est un tic tout à fait charmant. Particulièrement chez un homme loué pour l'efficacité de son style. Vous ne trouvez pas ?

— Non, je ne trouve pas ! asséna-t-il en détachant chaque syllabe.

— Quel dommage. Votre sens de l'humour a toujours su vous racheter. Sans lui, vous auriez bien souvent été… ma foi, franchement insupportable.

Il la regarda fixement.

— Vous me facilitez grandement la tâche de vous virer sans aucun remords. Que vouliez-vous dire en affirmant que Gold m'a porté à bout de bras pendant la Grande Sécheresse ?… Si tant est que vous vouliez dire quelque chose.

— M. Gold ne vous l'avouerait jamais, mais autant que vous sachiez. Vous souvenez-vous comment vous avez réussi à garder la tête hors de l'eau pendant les années de vaches maigres, alors que vous étiez incapable de produire des écrits que vous estimiez – à juste titre – dignes de votre nom ?

— Bien sûr que je me souviens. J'ai survécu grâce à un mince filet de droits résiduels, de ventes à l'étranger et de réimpressions – ce genre de choses. Un mince filet sur lequel Gold extorquait son pourcentage, soyez-en sûre. Et donc ?

— Il n'y avait pas de droits résiduels.

— Quoi ? Mais qu'est-ce que vous racontez ?

— Pas de droits résiduels, pas de droits étrangers, pas de réimpressions. Sans vouloir appuyer là où ça fait mal, vous n'étiez pas vendeur.

Matthew resta sans rien dire pendant une longue minute.

— Êtes-vous en train de me dire que Gold m'envoyait cet argent par pure gentillesse ?

— Il vous l'envoyait parce qu'il avait foi en votre talent. Et parce qu'il était navré pour vous.

— *Navré* pour moi ? (Il se leva, et le sang épaissi par sa gueule de bois lui pilonna douloureusement l'arrière des yeux.) Ce salopard présomptueux était navré pour *moi* ? Eh bien, je m'en vais lui donner de quoi être navré. Quand il appellera cet après-midi, je le foutrai à la porte !

Miss Plimsoll inclina la tête sur le côté.

— Non… je… ne pense pas.

Une expression de stupéfaction feinte étira le visage de Matthew.

— Je vous demande pardon ?

— Je ne pense pas que vous allez congédier M. Gold, monsieur. (L'ombre d'un sourire plissa le coin de ses yeux.) Pas plus que vous n'allez me congédier moi non plus.

Elle se leva et ouvrit son immense attaché-case. Elle en sortit la liasse épaisse d'un manuscrit, aux fragments vieux et froissées, et continua :

— Vous vous demandez peut-être pourquoi j'ai commencé à me déplacer avec cette encombrante mallette il y a deux mois.

— Franchement, je ne me suis pas trop appesanti sur la question.

— Non, j'imagine bien que non. Ç'eût été faire preuve d'intérêt envers les autres.

— Si vous m'accusez de ne pas faire des nuits blanches à gamberger sur les significations cachées de la taille et du poids de votre attaché-case, alors je plaide coupable. Et je vous assure que… O-oh ! Une petite minute ! J'ai compris. Vous avez écrit un roman ! Vous voulez que je vous aide à le publier, pour soulager ma conscience de vous avoir virée. Ne croyez pas toutes ces conneries au sujet du livre qu'on aurait tous en soi, Plimsoll. Le monde se divise en deux sortes d'individus : les conteurs et les spectateurs. Et vous, Plimsoll ? Vous êtes une spectatrice. Vous êtes même l'archétype de la spectatrice. Non, je n'ai aucune envie de lire votre manuscrit. Je ne tiens pas à me frotter à l'élégant génie du verbe de quelqu'un qui n'a jamais rien éprouvé de la vie, du péché ou de l'amour !

— Oh, mais j'ai aimé, monsieur, dit-elle en remettant soigneusement les feuillets du manuscrit d'équerre en les tapotant sur son bureau.

— Non ! Arrêtez ! Plimsoll amoureuse ? L'image est aussi excitante qu'un bain de siège dans de l'eau glacée. Et quel est le pauvre type qui fut le récipiendaire de ce modique présent ?

— Vous, monsieur.

— *Moi ?*

Elle prit une courte inspiration.

— Mais là n'est pas la question. Je voudrais maintenant que vous lisiez quelques passages pris au hasard dans ce manuscrit. Je pense que vous le trouverez très…

— *Moi ?* Vous êtes amoureuse de… ? (Son regard tomba sur la première feuille de la liasse.) Attendez une minute ! Qu'est-ce que c'est que cette affaire ? C'est *mon* manuscrit !

Il s'agissait en effet de deux versions de son dernier roman : la sienne, pleine de ratures et de notes marginales au crayon, et celle de Plimsoll, dactylographiée avec soin. De toute évidence, elle avait désobéi à ses consignes qui stipulaient que les originaux seraient mis au feu une fois recopiés au propre, afin de sauvegarder sa réputation de styliste-né dont la première mouture était quasiment à l'état d'épreuves définitives – une facette du mythe Griswald qui ne venait pas de lui, mais qu'il s'appliquait à perpétuer.

— À présent, Matthew, si vous vous asseyiez pour parcourir le manuscrit pendant que je nous prépare…

— *Matthew ?*

— … pendant que je nous prépare une bonne tassé de thé.

— Je ne bois pas de thé !

— Ma foi, une tasse de thé pour moi, dans ce cas. Non, réflexion faite, je prendrai un verre de votre excellent bordeaux.

— Mon bordeaux ?

— Lisez donc le manuscrit, Matthew. Quelles que soient vos limites en tant qu'homme de compassion, j'ai une foi totale en vous en tant que critique.

Alors que Plimsoll reprenait place à son bureau en sirotant son verre de vin, ses longues jambes croisées aux chevilles, Matthew s'employa à lire, balayant tout d'abord les pages avec une irritation impatiente ; mais les rides de son front se creusèrent au fur et à mesure qu'il dévorait les pages avec une fascination grandissante – et glaçante. Elle avait procédé à d'infimes suppressions et ajustements, un adjectif élagué ici, un verbe plus précis substitué là, sans qu'aucune modification ne soit significative en soi, mais que dans la masse elles resserrent le propos d'un paragraphe, muent une répétition en prophétie incantatoire ou fassent jaillir l'ambiguïté au cœur même de l'abscons. Il n'aurait pas su mettre le doigt sur l'ensemble des changements apportés par son travail de coupe et d'affinage, mais l'aboutissement était de l'ordre d'une célérité accrue. Si l'on prenait pour norme une minute passée à lire sa première ébauche, comparativement, par exemple, à une lourde minute de quatre-vingts secondes passée à patauger dans les marécages gluants de Faulkner, ou à trébucher au milieu des incises complexes d'Henry James, alors on pouvait estimer les révisions de Plimsoll à des minutes rapides et légères de quarante secondes. En somme, ce que le monde identifiait comme étant le style Griswald existait dans la copie de Plimsoll alors que l'original en était dénué.

Il reposa le manuscrit et regarda par la fenêtre, les yeux troubles, une sensation de froid au ventre. Des années durant, il avait supputé, à défaut de vraiment affronter, le fait qu'il était dépourvu de la plupart des qualités qu'il admirait chez ses personnages. Il ne s'était jamais véritablement consacré aux causes politiques qu'il soutenait avec tant de pugnacité, il était trop accaparé par sa personne pour se soucier de la masse des minables ; même ses relations sexuelles relevaient davantage d'une tactique que de l'émotion ; quant à ses prouesses physiques tant vantées ? Ces montagnes, il les avait gravies à l'aide de guides ; ces lions, il les avait abattus avec un homme en renfort qui le couvrait, armé d'un Holland and Holland ; il avait pris soin d'être fréquemment pris en photo, hirsute, en compagnie de guérilleros, mais sa célèbre couverture du conflit, il l'avait écrite de seconde main, plus proche de tout le confort d'un établissement hôtelier que des périls du champ de bataille. Pendant des années, il s'était convaincu qu'il était un bon écrivain sinon rien. Et à présent…

— Je crois savoir ce que vous ressentez, Matthew, dit Miss Plimsoll à mi-voix.

— Vous croyez ? Vraiment ? Quelle consolation de me dire que Plimsoll sait ce que je ressens.

— C'est une chose que vous devez comprendre. Seule, je n'aurais pas pu écrire ces romans et histoires. C'est vous qui avez l'imagination créatrice, l'expérience, la perception de la peine et de la joie, le panthéon de personnages aussi singuliers que fascinants.

— Je suis ravi d'avoir apporté ma modique contribution.

— Cette voix est la vôtre. Je ne fais que l'interpréter. Ce que vous avez perdu au cours de la Grande Sécheresse n'était au fond que… le style. Et c'est la seule chose que j'ai amenée : le style, c'est tout. Je vous en prie, ne vous laissez pas abattre, Matthew. Nous faisons équipe depuis des années, une *belle équipe*, mais c'est vous qui possédez l'inspiration et la dynamique, autant de choses que j'ai admirées chez vous… que j'ai aimées, à dire vrai.

— Je ne veux pas en entendre parler, dit-il d'un air misérable.

— Je sais que cela vous est désagréable. Vous n'avez jamais cherché à affronter la vérité en ce qui vous concerne. Ainsi est-il inévitable que cette vérité s'accompagne d'épreuves… à l'instar des héros de nos romans.

Il tendit les bras et frotta la paume de ses mains sur les flancs de sa vieille machine à écrire dans une sorte d'adieu tactile.

— Je me satisfaisais de mon rôle invisible, continua-t-elle. Je chérissais d'autant plus ma contribution sachant que vous étiez loin de vous en douter, et heureux dans cette ignorance. Et j'entendais fermement poursuivre ainsi ad vitam aeternam. Mais au cours du dernier mois, j'ai commencé à voir quelque chose grandir dans votre attitude envers moi. (Elle eut un fin sourire.) Vous êtes pour le moins transparent, Matthew.

— Cessez de m'appeler par mon prénom, je vous prie.

— Mais je vous ai toujours appelé Matthew… en mon for intérieur. Je savais depuis un petit moment que vous vous prépariez à vous débarrasser de moi. Au début, j'ai été cruellement blessée par l'iniquité de cette décision. Et puis je me suis rendu compte que vous étiez tout aussi démuni sur ce terrain que vous l'étiez sur d'autres. Cela fait des années que vous êtes esclave de votre image et se débarrasser de moi n'aurait été qu'une énième servitude exigée par cette image. Alors j'ai décidé de prendre les choses en main, pour votre bien ainsi que pour le mien.

— Je ne veux plus en entendre parler. Plus rien n'a d'importance. Tout est fini. J'imagine que vous avez l'intention de tout révéler ? “La collaboratrice secrète de Matthew Griswald ?” Vous allez vous faire un sacré paquet. C'est le genre de scandale qui fait baver les journalistes.

— Cela ne m'a pas effleuré l'esprit, Matthew.

— Qu'avez-vous donc à l'esprit, dans ce cas ?

— Je propose que nous poursuivions notre association.

Il lui coula un regard en biais, l'air méfiant.

— Vous êtes en train de me dire que vous êtes prête à continuer exactement comme avant ?

— Eh bien… pas *exactement* comme avant.

— Ah ! je le savais. Que voulez-vous donc ?

— J'atteins un âge où il convient de songer à son avenir.

— C'est une affaire d'argent, donc.

— De sécurité, plus que d'argent. Notre sécurité mutuelle. Qui serait à mon sens le mieux protégée si nous nous mariions.

Il écarquilla les yeux.

— Nous marier ? Vous et moi ?

— Votre stupéfaction manque de courtoisie, Matthew. C'est une solution que j'envisage depuis de nombreuses années dans mes rêveries.

Une possibilité quasi impensable prit racine dans l'esprit de Matthew.

— Vous êtes bien en train de me parler d'un mariage de convenance, n'est-ce pas ? Un mariage qui assure votre avenir financier et vous apporte tous les avantages sociaux, les soirées, les événements médiatiques, la totale ?

— En réalité, je prévois très peu de soirées. Elles nuisent à votre santé, sans parler de vos habitudes de travail. Je dois vous avouer que je n'ai aucunement l'intention de contracter *un mariage blanc**, une imposture échafaudée pour des raisons financières.

— Ouah, attendez. Je veux être sûr de bien comprendre. Êtes-vous en train de me dire que nous – que vous et moi serions… ?

— Je nous vois travailler ensemble, résoudre des problèmes et récolter des succès ensemble. Nous nous chérirons, vous et moi et nous… nous satisferons à nos besoins.

— … Allons bon. Et je suppose que cette relation sera monogame ?

* En français dans le texte.

— Oh oui, tout à fait, Matthew. Strictement monogame. Vous ne saurez jamais à quel point j'ai souffert de la présence de toutes ces femmes sans cervelle que je retrouvais ici le matin, toutes froissées dans leur odeur de sommeil.

Il hocha la tête lentement, toujours sous le choc.

— Donc… pour bénéficier de votre aide, je dois acheter le pack complet. La cervelle, l'entrejambe et tutti quanti. C'est bien ça, le marché ?

— C'est le marché.

Il pivota de nouveau vers la pile de manuscrits posée sur son bureau. Il relut deux pages de sa première mouture, puis le même passage révisé par ses soins. Alors il jeta les feuillets et posa de nouveau les yeux sur Miss Plimsoll pour la juger en toute franchise. Eh bien, elle a un joli teint. Et ses mains ne sont pas si mal…

— C'est vrai, n'est-ce pas, ce que vous avez dit à propos des personnages et des situations qui m'appartiennent à moi et à moi seul. Vous consolidez et les peaufinez, c'est tout ce que vous faites. Ce qu'on appellerait du "packaging stylistique".

Elle eut un fin sourire.

— C'est ce que je fais, Matthew. Du packaging.

Il poussa un long soupir et secoua la tête comme pour s'éclaircir les idées.

— Dites-moi, Plimsoll. Comment êtes-vous… comment êtes-vous au plumard ?

Miss Plimsoll baissa les yeux et cacha un sourire derrière le voile de ses cils.

— Vous cherchez peut-être à savoir ce pour quoi vous pourriez réellement me remercier à l'avenir, pas forcément dans le sens que vous aviez envisagé à l'origine ?

— Argh ! grogna-t-il. Alors, répondez, comment êtes-vous au plumard ?

Une légère rougeur fleurit à sa gorge. Elle inclina sa montre à pendentif pour la consulter.

— Vous avez une heure et vingt minutes avant la communication téléphonique de M. Gold. Ce qui nous laisse suffisamment de temps pour examiner la question, j'imagine.

COMMENT LES ANIMAUX ONT EU LEUR VOIX

UN RÉCIT PRIMITIF ONONDAGA

LES Européens en route vers l'Ouest à travers l'Amérique se heurtèrent aux Iroquois qui poussaient vers l'Est pour ne pas perdre le contact avec les tribus algonquines qu'ils suivaient à l'instar du berger qui suit ses troupeaux, car le pillage constituait une part importante de leur économie. Au contact des Cinq-Nations, les Européens découvrirent les tribus les plus avancées d'Amérique du Nord, tant culturellement que politiquement. Ils découvrirent également en elles des combattants farouches et impitoyables, d'une envergure inédite, jusqu'à ce que cent ans et un demi-continent plus tard, ils tombent sur les Sioux et les Apaches.

Au centre de ces Cinq-Nations de la Confédération iroquoise, les Onondagas n'étaient pas aussi belliqueux que les Sénécas ni aussi astucieux dans le négoce que les Mohawks, mais leur rôle était essentiel à l'union, car ils étaient la puissance invitante des assemblées intertribales et faisaient fonction d'arbitre en cas de litiges, comme il seyait à la tribu de Hiawatha – lui qui, de pair avec Dekanawidah, avait façonné les tribus belliqueuses en une ligue pacifique des siècles plus tôt.

Les Onondagas étaient de surcroît les dépositaires de la mémoire des tribus, les garants des traditions et les conteurs des contes anciens ; jusqu'à ce que les femmes, les enfants et les vieillards fussent repoussés au nord dans le havre de la Nouvelle-France, où ils s'installèrent dans des fermes pauvres et pierreuses après que la plupart de leurs guerriers étaient tombés au combat face aux Européens avides de terre. En l'absence de jeunes hommes, ils se métissèrent avec les Français qui avaient laissé leurs femmes derrière eux pour partir en quête de fortune. Mon grand-père était l'enfant de parents français-onondaga.

Au début du siècle, le génie conteur des Onondagas survivait encore ici et là dans des poches de diaspora. C'est de ses incroyables tantes que ma mère apprit les contes que les ethnologues regroupent sous l'appellation de mythes primitifs. Toutes les histoires commençaient par une description de la création du monde par Écrevisse, Urubu et Vent, qui œuvraient au projet de Celle-Qui-Crée-En-Prononçant-Le-Nom-Des-Choses : toujours les mêmes mots scandés au même rythme… le genre de psalmodies que les enfants trouvent aussi enchanteresses que rassurantes. Après avoir été rattaché à l'origine des choses, chaque conte suivait sa propre voie, porteur chacun d'un message moral s'attachant à édifier et à guider.

Quand j'étais très jeune, ma mère me racontait ces histoires pour m'endormir, dans le patois français criard et archaïque de ses tantes, une sonorité que j'associais aux mélopées austères des conteurs onondagans qui avaient recours à des contes moraux du même genre pour convaincre les rebelles rétifs de se plier aux volontés de la Confédération. Je me souviens de trois de ces histoires seulement : la première explique pourquoi les érables perdent leurs magnifiques feuilles à l'automne et alerte contre l'orgueil ; la deuxième raconte comment Étoile du Nord se porta volontaire pour rester dans le ciel froid septentrional afin de guider les personnes perdues et parle d'entraide dans la communauté ; et l'histoire que je m'apprête à vous conter à présent, la préférée de mon enfance parce qu'elle mettait en scène un grand nombre d'animaux qui se conduisaient mal. Son message est évident, pourtant les Indiens n'ont pas tenu compte de cette mise en garde.

Au commencement, et pendant plus de la moitié du Temps Alloué, il n'y eut pas de terre ferme, seulement le ciel et la terre et une brume légère entre les deux. Puis, Celle-Qui-Crée-En-Prononçant-Le-Nom-Des-Choses demanda : "Qui fera la Terre pour moi ?" Écrevisse, qui s'ennuyait, répondit : "Je ferai la Terre pour toi." Et Écrevisse descendit tout au fond de l'eau et fit rouler des boules de boue avec sa queue, puis les empila les unes sur les autres, les unes sur les autres, jusqu'à ce que la boue émerge de la surface des eaux.

Puis, Celle-Qui-Crée-En-Prononçant-Le-Nom-Des-Choses dit : "Oui, mais cette Terre est toute plate et monotone. Qui lui donnera vie et diversité pour moi ?" Et Urubu, qui s'ennuyait, dit : "Je lui donnerai vie et diversité pour toi." Elle survola l'étendue de boue meublc et quand elle abaissait ses ailes puissantes, des vallées se creusaient dans la terre, et quand elle relevait ses ailes puissantes, des montagnes sortaient de terre, et quand elle s'élevait et glissait dans les airs, les grandes plaines et les plateaux s'aplanissaient.

Puis Celle-Qui-Crée-En-Prononçant-Le-Nom-Des-Choses dit : "Oui, mais cette Terre est toute meuble et humide. Qui la séchera pour moi ?" Et Vent, qui s'ennuyait, dit : "Je la sécherai pour toi." Et elle souffla longuement sur les collines et les vallées et les plaines jusqu'à ce qu'elles soient sèches et dures. Les poissons de la mer se demandaient quelle utilité cet endroit sec et dur pouvait bien avoir, car les poissons ignorent tout des endroits secs, de même qu'ils n'ont jamais éprouvé la pluie.

Puis Celle-Qui-Crée-En-Prononçant-Le-Nom-Des-Choses énuméra le nom de toutes les plantes et de tous les animaux, et chacun apparut à l'énoncé de son nom. Certains s'en furent vivre dans les vallées, d'autres dans les montagnes, d'autres encore dans les plaines. Et quand Écrevisse, Urubu et Vent virent cela, elles furent très fières d'elles-mêmes, convaincues qu'elles étaient que leur propre imagination avait forgé ces plantes et ces animaux, car le pouvoir de Celle-Qui-Crée-En-Prononçant-Le-Nom-Des-Choses ne se perçoit pas comme on perçoit la chute d'eau ; il se perçoit davantage de l'intérieur, comme un rêve. Dans leur orgueil, Écrevisse et Urubu et Vent se pavanèrent et plastronnèrent en chantant leur sagesse et leur adresse. Et c'est pour cela qu'à ce jour encore, les vieillards dansent la danse comique d'Écrevisse, Vent et Urubu en se pavanant et plastronnant et chantant ces chansons vantardes qui font rire les enfants de leurs vanités.

Pourtant, en dépit de toutes leurs fanfaronnades, Écrevisse et Urubu et Vent étaient contrariées au fond de leur cœur parce que leur bel ouvrage ne pouvait pas être vu et admiré, étant donné que le monde était enveloppé dans des ténèbres éternelles, comme il le sera une fois encore à la toute fin du Temps Alloué.

Alors Coyote, la plus sournoise des animaux, épousa la cause d'Écrevisse et Urubu et Vent, en affirmant qu'il était honteux que personne ne pût voir et admirer leur beau travail, mais en réalité Coyote méprisait l'obscurité parce qu'elle était une chasseuse diurne. En entendant la doléance de Coyote, Celle-Qui-Crée-En-Prononçant-Le-Nom-Des-Choses murmura au sein des ténèbres: "Qui fera la lumière pour moi?" Et Étoile murmura en réponse: "Je ferai la lumière pour toi." Et elle se retourna et illumina la Terre de toute sa force, mais son éclat était faible, si bien que Coyote se plaignit qu'il ne faisait pas assez jour, quoique Lapin et Chien de prairie trouvassent les choses très bien ainsi, car elles étaient des proies diurnes. Coyote fit la tête en pleurnichant à qui mieux mieux jusqu'à obtenir ce qu'elle voulait, tant et si bien qu'Étoile fit des enfants d'elle-même jusqu'à ce qu'il y en ait une myriade dans le ciel, et toutes illuminèrent la Terre de toutes leurs forces, étincelant et brillant à l'envi, pourtant Coyote marmonnait encore qu'il ne faisait pas assez jour. Alors Lune dit: "Je vais t'aider, Étoile", et elle se tourna pour illuminer le monde. Mais Lune est par sa nature capricieuse et inconstante: parfois, elle ne brille qu'à moitié, parfois qu'à un quart, et parfois pas du tout, alors Coyote fit la tête jusqu'à ce que Celle-Qui-Crée-En-Prononçant-Le-Nom-Des-Choses se rende dans la grotte de Soleil et la supplie de monter dans le ciel. Mais Soleil adorait sa magnifique grotte rose et or et rechignait à la quitter, alors Celle-Qui-Crée-En-Prononçant-Le-Nom-Des-Choses marchanda avec Soleil, en lui disant qu'elle ne serait pas contrainte de briller tout le temps: elle pourrait s'en retourner dans sa grotte quand elle en aurait assez de briller et l'obscurité qu'elle laisserait alors dans son sillage s'appellerait Nuit. Mais Soleil restait réticente à quitter sa grotte, alors Celle-Qui-Crée-En-Prononçant-Le-Nom-Des-Choses marchanda davantage, en promettant à Soleil qu'une fois écoulé le Temps Alloué, elle pourrait s'en retourner dans sa grotte et laisser la Terre à jamais dans les ténèbres. Finalement Soleil accepta de se rendre dans le ciel pendant la moitié de chaque jour, en partant à l'aube pour s'en retourner au crépuscule. La lueur grandissante rose et or que vous voyez à l'aube n'est autre que Soleil qui écarte la pierre qui cache l'entrée de sa grotte étincelante, et le rose et or du soir s'estompe lorsque Soleil tire lentement la pierre derrière elle. Mais quand bien même elle s'était laissée persuader de briller sur la Terre, Soleil était triste de quitter sa splendide grotte et amère que les bouderies de Coyote l'y eussent contrainte, alors elle pleura des larmes de tristesse et des larmes d'amertume le matin de ce premier jour, et en tombant sur le sol ses larmes de tristesse devinrent des femmes et ses larmes d'amertume devinrent des hommes, et ainsi les humains devinrent-ils les ennemis éternels de Coyote, et cherchèrent à jamais à la contrarier et la détruire ; mais, hélas, Coyote est trop futée.

Les femmes et les hommes des larmes eurent des enfants ensemble, et certains de ces enfants partirent vivre dans les montagnes, d'autres dans les vallées et d'autres encore dans les prairies, mais les plus courageux et authentiques d'entre eux vinrent vivre dans les forêts, et ceux-ci se nommèrent le Peuple, mais ceux aux yeux pâles qui venaient acheter des fourrures et voler les terres les nommèrent les Iroquois.

Comme vous avez pu le voir, aux Temps Anciens, toutes choses – les étoiles, le vent, les urubus, les animaux – parlaient le langage de Celle-Qui-Crée-En-Prononçant-Le-Nom-Des-Choses, un langage qui s'appelait la Langue. Eh bien ce fut également le cas de toutes les femmes et tous les hommes nés des larmes de Soleil. Mais en châtiment de méfaits trop vils pour qu'on les raconte, on força la plupart des humains à oublier la Langue et on les obligea à parler à la place un grand nombre de vilains baragouinages. Or le peuple iroquois ne s'était pas adonné à ces méfaits, si bien qu'il eut l'autorisation de continuer à parler le langage ancestral et magnifique des animaux et des étoiles et du vent et de Celle-Qui-Crée-En-Prononçant-Le-Nom-Des-Choses. Avec le temps, tous les animaux, les uns après les autres, perdirent leur capacité à parler la Langue, certains par bêtise, certains par malice, et d'autres encore par simple malchance. Il existait une histoire qui racontait comment chaque animal perdit la Langue, et ces récits servaient à nous inculquer les dangers de l'Insouciance, de la Convoitise, de la Colère, de la Désobéissance et de telles choses mais hélas, ces récits ont disparu de la mémoire des tribus et à présent nous devons apprendre à nos dépens les maux de l'Insouciance, de la Convoitise, de la Colère et de la Désobéissance, en subissant leurs effets.

C'est ainsi que le Peuple en vint à constituer les seules créatures capables de comprendre Celle-Qui-Crée-En-Prononçant-Le-Nom-Des-Choses et de parler aux étoiles et aux vents et aux tempêtes et aux esprits. Et parmi le Peuple, la tribu qui usa au mieux de la Langue fut notre propre tribu des Onondagas, les enfants de Hiawatha, car nous tissions la Langue en récits faits pour amuser en surface et instruire en profondeur. Comme celui-ci, par exemple :

Un jour, Celle-Qui-Crée-En-Prononçant-Le-Nom-Des-Choses était occupée à regarder en arrière dans le temps, en songeant au passé prestigieux du Peuple, lorsque du coin de l'œil elle aperçut quelque chose dans l'autre sens, en direction de l'avenir, qui lui fit étouffer un cri d'épouvante. Elle vit que tout le vivant serait bientôt menacé par des ennemis aux yeux pâles venus de l'autre côté de la mer. Elle envoya Tortue surveiller l'arrivée des envahisseurs sur le rivage de la mer à l'est et ordonna à tous les animaux de se réunir sept jours durant dans la grande hutte, afin de débattre des moyens de faire face à la menace.

Mais, me direz-vous, comment tous les animaux pouvaient-ils se rassembler en l'absence de Tortue ? Eh bien, en ces temps éloignés, Tortue ne faisait pas partie des animaux en raison de la ressemblance de sa carapace avec une pierre.

Pour éviter le chaos si tous les animaux de la Terre se réunissaient dans une seule hutte, Celle-Qui-Crée-En-Prononçant-Le-Nom-Des-Choses décréta que chaque clan enverrait un individu représentatif de son essence profonde. Chien représenterait toutes les choses grossières, par exemple, et Corbeau toutes les choses plaintives ; et il y avait Lynx avide et Loutre fuyante et Coyote sournoise et Ourse grincheuse et Marmotte nerveuse et Grenouille hautaine et Taupe perplexe et Arbre placide et tant, tant d'autres. Mais pourquoi, me demandez-vous, Arbre fut-elle conviée à un rassemblement des animaux ? Eh bien, en ces temps éloignés, Arbre était acceptée parmi les animaux pour une très bonne raison, laquelle hélas a disparu de mémoire d'homme. Sans vouloir offenser qui que ce soit, permettez-moi de vous dire que nous avancerons plus vite si vous gardez vos questions pour vous.

Au début, aucun humain ne fut convié à prendre place au Grand Rassemblement, car Celle-Qui-Crée-En-Prononçant-Le-Nom-Des-Choses avait le sentiment que les animaux représentaient convenablement les divers composants de la nature humaine, qu'il s'agît de vulgarité, de convoitise, de ruse, de mauvais caractère, d'orgueil, d'obstination ou de tout autre chose. Mais un conteur parmi les aînés des Onondagas, un homme que l'on appelait Vieux en raison de son âge, fut mandaté pour présider ce rassemblement parce qu'il possédait trois compétences indispensables : premièrement, étant du Peuple, il en parlait encore la Langue, de sorte qu'il pouvait interpréter la volonté de Celle-Qui-Crée-En-Prononçant-Le-Nom-Des-Choses ; deuxièmement, les Onondagas avaient une grande expérience en matière de résolution des querelles et de règlement des différends ; et troisièmement, Vieux comprenait les multiples voix des animaux, car il les imitait pour raconter des histoires aux enfants de la tribu. Vieux commença par demander à Celle-Qui-Crée-En-Prononçant-Le-Nom-Des-Choses d'autoriser les animaux à se comprendre entre eux, le temps seulement du Grand Rassemblement ; c'est ainsi qu'Elle se glissa dans l'oreille de chaque animal sous la forme d'une voix-douce-qui-caresse, et voilà ! ils pouvaient se comprendre.

Sachez que les sept jours du Grand Rassemblement durèrent de très, très nombreuses années, car en ces temps éloignés une journée était aussi longue que nécessaire, et par conséquent plusieurs générations du Peuple virent le jour, grandirent, trouvèrent des partenaires, devinrent vieux et faibles, et s'en retournèrent enrichir la terre tandis que le Grand Rassemblement se poursuivait. À la fin de la toute première journée du rassemblement – journée consacrée aux salutations et aux échanges d'espérances pour la triple bénédiction d'un accouplement heureux, de la bravoure face à la mort et de l'immortalité dans le chant de sa descendance – Tortue, que l'on avait envoyée surveiller les rivages lointains de la Grande Eau, en ouvrant ses paupières lourdes de sommeil découvrit avec alarme un immense canoë de guerre qui fonçait droit sur le rivage, ses larges rames de tissu emplies de vent. Il faut savoir que le cœur de Tortue n'était pas intrépide, car les pierres ne renforcent pas leur esprit par le combat, pourtant elle résista à la tentation de fuir, jusqu'à ce que les guerriers eussent pataugé jusqu'au rivage depuis leur grand canoë de guerre et enfoncé leurs lances dans le sable, revendiquant ces terres comme étant leurs. Épiant la scène de sous un buisson, Tortue vit que ces hommes avaient les yeux pâles d'esprits exsangues. À leur vue, Tortue déglutit avec difficulté et fut saisie d'une grande crainte, pourtant elle tint bon tandis que les hommes aux yeux pâles faisaient la fête en braquant leurs longs bâtons de feu en l'air et en les faisant rugir et cracher de la fumée et des flammes. Puis l'un d'eux braqua son bâton de feu sur une biche qui se tenait à l'orée de la forêt, figée par la curiosité. Le bâton de feu hurla sa fumée et ses flammes sur la biche, et la biche tomba, une flèche invisible dans le cœur. À cet instant, Tortue fit volte-face et se précipita vers la hutte de l'assemblée, pressée de raconter à Celle-Qui-Crée-En-Prononçant-Le-Nom-Des-Choses les phénomènes effrayants qu'elle avait vus ; mais se précipiter pour une tortue n'est pas la même chose que se précipiter pour d'autres créatures, si bien que deux fois dix fois dix étés allaient passer avant que Tortue n'arrive en haletant à la hutte du Grand Rassemblement…

… où, hélas, rien n'avait encore été décidé parce que les animaux rassemblés se chamaillaient sur des questions de tradition et de vieilles prérogatives, et que nombre d'entre eux saisissaient cette occasion pour remuer de vieilles querelles, exhumer d'anciens torts, échanger de nouvelles insultes, tous les animaux hurlant à s'en casser la voix… des voix très différentes alors de celles qu'ils utilisent aujourd'hui, comme vous allez le voir. Vieux plaidait pour le retour du calme, mais il ne parvenait pas à maîtriser le tintamarre assourdissant.

— J'ai le droit de m'asseoir au plus près du feu, jappa Grenouille hautaine, car je suis une parente lointaine d'Écrevisse qui a façonné la Terre.

— Je refuse d'accepter le calumet de la paix après que Chien grossière l'a souillé de sa salive ! grogna Serpent sourcilleuse.

— Quelle compensation aurai-je si j'abandonne à Castor la place qui me revient ? ronronna Dinde procédurière.

— Quand est-ce qu'on mange ? glouglouta Chien grossière.

— Je refuse de partager quoi que ce soit avec quiconque ! coassa Lynx avide.

— Celle qui a dit qu'elle ne partagerait rien avec personne, demanda Taupe perplexe, qui était quasiment aveugle, elle est où ? Où ?

Et sa voisine lui chuchota que Lynx avide était là.

Tous les animaux exprimèrent à grands cris leurs préférences, ou leurs récriminations à l'égard d'anciens torts ou en vue de quelque avantage, ou encore leur colère, chaque animal hurlant plus fort que son voisin, jusqu'à ce que Vieux ne puisse plus supporter le vacarme et la confusion.

— Je vous en prie, taisez-vous, supplia-t-il. Il me faut du silence si je veux pouvoir entendre en moi la douce voix de Celle-Qui-Crée-En-Prononçant-Le-Nom-Des-Choses afin de vous transmettre son message !

Mais la clameur furieuse enfla jusqu'au soir, et ainsi se déroula le premier jour de très, très nombreuses années, et pendant ce temps Tortue se précipitait désespérément à son rythme lent vers le lieu de l'assemblée.

Quand Vieux arriva à la hutte de l'assemblée au matin du deuxième jour, il trouva les animaux empêtrés dans une dispute avec Corbeau qui sifflait à tue-tête, Arbre qui aboyait à gorge déployée, Lynx avide qui coassait à ne plus savoir où donner de la tête et Chien qui glougloutait aux éclats à l'oreille de Grenouille, qui jappait son agacement à Ourse couinante et Dinde ronronnante. Malgré tout le mal qu'il se donna, Vieux échoua à rétablir l'ordre au sein du chaos. Et le troisième jour se déroula de la même manière. Et le quatrième. Et le cinquième. Et ainsi le temps de délibération et de préparation fut-il gaspillé en chamailleries et mesquines vanités.

La nuit du cinquième jour, Vieux commença un jeûne pour se calmer au plus profond de lui-même, afin de pouvoir entendre la voix silencieuse de Celle-Qui-Crée-En-Prononçant-Le-Nom-Des-Choses. Il continua son jeûne au cours de la nuit pour affaiblir son corps afin que la sagesse puisse franchir subrepticement les barrières du savoir et entrer en lui, mais il n'entendit aucune voix. Tout le jour suivant, il psalmodia jusqu'à ce que ses mots perdent tout leur sens commun et soient libres de prendre un sens universel, pourtant aucune voix ne vint. Alors il ordonna aux jeunes hommes de son clan de préparer la hutte de sudation avec deux feux et il prit place seul dans la chaleur et la fumée, à jeûner, psalmodier et boire dans une coupelle en bois des petites gorgées du jus du champignon-qui-déverse-la-lumière-dans-l'-esprit jusqu'à ce qu'il sente brusquement la présence de Celle-Qui-Crée-En-Prononçant-Le-Nom-Des-Choses grandir en lui. Il lui demanda comme faire taire les représentants vitupérants afin qu'ils soient à même de recevoir les avertissements et les conseils de Celle-Qui-Crée-En-Prononçant-Le-Nom-Des-Choses. Et la voix silencieuse de cette dernière chuchota jusque dans ses os, lui expliquant comment les faire taire à l'aide d'un panier tressé, et il sourit de cette ruse astucieuse.

Pendant que se déroulait tout ceci, Tortue continuait de se précipiter vers la hutte de l'assemblée, comme elle le faisait depuis plusieurs décennies déjà. Désormais son effort pour gagner de la vitesse, étant donné que Yeux-pâles la suivait en direction du soleil couchant et grignotait chaque jour du terrain sur elle, faisait s'allonger son cou très en dehors de sa carapace.

Les animaux étaient en plein baragouinage ce matin-là du septième et dernier jour du Grand Rassemblement, lorsque Vieux arriva chargé d'un panier tressé qu'il déposa près de l'entrée. Puis il s'avança lentement jusqu'au centre du cercle et s'assit par terre, tandis qu'autour de lui tournoyaient grognements et railleries, moqueries et fanfaronnades. Mais les échanges petit à petit faiblirent, d'abord ici, puis là, au fur et à mesure que les représentants s'avisaient du regard lointain qui habitait les yeux de Vieux et de la pâleur cadavérique laissée par les longues heures passées à jeûner et à boire à petites gorgées le jus du redoutable champignon. Tous voyaient bien que son esprit était avec Celle-Qui-Crée-En-Prononçant-Le-Nom-Des-Choses.

Parlant par la voix caverneuse et inquiétante de Vieux, Celle-Qui-Crée-En-Prononçant-Le-Nom-Des-Choses rapporta à l'assemblée la menace d'Yeux-pâles, qui allait abattre la forêt (Arbre tressaillit), souiller les marécages (Castor blêmit), occire le gibier (plusieurs étouffèrent un cri), mais qui allait faire le plus grand mal au Peuple, face aux flèches duquel il allait brandir son bâton de feu, et le Peuple tomberait en grand nombre. Mais son bâton de feu n'était pas l'arme la plus effroyable d'Yeux-pâles. Il allait de surcroît tousser sur le Peuple, qui souffrirait de fièvres et de maux et des familles entières mourraient, des clans entiers, des villages entiers, et il ne resterait plus grand monde pour psalmodier les grands exploits de leurs ancêtres. Mais la maladie n'était pas l'arme la plus effroyable d'Yeux-pâles. Il allait de surcroît donner au Peuple de l'eau de feu, qui allait l'hébéter et lui faire croire qu'il pouvait entendre le silence et voir l'invisible, ce qui était particulièrement attrayant car dès l'instant où ils ont été pleurés sur la Terre, les gens du Peuple ont aspiré à entendre le silence et voir l'invisible. Ils l'ont recherché en prenant de l'eau de tabac, en buvant le jus de plantes magiques, en jeûnant jusqu'à ce que le corps soit trop faible pour emprisonner l'imagination, en dansant jusqu'à ce que l'esprit sorte du corps – tout ce qui pouvait les amener en ce lieu de rêve où le silence parle et l'invisible se révèle. L'eau de feu d'Yeux-pâles volerait la dignité des gens du Peuple et en ferait des imbéciles et des vantards. Mais même son eau de feu n'était pas l'arme la plus effroyable d'Yeux-pâles. Il allait donner au Peuple son Livre, qui lui apprendrait à être docile, à accepter les insultes, et à attendre le jugement après la mort. Et les porteurs du Livre allaient tourner en ridicule les enseignements de Celle-Qui-Crée-En-Prononçant-Le-Nom-Des-Choses et se rire des vérités et coutumes ancestrales. Notre courage farouche serait sapé, nos voix intérieures réduites au silence et nous deviendrions malléables, obligeants et stupides.

— Mais pourquoi Yeux-pâles haït-il à ce point le Peuple ? croassa Coyote avec une empathie feinte tout en se réjouissant secrètement de ce que ses ennemis éternels allaient souffrir.

— Où est celle qui demande pourquoi Yeux-pâles haït le Peuple ? demanda Taupe perplexe. Où ? Où ?

Et quatre ou cinq de ses voisines agacées lui répondirent sèchement :

— Coyote est juste là. Tais-toi donc, maintenant !

Parlant à travers Vieux, Celle-Qui-Crée-En-Prononçant-Le-Nom-Des-Choses répondit à la question de Coyote.

— Yeux-pâles haït le Peuple parce qu'il a dans son ventre une soif terrible de posséder ses terres.

— Posséder des terres ? glouglouta Chien grossière. Mais comment peut-on posséder la terre ?

— C'est absurde ! persifla Arbre dans un aboiement outré. A-t-on déjà entendu parler de posséder la terre ?

— On ne peut pas *posséder* la terre, gronda Serpent. Autant dire qu'on peut posséder l'air, posséder les eaux ou posséder les nuages, pendant que vous y êtes ! On ne peut pas posséder de telles choses. On peut les apprécier, en faire bon usage, les chanter, mais on ne peut pas les posséder.

Lynx coassa son acquiescement, mais au plus profond de son cœur avide, elle parvenait à comprendre le plaisir immoral qu'Yeux-pâles devait prendre à avoir quelque chose pour lui tout seul sans avoir à le partager avec personne.

Et chacun de se moquer à qui mieux mieux de l'idée saugrenue de posséder la terre ou l'air ou les nuages ou l'eau, et il ne fallut pas beaucoup de temps pour que tout le monde se remette de plus belle à ronronner et aboyer et siffler et miauler et coasser et glouglouter et grogner jusqu'à ce que plus personne ne pût entendre la voix de Vieux ; alors il se leva et les regarda avec des yeux terribles et leur ordonna :

— Calmez-vous ! Calmez-vous !

Et soudain le silence se fit dans la hutte de l'assemblée.

— Allons, gronda Serpent doucement. Silence, tous autant que vous êtes. Cela vous apprendra.

— Oh, la ferme ! croassa Coyote.

— La ferme, toi-même, grogna Hibou.

— *La ferme tout le monde !* ordonna Ourse de sa voix fluette aux couinements haut perchés.

— Comment oses-tu me dire de la fermer ! jappa Grenouille hautaine.

Et une fois de plus le Grand Rassemblement fut secoué par la clameur de chacun donnant l'ordre à l'autre de se taire, tandis que Taupe perplexe tournait sur elle-même en demandant :

— Où est Vieux ? Où ? Où ?

Exaspéré par son état de confusion constante, tout le monde dans l'assemblée se tourna pour crier sur Taupe :

— Vieux est juste là ! Il est juste là !

Et Taupe, disputée, se rassit en clignant des yeux.

Alors Vieux se leva et jeta autour de lui un regard plein d'un courroux terrible.

— Quelle mesquinerie ! rugit-il. Quelle étroitesse de cœur ! Vous n'avez aucun empire sur vos passions ! À cause de vos baragouinages et prises de bec, nous n'apprendrons jamais comment lutter contre Yeux-pâles. Par conséquent, je vous ordonne de sortir la voix de votre bouche et de la poser là-bas dans le panier tressé jusqu'à la fin de l'assemblée. Faites ce que je vous dis, immédiatement !

Docilement, chaque animal – y compris Ourse grincheuse et Grenouille hautaine – prit sa voix dans sa bouche et la déposa dans le panier tressé. Corbeau y laissa tomber son sifflement et Lynx avide son coassement ; Chien y posa son glougloutement et Grenouille hautaine son jappement ; Coyote abandonna son croassement et Arbre placide son aboiement ; Ourse remit son fin couinement haut perché, Dinde son ronronnement et Hibou son grognement.

Puis tous les animaux s'assirent devant Vieux, qui réprima ses bouffées de colère en prenant de longues et profondes inspirations, avant de dire à Celle-Qui-Crée-En-Prononçant-Le-Nom-Des-Choses :

— Il est clair que le Peuple doit combattre Yeux-pâles et le chasser.

Parlant au fond du cœur de Vieux, Celle-Qui-Crée-En-Prononçant-Le-Nom-Des-Choses dit :

— Vous combattrez Yeux-pâles, mais vous n'aurez pas la victoire. Le Peuple est courageux et ingénieux, mais il n'est pas nombreux, car les Cinq-Nations ensemble ne font que deux mille guerriers, alors qu'Yeux-pâles en a dix mille, et encore dix mille, et dix mille de plus et de plus et de plus, qui affluent sans fin sur la Grande Eau.

Vieux soupira profondément.

— Alors nous n'avons d'autre choix que d'apprendre à vivre à côté de lui, dit-il.

— Vous ne pouvez pas vivre à côté de lui, répondit Celle-Qui-Crée-En-Prononçant-Le-Nom-Des-Choses, car il détruira la Terre. Le Peuple n'est pas nombreux, il marche sur la Terre d'un pas léger, et reste en un lieu jusqu'à ce que Terre soit lasse, avant de poursuivre son chemin pour qu'elle puisse se reposer et recouvrer ses forces. Mais Yeux-pâles est nombreux et il marchera sur la Terre d'un pas lourd, obligeant Terre à le subir jusqu'à ce qu'elle soit si épuisée qu'elle s'effrite dans les cours d'eau et soit emportée à jamais.

— Ne pouvons-nous donc rien faire ? s'écria Vieux.

— Vous avez une chance de survie, répondit Celle-Qui-Crée-En-Prononçant-Le-Nom-Des-Choses. Vous pouvez…

Mais si réponse il y eut, elle ne fut jamais entendue, car au même instant Tortue déboula dans la hutte de l'assemblée, à bout de souffle et pantelante de ses siècles de course folle pour leur apporter la terrible nouvelle.

— Yeux-pâles arrive ! s'écria-t-elle. Yeux-pâles arrive ! Il est juste derrière moi !

D'affolement, tous les animaux se levèrent d'un bond et ouvrirent la bouche pour hurler de terreur… mais aucun son n'en sortit. Avec leurs yeux fous et leurs bouches béantes qui poussaient des cris de panique muette, ils ressemblaient aux fantômes d'horribles cauchemars. Ils se précipitèrent sur le panier tressé, jouant des coudes pour récupérer leur voix, et dans leur frénésie ils se saisirent de la première voix qui leur tombait sous la main, la plaquèrent dans leur bouche et s'enfuirent dans la forêt en criant :

— Yeux-pâles arrive ! Yeux-pâles arrive !

Corbeau prit le croassement de Coyote ; Chien s'empara de l'aboiement d'Arbre ; Grenouille arracha le coassement de Lynx ; Ourse piqua le grognement de Serpent ; Hibou attrapa le Où ? Où ? de Taupe perplexe, qui s'accapara le fin couinement haut perché d'Ourse, tandis que Coyote saisissait à la volée le jappement de Grenouille et que Dinde gobait le glougloutement de Chien. Serpent commençait à avaler le sifflement de Corbeau lorsque Lynx avide le lui arracha presque intégralement, laissant Serpent avec un tout petit sifflement, tandis que Lynx en a un gros. Non contente d'avoir pris l'intégralité ou presque du sifflement de Corbeau, Lynx avide prit de surcroît le grognement de Hibou et le ronronnement de Dinde et s'enfuit avec les trois dans la bouche. Arbre fut la dernière à atteindre le panier tressé car, à cette époque comme encore aujourd'hui, les arbres se déplaçaient plus lentement que les autres animaux, et quand elle fouilla au fond du panier, il ne restait plus de voix pour elle, parce que Lynx avide en avait pris tant. Arbre fut si fâchée qu'elle jura de ne plus rien avoir affaire avec les animaux et devint un membre de la famille des plantes, ce qu'elle reste à ce jour.

Vieux alla affronter Yeux-pâles et tomba devant son bâton de feu.

Afin de récompenser sa course folle de deux cents années pour avertir de l'arrivée d'Yeux-pâles, Tortue fut adoptée par la famille des animaux, une distinction qu'elle accepta de peur de les blesser, mais au fond d'elle-même elle regrettait de délaisser son honorable statut de pierre la plus rapide de toutes les pierres pour celui d'animal le plus lent de tous les animaux. Mais comme elle devint un animal après que toutes les voix d'animaux avaient été prises, Tortue parle encore le langage silencieux des pierres. Prenez la peine de l'écouter attentivement, et vous l'entendrez.

BAISSER DE RIDEAU AU RICK'S

L'ANNONCE de la fermeture fut faite par Sam One et répétée en écho à l'autre bout du bar par Sam Three. Conformément aux traditions bidon en vigueur au Rick's Café Américain, un vieux vinyle de *As Time Goes By* fut posé sur le tourne-disque pour sonner l'heure du dernier verre. L'horloge affichait deux heures dix, ce qui voulait dire qu'il était deux heures moins cinq. Au Rick's, une autre tradition consiste à régler l'horloge du bar quinze minutes en avance afin de ménager une petite marge de manœuvre pour virer les poivrots. Tous les habitués connaissent la combine, si bien qu'elle ne fonctionne plus, ce qui ne l'empêche pas de compter au nombre des traditions du Rick's, comme de passer *As Time Goes By*, d'avoir les murs parés d'immenses photographies tirées de *Casablanca* et d'appeler tous les serveurs Sam. Ce dernier point bénéficiait d'un agrément notablement raffiné : les serveurs portent les noms de Sam One, Sam Three, Sam Five, etc., parce qu'un petit plaisantin avait un jour commenté qu'ils faisaient beaucoup d'impairs.

Depuis quatre mois, le Rick's est le bar à drague le plus populaire de la ville, et sera certainement passé de mode dans quatre mois, à moins qu'il n'existe tout bonnement plus. Tel est le cours mutable des choses à Dallas, cité du verre, du polyvinyle, du chrome et de Demain.

J'avais suffisamment bu pour me sentir étonnamment sobre et regretter d'avoir gaspillé mon argent pour une gnôle qui ne réussissait en rien à dissoudre le vernis diaboliquement attrayant de mon amertume. J'éclusai la fin de mon scotch au lait et en commandai un autre à Sam One avant que ne soit proclamée la fermeture. Quand il m'annonça qu'il était trop tard, j'écarquillai les yeux et exigeai de savoir pourquoi personne ne m'avait informé de cet événement capital. Il poussa un soupir théâtral et me prépara un autre verre, en prenant soin de le qualifier de "dernier vite fait".

J'examinai le bar avec l'expression tristement sardonique que j'ai l'habitude d'affecter. À cette heure-ci, il ne restait plus que des tocards. Deux hommes se chicanaient avec une véhémence altérée par l'alcool : le genre de jeunes gars ambitieux et certains de réussir, attifés de l'uniforme qui donnait aux hommes affaires texans du milieu des années 1970 des airs de préposés aux billets de compagnies aériennes de seconde zone : ceinture blanche et chaussures de même teinte, pantalon en polyester épais et blouson aux couleurs des fêtes du bicentenaire. Espacés le long du zinc, trois hommes célibataires scrutaient le fond de leur verre en essayant de comprendre pourquoi ils n'avaient pas réussi à emballer, n'ayant pas pris conscience qu'ils étaient les rebuts darwiniens du processus d'accouplement – du genre qui conduit une Volvo. Tout au bout du zinc se tenait une nana plantureuse et ivre avec de longs cheveux et un cil décollé au coin. Elle attendait encore le gars qui s'était excusé pour aller aux toilettes une demi-heure plus tôt. Et deux tabourets plus haut, j'avisai une femme d'une trentaine d'années, "habillée pour réussir" avec la version féminine d'un complet pour homme. Elle avait débarqué à peu près une heure plus tôt quand l'effervescence était à son comble, et semblait à présent un peu déconfite de se retrouver échouée dans son coin après avoir raté la marée de lubricité.

Une triste engeance, estimai-je. Les invendus, les tocards, les déchets. Et pourtant, je me retrouvais là, oui moi – parmi eux. Quelle ironie. Quelle ironie !

Une heure plus tôt, le bar battait son plein, avec sa clientèle du genre mercantile des deux sexes, et chacun donnait de la voix en se rendant plus intéressant que la Nature ne l'avait conçu, chacun en quête d'entrejambe dans cette jungle en carton faite de musique, de rires, de gnôle et de plaisanteries univoques qui suscitaient une hilarité bruyante, non pas parce que les *mots** étaient *bons*, mais parce que l'éclat de rire était là pour faire savoir qu'on avait compris la blague et qu'on était dans le coup – quoique dans une modeste mesure.

J'avais ferré un poisson sans difficulté en début de soirée, mais je l'avais relâché – relâché de mes rets étourdissants – par lassitude, ennui et à cause de mon âge. L'âge tient chez moi une place prédominante. Beaucoup d'hommes peinent à accepter le retour d'âge, mais chez moi c'est pire : je ne me résous pas à accepter l'idée d'avoir quarante ans ; ce qui est bien ennuyeux quand on en a quasiment cinquante.

Je terminai mon verre de scotch au lait, m'extirpai de mon tabouret et fis signe à Sam One de me donner la note.

* Dans cette nouvelle, les mots en italique sont en français dans le texte d'origine.

— Ça fera treize cinquante, monsieur Lee.

— Tu t'es compté dans l'addition, Sam ?

— Toujours, monsieur.

— Magnifique. Je sais de source sûre – un certain Virgile, un guide touristique italien qui bosse aux portes de Dis* – que le principal attrait de l'enfer est que le *service* est *compris*.

Sam One conjectura au ton de ma voix que la répartie était censée être spirituelle, ce qui l'incita à une lasse tentative de rire qui ne produisit toutefois qu'un léger soupir nasal.

Aussi léger fut-il, ce soupir eut un effet stupéfiant : les lumières s'éteignirent et le Rick's plongea dans le noir.

Un coup de tonnerre sembla fendre l'asphalte du parking, puis les lumières clignotèrent et se rallumèrent. Tous les clients sursautèrent de peur, ce qui les fit rire.

Je m'approchai de la fenêtre pour regarder dehors. Un orage avait éclaté sur la ville ; des grêlons gros comme des boules de naphtaline pleuvaient avec fracas sur le parking en rebondissant d'un bon mètre. Le menu crépitement de la grêle masquait la mélodie d'*As Time Goes By*, qui en était à son second et dernier passage.

Seule une drôle de lumière verdâtre au coucher du soleil, comme une lueur subaquatique, avait laissé présager d'un orage. Je l'avais remarquée en arrivant au Rick's à six heures trente alors que je quittais l'université pour rentrer à la maison.

Le temps que les autres clients me rejoignent à la fenêtre, les stries diagonales de grêle bondissante avaient cessé et la pluie pilonnait le sol, ne tardant pas à faire fondre les grêlons avant ou presque qu'ils n'arrêtent de rebondir et de rouler.

* Dis Pater, dieu antique des Enfers.

— Oh, fortune ! marmonnai-je.

— Oh quelle merde ! marmonna ma voisine, la trentenaire “habillée pour réussir” que j'avais remarquée au zinc.

— Non, c'est juste de la pluie, je crois, répondis-je.

Un des clients interpella Sam One, en lui disant qu'un bon chrétien ne mettrait jamais ses clients à la porte dans une telle merde.

— Vous voyez ? me rétorqua la femme. Qu'est-ce que je disais.

Comme tout le monde dérivait de nouveau vers le zinc, Sam Three s'empressa d'expliquer qu'il ne pouvait plus vendre de boissons alcoolisées sans risque de perdre sa licence.

Très bien, remarqua quelqu'un. Dans ce cas, tu ne nous vends pas une nouvelle tournée. Tu nous l'offres.

Et comme nous étions pour la plupart des habitués, Sam One haussa les épaules, hocha la tête à l'attention de Sam Three et ce dernier, avec un fatalisme sans joie, s'employa à resservir la même à tout le monde.

— J'espère bien que vous avez conscience, dis-je en prenant le tabouret à côté du sien, que le fait que ces butors s'accordent avec vous pour dire que la pluie est de la merde ne constitue pas une preuve. La vox populi est quasi toujours la voix de l'ignorance, raison pour laquelle la démocratie est la chose la moins efficace depuis l'invention du papier toilette dans le but de réduire le temps perdu aux chiottes. C'était bête à manger du foin.

— Année de foin, année de rien.

— Certes. Surtout dans l'ouest du Texas, où le fumier collé à la semelle est gage de prestige.

— Sans parler de chic rural.

— C'est amusant de plaisanter avec vous, chère madame. Vous avez un sens agréablement développé du ridicule et une solide maîtrise du fantasque. De surcroît, vous dégainez vite. Vous me plaisez bien, moussaillon.

— Merci, m'sieur. Qu'est-ce donc que vous buvez ?

— Du scotch au lait.

Elle eut une mine dubitative.

— C'est bon, ça ?

— Je ne l'ai jamais considéré sous l'angle moral.

— Vous semblez avoir une piètre opinion de nos compagnons de beuverie, bloqués entre ces murs sous cette averse de grêle casablancaine.

— Oh, ils sont sympathiques, à leur manière. Une meute de gamins bizarres qui passent toute la nuit perchés sur des tabourets de bar dans l'espoir de nouer une relation qui occuperait ce juste milieu gratifiant entre l'idylle et un petit coup rapide.

— Ouais, je vois le genre. Pitoyable.

— Oui, pitoyable.

Et pendant un moment la conversation en resta là, tandis qu'elle déplaçait les glaçons dans son verre. Mentionner la baise en toutes lettres a souvent un effet saisissant sur les rapports sociaux.

— Comment vous appelez-vous ? demanda-t-elle sans me regarder.

— Marvin Lee. Et vous ?

— Martha Zinberg.

— Vous n'avez pas une tête de Martha.

— Il y a quinze ans, je n'avais peut-être pas une tête de Martha, en effet. Mais j'ai bien peur de m'y faire. Quant à vous, vous n'avez vraiment pas du tout la tête d'un Marvin.

— Merci. C'est injuste que Marvin Lee soit si clairement un nom de froussard alors que Lee Marvin est tout en biceps et en burnes.

— La poésie est une drôle de chose.

— Exact. Je me souviens d'avoir ri tout au long du *Paradis perdu.*

Elle esquissa un sourire.

— Vous venez souvent ici ?

— Et quel est mon signe astrologique ?

— Hé, mollo, tout ça c'est tout nouveau pour moi.

— Ah, le cri de la Sabine. Très bien, oui. Je viens souvent ici.

— Pour draguer ?

— Certainement pas ! Ou, pour être plus précis… pour quoi d'autre ? Et vous, Martha ? Venez-vous ici pour vous faire draguer ?

— C'est ce que je pensais il y a une heure. À présent je ne sais plus trop. C'est ma première fois.

— Votre première fois au Rick's ?

— Ma première fois où que ce soit.

— Mariée ?

— Divorcée.

— Récemment ?

— Très.

— Des enfants ?

— Aucun. Et vous ?

— Quelle question ?

— Toutes les susmentionnées.

— Marié, oui. Et j'ai produit une F-1… elle qui hier encore n'était qu'une petite fille, toute sucre, miel et questions impossibles à l'appui, va bientôt entrer à Yale en tant que “première année”, d’après la lettre confirmant son admission.

— Comment gagnez-vous votre argent, Marvin ?

— Je ne gagne pas véritablement mon argent. Je suis professeur à l’université. “Histoire de la pensée occidentale.” La création de postes de faculté est le moyen qu’a trouvé notre culture pour subvenir aux besoins de gens brillants qui sont sous-développés émotionnellement.

— On dirait une réplique apprise par cœur.

— Dans le mille. Et vous, Martha ? Comment gagnez-vous votre argent ?

— Je suis avocate. Mon mari et moi avions un cabinet ensemble.

— Zinbgerg et Zinberg ?

— Non. Seulement Zinberg.

— Ah ! Et quel était le problème ? Votre contribution n’était pas reconnue à sa juste valeur ?

— … Non, c’était un symptôme plus qu’un problème parmi d’autres. Vous voulez que je vous en parle ? Des problèmes ?

— Du tout.

— Oh. (Elle cligna des yeux. Puis :) Eh bien, voulez-vous me parler de vos problèmes à vous ?

— Bien sûr. Ma femme est une personne merveilleuse. Ma fille allie beauté et esprit. J’ai obtenu ma titularisation il y a huit ans. Et je publie des articles dans les plus grandes revues de mon domaine avec la régularité d’une machine.

— C’est ça, vos problèmes ?

— Vus de l’intérieur, oui. Voyez-vous, j’ai toujours voulu être capitaine d’un bateau à vapeur sur la mer de Chine méridionale. Ou romancier. Ou star de cinéma. Ou producteur de pommes dans le Vermont. Et à la place ? À la place, j'ai une réunion de la commission du département qui m'attend demain matin. De l'excitation en veux-tu en voilà. Et vous, Martha ? Avez-vous jamais eu envie d'être une star de cinéma productrice de pommes à la dérive en mer de Chine méridionale ?

— Non. J'ai toujours voulu être avocate.

— Alors comme ça, vous avez remporté le grand combat de la vie ! Vous avez décroché le gros lot !

— Pas ce soir, non. Ma première incursion sur la scène désinhibée des célibataires n'a pas été une franche réussite. J'ai bien conscience que le planturesque n'est pas en vogue cette saison, mais quand même… je veux dire, sérieusement ! Un peu plus tôt, ce bar transpirait la libido et certains gars étaient trop bourrés pour faire de distinctions. Et pourtant… me voilà. Assise au même endroit. Conseillez-moi, Marvin. Que devrais-je faire ? Distribuer des coupons-cadeaux ?

— Vous ai-je bien comprise ? Sollicitez-vous mon aide pour réussir à vous envoyer en l'air ?

— Je crois bien. Je ne suis pas sûre. Après tout, c'est mon bal de débutante… si tant est que la piste soit ouverte aux mères de famille. C'est la première fois que je sors depuis mon divorce. Peut-être ai-je seulement envie de parler. De partager des idées, des rêves, des observations, des vannes. (Elle inclina la tête en arrière et me scruta, les yeux plissés.) À bien y réfléchir, vous n'êtes peut-être pas la bonne personne à qui demander conseil. Manifestement vous n'êtes pas un crack en affaires de séduction.

— Je m'indigne !

— Eh bien, vous êtes encore ici, non ? Vous n'avez trouvé personne pour ce soir.

— Oui, eh bien… c'est cette partie qui m'indigne.

Elle rit.

— Vous êtes marrant, quand même.

— Marrant ? Ouah ! Comme une bonne tranche de rigolade ? Ça alors ! En réalité, Martha, j'ai réussi haut la main ce soir. J'ai fait le Coup du Revirement à une fille – infaillible, effet garanti ! –, et elle est tombée tel l'Empire romain. Donc vous voyez, quand vous partez du principe que je me trouve ici plutôt que transpirant sur le ventre de quelque nana hautement désirable, sous prétexte que je n'ai aucun don de persuasion, vous vous enfoncez dans un ramassis de conneries jusqu'à vos jolies oreilles roses en forme de coquillage – si vous permettez mes élans poétiques.

— Élancez-vous donc. Êtes-vous saoul, Marvin ? Vous m'avez l'air bien bourré.

— Seule ma bouche est bourrée. Mon esprit est parfaitement pellucide. Hé ; si j'avais eu du mal à articuler "parfaitement pellucide", là ça aurait été marrant. Alors ? Vous voulez savoir comment j'ai tiré mon épingle du jeu ou non ?

— Il pleut toujours ?

— Comme vache qui pisse sur une pierre plate, comme disent les fins esprits au fin fond du Texas.

— Dans ce cas, apprenez-moi, Marvin. Je suis tout ouïe… je veux dire que mes jolies oreilles roses en forme de coquillage sont grandes ouvertes.

Elle croisa les jambes et affecta un air consciencieusement concentré.

— Alors voilà comment les choses se sont passées. J'ai approché ce fameux poisson, j'ai animé ma mouche tout ce qu'il y a de plus classique, et pouf, elle l'a prise direct. Il aurait suffi de siffler nos verres et en trente minutes, on se serait retrouvés chez elle, à faire la bête à deux dos.

— Et alors, qu'est-ce qui vous en a empêché ?

— Eh bien voyez-vous, quand le poisson a pris le leurre et qu'il est bien ferré, mon intérêt pour la pêche se dissipe. La traque me passionne davantage que la mise à mort. Ce n'est pas tant jouer au docteur qui m'attire. C'est la réaffirmation constante que je suis encore capable de récolter de la chair fraîche. Vous comprenez ce que je veux dire ?

— Bien sûr. C'est explicite. Voire banal.

— Banal ?

— Et donc comment fonctionne votre fameux coup du revirement ?

— À l'instar de la plupart des découvertes marquantes qui ont accompagné la lente évolution de l'humanité de la hache de pierre à la bombe atomique, le Revirement repose sur des principes simples. Tous les pignoufs empotés du coin montent des combines aussi ordinaires que médiocres. Ils tripotent les émotions de la poiscaille en lui disant qu'elle est belle ; ou ils tripotent son esprit en lui disant qu'elle est intéressante ; ou alors ils tripotent son amour-propre en feignant un intérêt commun pour les Rolling Stones, Fellini ou l'art nouveau. Moi, je me dispense de tout ce persiflage pénible en opérant un revirement total – d'où le nom – face à ces subterfuges éculés. Jouant la carte douce-amère de la maturité tragique, j'avance franco qu'elle est tout comme moi ici pour s'envoyer en l'air. Puis je secoue la tête en déplorant l'absurdité malsaine de la situation. On est là… tellement plus raffinés et sensibles que tous les animaux autour de nous qui passent leur temps à se renifler… et pourtant on se retrouve à écumer les mêmes bars à drague qu'eux, victimes de pulsions corporelles plus fortes que nous, quand bien même on sait à quel point toute cette stupide affaire finit toujours par n'être qu'une déconvenue. Je pousse un soupir et j'affirme que nous pouvons au moins préserver notre dignité en nous épargnant l'escroquerie des faux-semblants de la tendresse et de l'affection. Nous ne sommes pas blancs comme neige. (Note de mise en garde à l'attention des utilisateurs potentiels du Revirement : l'expression “nous ne sommes pas blancs comme neige” est un tantinet risquée quand la cible est une femme noire.) Et voilà, Martha, vous savez tout. Mon infaillible arnaque… effet garanti. Après coup, on finit nos verres en couvrant l'assemblée de regards d'un mépris supérieur. On fait équipe, à présent. On a tous les deux accepté la réalité, tous les deux admis qu'on était là pour s'envoyer en l'air. Par conséquent… allons-y gaiement.

— Et ça marche vraiment, Marvin ?

— Dans la plupart des cas.

— Hum. Ça manque de romantisme.

— Le romantisme n'a rien à voir là-dedans. Ce dont il est question s'apparente davantage à donner son sang, à prendre une capsule de vitamine, ou à pisser – autant d'analogies parfaites, soit dit en passant, pour évoquer les trois impulsions majeures qui nous attirent vers le coup d'un soir.

Martha sonda le fond de son verre avec un bâtonnet à cocktail en plastique.

— Vous voulez bien me dire quelque chose ? Pourquoi ne pas avoir tenté votre chance avec moi ? Vous ne m'avez pas remarquée, assise au bar ?

— Je vous ai remarquée.

— Et ?

— Eh bien, voyez-vous… j'ai ce petit souci. Je ne prends pour cible que des jeunes poissons, du menu fretin. Dans les recoins de mon esprit rôde cette idée que la jeunesse est une maladie transmissible qui s'attrape par contact direct.

— Et ça marche, cette chasse à la jeunesse ?

— Ça marche *toujours*… pendant environ trente minutes.

Elle sortit le bâtonnet de son verre et le lécha d'un air pensif.

— Je ne pense pas que votre arnaque fonctionnerait pour moi. Trop compliquée. Trop sournoise.

— Cessez de lécher ça. C'est cancérigène, le plastique.

J'avais dû ingurgiter trop de gnôle ce soir-là, car je me surpris à ressentir pour elle quelque chose de l'ordre de la compassion. Je décidai de jouer cartes sur table.

— Martha ? Je vous ai expliqué le jeu du revirement, quand le pêcheur montre l'hameçon au poisson. Eh bien il existe une version plus perfectionnée du subterfuge, que j'appelle le Double Revirement. C'est quand j'avise un poisson intelligent au bar et que je lui dévoile tout le jeu du revirement.

Elle ne dit rien pendant quelques instants.

— Vous voulez dire que je viens tout juste d'être victime d'un double revirement ?

— C'est ça. Mais souvenez-vous… c'est réservé aux poissons les plus intelligents.

— C'est censé être un compliment ?

— Tout à fait.

— Hum. Mais quid de votre goût pour la chair fraîche et toute cette histoire de jeunesse comme étant une maladie transmissible ?

— Matha ! Pensez-vous que je sois à ce point dénué d'imagination que je sois incapable de mentir ?

— … Je vois.

— Comme tout le monde, je prends ce que je trouve. Comme vous êtes intelligente et pleine d'esprit, je pensais vous prévenir. Étant donné surtout que c'est votre première sortie de chasse. Je trouvais ça fair-play de vous laisser une porte de sortie.

— Je ne suis pas du tout persuadée de vouloir m'en sortir. Permettez-moi une question – aimez-vous votre femme ?

— Bien sûr.

— Mais alors… pourquoi ?

— Tout tourne autour du fait d'avoir cinquante ans et de ne pas être capitaine sur la mer de Chine méridionale ni fermier dans le Vermont. Vous êtes garée sur le parking ?

— Oui. Une Mercedes couleur crème.

— Cabriolet ?

— Oui.

— Pourquoi savais-je cela ? Quand la pluie aura cessé, je vous suivrai jusque chez vous.

— Ah… (Elle posa le coude sur le zinc et sa joue dans sa paume, de sorte qu'elle me coulait un regard par en dessous.) Puis-je utiliser le confessionnal à présent ?

— Bien sûr. J'avais presque fini, de toute façon. Confessez donc.

— On ne peut pas aller chez moi.

— Coloc ?

— En quelque sorte. Il y a mon mari et mes enfants. Je ne pense pas qu'ils comprendraient.

Je la dévisageai et me sentis soudain pris d'une grande fatigue.

— Vous n'êtes pas divorcée.

— Du tout.

— Et ce n'est pas la première fois que vous écumez les bars à drague.

— Ah... Non. Dites-moi, pourrait-il exister quelque chose de l'ordre du triple revirement ?

Je me frottai le visage.

— C'est l'arroseur arrosé, hein ? Eh bien, vous m'en direz tant. Pas mal, Martha. Pas mal du tout. Notamment pour une femme qui trouvait trop de sournoiserie à mon escroquerie.

Je repoussai le tabouret de bar et me rapprochai de la fenêtre. La pluie ne formait plus qu'une fine brume et les réverbères se reflétaient dans des flaques peu profondes rendues légèrement opalines par l'huile des voitures. Je n'arrivais pas à distinguer si la grêle avait endommagé ma vieille Avanti toute déglinguée, mais j'étais persuadé qu'elle avait fait du mal à sa Mercedes, et j'y trouvais un certain réconfort.

— Marvin ? dit-elle en me rejoignant à la fenêtre. Un matin, une femme qui a été toute sa vie une bonne épouse et une mère débordée lève la tête de ses tâches quotidiennes, cligne des yeux, regarde autour d'elle et se rend compte qu'elle a quarante ans et que le défilé lui est passé sous le nez pendant qu'elle s'occupait des projets des autres. Vous voyez ce que je veux dire ?

— S'il vous plaît, pas la peine de me rebattre les oreilles avec ces histoires de vérité et d'authenticité. Je ne supporte pas ça. Ma vie entière est une célébration de l'artifice. À bas les relations sincères ! Vivent les barrières psychologiques ? Faites péter les problèmes pittoresques !

Elle resta un instant silencieuse. Puis :

— Je vois. Eh bien, au moins nous pourrions nous consoler mutuellement en faisant – comment avez-vous dit ? La bête à deux dos ? J'ai assez d'argent pour un motel.

Je me laissai choir lourdement sur une chaise près de la fenêtre.

— Je n'en doute pas, Martha.

Elle s'assit en face de moi.

— Votre ego est blessé, n'est-ce pas.

— Bien sûr. Évidemment. Mais ça n'est pas vraiment la question. Ça ne rimerait à rien d'aller faire ça dans un vulgaire motel avec d'"authentiques peintures à l'huile de l'Ouest" accrochées aux murs. Le lendemain, nous n'aurions qu'une envie : nous doucher jusqu'à ce que l'odeur de l'autre ait disparu dans les canalisations. Nous serions obligés d'inventer des histoires à l'attention de personnes qui ont cessé de nous croire. Et au bout d'une semaine, nous aurions déjà oublié nos prénoms respectifs. Nous n'avons rien à nous offrir, Martha. Nous ne voulons même rien l'un de l'autre. Il n'y a guère entre nous qu'une légère fièvre à bas bruit de curiosité sexuelle.

Tandis que je parlais, elle me souriait avec une patience amusée qui me rendait difficile de soutenir son regard. Je me sentais épuisé, souillé.

Sam Three relança le vinyle esquinté de *As Time Goes By* et Sam One longea le zinc pour prévenir tout le monde que l'orage était passé et qu'il devait vraiment fermer.

Martha ne me quittait pas des yeux, ses sourcils arqués avec calme.

— Ça ne rimerait absolument à rien, Martha. Je doute même qu'on fasse des étincelles.

— Et alors, que se passe-t-il maintenant ?

Je poussai un soupir et me levai.

— Je vais aller voir ailleurs si j'y suis.

— Et moi ?

— La nuit est vaste. Il y a suffisamment de place pour que vous aussi, vous alliez voir ailleurs si vous y êtes.

— Mais pas ensemble.

— Mais pas ensemble.

Elle plissa les yeux comme pour mieux me jauger.

— Marvin, vous êtes vraiment un raté, vous savez ?

— Je sais.

Je quitta le Rick's Café Américain et marchai dans les rues désertes pendant deux heures ; puis je décidai de prendre la tangente… de repartir de zéro ailleurs ! Au Canada, peut-être. Ou en mer de Chine méridionale. Ma voiture était seule sur le parking, je pris le volant et mis le cap au nord tandis que le soleil levant jetait des coups d'œil pétillants à travers la vitre côté passager.

À une quinzaine de kilomètres en dehors de la ville, je tombais en panne sèche. Je l'interprétai comme un signe – hé, voire pourquoi pas comme une métaphore de mon existence ! – et je parvins à arriver à ma réunion de commission à l'université, pas rasé mais à peine un tantinet en retard.

CE RENARD-DE-BEÑAT

Les habitants de mon village ont en commun avec tous les paysans basques une réticence innée à révéler la moindre information qui pourrait être utilisée à notre désavantage ou, à défaut d'être utilisée à notre désavantage, pourrait l'être tout du moins à l'avantage d'un autre gars, ce qui en fin de compte revient au même, car Dieu dans Sa sagesse a jugé bon de remplir Son monde de moins de choses désirables qu'il n'y a de personnes qui les convoitent, de sorte que ce qu'obtient mon prochain me passe sous le nez.

Notre aversion à accabler autrui d'informations exactes est particulièrement évidente dans les affaires financières. Il est courant pour un berger à la tête d'un troupeau fructueux de se répandre continuellement en plaintes amères, non seulement parce que Dieu déteste les vantards, ou pour dissuader sa famille de lui emprunter de l'argent, mais aussi parce que la posture de la pauvreté confère une prééminence morale lorsqu'on vend son fromage aux grossistes ambulants. Les paysans qui ne prétendent pas être démunis sont les véritables pauvres, ceux qui cherchent à éviter le mépris de leurs voisins et – plus humiliant encore ! – la pitié de ceux qui pourraient penser que leur pauvreté est le châtiment que Dieu leur inflige pour sanctionner les erreurs commises par les générations passées dans leur famille.

Dans mon village, personne ne se laisse berner par les conventions langagières et sociales qui contraignent les fortunés à minimiser leurs possessions et les pauvres à faire semblant de ne pas avoir le moindre souci au monde. Oh, les esprits faibles de Licq, notre village voisin, se laissent peut-être berner par de telles combines, mais pas nous. Nous savons tous que ceux qui font semblant de se contenter de leur sort sont probablement pauvres comme les pierres (et peut-être à juste titre, dans le grand dessein du châtiment divin), tandis que ceux qui se lamentent de leur pauvreté le plus instamment sont secrètement aisés, à l'instar du Colonel, qui était devenu l'homme le plus riche de notre village à force d'arracher les terres des incapables et des malchanceux, mais qui était un tel grippe-sou qu'il rechigna à payer son écot pour réparer le toit de l'école. Toutefois, le Colonel ne se préoccupe plus de se réapproprier la terre des autres, pas depuis que Dieu s'est penché vers lui l'hiver dernier pour le rappeler à Lui.

Ah oui, nous savons tous que les riches se plaignent pendant que les pauvres chantent, mais la splendeur de l'esprit basque tient en sa capacité à déceler la finesse au cœur de la finesse, si bien que l'on considère comme un don immense la faculté de juger exactement *l'étendue* de la richesse de ceux qui se plaignent et précisément de *l'étendue* de la pauvreté – et donc de la situation vulnérable dans le cadre des négociations commerciales – de ceux qui arborent un air léger et souriant, tel un idiot étourdi par une tuile mal fixée qui se serait détachée du toit.

Mais un dicton basque, aussi sage qu'ancien, nous dit ceci : toute règle a ses exceptions, même celle-ci. L'exception en question était le cas du vieil Oncle Arnaud, qui jamais ne se plaignait de perdre ses meilleures brebis à cause des loups et de la foudre et qui jamais ne pestait contre les riches négociants de Paris (connus collectivement sous le nom de "gouvernement") à cause de ce qu'ils baissaient le prix de la laine pour pouvoir nous la voler. Il acceptait ses épreuves divines avec un haussement d'épaules résigné et un sourire placide – exactement comme s'il était pauvre, alors que tout du long il était aussi riche qu'un percepteur des impôts ! Mais malgré toute sa subtilité sournoise, même Oncle Arnaud était moins admiré pour son habileté et son obliquité que l'homme qui en vint à remporter le titre de "ce Renard-de-Beñat".

Beñat était l'idiot du village (ou "l'innocent du village" tel que le curé insistait pour que nous le nommions, en nous rappelant que la pomme traître était le fruit de la connaissance, et que ceux qui en savent le moins sont souvent – presque toujours, d'ailleurs – de meilleurs chrétiens que ceux qui sont accablés par les faits et les savoirs). À cette époque, chaque village avait au moins un idiot – sauf Licq, bien évidemment, où quasiment tout le monde pouvait prétendre à ce titre –, et il n'était pas rare que ces pauvres âmes soient marquées par des histoires sinistres. Notre Beñat inspirait une biographie plus farfelue que la plupart, car il habitait le grenier de la grange de la défunte veuve Jaureguiberry, où il subsistait de pain et d'oignons crus – sans nul doute en guise de pénitence pour quelque péché (vraisemblablement innommable). L'habitude qu'avait Beñat de faire de longues marches était tout aussi sujette à caution – rien à voir avec les marches qu'entreprenaient certains Licquois imbéciles et fainéants –; de *longues* marches dont il revenait avec des récits confus de Saint-Palais, lequel se situait à un bon quarante kilomètres en bas de la vallée, ou de Saint-Jean-Pied-de-Port, moitié plus loin encore, et de l'autre côté des montagnes ! Parfois les habitants le croisaient sur la route, le dos voûté, avançant de sa démarche gauche et saccadée tout en marmonnant sous cape, son drôle de rictus aux lèvres, et il était impossible de se méprendre sur l'identité de notre Beñat, avec sa grande bouche de travers, ses immenses oreilles et ses yeux pas tout à fait à la même hauteur, sans parler de son pantalon trop large qui lui tombait sur l'entrejambe et qu'il portait depuis aussi loin que la mémoire de notre village remontait. D'après certaines rumeurs, Beñat avait même marché jusqu'à Paris, aller-retour, et le fait qu'il n'évoquât jamais Paris prêtait une certaine crédibilité à ces rumeurs; car n'y a-t-il pas qu'un idiot pour se figurer qu'il n'est allé que jusqu'à Saint-Palais, alors qu'en vérité il est allé à Paris ?

Le soupçon le plus répandu selon lequel il serait allé à Paris finit par être étayé. Chaque automne, des étrangers de Paris et de Bordeaux faisaient leur apparition dans notre village, vêtus d'habits de chasse flambant neuf, et venaient emplir notre troquet du bavardage de leurs prouesses de chasseurs de palombe. L'argent que ces chasseurs venus du nord dépensaient comptait beaucoup dans l'équilibre fragile de notre économie, et le fait qu'ils soient tant à être suffisamment stupides pour se laisser détourner des logements simples et propres proposés par notre honnête village et leur préférer les restaurants criards et les hôtels surchargés de Licq engendrait chez nous une perplexité et un désarroi certains.

Ces habitants du nord nous méprenaient parfois pour des gens simples au charme désuet et s'amusaient à imiter les intonations chantantes de notre parler, bien qu'ils ne réussissent jamais à recréer la mélodie de notre phrasé tant ils étaient paralysés par l'incapacité des Parisiens à prononcer les "e" finaux. Naturellement, nous leur rendions l'impolitesse en leur louant exclusivement les pires affûts de la vallée, cependant que nous tirions et prenions pour nous au filet des palombes depuis les meilleures stations et que nous en avions toujours quelques-unes en sus à leur vendre, ce qui leur permettrait de se vanter de leur virile habileté lorsqu'ils s'en retournaient chez eux à Paris ou Bordeaux.

Un jour, plusieurs de ces "chasseurs" du nord se trouvaient dans le nouveau troquet que M. Aramburu avait ouvert dans le vieux commerce de vin de son père, par le simple expédient d'en changer le nom et de garder une boîte de café filtre sur un coin de la cuisinière. Aramburu possédait le seul téléphone du village, en vertu de quoi il était de surcroît notre maire. Eh bien, ce Renard-de-Beñat (qui n'avait pas encore mérité ce titre) passa devant la fenêtre de son pas traînant, dans ses vieux haillons, un rictus sur le visage, marmonnant comme à son habitude. L'un de nous demanda à la tablée de Parisiens fanfarons s'ils avaient déjà croisé le vieux Beñat sur la route de Paris. Les plus bruyants et mieux équipés d'entre eux (ceux affublés des habits sophistiqués ne prennent jamais d'oiseaux, car les palombes basques ne sont pas stupides au point de ne pas savoir reconnaître une veste de chasse) gratifia ses compagnons d'un clin d'œil et nous raconta qu'en effet il avait souvent vu l'innocent de notre village à Paris, en train de traverser le parc à bord d'une calèche de luxe remplie de magnifiques jeunes femmes. Bien évidemment, aucun d'entre nous ne rata le clin d'œil et nous savions pertinemment qu'aucune jeune femme magnifique n'irait jamais s'aventurer à voyager en compagnie d'un homme qui se nourrissait essentiellement d'oignons, ce qui ne nous empêcha pas néanmoins de discerner un grain de vérité dans son histoire. Tout homme stupide au point d'être incapable de faire la différence entre un bon affût et un mauvais affût était parfaitement capable de passer à dix mètres de notre Beñat sans le reconnaître. Et voilà ce Parisien qui s'évertue à nous ridiculiser en affirmant avoir vu Beñat à Paris, sauf qu'en fait il l'a bel et bien vu mais qu'il est trop bête pour s'en rendre compte ! C'est lui le dindon de la farce !

Mais ce n'est pas uniquement en raison de ses vagabondages énigmatiques jusqu'à Saint-Palais et Saint-Jean-Pied-de-Port (et maintenant Paris !) que l'innocent de notre village inspirait tant d'histoires. Les habitudes très particulières de Beñat en matière d'alcool étaient une riche mine à ragots.

Beñat ne buvait pas. Jamais. Pas une goutte.

Il est vrai, bien évidemment, que le curé de notre village (un homme qui avait été formé à la fois à Pau et à Bayonne, et qui par conséquent en savait long sur le monde, contrairement au nigaud minaudant qui bafouillait depuis la chaire de l'église de Licq) nous avertissait souvent que tout bon catholique boit modérément. Mais qui peut prétendre que ne jamais toucher une goutte revient à "boire modérément" ? C'est tout bonnement l'inverse ! Deux courants d'opinion s'opposaient s'agissant de l'étrange immodération de Beñat en matière de boisson. D'aucuns soupçonnaient le vieil idiot de ne pas être catholique mais juif ou sarrasin – ou, pire encore, protestant ! – et par conséquent exempt de boire modérément comme nous autres. D'autres écartaient cette opinion qu'ils jugeaient ridicule en soulignant que Beñat parlait un basque parfait – pour un idiot –, or tout le monde sait que les locuteurs du basque sont forcément catholiques, puisque le basque était la langue du Jardin d'Éden et est actuellement la langue du paradis, malgré les tentatives menées par les évêques de langue française à Paris pour censurer ce fait historique. L'explication la plus largement acceptée quant au refus douteux de Beñat de boire un petit verre de temps à autre était que suite à quelque péché grave commis en état d'ébriété dans sa jeunesse, il avait fait le vœu de renoncer pour toujours au plaisir du vin. Il était entendu que son grand péché impliquait vous-savez-quoi, ce qui concordait agréablement avec les signalements récents de filles magnifiques dans des calèches à Paris !

Lorsqu'on le taquinait à propos de sa sobriété, le vieux Beñat disait avec un grand sourire qu'il ne buvait pas parce qu'il était trop pauvre. Cette réponse suscitait invariablement de gros rires cependant que les hommes tiraient la peau sous leurs yeux du bout de l'index avec force coups de coude, car Beñat était universellement considéré comme étant très, très riche. Pas seulement riche comme peut l'être un vieux pisse-vinaigre pingre de Licquois, mais *riche* ! Aussi riche qu'un *Amerloque* !

Les preuves de cette richesse étaient accablantes. D'une part, suivant la règle qui dicte que les pauvres font semblant d'être aisés et que les riches font semblant d'être misérables, il apparaissait évident que le vieux Beñat était nanti au-delà de toutes les espérances d'un négociant mordeur de pièces d'or. En outre, voici un homme plus âgé que le clocher, qui toutes ces années n'avait pas dépensé un sou en vêtements et ne s'était nourri de rien d'autre que de pain, d'oignons et à l'occasion une pomme de la variété Sang-du-Christ qu'il "empruntait" au pommier le plus célèbre du village. Comment un tel homme pouvait-il ne pas être riche ? Et que dire de tous ces mystérieux voyages à Paris… voire au-delà ! Les hommes les plus démunis voyagent-ils en quête de pauvreté ? Non. Les hommes opulents voyagent en quête d'une richesse plus grande encore. La pauvreté s'apprécie chez soi.

Ah ça, oui, les preuves de la richesse de Beñat étaient accablantes. Et il faut avouer que ses richesses enfouies (à la recherche desquelles les garçons de mon époque passèrent bien des après-midi, à creuser les recoins les plus invraisemblables où un roublard d'idiot aurait pu enterrer son or) étaient une source de préoccupation parmi les hommes du village. N'allez pas croire que nous lui envions sa bonne fortune. Ce n'est pas dans le caractère des Basques d'être envieux – exception faite des habitants cupides de Licq, cas compréhensible, puisqu'ils ont tout à envier aux autres. Non, ce n'était pas de l'envie que ressentaient nos concitoyens, c'était un profond sentiment d'injustice. La certitude, qui était la nôtre, qu'à la mort du pauvre vieux Beñat, sa fortune irait à sa famille, les Hastoy, les propriétaires riches et hautains d'un atelier de fabrication d'espadrilles à Mauléon, nous restait en travers de la gorge. C'était à vous fendre le cœur de penser que tous ces bons francs-or économisés précieusement au long d'une existence passée à manger des oignons et à porter des haillons finiraient dans les poches de gens d'ores et déjà trop riches pour passer par le chas d'une aiguille, tel qu'on le dit de certains chameaux, étant donné surtout qu'un des Hastoy avait récemment laissé filer l'occasion d'épouser une fille ordinaire et honnête de notre village pour finir marié à une catin pomponnée de Licq, et que nous savons tous pertinemment comment ce genre de choses arrive.

Il était communément admis que le vieux Beñat était un membre éloigné et peut-être indirect du clan prétentieux des Hastoy, dont l'arrogante fierté expliquait qu'ils l'eussent autrefois rejeté, et aujourd'hui renié. Après tout, quelle famille a envie de reconnaître sa parenté avec un idiot, quand bien même riche ? Assurément, quand on suggérait à Beñat qu'il était un Hastoy, l'intéressé le niait avec un large sourire. Mais quel crédit accorder à la parole d'un idiot ? Et quelle signification prêter à ce sourire ? Hein ? Hein ? Et dès qu'un Hastoy se voyait confronté à la question du lien de parenté, il la démentait avec une véhémence furieuse à même d'éveiller les soupçons chez tout le monde. À l'évidence le sujet était épineux.

Un après-midi, quelques hommes qui se reposaient des vicissitudes de la vie dans le troquet du maire Aramburu virent le vieux Beñat passer à la fenêtre de sa démarche désordonnée.

— Hé-oh ! l'interpella Zabala-Une-Jambe avec son esprit taquin. Viens boire un coup avec nous, Beñat !

Et tout le monde rit.

— Non merci, monsieur, répondit le vieux Beñat avec son large sourire en opinant du bonnet comme le font les idiots en pareille occasion.

— N'aimes-tu pas le vin ? demanda un autre petit plaisantin en lançant une œillade à ses camarades.

— C'est trop cher pour moi, monsieur, répondit l'idiot qui se tenait à l'entrée sans entrer, car il était intimidé par la compagnie des messieurs en élégants vêtements de travail.

Tout le monde rit et plusieurs index s'en allèrent tirer la peau sous les yeux devant cet aveu de cupidité notoire.

— Dis donc, où étais-tu passé, Beñat ? demanda un jeune berger. Voilà une semaine que je ne t'ai vu.

— Ah, monsieur, quant à cela, je marchais.

— Ah bon ? Où donc ?

— Où la route me menait, monsieur. De mur de pierre en mur de pierre.

— Jusqu'à Paris ?

— Paris ? Paris ? Ma foi… je suppose que c'est possible, monsieur.

— Pour affaires, n'est-ce pas ?

— Pour affaires, monsieur ?

— Écoute bien, vieil homme. Ne gagne pas *trop* de sous. Ils finiront tous dans les poches des Hastoy.

— Mes sous ? Dans les poches de Hastoy ? Mais je ne comprends pas. Pourquoi arriverait-il une telle chose, messieurs ?

— Parce que c'est toujours ainsi. La famille hérite. À moins de prendre des dispositions contraires en faisant un testament auprès de maître Etchecopar. Que se passe-t-il, Beñat ? Ne veux-tu pas que ton argent aille aux Hastoy ?

— Eh bien… non. J'ai besoin de mes quelques sous.

— Pour quoi faire ? s'écria le jeune homme plein d'esprit. Pour acheter des oignons ?

Tout le monde rit quand le vieux Beñat répondit :

— Parfaitement, monsieur. Pour acheter des oignons.

— Ma foi, Beñat, intervint le maire Aramburu qui trônait derrière le zinc, si tu ne veux pas que ton argent aille aux Hastoy, tu ferais bien de rédiger ton testament auprès de maître Etchecopar jeudi prochain.

— Si vous le dites, monsieur. Mais… qu'est-ce qu'un testament ?

— Un testament est une chose que l'on fait avec un notaire quand on pense que l'on va mourir, l'informa le maire, qui non seulement avait un téléphone, mais qui de surcroît lisait le journal à longueur de journée derrière son comptoir et était donc – après notre curé, bien entendu – l'homme le plus instruit du village.

L'effort de compréhension tordit le visage du vieux Beñat. Au bout d'un long moment, il dit enfin :

— Alors, oui, je dois faire un testament. Car j'ai le sentiment que je vais bientôt mourir. Ma foi, merci, messieurs. Je ne dois pas m'attarder.

— Ah ça, pour être attardé ! s'écria Zabala-Une-Jambe tandis que Beñat passait la porte et s'en retournait dans son nid dans la grange de la défunte veuve Jaureguiberry – que Dieu la réconforte et la récompense.

Dans le bar du maire, l'atmosphère devint soudain lourde et morose, et les hommes plantèrent les yeux dans le fond de leurs verres. Parler de la mort est une imprudence, tant il est bien connu qu'en évoquant les mauvaises choses, on les attire à soi.

— Hum. Est-il possible qu'il meure vraiment bientôt ? s'interrogea le maire à voix haute. Il est possible, mes amis, que les idiots sachent des choses que les autres ignorent, car l'idiotie est en grande partie question d'esprit.

Les hommes soupesèrent cette affirmation muettement en hochant la tête d'un air grave.

Il faut savoir que les Licquois envieux et médisants font toujours tout un pataquès du fait que notre village ne dispose pas d'un notaire à plein temps, et que maître Etchecopar fait le trajet depuis Licq un jeudi seulement par mois pour s'occuper de nos affaires juridiques. En vérité, nous sommes un village épris de paix et nos hommes sont des braves, de sorte que les rares différends que nous avons sont réglés honorablement à coups de poings, contrairement à ces lâches maraudeurs de Licq qui passent leur temps à couteaux tirés bien à l'abri derrière des démarches judiciaires pleutres et sont par conséquent contraints d'avoir un notaire à plein temps.

C'est ainsi que le vieux Beñat dut attendre jusqu'au jeudi pour consulter maître Etchecopar dans son bureau ad hoc installé dans le salon de la demeure du curé. Et quand l'idiot en ressortit de son pas traînant, en marmonnant sous cape avec un large sourire sur le visage, tous les hommes postés à la fenêtre du bar et toutes les femmes qui épiaient de derrière leurs rideaux éprouvèrent le sentiment satisfaisant d'avoir obtenu justice et le plaisir de savoir que ces Hastoy hautains avaient été boutés hors de son testament. Désormais, la nouvelle épouse Hastoy, cette catin de Licquoise, ne s'aviserait plus de nous traiter de haut avec de l'argent qui appartenait au village dans lequel il avait été thésaurisé depuis de plus nombreuses années qu'il n'y a de fainéants au gouvernement!

Cet après-midi-là, les hommes qui s'octroyaient un brin de repos des rigueurs de l'existence dans le troquet du maire Aramburu furent plus silencieux qu'à leur habitude devant leurs verres vert émeraude de liqueur forte d'Izarra. (Ces demi-portions de Licq consomment une Izarra plus légère de couleur jaune pipi.) Au bout d'un moment, l'un d'eux poussa un soupir et dit tout fort ce que tout le monde pensait tout bas.

— Mais alors… si ce n'est pas les Hastoy, ce sera qui ?

Le maire cessa d'essuyer son verre et jeta un regard noir à l'indiscret, car lui-même réfléchissait à cette même question depuis plusieurs heures et ne voyait pas l'intérêt à ce que tout le monde au village se soucie de l'héritage de Beñat.

— Ah-ha. Je crois savoir qui va le toucher, affirma un homme qui se tenait près de la fenêtre. Regardez.

D'un geste, il désigna de l'autre côté de la placette l'église dont Beñat descendait les marches en pierre en compagnie du curé. Tous les hommes s'agglutinèrent à la fenêtre et regardèrent de l'autre côté de la placette avec des hochements de tête fatalistes. Assurément, le curé avait pour devoir d'empocher le maximum en faveur de l'église de la part des vieilles personnes qui, à l'approche de la mort, cherchent à s'assurer une place au paradis par des actes de charité. Et nous étions fiers de savoir que notre curé, qui avait étudié à la fois à Pau et à Bayonne, était capable de s'accaparer plus en une journée que le vieux curé cafouilleur de Licq n'y parvenait en une année. Mais un homme pouvait faire tant de choses de ces monceaux d'or enfouis. Des choses utiles. Des choses agréables. Voire… qui sait ?... de bonnes actions.

Après force soupirs et haussements d'épaules, les hommes retournèrent à leurs tables et conversations. Il était évident que l'Église allait mettre la main sur l'or du vieux Beñat, et rien ne servait de pleurer un agneau mort-né. Mais notre maire réfléchit à la question plus en profondeur, car les gens pourvus de téléphone écoutent et apprennent quantité de choses et ce faisant deviennent plus rusés que les autres. Le maire en déduisit que le vieux Beñat s'était entretenu avec le curé *après* son entrevue avec le notaire. Par conséquent, il n'était pas nécessairement vrai que l'Église détenait fermement dans son poing sacré l'or du vieil idiot. Et tant qu'il reste du temps, il y a une chance.

Une semaine plus tard, les hommes qui se rassemblèrent dans le troquet du maire pour discuter de l'organisation de la fête donnée en l'honneur du saint patron du village furent étonnés de trouver le vieux Beñat installé à la table près de la fenêtre, en train de boire un citron pressé tout en écoutant nos longs débats avec son grand sourire vague et ses hochements de tête amènes. Nous apprîmes que le maire avait employé l'idiot pour s'acquitter de tâches légères au café, et qu'en échange de son travail il occupait une jolie petite chambre qui avait vue sur la rivière de montagne qui traverse notre village. En outre, Beñat prenait ses repas avec la famille du maire, assis entre les deux ravissantes filles rondelettes de son hôte, qui se préoccupaient de son bien-être et lui servaient souvent des morceaux de choix. Le travail demandé à Beñat était minime, si bien qu'il passait le plus clair de son temps à prendre le soleil sur le banc devant le troquet, ou assis à l'ombre des platanes, et qu'il était reconnaissant envers le Dieu bienveillant qui lui apportait tant d'aise et de confort dans ses derniers mois sur cette Terre. Le maire lui signifia qu'il était légitime et juste d'être reconnaissant envers Dieu – voire un tantinet dangereux de ne pas l'être –, mais qu'il ne devait point trop l'être, et pas *seulement* envers Dieu. De temps à autre, Beñat s'éclipsait du village, parti dans l'une de ses marches mystérieuses, et pendant ces parenthèses, sa nouvelle famille s'inquiétait de sa sécurité, car il n'était pas retourné consulter le notaire depuis leur premier rendez-vous, de sorte que ses affaires étaient encore en suspens.

À tous les égards, la vie du vieil idiot était douce et agréable, si ce n'est que ses oignons crus lui manquaient parfois, parce que les ravissantes filles rondelettes du maire avaient exigé que les oignons disparaissent s'il voulait s'asseoir entre elles à table. Pour atténuer sa déception, elles lui apportaient de temps à autre une pomme sanguine qu'il aimait tant, bien juteuse avec des petites taches rouges dans la chair blanche.

S'il est vrai qu'un innocent de village est à même de comprendre des choses qui restent dissimulées aux yeux de ceux que l'intelligence embrouille, et donc d'éventuellement ressentir l'ombre approchante de la mort, il est également vrai que Beñat était un idiot, et donc peu surprenant qu'il eût un tantinet mal interprété les signes de sa fin.

À tel point en réalité qu'il se trompa d'un peu plus de huit années.

Après l'enterrement de Beñat dans le caveau familial du maire (sa pierre tombale arborant le nom Hastoy, au grand dépit dédits négociants hautains), le respect dû au mort exigea du maire qu'il laissât passer du temps avant de se pencher sur la question du testament de Beñat. Ce ne fut donc qu'au cours de l'après-midi qu'il se trouva prendre place dans le bureau mensuel du notaire de Licq pour aborder le sujet.

— Mais de quel argent parlez-vous ? demanda maître Etchecopar.

Le maire plissa les yeux. Pour les questions d'honneur, impossible de compter sur ces Licquois.

— Quel argent ? Mais la fortune de Beñat, bien sûr.

— Je ne vois pas de quoi vous voulez parler, monsieur Aramburu.

— Mais le vieil idi… le regretté défunt vous a rendu visite pour rédiger son testament. Avez-vous oublié ?

— Ah oui ! Je me souviens à présent. Mais cela remonte à des années. Il est venu me voir parce qu'il avait le sentiment qu'il allait mourir, et qu'un ami lui avait conseillé de faire un testament.

— Exactement. Cet ami, c'était moi. Et… ?

— Et ? rit le notaire. Eh bien, j'ai dû lui expliquer qu'il n'y a aucun intérêt à faire un testament lorsqu'on n'a pas d'argent.

— Pas d'argent ?

— Pas un sou.

— Mais… mais toutes ces années ! Il a vécu centenaire au moins ! Il avait un appétit vigoureux jusqu'à la fin, je vous assure ! Il a forcément épargné *quelque chose*.

— Le peu d'argent qu'il gagnait en réparant les murs de pierre dans les campagnes lui servait à acheter son pain et ses oignons. Il est mort sans rien.

— Rien ?

— Rien.

Le soir même vit le maire en grande conversation avec le curé de notre village.

— Et vous dites qu'il vous a rendu visite uniquement pour se confesser ?

— Tout à fait. Il voulait purifier son âme car, disait-il, il voyait arriver sa mort. On peut dire qu'il voyait loin. Ha-ha.

— Certaines choses sont drôles, mon père. D'autres pas.

— Ah, certes, certes, concéda le curé en s'essuyant les yeux avec la manche de sa soutane. La bonté de votre famille envers notre défunt frère aura été une véritable leçon pour tout le village.

— Hum !

— Sans enfreindre la confidentialité du confessionnal, je peux vous dire que son âme était entachée de moins de péchés qu'une fillette à sa première communion. Je suis sûr qu'en cet instant il se tient joyeusement dans la présence bénie de Dieu, si cela peut rendre votre douleur plus supportable.

— Ah, oui. Bien, bien plus supportable. Mais… qu'en est-il de ses longues marches vers Paris et au-delà ?! S'il ne s'occupait pas de sa richesse, que faisait-il donc ?

— Moi aussi, j'étais curieux de le savoir, alors je lui ai posé la question.

— Et… ?

— Il m'a répondu qu'il marchait longuement parce qu'il aimait voir des choses.

— Il aimait voir des choses ? *Voir* des choses ? C'est quoi cette raison, je vous le demande ?

Le curé haussa les épaules.

— La raison d'un idiot, je suppose. Après tout, ce cher Beñat était… ma foi, un innocent.

— Un innocent ? Un innocent ! Innocent comme un renard, oui !

Notre maire ne se remit jamais totalement des petits ricanements et commentaires en passant de ses clients au sujet de la charité chrétienne et de la propension de certaines stratégies aussi subtiles que sournoises à avoir des ratés. Et la perception fut largement partagée à travers le village qu'un des grands dangers de la concession du téléphone était que l'électricité abime le cerveau de son propriétaire et le rend si bête que l'idiot du village peut lui soutirer huit années de gîte et de couvert. Mais s'il tressaillait sous le concert de railleries, le maire Aramburu éprouvait malgré lui de la fierté du fait que notre village eût produit ce Renard-de-Beñat qui, aussi idiot fût-il, était de toute façon plus sournois que le plus intelligent de ces balourds de Licquois.

Mme McGIVNEY
ET SA PIÈCE DE CINQ CENTS

JE passais la majeure partie de mes journées incognito. Autrefois, cela me faisait secrètement rire de me dire que les passants qui me croisaient sur le chemin de la maison, avec mes baskets usées à multiples nœuds, mes knickers d'école de l'année précédente rapiécés aux genoux et aux fesses, sans chaussettes sur mes tibias maigrelets et tavelés de bleus, ma casquette de guingois, me prenaient pour un gamin ordinaire, loin qu'ils étaient de soupçonner que j'étais en réalité le chef de file ingénieux et hardi d'une escouade de mercenaires endurcis.

Notre mission consistait à défendre North Pearl Street des Allemands qui, après avoir englouti la Tchécoslovaquie en mars, avaient désormais des vues sur Albany, qu'ils avaient pour projet d'infiltrer en passant par North Pearl. Le haut commandant en chef de tout aux États-Unis m'avait convoqué dans son somptueux bureau secret pour m'expliquer que si North Pearl tombait, Albany était condamnée, et si Albany était perdue, quel espoir restait-il pour l'Amérique ? De sorte que le destin du pays était entre mes mains et celles de ma bande de fidèles partisans. Les forces ralliées contre nous comptaient plusieurs milliers d'impitoyables Nazi Strong Troopers parmi les mieux entraînés.

Comme beaucoup d'enfants, je vivais une vie de jeux intense et secrète, en pensant être unique à cet égard. Mes jeux de rôle étaient si complexes, dramatiques et captivants que chaque été entre l'âge de six et dix ans me revient en tête à la lumière du jeu qui le domina. La dérive de l'Europe vers la guerre étant un thème constant dans les émissions d'informations radiophoniques, il était inéluctable qu'à l'été 1939 le jeu de rôles eût à voir avec les Nazis.

Les poumons en feu et la respiration sifflante, j'aplatis mon dos contre le revêtement patiné d'une écurie barricadée de planches qui remontait à l'ère des chariots tirés par des chevaux. Lentement… lentement… je glissai un œil à l'angle de la bâtisse pour localiser les tireurs embusqués dissimulés dans le… ils me repérèrent et une balle fit voler en éclat le bois à côté de ma joue ! Je battis en retraite en chuchotant d'un ton perçant à mes partisans : "Fonçons vers le cabanon. C'est notre seule chance !" Uncle Jim échangea un regard inquiet avec Gabby Hayes, qui enrageait : "Ce satané ramassis de saletés de bons-à-rien avec leurs oreilles tombantes et leurs pattes de pigeon…" Il éructait son indignation à grand renfort de postillons. De temps à autre, je laissais mes partisans passer leur colère, pleinement conscient que dans les moments difficiles ils sauraient exécuter mes instructions, parce qu'ils me faisaient confiance pour nous éviter de nous faire descendre par ces sales Nazi Strong Troopers à la gâchette facile courbés sur leurs instruments de tir automatique surpuissant. Gail me regarda, les yeux brillant d'admiration, tandis que Reggie opinait sèchement du bonnet avec son flegme britannique. J'assurai un tir de couverture nourri avec mon bâton mitraillette Thompson tandis que mes hommes se précipitaient un par un de l'autre côté de la ruelle et se jetaient à l'abri dans le cabanon. Reggie et Doc furent touchés et Kato, mon fidèle majordome japonais, dut les traîner sur le reste du chemin. Puis ce fut mon tour. Après avoir vidé mon magasin de cinq cents cartouches sur la tranchée-bunker-mur-fortification allemande, je rampai à quatre pattes pour traverser la ruelle, en me prenant une balle dans l'épaule, une autre dans la jambe et une autre encore dans mon autre épaule tout en m'éraflant le genou sur une bouteille cassée, avant de me glisser dans l'embrasure de la porte où je regroupai mes troupes. Les dents serrées pour masquer la douleur, je dessinai une carte de situation au sol à l'aide du bâton de cartographie qui me faisait également office de pistolet à chargeur inépuisable, de télescope capable de lire les plans de l'ennemi à un demi-pâté de maisons de distance, de radio traduisant l'allemand en américain, et de bâton de dynamite que vous allumiez le pouce déplié d'un coup en guise de briquet et que vous balanciez sur l'ennemi, ou plutôt, au pied d'un immense affleurement rocheux qui surplombait les positions ennemies et qui s'écrasait sur ses troupes en les réduisant en une bouillie dont vous détourniez le regard, avant d'expliquer à vos partisans que la guerre n'était pas toujours jolie à voir, mais qu'il fallait faire le nécessaire et puis c'est comme ça. Le lancer de dynamite était un geste désespéré de dernier recours, compte tenu de la dépense colossale en matériel de guerre que représentait la perte de ce bâton polyvalent… ou qu'elle aurait représenté si vous n'aviez pas toujours l'incroyable chance de trouver un autre bâton du même acabit à côté du cadavre d'un Strong Trooper abattu (ou écrasé). (OK, bon, j'avais mal entendu “Storm Troopers” à la radio. Ce n'est pas un crime, quand même ? Parbleu !)

Ma bande d'intrépides partisans comprenait Uncle Jim – du feuilleton d'aventures *Jack Armstrong, All-American Boy* ! diffusé en semaine à la radio, lequel me fournissait en outre mon admiratrice et garçonne de cousine, Gail, qui se bornait essentiellement à dire “Ouah !” ou “À vos ordres, chef”. Il y avait également Gabby Hayes, l'acolyte barbu et édenté d'innombrables films de cow-boy de série Z ; venaient ensuite Jack, Doc et Reggie de *I Love a Mystery*. Comme Reggie était britannique, il me fallait utiliser mon “accent anglais” pour qu'il puisse comprendre mes instructions. Pour finir, il y avait Kato, mon fidèle majordome. J'avais emprunté cet ultime personnage à *The Green Hornet*, sans trop savoir ce qu'était un majordome, mais si Kato était “le fidèle majordome japonais” de Britt Reid, alors il ferait l'affaire. (Deux ans plus tard, juste après l'attaque sur Pearl Harbor, Kato devint du jour au lendemain un “fidèle majordome philippin”, mais à ce moment-là, je ne jouais plus à mes jeux d'histoire.) Chacun de mes sept partisans – Gail, Gabby, Jack, Doc, Reggie, Kato et Uncle Jim – avait une personnalité et un rôle distincts dont je me souviens encore clairement : Gail passait son temps en étonnement et admiration ; Gabby débordait de sagesse rustique, avec un penchant pour les longs chapelets de jurons ; Reggie trouvait toujours la chose polie à faire ; Jack et Doc étaient braves mais entêtés et impulsifs ; Kato était fidèle ; et Uncle Jim s'inquiétait toujours de ce que je m'attelais à des tâches trop dures à accomplir pour un seul homme. Cette troupe disparate de partisans était susceptible de s'impatienter et de se chamailler, et à l'occasion de se laisser emporter par un tempérament soupe au lait, mais dans les moments difficiles tous se montraient courageux et, ce qui comptait le plus à mes yeux, disciplinés. Ah, certes, ils s'attiraient souvent des ennuis qui exigeaient des réactions rapides de ma part, mais je leur étais très attaché, quand bien même ils mettaient parfois ma patience à rude épreuve.

Je marmonnais toujours à voix haute quand je jouais les personnages de mes jeux d'histoire ; et dans la ruelle, en cette fin d'après-midi d'été-là, je marmonnais plus fort qu'à l'accoutumée pour interroger un officier allemand narquois que je venais de capturer. Comme les jeux d'histoire étaient toujours d'une grande intensité émotionnelle, le volume de mes marmonnements et l'exubérance de mes gestes avaient tendance à croître sauf si, comme cela arrivait parfois, je levais la tête pour découvrir, blêmissant, qu'on me regardait. Le cas échéant, je muais promptement le monologue dramatique en une chanson (gestes à l'appui), parce que si se parler tout seul est le signe irréfutable qu'on est fêlé, il n'y a aucune honte à chantonner pour soi. Je n'ai toutefois jamais eu le sentiment que le subterfuge fonctionnait vraiment, alors je finissais par partir, furieux contre l'indiscret qui avait gâché la partie.

Eh bien, j'étais là à marmonner fort, en train d'expliquer à mes partisans le mauvais pas dans lequel nous nous trouvions, après avoir donné l'ordre à Doc de bander les yeux de l'officier allemand pour qu'il ne puisse pas voir la carte que je dessinais sur le sol, quand ma concentration fut saisie par un bruit aigu et répétitif. Agacé par cette interruption, je regardai autour de moi, pourtant je ne vis rien, si bien que j'entrepris d'expliquer que nous devions empêcher ces Allemands d'avancer d'un pouce, même si cela nécessitait de déposer les… je fus encore interrompu par le *tap-tap-tap* du métal contre le verre. Je jetais un œil de part et d'autre de la ruelle. Rien. J'étais tout seul. Quand un mouvement en bordure de ma vision périphérique me fit lever la tête : là-haut, les yeux baissés sur moi, se tenait Mme McGivney, la foldingue de notre rue, qui m'adressait son immuable sourire doux. Mes partisans s'évanouirent instantanément, tout comme les quatre ou cinq mille Nazi Strong Troopers retranchés au fin fond de l'allée, et je me retrouvai tout seul, le meneur d'hommes brusquement réduit à un gamin maigrichon pris à se parler à lui-même.

La croyance des habitants de la rue selon laquelle Mme McGivney était folle reposait sur l'étrange manière qu'elle avait de faire ses courses, sa timidité excessive, et les longues robes démodées dont elle était toujours affublée. Jamais on ne la voyait dans la rue, si ce n'est pour faire un saut rapide à l'épicerie Kane's Grocery, toujours à l'heure de la fermeture. Quand bien même il y avait d'autres clients avant elle, M. Kane la servait dès qu'elle arrivait, parce qu'elle était craintive et qu'elle préférerait s'éclipser pour ne revenir que le lendemain soir plutôt que de risquer qu'on la remarque ou, plus perturbant encore, qu'on lui adresse la parole. Soucieux de respecter sa sensibilité, M. Kane ne lui parlait jamais. Il se contentait de sourire et de hausser les sourcils au-dessus de ses grosses lunettes, et elle se hâtait de marmotter sa liste de courses, qu'il lui préparait, faisant tomber les boîtes de conserve de leurs hautes piles avec son espèce de bidule à pince pour les réceptionner dans son tablier avec un panache théâtral, ou en transvasant dans un chuintement des macaroni ou du riz d'un de ses paniers à bec verseur dans un petit sachet posé sur ses balances, en prenant soin de toujours légèrement dépasser ce que vous aviez demandé, ou en préparant un morceau de fromage à la découpe avec la trancheuse manuelle.

Après avoir rempli sa commande, M. Kane annonçait le prix total tout en le consignant dans le carnet écorné qu'il gardait sous le comptoir, un carnet qu'il appelait son "ardoise" quand bien même il était en carton et en papier. Mme McGivney prenait son cabas et se hâtait de retraverser la rue jusqu'à son appartement, sans jamais lever la tête de peur de croiser le regard de quelqu'un. Une fois par mois, elle entrait dans l'épicerie munie d'un chèque, que M. Kane lui encaissait en retranchant le prix de ses courses. Tout le monde savait que Mme McGivney touchait un petit chèque mensuel du gouvernement pour cause d'"infirmité", et les habitants de la rue entendaient par là qu'elle était cinglée, mais M. Kane me confia un jour que d'après lui elle souffrait simplement d'une timidité maladive. Seulement sa réputation de folle faisait partie de la croyance populaire de la rue et en tant que telle restait insensible aux faits et à la raison. Même une modeste allocation du gouvernement tenait lieu de preuve, si besoin était, qu'elle était malade. Sans ça comment une foldingue pouvait-elle subsister ? Elle pouvait difficilement trouver un travail… à part peut-être dans un asile ! Et puis elle avait cette façon suspecte d'apparaître de temps à autre à sa fenêtre, celle qui donnait sur la ruelle, et de regarder d'en haut les gamins qui jouaient en bas, sans jamais leur hurler dessus parce qu'ils faisaient du bruit, tel que le ferait une personne saine d'esprit, ni en les houspillant parce qu'ils s'amusaient à jeter des cailloux et risquaient d'y laisser un œil. Non, Mme McGivney se contentait de nous sourire gentiment… exactement comme le ferait une foldingue.

Et voilà qu'elle était postée à sa fenêtre, en train de me sourire de là-haut après avoir fait fuir mes partisans et mes ennemis dans les recoins de mon imagination.

Elle me fit signe d'approcher. Jamais elle ne s'était comportée de la sorte ! Je regardai ostensiblement autour de moi pour voir à qui elle pouvait bien vouloir s'adresser avant de me montrer du doigt, les sourcils arqués avec une incrédulité dramatique. Elle sourit et hocha la tête. Je levai les paumes vers le ciel en rentrant la tête dans mes épaules comme pour dire "mais qu'est-ce que j'ai fait ?" Elle tapota de nouveau son nickel contre la vitre – c'était donc ainsi qu'elle produisait ce bruit aigu – puis me montra la piécette de cinq cents, puis me montra moi, me signifiant clairement qu'elle entendait me la donner. Elle me fit de nouveau signe d'approcher et décrivit un grand geste circulaire, qui me disait d'aller jusqu'au bout de l'allée, de tourner dans la rue, puis de monter dans son appartement. Je n'en avais pas vraiment envie ; dans mes pires cauchemars j'étais toujours poursuivi par des fous. Mais j'étais un enfant poli, alors je me mis en route. Même les plus sauvageons et bagarreurs d'entre nous, qui pour beaucoup finirent en prison et pour l'un d'eux dans le couloir de la mort, paraîtraient polis au regard des critères actuels. Et puis, s'il y avait la possibilité de gagner un peu d'argent, je pouvais difficilement la laisser passer, compte tenu que ma mère s'usait régulièrement la santé pour quelques dollars de plus. Amer d'avoir perdu mon jeu et redoutant la rencontre avec une foldingue, je quittai la ruelle – non sans oublier d'effacer ma carte avec le talon, pour que l'ennemi ne découvrît rien de mes plans.

La cage d'escalier du 232 était sombre, parce que les fenêtres des couloirs censées éclairer les marches avaient été obstruées quand le propriétaire des taudis avait scindé les bâtiments en petits appartements et fait poser une étroite salle de bains face à chaque couloir. Malgré la pénombre, je gravis les marches d'un pas assuré parce que le 232 était identique au 238, où j'habitais.

Je montai sur la pointe des pieds jusqu'au palier du dernier d'étage, et restai un instant dans le noir, hésitant. Peut-être aurais-je meilleur compte à rebrousser chemin discrètement pour redescendre jusqu'à la lumière et l'agitation de la rue, mais au moment où je tournais les talons, la porte de l'appartement du fond s'ouvrit et Mme McGivney apparut, tout sourire.

— Ça ne t'ennuie pas d'aller chez M. Kane pour moi ? demanda-t-elle d'une voix de petite fille. Je te donnerai un nickel.

Sa voix monta dans les aigus sur la première syllabe de “nickel” comme pour m'affrioler d'une voix chantante.

— Eh bien, je ne… d'accord, bien sûr, je vais y aller.

J'étais soulagé qu'elle me demande seulement de faire une petite course et pas quelque chose de… fou.

Elle avait préparé une liste et me dit que M. Kane l'ajouterait à son ardoise.

Quand je revins chargé du petit cabas de courses, elle m'attendait au sommet des escaliers et me tendit la pièce d'un nickel avec laquelle elle avait tapé au carreau.

— Merci.

J'empochai la piécette en tapotant ma poche pour vérifier qu'elle était bien là. L'année précédente, j'avais perdu une pièce d'un quarter. Elle avait dû tomber de ma poche comme je me rendais à la boulangerie Bond Bread pour faire le plein pour la semaine du pain que par euphémisme on appelait "de la veille". Jusqu'à la nuit tombée, j'étais retourné inlassablement sur mes pas dans l'espoir de retrouver la pièce de vingt-cinq cents. En vain.

— Apporte le cabas à l'intérieur, tu veux bien ?

Je la suivis jusqu'à son petit salon, où elle me prit le sac des mains pour le déposer dans la cuisine, me laissant seul. Sur une table ronde près de la fenêtre qui donnait sur l'allée attendaient deux verres de lait déjà remplis et une petite assiette décorée sur laquelle reposaient quatre cookies au sucre faits maison. La pièce débordait de meubles tarabiscotés à l'ancienne et sentait la cire et l'odeur de gâteaux tout juste sortis du four – les cookies au sucre ; et dans un coin un vieillard était assis face à la deuxième fenêtre. Ses yeux fixaient les bâtiments de l'autre côté de la ruelle, mais il me parut évident qu'il ne voyait rien. J'ai parlé de vieillard, mais la seule trace de vieillesse était un doux halo de fins cheveux blancs qui retenaient la lumière du soleil comme le faisaient les rideaux en dentelle. Son visage n'avait pas une ride, sa peau était tendue et, assis sur une chaise à dos droit, il regardait l'allée à travers les rideaux sans ciller, un calme infini dans ses yeux bleu pâle. À vous ficher la chair de poule.

Mme McGivney revint de la cuisine et se posta à côté de la petite table, les mains sur le dossier de sa chaise, attendant que je m'assoie.

— Mince alors, merci beaucoup, mais je crois que je ferais peut-être mieux…

Mais elle me sourit tristement, alors je m'assis. Que pouvais-je faire d'autre ?

Une épaisse serviette en lin était posée sur chaque assiette. Mme McGivney prit la sienne et la posa sur ses genoux, si bien que je l'imitai, sauf que la mienne glissa par terre. Elle sourit de nouveau et inclina le nez en direction de l'assiette de cookies, pour m'inciter à me servir. Ce que je fis. Elle prit une minuscule bouchée du sien, et je tentai d'en faire de même, mais deux morceaux se brisèrent, l'un tomba par terre et l'autre se coinça à la commissure de mes lèvres, m'obligeant à l'enfoncer avec le doigt et j'aurais tout donné pour être ailleurs… n'importe où.

Elle m'adressa un petit sourire pincé qui ne dévoilait pas ses dents.

— Tu habites trois numéros plus haut, n'est-ce pas ?

J'opinai.

— Et tu es le fils de Mme LaPointe.

J'opinai de nouveau, en me demandant comment elle savait, étant donné qu'elle ne parlait jamais à personne.

— Comment t'appelles-tu ?

— Luke. Enfin, en vrai c'est Jean-Luc, mais il n'y a que ma mère qui m'appelle comme ça. J'aime bien qu'on m'appelle Luke tout court.

— John-Luke. C'est étranger, n'est-ce pas ?

— Français. La famille de ma mère est québécoise. Et en partie indienne.

— John-Luke, c'est joli comme prénom.

— Il n'y a que ma mère qui m'appelle comme ça.

— J'ai remarqué que tu jouais toujours tout seul.

— Pas toujours. Mais généralement, oui.

— Comment ça se fait ?

— Que je joue tout seul ? (Je levai les yeux derrière elle en direction du vieillard, en me demandant si nous étions censés faire comme s'il n'était pas là.) Eh bien, c'est surtout parce que j'invente mes jeux à moi, et les autres enfants ne savent pas les règles ni les noms des gens ni, eh bien… comment jouer.

— Et tu lis énormément, n'est-ce pas.

Comment savait-elle que je lisais beaucoup… soudain je compris. Je coupais toujours par la ruelle pour rentrer à la maison depuis la bibliothèque, non pas parce le chemin était plus court, mais parce que je voulais éviter les petits gamins qui, à chaque fois qu'ils me voyaient avec une brassée de livres, se mettaient à scander “professeur, pro-fes-seur, pro-fes-seur”, un de mes surnoms dans le quartier. Mon autre surnom était “Frenchy” à cause de mon nom, dont la consonance française était encore plus évidente depuis que ma mère utilisait son nom de jeune fille, LaPointe, mais en lui accolant un “Mme” pour nous justifier, nous autres enfants, je suppose. Mon premier jour à l'École Publique n°5, la maîtresse avait déclaré que ce devait être *intéressant* d'avoir un nom français. Je détestais les enseignants qui essayaient de se la jouer ami-ami et modernes. En ce qui me concernait, ils pouvaient oublier leurs conneries d'assistante sociale. Tout ce que j'attendais d'un enseignant, c'étaient des connaissances. Pas de la sincérité, pas de l'affection, pas de la sollicitude, merci bien : des connaissances, et puis c'est tout. Ce jour-là, elle écrivit Jean-Luc au tableau, et pendant les deux premières semaines je dus supporter de me faire appeler Jean*, soit un prénom de fille. S'ensuivirent des

* Ce prénom de fille se prononce comme le mot “jean” (le vêtement) en anglais.

moqueries et deux bagarres après l'école – le rite de passage classique qui attendait tous les petits nouveaux. J'étais coléreux et prompt à en venir aux mains, et m'arrangeais toujours pour placer mes deux premiers coups pendant que l'autre gamin pensait qu'on en était encore aux "Ah ouais ?… Ouais !", aux sommations. La plupart des autres gamins de l'EP5 étaient plus grands que moi, mais j'avais un avantage sur eux : je ne m'avouais jamais vaincu. Les plus costauds avaient beau me malmener ou me mettre au tapis, dès qu'ils relâchaient leur attention, je leur fonçais dessus ; et si moi je rentrais à la maison dans un sale état, eux ne s'en tiraient pas sans a minima quelques bleus et un peu de sang, si bien qu'au bout d'un moment ils cessèrent de me tyranniser parce qu'il n'y avait rien de glorieux à casser la figure à plus petit que soi, et que je faisais le nécessaire pour qu'ils y trouvent leur lot de douleur. Je ne devins jamais chef de bande, ni le meilleur ami de personne, mais mon existence dans la rue finit par être acceptée et on ficha la paix au "professeur". En contrepartie, je dissimulai mon côté studieux en faisant semblant d'ignorer la réponse aux questions des profs, en lançant de temps à autre des blagues en classe, ou en faisant des grimaces dans le dos d'une enseignante admirative juste après qu'elle m'avait complimentée.

— C'est vrai, madame. Je lis beaucoup, oui. Certains de mes jeux me viennent des livres.

— Quels jeux ?

— Par exemple la Légion étrangère. Ou les Trois Mousquetaires. Mais ça me vient surtout des émissions radiophoniques.

— Nous n'avons pas la radio, dit-elle sans s'en plaindre ni s'en excuser.

Je l'avais remarqué dès mon entrée dans la pièce, et je me demandais comment on pouvait vivre sans radio. Ma perception de la vie était si entièrement liée à notre Emerson de seconde main que je ne pouvais m'imaginer sans les sensations fortes de *The Lone Ranger*, de *The Whistler* ou *I Love a Mystery*, sans les rires provoqués par Jack Benny, Fred Allen et Amos'n'Andy, ni les conseils éclairés prodigués par Mr Anthony sur les problèmes de tous les jours. Mon moment préféré de la journée tenait dans la dizaine de secondes d'attente exquise tandis que les tubes du poste chauffaient lentement en bourdonnant ; puis venait la profonde satisfaction d'entendre la voix grave et familière du présentateur annoncer une des émissions d'aventures pour enfants que ma mère me laissait écouter pendant une heure chaque soir avant de faire mes devoirs. Je restais perché sur une jambe devant le poste de radio, la tête inclinée, l'œil trouble, entièrement hypnotisé parce ce que j'entendais et voyais. Ce que je voyais, parce que les émissions de radio d'autrefois étaient profondément visuelles ; les situations prenaient vie sur la toile de votre imagination. Pour moi, la radio *existait* vraiment. Les mondes que j'entrapercevais dans les livres et les films étaient formidables et captivants, mais moins réels. Ma vie à North Pearl Street n'avait certainement rien de formidable, mais elle ne m'apparaissait pas réelle, non plus ; c'était tout au plus des limbes sinistres dont je m'échapperais dès que "nous aurions fait fortune". En attendant, je trouvais réconfort dans mes jeux de rôles.

— Elles me font peur, dit Mme McGivney en me proposant un deuxième cookie, que je refusai poliment, puis pris à contrecœur.

— Vous avez peur des radios ?

— De tout ce qui est électrique, avoua-t-elle avec un petit sourire d'autodénigrement.

À cet instant seulement, je m'aperçus que son appartement n'était pas éclairé à l'électricité. Toutes les habitations de notre rue avaient encore leurs installations de gaz, mais le gaz avait été coupé, sauf pour les cuisinières. Dans certaines pièces, les conduites de gaz servaient de goulottes pour l'électricité, de sorte que des ampoules nues pendouillaient à des câbles raides entourés de tissu qui jaillissaient des rosaces de plafond des anciens chandeliers à gaz. Dans notre salle de bains et dans notre cuisine, les conduites de gaz désaffectées étaient dotées de clés en fer forgé, mais on ne pouvait plus les faire jouer dans la serrure tant elles avaient été badigeonnées de couches successives de peinture. Pourtant Mme McGivney avait encore au mur des lampes à gaz sophistiquées en verre taillé, avec des clés brillantes en cuivre pour les allumer.

— M. McGivney adore la lueur de la lampe à gaz, dit-elle. Il est toujours content quand il fait suffisamment sombre pour que je l'allume.

Elle sourit au vieillard immobile, les yeux brillans d'affection.

Je le regardai du coin de l'œil, planté là avec ses yeux pâles et aveugles fixés droit sur la fenêtre et son visage inexpressif, et je me demandai comment elle pouvait se rendre compte qu'il aimait la lampe à gaz. Parlait-il ? Souriait-il ? Et puis c'était quoi son problème, d'abord ? Il était fou ou quoi ?

Je sentis son regard peser sur moi, et me hâtai de détourner les yeux.

— M. McGivney est un héros, dit-elle en guise d'explication.

J'opinai.

— Bonté divine ! Sais-tu à quand remonte la dernière fois que nous avons eu la visite d'un petit garçon ? demanda-t-elle.

— Non, madame.

Ça m'était bien égal. Tout ce que je voulais, c'était une ouverture pour lui dire que je ferais mieux de rentrer chez moi.

— Cela fait très, très longtemps. Michael – c'est mon neveu, vois-tu ? – nous rendait parfois visite, dans le temps. Je ne crois pas qu'il aimait beaucoup venir ici, mais Ellen – ma sœur ? – l'y obligeait. Et à chaque fois qu'il venait, je lui préparais mes cookies au sucre. *Lui*, il les aimait, mes cookies au sucre, contrairement à d'autres petits garçons que je pourrais citer.

— Je les aime bien vos cookies au sucre, madame McGivney. Je trouve qu'ils sont… super. *Vraiment* super. Eh bien, je ferais mieux d'y aller. Ma mère est malade ces derniers temps et…

— M. McGivney est un héros, dit-elle une fois encore en s'accrochant à son fil de pensée au mépris du mien.

Je voyais bien qu'elle avait envie de parler de lui, mais je me sentais mal à l'aise dans l'odeur de propreté cireuse de l'appartement, avec ce vieillard au visage lisse qui regardait fixement dans le vide, alors je lui dis que ma mère allait se demander où j'étais et je la remerciai pour le lait et les cookies. Elle poussa un soupir et haussa les épaules, puis m'ouvrit la porte, et je m'éclipsai par l'escalier obscur.

Je restai assis un instant sur le perron avant d'entrer dans notre appartement, où m'attendait le spectacle de ma mère alitée, fatiguée par son dernier accès de difficultés pulmonaires, dans une odeur de cataplasme à la moutarde et de Baume Bengué. Des enfants qui bloquaient la circulation en jouant au *stickball*[*] dans la rue échangeaient des noms d'oiseaux avec un camionneur impatient de poursuivre sa route. La partie s'arrêta quand le seconde base s'en alla, et les enfants s'agglutinèrent pendant un moment à l'angle de la rue autour de la boutique de M. Kane, avant de dériver sur Livingston Avenue en direction des docks. Je savais qu'ils finiraient par vagabonder dans les entrepôts désaffectés le long du fleuve, à fouiner dans l'immensité jonchée de décombres qui puait la pisse et dégoulinait d'eau. Ils se serviraient sans doute de leurs lance-pierres pour fracasser quelques carreaux de fenêtre qui se payaient leur tête à être encore intacts, avant de s'en retourner, mus par l'ennui, et de s'agglutiner de nouveau devant la boutique de M. Kane jusqu'à ce que l'un d'eux trouve une autre bêtise à faire.

Des enfants jouaient au stickball dans la rue ce jour de juin 1936, quand ma mère, ma sœur et moi nous trouvâmes à attendre assis sur le perron du 238 North Pearl Street, avec nos vêtements et notre linge de maison dans des cartons posés sur le trottoir, et nos quelques meubles qui paraissaient cruellement usés et de piètre qualité dans les rayons impitoyables du soleil. J'avais six ans et ma sœur en avait quatre. Elle avait faim et sommeil et elle était au bord des larmes après le long voyage entre Albany et Lake George Village que nous avions fait dans le vieux fourgon déglingué de notre oncle. Ma mère jetait des coups d'œil anxieux de part et d'autre de la rue pour guetter l'arrivée de mon père. Elle ne l'avait pas vu depuis cinq ans, pas depuis le

* Sorte de jeu de base-ball de rue.

matin où il était sorti chercher du travail pour ne pas revenir, la laissant enceinte de ma sœur sans rien d'autre si ce n'est deux billets d'un dollar et quelques pièces dans son porte-monnaie. Puis une lettre arriva, s'excusant d'avoir dû fuir la famille qu'il aimait, mais il ne supportait plus de ne pas subvenir à nos besoins, et il savait que la famille de ma mère nous donnerait un coup de main s'il n'était plus dans le tableau. La famille de ma mère le désapprouvait pour sa conduite d'escroc et de flambeur – raisons tout à fait valables. Puis, après cinq ans sans un mot de sa part, une lettre arriva, sortie de nulle part, disant qu'il avait trouvé un travail et un appartement à Albany, où nous pourrions prendre un nouveau départ. Mon oncle, qui nous avait sur les bras depuis que mon père nous avait abandonnés, ne se gêna pas pour se plaindre du temps et de l'argent que lui coûtait le trajet pour nous conduire jusqu'à Albany, et en constatant que mon père n'était pas sur place pour nous accueillir, il se borna à décharger nos affaires avec une hâte bougonne avant de nous laisser en plan, soucieux qu'il était de rallier Lake George avant la tombée de la nuit parce que sa vieille guimbarde n'avait pas de phares. Confiant à ma sœur la surveillance de nos affaires, ma mère et moi entrâmes dans le bâtiment de briques rouges pour trouver notre appartement. Ce fut mon premier contact avec ce pot-pourri d'odeurs – chou bouilli, moisissure, Lysol, autres habitants – que je finirais par assimiler à l'odeur des bas quartiers, l'odeur de la pauvreté et du désespoir, froide et éternelle dans le nez. Une enveloppe attendait, glissée dans la fente de la porte de l'appartement n° 2, et contenait une clé et une note de mon père disant qu'il était parti acheter une surprise pour fêter ça, et qu'il reviendrait en un rien de temps. Nous retournâmes l'attendre assis dehors sur le perron. Nous ne le revîmes jamais.

Pendant les sept années qui suivirent nous vécûmes à North Pearl Street, un quartier pauvre typique des années 1930. Une ribambelle de gamins crasseux et morveux, constellés de lentes et d'impétigo, s'amusaient bruyamment lors de parties de ballon prisonnier ou de stickball dans la rue, pendant que, les soirées d'été, des hommes sans travail et pas rasés, en débardeurs déformés et pleins de sueur, parlaient d'une voix forte d'un perron à l'autre tout en sirotant des bouteilles d'un litre de bière. Ils se moquaient de ceux qui avaient réussi à décrocher un boulot. "C'est pas moi qu'on verra lécher les bottes d'un patron, tout ça pour trimer à passer le balai ou creuser un fossé !" À l'évidence, ils se plaçaient au-dessus de ce genre de contingences. Dans notre rue, seuls quelques hommes avaient un emploi régulier, deux à la boulangerie Bond Bread à l'angle, et d'autres à mi-temps sur la plateforme de chargement de la brasserie Burgermeister. North Pearl était à majorité irlandaise, des Irlandais du ghetto, qui se contentaient de subsides dans des taudis, de génération en génération, maltraitant leurs femmes serviles et tabassant leurs gamins rebelles, tandis qu'à force de travail les Irlandais plus ambitieux atteignaient l'Amérique moyenne, et décrochaient des emplois à la première génération et des professions à la deuxième. Les hommes de North Pearl vivaient de boulots intérimaires de la Works Progress Administration et d'allocations familiales. De la population pauvre d'Albany, seuls les Irlandais dégotaient les emplois pépères de la WPA qui consistaient à s'appuyer sur un manche de pelle en jetant un œil critique sur le trou qu'un autre avait creusé des semaines plus tôt.

Ceci s'expliquait par le fait que la machine politique qui faisait tourner Albany n'était autre que le clan O'Conner.

Dans notre rue, les familles irlandaises touchaient l'aide sociale depuis si longtemps qu'elles en étaient arrivées à la considérer comme un droit civique élémentaire, mais ma mère se tordait de honte d'être réduite à vivre de la charité publique. Elle ! Ruth Lillian LaPointe qui, à l'instar de tous les LaPointe, avait toujours travaillé pour obtenir ce qu'elle avait ! Mais des coups répétés du sort l'avaient malmenée. Pour commencer, son mari charmant, beau et désinvolte l'avait abandonnée, la laissant seule subvenir aux besoins de deux enfants en bas âge au moment où la Dépression connaissait ses heures les plus sombres. Puis son père, qui était intervenu pour l'aider au mieux en dépit de ses maigres ressources, était mort dans un accident de voiture. Puis ses poumons, qu'elle avait toujours eus fragiles, avaient lâché, si bien qu'elle tombait malade dès qu'elle essayait de travailler, comme elle s'obstinait à le faire chaque année à Noël.

North Pearl Street avait beau être un cloaque de tous les paumés, les abîmés et les incapables de la société, jamais je ne me sentis inférieur à quiconque, pas même aux gamins chanceux dans les films de Mickey Rooney qui vivaient dans des petites villes, avec des grandes pelouses et des repas du dimanche, et qui avaient des pères à la bienveillance désabusée qui n'oubliaient pas qu'eux aussi avaient été des garnements dans leur jeunesse. Je ne me sentais pas inférieur parce que ma mère me l'interdisait. Certes, la période était particulièrement difficile ; elle le reconnaissait volontiers. Nous traversions une mauvaise passe, c'était indéniable. Mais elle nous faisait bien comprendre que contrairement à nos voisins, ma sœur et moi n'avions rien à faire dans les bas quartiers. Et non seulement notre place n'était pas ici, mais nous n'étions pas appelés à y rester. Non, mon bon monsieur ! Un jour, nous ferions fortune, et ce jour-là… nous lèverions le camp en un éclair. Oh mazette, on en ferait, une de ces fumées !

Entre deux accès de difficultés pulmonaires, ma mère se montrait dynamique, résolument optimiste, pleine de rires et de jeux ; et contrairement aux mères hâves et exténuées des autres gamins de la rue, la nôtre était jeune, fine et jolie. Ma sœur et moi étions fiers d'elle, mais non sans inquiétude, aussi. Notre fierté provenait de ce que cette femme résiliente et courageuse nous vouait un soutien indéfectible, en encourageant chez nous la plus infime lueur de talent ou de don, en nous assurant que seul un sale coup du Destin pouvait expliquer qu'on ait atterri dans la pauvreté de Pearl Street, et que nous n'avions rien à faire là. (Mais nous en partirons dès que nous aurons fait fortune, c'est moi qui vous le dis !) Notre inquiétude venait du tempérament instable de notre mère, qui explosait au moindre affront, le plus souvent imaginé, fait à sa dignité – une hypersensibilité commune chez ceux dont l'origine ethnique est sujet de dérision et de désapprobation et qui, par une compensation agressive, se vantent fougueusement de ces racines tant méprisées. Ma mère se vantait d'être française-et-indienne, la première souche ethnique expliquant selon elle son goût raffiné, et la seconde faisant d'elle une personne qu'il ne fallait pas se risquer à contrarier.

Une manifestation de la fierté scabreuse de ma mère tenait dans son refus d'accepter que, pauvre comme elle était, ses enfants ne puissent pas avoir ce qu'elle appelait un "Noël décent", et la conduisait à trouver un travail à mi-temps comme serveuse dans une gargote qui cherchait du renfort pendant la période des fêtes de fin d'année. Elle rentrait du travail tard le soir, après avoir marché dans le froid et dans la neige fondue pour économiser de l'argent pour nos cadeaux, et inéluctablement ses poumons cédaient avant le matin de Noël, qu'elle passait allongée sur le canapé du salon, fiévreuse et secouée par la toux, à regarder ma sœur et moi ouvrir des présents trop dispendieux pour notre niveau de vie. Elle se retrouva plusieurs fois à l'hôpital avec une pneumonie, et une fois on l'envoya dans un sanatorium pendant deux mois, au cours desquels ma sœur et moi fûmes confiés à un orphelinat catholique, une institution sinistre aux airs de prison implantée dans des champs glacés de chaumes de maïs qui à nos yeux d'enfants de la ville semblaient d'un lugubre sans fond. Le premier jour, un frère me prit à part et m'incita à prier chaque soir pour la guérison de ma mère. Ce soir-là, j'alternai entre prières et pleurs dans mon oreiller, parce qu'il ne m'était jamais venu à l'esprit qu'elle pût mourir, nous laissant Anne-Marie et moi-même à jamais en ce lieu.

Les garçons portaient des uniformes de toile grise, et nous marchions en silence pour nous rendre aux repas, aux classes et à la prière, nos vies ponctuées et asservies par la vocifération des sonneries électriques. Nous nous douchions à l'eau froide et dormions dans un dortoir caverneux sans chauffage qui était supposé "nous endurcir" par les rudesses de la vie, mais ne faisait que nous maintenir dans un état constant de nez qui coule, de gorge qui pique et d'oreilles qui démangent. La discipline y était rigide et hiérarchique, les garçons les plus âgés ayant la charge des plus jeunes. Ce qui entraînait mauvais traitements et raclées nocturnes à l'aide de serviettes mouillées dans la salle des douches au milieu d'un cercle de garçons plus grands.

Anne-Marie et moi fûmes séparés dès notre arrivée à l'orphelinat ; elle fut envoyée dans le pavillon des filles où, à cinq ans à peine et ne sachant où je me trouvais, elle s'endormait chaque soir en pleurant et recommença à mouiller son lit, deux manifestations qui lui valurent de subir humiliations et punitions. Elle était tyrannisée parce qu'elle était jolie et fragile, et les grandes s'amusaient à la traîner par ses longs cheveux blonds. Un après-midi, deux semaines après notre arrivée, je me trouvais dans la masse enchevêtrée des garçons qui couraient, chahutaient et criaient frénétiquement dans le tohu-bohu des temps de récréation que nous passions sans surveillance, lorsque je crus entendre la voix d'Anne-Marie dans le chaos ambiant. Je la cherchai des yeux au milieu de la foule serrée des filles en uniforme bleu qui avaient l'habitude de regarder les garçons déchaînés depuis leur côté de la haute clôture à mailles métalliques qui nous séparait, mais je n'eus pas le temps de la trouver que la sonnerie retentissait déjà, nous obligeant à rentrer dans le bâtiment au pas de course pour dégager la cour d'exercice pour les filles. J'appris plus tard que j'étais passé juste à côté d'elle tandis qu'elle criait mon nom en vain. Le vacarme m'avait empêché de l'entendre, et je ne l'avais pas reconnue parce qu'une bonne sœur lui avait coupé les cheveux afin de lui éviter les sévices des filles jalouses d'elle. Elle pleura toute la nuit. Le lendemain, j'arpentai toute la longueur de la clôture jusqu'à ce que je la trouve, et nous entrelaçâmes nos doigts à travers un chaînon tandis qu'elle sanglotait dans un mélange de soulagement et de détresse. Et c'est ainsi que nous passâmes le reste de nos temps de récréation, jusqu'au jour où nous fûmes convoqués dans le bureau du directeur pour être informés qu'on nous renvoyait chez nous. Notre mère était rétablie.

Ce n'est qu'une fois à la maison que notre mère nous raconta que les assistantes sociales avaient décrété qu'elle n'était pas suffisamment en bonne santé pour être "une mère compétente", et que nous autres ses enfants allions rester à la garde de l'orphelinat jusqu'à nos seize ans, âge auquel nous pourrions commencer à travailler. Notre mère avait eu recours à l'arme redoutable de la fureur de son tempérament français-et-indien pour intimider les assistantes sociales stupéfaites, jusqu'à ce qu'elles nous laissent vivre ensemble comme avant. Mais la prochaine fois…

Pour éviter qu'il n'y eût une prochaine fois, quand notre mère devait être hospitalisée, Anne-Marie et moi faisions tout notre possible pour cacher le fait que nous étions seuls à la maison, afin que les assistantes sociales ne nous renvoient pas à l'orphelinat. Je lavais nos vêtements dans la baignoire et Anne-Marie s'évertuait à nettoyer la maison en maniant maladroitement un balai de deux fois sa taille. Quand je faisais les commissions chez M. Kane, j'en profitais pour mentionner que ma mère m'avait demandé de prendre ceci ou cela, ou qu'elle allait très bien, merci… tout ce qui permettrait de tromper les espionnes des services sociaux qui pouvaient rôder dans les parages.

Ma sœur et moi en arrivâmes à redouter l'approche de Noël. Notre mère ne se rendit vraisemblablement jamais compte à quel point nous étions effrayés à l'idée que notre famille si fragile soit de nouveau brisée, et cette fois de manière irréversible, tout ça à cause de sa détermination obstinée à nous donner “des cadeaux de Noël aussi jolis que ceux des enfants riches, contre Jean Desmarées !”

Des années durant, je crus que Jean Desmarées était quelque démon vengeur qui s'abattait sur les gens qui essayaient de faire avancer les choses. Voyez-vous, ma mère avait une très mauvaise oreille pour les expressions idiomatiques et autres adages, qu'elle déformait souvent, accusant volontiers une personne ou une chose d'être “ennuyeuse à pourrir”, ou persuadée, telle qu'elle le fut tout au long de sa vie, que “la lie de l'humanité” était la classe supérieure snobinarde de la société. Quand elle prononçait cette expression, elle poussait systématiquement son nez vers le haut du bout de l'index pour bien illustrer la prétention de la lie de l'humanité. J'ai dans l'idée qu'elle était induite et maintenue dans l'erreur par la similitude entre “la lie de l'humanité” et “l'élite de l'humanité”.

L'aide sociale nous donnait 7,27 $ par semaine, et grâce à des achats parcimonieux, une abnégation extrême et une imagination sans borne dans la planification des repas, ma mère parvenait à nous nourrir et nous habiller pour un peu moins de trente-cinq cents par personne et par jour. Les allocations versaient notre loyer directement au propriétaire sans visage des taudis au lieu de nous donner l'argent et de nous laisser le soin de trouver un logement. L'assistance dépensait bien plus pour notre trois-pièces qu'il ne l'aurait été demandé de personnes ayant l'argent à disposition, mais à cette époque comme aujourd'hui, les Seigneurs de la Pauvreté partaient du principe qu'on pouvait surtout faire confiance aux pauvres pour dilapider ou boire leur argent.

Ainsi l'aide sociale nous offrait-elle hébergement et nourriture de base, mais nous nous retrouvions démunis pour assurer les petits plus qui sortaient le quotidien des banales corvées de survie : les cadeaux de Noël et d'anniversaires ; ou la séance mensuelle au cinéma ; ou l'achat pour ma sœur d'une jolie robe “tous les 36 du mois” pour diversifier sa garde-robe de vêtements usagés et difformes fournie par les religieuses du couvent Saint-Joseph ; ou acheter une livre de café, lequel était le seul vice hédoniste de ma mère (deux tasses par jour, pas plus) ; ou pour les festins qu'elle préparait tout spécialement pour nous les jours de fête, à l'instar de notre “Jambon de Virginie cuit” de Pâques, un délice tant attendu et très apprécié qu'elle confectionnait à partir de deux boîtes de Spam, une boîte d'ananas et une petite bouteille de sirop d'érable. Ma mère découpait et parait le Spam, puis elle disposait les tranches d'ananas, et faisait cuire le tout de sorte à donner au plat les atours d'un jambon glacé, que nous accompagnions de patates douces avec de la margarine et du sirop d'érable, lequel à cette époque coûtait moins cher que le sucre parce que les propriétaires d'érablières du Vermont souffraient gravement de la Dépression. J'avais pour mission de colorer la margarine, en mettant le bloc blanc de graisse dans un saladier, puis de le saupoudrer de poudre orange colorante et de mélanger le tout avec une fourchette jusqu'à ce que la mixture ressemble à du beurre… quand bien même ça sentait toujours la graisse. Ce n'est qu'avec l'arrivée de la guerre, qui absorba toute la production de produits laitiers en Amérique, que le puissant lobby du beurre autorisa la mise sur le marché de la margarine précolorée.

Ces petits plaisirs qui embellissaient le quotidien n'étaient pas disponibles pour un budget de trente-cinq cents par jour et par personne, il fallait donc faire entrer de l'argent en plus, soit ma mère soit moi, en cirant les chaussures ou en rendant de menus services. Et parfois nous n'avions d'autre choix que de faire sans. Mais même dans les périodes les plus sombres, ma mère nous rassurait, ma sœur et moi, en nous disant qu'un de ces jours, nous allions faire fortune et partir loin d'ici, loin des taudis, pour nous installer dans quelque rue paisible de l'Ouest où nous ne connaîtrions plus jamais le sentiment d'impuissance et de désespoir qui est le pire côté de la pauvreté. Quand j'étais petit, je me représentais un immense navire qui accostait sur un des quais du fleuve Hudson, puis ma mère, ma sœur et moi en train de gravir la passerelle et ne plus jamais regarder en arrière. Un soir, nous étions assis à la table de la cuisine et ma mère décrivait d'un air absent la demeure splendide dans laquelle nous habiterions un de ces jours, une fois que je serais devenu riche et célèbre... quand avec une sensation glaciale dans le creux de mon ventre je me rendis soudainement compte que ma mère misait tout sur *moi*, et qu'à *moi* seul incombait la tâche de nous délivrer de Pearl Street. Le poids de la responsabilité était sidérant, et c'est peu de temps après cette prise de conscience que je commençai à m'abîmer dans mes jeux de rôles.

Le soir arriva tandis qu'assis sur notre perron, je songeai au jour de notre arrivée à Albany avec nos cartons d'affaires et notre maigre mobilier usé entassés au beau milieu du trottoir à la vue de tous. Je quittai les marches sales qui imprimèrent une marbrure granuleuse à l'arrière de mes jambes et j'entrai dans le bâtiment. En passant dans la cuisine, je déposai la pièce de cinq cents donnée par Mme McGivney dans notre Tirelire à Rêves, une boîte d'allumettes Diamond vide que nous cachions sur l'étagère sous la vraie boîte d'allumettes pour tromper les voleurs qui auraient été tentés de fouiner chez nous. La Tirelire à Rêves contenait l'argent épargné sur les emplois à temps partiel de ma mère et sur mes tournées des bars et des tavernes en ville les vendredi soir, quand je transbahutais sur mon épaule ma boîte de cirage fait main et que je proposais aux hommes de cirer leurs chaussures (cirage noir et marron seulement, pas les chaussures bicolores), ce que n'acceptaient que les ivrognes de passage ou les types qui cherchaient à impressionner une femme, même s'il leur arrivait de me donner une pièce de cinq cents, voire de dix, uniquement pour se débarrasser de moi. Un peu comme vendre des pommes au coin de la rue, cirer les chaussures pendant la Dépression était une manière de mendier sans se départir de toute dignité. La Tirelire à Rêves était censée subvenir aux choses d'exception qui mettraient de la couleur dans notre quotidien – c'est grâce à elle que nous avions acheté notre radio Emerson de seconde main avec son étui en Bakélite craquelé, en versant vingt-cinq cents par semaine pendant plus d'une année –, mais le plus souvent, elle était entièrement vidée pour assurer l'achat de choses sans intérêt et vite oubliées, comme de la nourriture et des habits.

Ce soir-là, après ma toute dernière émission de radio, je me traînai de nouveau vers la réalité et allai m'asseoir sur le lit de ma mère pour jouer une partie de pinocle* avec elle, tandis que ma sœur découpait et coloriait des robes pour ses poupées en papier. Afin d'économiser sur les patrons de poupées en papier neufs, ma mère en achetait un puis traçait les habits, les étiquettes et tout le reste sur du papier qu'elle

* Jeu apparenté au bésigue et à la belote.

récupérait en éventrant des sacs de course en kraft avant de les repasser pour qu'ils soient bien plats. De la sorte, un seul patron de poupées en papier servait à une douzaine d'autres, jusqu'à ce que les poupées en carton soient trop ramollies par les manipulations répétées pour tenir debout. Ma sœur passait des heures à dessiner et colorier ses propres patrons, dont elle habillait ensuite les poupées en carton au gré de séances d'"essayages", tout en bavardant avec animation et en jouant à la fois le rôle de la couturière et celui de la cliente, laquelle était habituellement une actrice riche, gâtée et très exigeante. Anne-Marie adorait créer des styles à partir de ce qu'elle voyait dans les films ou les revues, mais ses jeux étaient entravés et dans une certaine mesure gâchés par le besoin que ressentait ma mère de considérer tout ce que nous faisions à la lueur de cette fortune qui allait nous sourire et nous libérer de Pearl Street. Cet été-là, ma mère était persuadée qu'Anne-Marie allait devenir une créatrice de costumes célèbre dans le cinéma et qu'elle nous emmènerait tous à Hollywood, de même qu'elle considérait mon goût pour les études comme le signe que j'allais devenir professeur en université et que je nous emmènerais tous vivre dans une agréable ville universitaire au nord de l'État.

… Ou alors docteur. Ma mère faisant fréquemment des séjours à l'hospice, j'imagine que son idéal romantique s'incarnait assez naturellement dans la figure du Docteur, de même que ses ennemies jurées étaient les Infirmières, notamment les malpolies et dédaigneuses qui, ma mère en était certaine, étaient jalouses de l'intérêt que les docteurs manifestaient à l'égard de son "affection pulmonaire" unique, laquelle ne reçut jamais de dénomination spécifique telle que bronchite ou emphysème ou pleurésie. Ainsi, un des stratagèmes qu'elle avait conçu pour que notre Navire de l'Espoir accoste au plus près du rivage afin que nous nous éclipsions discrètement à son bord était que je devienne médecin. Pendant tout un hiver, je tissai et détricotai des jeux dans lesquels j'étais un célèbre docteur qui réussissait à sauver la vie de riches patients sans avoir le moindre contact physique avec eux. Même dans mes jeux j'étais trop sensible pour composer avec les gens en termes de sang, de pus et… et autres fluides.

J'étais toujours soulagé lorsque l'honneur et la responsabilité de faire accoster notre navire incombait à Anne-Marie, en qualité de célèbre créatrice de mode, sinon comme danseuse. Enfant déjà, Anne-Marie, qui adorait la musique, chantait et dansait au son de notre Emerson. Une voisine avait déclaré à ma mère qu'elle avait un don, "une professionnelle-née, vous pouvez me croire !", et du jour au lendemain, il avait été décrété qu'elle serait la fillette choisie pour remplacer Shirley Temple, cette dernière ne pouvant après tout pas rester éternellement jeune et jolie, si ? Le lendemain, ma mère sculpta la chevelure d'Anne-Marie en anglaises souples comme celles de Shirley (que nous appelions par son prénom maintenant que nous étions tous dans le show business). Les anglaises aideraient les découvreurs de talents d'Hollywood à la repérer, et en un rien de temps, nous allions tous nous retrouver sous le soleil de la Californie où, tel que ma mère l'affirmait avec son oreille légendaire pour les expressions idiomatiques, nous serions "comme des coqs en plâtre".

… Contrairement à des sardines en boîte ?

Mais pour que ce rêve se réalise, il faudrait qu'Anne-Marie prenne des cours de claquettes, ce qui était inenvisageable, parce que les cours collectifs coûtaient 1,50 $ la séance et qu'il lui en faudrait au moins deux par semaine, ce qui aurait représenté plus d'un tiers des 7,27 $ que nous touchions des gens de l'aide sociale. C'est ainsi que le rêve de Shirley Temple fut remisé pendant un temps, et que nous retournâmes à nos rêveries sur toutes les choses que nous aurions et ferions une fois que je serais devenu un riche diagnosticien, connu pour ma technique "sans les mains" révolutionnaire.

Les accès de maladie de ma mère suivaient toujours le même schéma. Elle attrapait la fièvre, des quintes sèches lui secouaient la poitrine, cependant qu'elle se penchait par-dessus son lit pour aider les glaires "à sortir", processus qui mettait mon extrême sensibilité à rude épreuve. Je restais assis au bord de son lit jusque tard dans la nuit, et j'essayais de soulager sa toux épouvantable en lui faisant des cataplasmes à la moutarde et en lui frottant le dos avec du Baume Bengué. (Gamin, je m'émerveillais de ce que Dr Bengué trouvait le temps de signer tous ces tubes. Sans une exception ! Plus tard, je me sentis honteux d'avoir été à ce point naïf.) Tandis qu'elle somnolait, épuisée par son calvaire, je lisais les livres qu'elle prenait pour moi à la bibliothèque, sachant que j'étais trop jeune pour avoir une carte d'emprunt pour la section adulte. Lorsque je me réveillais à l'aube, après m'être assoupi sur mon livre, j'avais la peau moite et mes vêtements étaient tout entortillés. L'appartement sentait la moutarde et l'eucalyptus, mais en général sa toux s'était calmée et sa température avait suffisamment diminué pour que nous puissions aller à l'école. Mais le soir suivant, la fièvre et la toux recommençaient jusqu'à ce que l'accès suive son cours, la laissant blême et émaciée.

Tout en battant le jeu de cartes, je mentionnai que j'avais gagné un nickel en faisant les commissions pour Mme McGivney.

— Mme McGivney ? répéta Anne-Marie en frissonnant à l'idée de s'approcher d'une foldingue.

— Comment es-tu tombé sur Mme McGivney ? voulut savoir ma mère et je lui racontai que je jouais dans l'allée quand elle avait attiré mon attention en tapotant sur sa fenêtre avec sa pièce de cinq cents.

— Et tu es monté jusque chez elle ? demanda Anne-Marie.

— Évidemment.

— Tu n'as pas eu peur ?

— Nan.

— Tu n'es pas entré, quand même ?

— Bien sûr que si. Elle m'a donné un cookie.

— Et tu l'as *mangé* ?

J'interrogeai ma mère sur Mme McGivney, mais elle ne savait pas grand-chose à son propos, si ce n'est qu'elle vivait au même endroit depuis aussi longtemps que les gens s'en souviennent.

— C'est gentil de ta part de lui avoir fait ses commissions, dit-elle. La pauvre vieille. (Elle me tapota la main.) Tu es un bon garçon, Jean-Luc.

J'eus le sentiment qu'elle me forçait la main pour que je retourne rendre visite à Mme McGivney. Ma mère était mue par la volonté bienveillante de venir en aide aux autres, et quand elle ne pouvait s'en charger elle-même, me portait volontaire à la place. Ce qui me déplaisait, mais je ne me plaignais jamais parce que, comme elle le disait, j'étais un bon garçon. Un bon garçon pétri de ressentiment.

L'opportunité d'un jeu commença à prendre forme dans mon esprit.

— Ah, tu sais quelque chose sur le mari de Mme McGivney ? demandai-je d'une voix détachée tout en distribuant les cartes.

Ma mère me répondit qu'elle n'avait jamais entendu quiconque faire mention d'un M. McGivney. Elle était persuadée que Mme McGivney était veuve, ou alors une vieille fille que les gens appelaient “madame” par courtoisie.

Entrapercevant la possibilité fascinante que j'étais peut-être bien la seule personne de toute la rue à connaître l'existence de M. McGivney, je changeai de sujet de conversation et, avec la partie de mon cerveau dont je n'avais pas besoin pour jouer aux cartes, me lançai dans un jeu de rôles de détective au cours duquel mes partisans et moi prêtions main forte à l'émission de radio *Mr Keene: Tracer of Lost Person* pour retrouver la trace du mystérieux M. McGivney, le célèbre héros. Pendant ce temps, Anne-Marie assise par terre se plaignait au nom de son actrice de papier de ce que les vêtements des magasins étaient d'un ennui, d'un ennui, mais d'un *ennui*, avant d'étouffer un cri de joie stupéfaite lorsque la toute dernière “création” d'Anne-Marie lui fut dévoilée.

Le lendemain, après l'école, j'escaladai la clôture à l'arrière du bâtiment pour jouer à mon nouveau jeu dans l'allée. Je m'assis dans l'embrasure de la porte d'un cabanon, dos au 232, un livre ouvert devant moi comme si j'étais en pleine lecture, mais en réalité je guettais les fenêtres de Mme McGivney en regardant par-dessus mon épaule dans un petit miroir que j'avais emprunté dans le sac à main de ma mère. Je ne voyais rien à travers les rideaux en dentelle.

Mes partisans râlèrent que mon jeu sans-action était barbant, toutefois je leur rappelai que la planque jouait un rôle essentiel dans le travail du détective. Bon d'accord, ce n'était peut-être pas si passionnant que ça ! Mais il fallait le faire et c'était nous que M. Keene avait choisis pour remplir cette mission. Qu'ils laissent tomber s'ils en avaient envie, moi je resterais à mon poste jusqu'à ce qu'il gèle en enfer, s'il fallait en arriver là ! Je détournai le visage en faisant la sourde oreille à leurs excuses, jusqu'à ce qu'Uncle Jim et mon fidèle majordome japonais, Kato, me supplient de leur pardonner leurs jérémiades. Pendant ce temps, ma jeune nièce admiratrice, Gail, continuait de se plaindre que le jeu était ennuyeux, tant et si bien que Tonto et moi (il m'arrivait d'emprunter Tonto au *Lone Ranger*) entreprîmes un examen attentif du sol à l'aide d'un bâton-loupe pour dénicher des indices. Nous trouvâmes ce qui ressemblait à une empreinte partielle de chaussure, sans oublier un éclat de verre très intéressant et une crotte de chat à moitié enfouie dont Tonto affirma qu'elle avait été lâchée depuis la dernière pleine lune, mais ce fut tout. La quête des Héros Disparus commençait à perdre de son piquant en tant que jeu, et je songeai à reprendre l'offensive contre les Nazi Strong Troopers pour les bouter hors de leurs bunkers avec mon bâton-dynamite quand j'entendis trois fois de suite le claquement sec du métal sur le verre et relevai la tête ; Mme McGivney me souriait à sa fenêtre et me montrait une pièce d'un nickel en me faisant signe de monter. D'abord, je me sentis coupable : quel travail de détective bâclé quand la suspecte repère la planque ! Puis je me rendis compte que je pouvais me glisser dans l'appartement sous les traits d'un gamin disposé à faire une course et en profiter pour fouiner en secret. J'ordonnai à mes partisans de m'attendre sur place. Je viendrais leur faire un rapport après avoir cuisiné la vieille bonne femme. S'ils s'ennuyaient, ils pouvaient toujours faire sauter des Nazis.

Mme McGivney m'accueillit au sommet des escaliers sombres et je la suivis à l'intérieur de son appartement, où son mari était toujours assis le dos droit face à la fenêtre, en surplomb de l'allée, ses yeux pâles sans expression. Elle m'expliqua qu'elle avait oublié d'écrire "cornichons" sur sa liste, or elle savait à quel point M. McGivney serait content de déguster un gros cornichon charnu à l'aneth de chez M. Kane.

Je n'étais pas sûr d'obtenir un gros cornichon charnu, parce que M. Kane avait pour coutume de relever sa manche afin de plonger la main dans son baril et d'en ressortir le premier qu'il touchait. Si le cornichon en question était petit, il ne s'amusait pas à le remettre dans la saumure pour en pêcher un plus gros sans quoi, tel qu'il l'expliquait lui-même, bien vite il ne lui resterait plus que des petits cornichons, et les clients finiraient par aller acheter leurs cornichons ailleurs dans l'espoir d'en avoir un gros. Lorsque je revins sans rien si ce n'est un cornichon de taille moyenne emballé dans du papier de boucherie blanc, je trouvai la petite table ronde près de la fenêtre dressée avec des serviettes, des petites assiettes, des cookies au sucre et du lait pour deux personnes. Je dis à Mme McGivney que je ne pouvais vraiment pas accepter la piécette de cinq cents qu'elle essayait de me glisser dans la main, pas après avoir fait un achat qui coûtait cinq cents seulement ; mais elle fit valoir que j'avais parcouru à pied la même distance que si on m'avait envoyé chercher un plein sac de provisions et que par conséquent, j'avais mérité les cinq cents ; mais je répondis non, que je ne le méritais pas vraiment et que je ne pouvais pas les prendre ; mais elle continuait à me tendre la pièce de monnaie et, la tête inclinée sur le côté, me gratifiait du coin de l'œil d'un de ces regards qui avait l'air de dire si-je-suis-pas-mignonne, le genre dont usait Shirley Temple pour arriver à ses fins. Si les adultes trouvaient Shirley adorable, avec ses fossettes et ses mines boudeuses, à couler des regards en biais tout en agitant son index boudiné au nez des gens qu'elle ne trouvait pas gentils, tous les jeunes Américains dignes de ce nom rêvaient de lui botter le cul. Un bon coup. Je finis par prendre la fichue pièce. Parbleu !

Décidément les cookies au sucre avaient une dent contre moi. Cette fois-ci, ils ne se coincèrent pas à la commissure de mes lèvres, mais je venais tout juste de mordre une bouchée au moment où Mme McGivney me demanda comment se portait ma mère, et quand j'essayai de répondre à travers le cookie, je toussai et projetai une pluie de miettes, ce qui me fit me sentir stupide et empoté. Ça démarrait mal, pour un détective habile et rusé.

Je brûlais d'envie de savoir ce qui n'allait pas chez M. McGivney, tout en me disant que je ferais sans doute mieux de ne pas poser la question. Au lieu de ça, j'annonçai que je ne devrais pas tarder à rentrer parce que ma mère était malade.

— Encore ? Oh, je suis navrée de l'apprendre.

— Elle est presque rétablie.

— Est-elle souvent malade, John-Luke ?

— Il n'y a que ma mère qui m'appelle John-Luke. Oui, on peut dire que ça lui arrive assez souvent, d'être malade. Elle a des poumons fragiles.

— Et tu t'occupes d'elle ?

— Ma sœur aide.

— Et ton père ?

Ma sœur et moi ne connaissions notre père qu'à travers une photographie prise au cours des deux jours que dura leur lune de miel à New York en 1929 : un bel homme en complet d'été en lin, veste tenue entrouverte d'un poing posé sur sa hanche pour laisser voir son gilet, chapeau de paille incliné sur un œil avec désinvolture, sourire désarmant aussi complice que malicieux.

— Je ne sais rien sur lui.

— Oh… je vois. Ma foi… l'essentiel, c'est d'être un gentil garçon et de prendre soin de ta maman.

Je ne sus pas quoi dire d'autre et Mme McGivney sembla se satisfaire de me sourire vaguement en silence, la tête penchée sur le côté. Je jetai un œil à M. McGivney, mais il regardait toujours fixement par la fenêtre. Soudain je me souvins d'un épisode de *Lights Out* qui fichait la frousse, sur des zombies et des morts-vivants.

Sentant le regard de Mme McGivney peser sur moi, je retournai dare-dare mon attention vers elle et lui posai la première question qui me vint à l'esprit, pour qu'elle ne puisse pas se douter que j'étais en train de me dire que son mari était peut-être un zombie.

— Ah… ah… il s'appelle comment, votre neveu, déjà ?

J'allais passer à mon fameux interrogatoire en douceur. Vous savez, exactement comme s'y prennent les détectives chevronnés.

— Mon neveu ?

— Celui qui vous rendait visite, mais qui ne vient plus ? Vous m'avez dit son nom, mais j'ai oublié.

Du coin de l'œil, j'observai M. McGivney. Je n'avais encore jamais vu quelqu'un se tenir comme ça sans bouger d'un iota. Jusqu'à ses cils étaient immobiles. J'essayai de voir s'il clignait des yeux.

— Tu veux parler de Michael ?

— Michael ? C'est qui Mi… Ah, oui. C'est ça. Michael.

Non, il ne clignait pas des yeux. Était-il seulement *possible* de ne pas cligner des yeux ? Je scrutai son cou, puis son poignet, mais ne décelai aucune palpitation indiquant un pouls. C'était presque comme si…

— Il est mort, dit-elle avec un soupir.

— Quoi ?

Je sentis une vague glacée me parcourir l'échine.

— Michael a été tué en France. Pauvre garçon.

Oh… le neveu. Je pris une profonde inspiration et tentai de reprendre le fil de mon interrogatoire. Si le neveu était mort en France pendant la Grande Guerre, cela voulait dire qu'il ne leur avait pas rendu visite depuis environ vingt ans.

— Euh… Vous n'avez personne d'autre ?

Elle eut un petit sourire triste.

— Non, non. Dans ma famille, tout le monde est parti et M. McGivney était orphelin, donc non, nous n'avons personne d'autre. (Elle haussa les épaules et des larmes soudaines emplirent ses yeux sans en couler.) Plus personne.

— Je… je suis désolé.

— C'est vrai, John-Luke ?

— Il n'y a que ma mère qui m'appelle… Écoutez, madame McGivney, je ferais mieux de rentrer. (Je me levai et regagnai la porte.) Merci beaucoup pour le cookie.

Alors je tentai une manœuvre risquée. Je pivotai vers M. McGivney et lançai :

— Au revoir, monsieur McGivney.

— Il ne t'entend pas.

— Il est sourd ?

— Non, non, il n'est pas sourd. (Elle m'ouvrit la porte.) M. McGivney est un héros.

— Oh. (Je regardai en arrière dans sa direction.)… Je vois, eh bien…

Et je m'en allai.

Dans l'allée, Uncle Jim, Gabby, Tonto, Jack, Doc et tous les autres attendaient anxieusement mon retour.

— Michael ! murmurai-je d'une voix rauque du coin des lèvres. Tué dans la Grande Guerre. Notez-le et ne l'oubliez pas !

Une semaine plus tard environ, je coupai par l'allée, chargé d'une brassée de livres sur les oiseaux que j'allais rendre à la bibliothèque. Je ne me souviens pas pourquoi je décidai brusquement que notre fortune viendrait du fait que je serais un ornithologue riche et célèbre dans le monde entier, mais je ne serais pas surpris si, étant tombé par hasard sur le mot "ornithologue", je m'en étais tout bonnement entiché. À cette époque, je sautais d'un métier hypothétique à un autre, souvent sur la base de petits indices présageant mon destin, que je débusquais à la lecture de l'encyclopédie à la bibliothèque. L'idée de devenir ornithologue dura plus longtemps que les autres… peut-être une semaine ou deux. Je m'étais même lancé dans mon premier livre, *À la découverte des fauvettes*, que j'écrivis *comme un vrai livre*, avec des feuilles de papier pliées en deux et agrafées de sorte qu'on pouvait tourner les pages et lire mon écriture soignée, que je justifiais à droite et à gauche en étirant ou ratatinant les mots en fin de ligne. La couverture en carton arborait le dessin au crayon gras d'une paruline jaune, et en bas l'inscription : Écrit par Jean-Luc Lapointe, auteur. Il était dédicacé à "ma meilleure amie, Ma Mère". M'attelant à l'ouvrage sur la vieille toile cirée piquée de traces d'ongles de la table de la cuisine, essuyant délicatement après l'avoir trempé le bout de ma plume sur le rebord du flacon pour éviter les taches, j'élaborai méticuleusement une demi-douzaine de pages de cette étude-phare, en modifiant scrupuleusement un mot ici et là par rapport à mes sources pour esquiver le plagiat. C'est alors qu'un problème survint ; je ne me souviens pas lequel. Peut-être orthographiai-je mal un terme, ou alors j'évaluai mal l'espace nécessaire pour faire entrer un mot, ou alors je fis une tache. En tout état de cause, ma tentative pour effacer l'erreur laissa une énorme bavure, et ma tentative pour effacer la bavure la transforma en trou, de sorte que j'abandonnai la profession d'ornithologue et me mis en quête d'une énième carrière qui pourrait assurer notre fortune. Bien des années plus tard, je retombai sur mon travail de recherche inachevé en triant les affaires de ma mère à sa mort. Elle avait souligné la dédicace : "À ma meilleure amie, Ma Mère."

Je m'étais arrêté dans l'allée pour faire basculer d'un bras sur l'autre les lourds ouvrages sur les oiseaux lorsque trois claquements secs au carreau me firent lever les yeux. Mme McGivney me faisait signe de monter. Je lui montrai mon chargement de livres et mimai de mon mieux le message compliqué qu'il fallait que je les ramène à la bibliothèque avant la fermeture. Mais elle se contenta de sourire, inclina la tête sur le côté avec son air de petite fille, et me fit signe de monter, si bien que je ramenai les livres à contrecœur dans mon appartement avant de redescendre dans la rue, de gravir son perron, puis la cage d'escalier jusqu'au dernier étage.

À nouveau les cookies et le lait, à nouveau ses sourires mélancoliques, à nouveau M. McGivney assis dans une immobilité parfaite à la lumière du couchant. Mais cette fois-ci, j'étais bien déterminé à mettre au jour les faits relatifs à son héroïsme. J'optai pour une approche sournoisement directe.

— Madame McGivney, comment M. McGivney est-il devenu un héros ?

Elle semblait contente que je m'intéresse au point de poser la question.

— M. McGivney était soldat. Il a combattu les Espagnols à Cuba.

Enfin, on avançait ! Un héros de guerre ! J'avais lu des choses sur la Guerre hispano-américaine, mais je n'étais pas capable de la situer dans l'histoire. Ce n'était pas une guerre qui inspirait romans et films, comme la guerre de Sécession et la Grande Guerre, que nous n'appelions pas la Première Guerre mondiale parce que les troubles qui se tramaient en Europe n'avaient pas encore pris le nom de Deuxième Guerre mondiale.

— C'était quand, madame McGivney ?

— Il est parti rejoindre son régiment le lendemain de notre mariage. Il était si beau dans son uniforme !

— D'accord, mais c'était *quand* ?

— Je serais prête à parier que la moitié des habitants de la rue sont venus à notre mariage. C'était à Saint-Joseph. Tu connais ?

Évidemment, je connaissais l'église Saint-Joseph. C'était notre église paroissiale. Dans les deux ans, j'y deviendrais enfant de chœur, mais à cette époque ma seule distinction religieuse était ma capacité à franchir les stations du chemin de croix plus vite que n'importe quel autre gamin du quartier. Aucun de nous n'aurait osé sauter un seul mot des cinq *Ave Maria* que nous récitions à chaque étape de la Passion, pas plus que nous aurions manqué d'incliner la tête devant le mot "Jésus", néanmoins nous ne voyions aucun inconvénient à débiter les prières le plus vite possible, nous relevant d'une station sans avoir terminé de marmonner maintenantetàl'heuredenotremortamen, pour nous glisser à genoux jusqu'à la suivante et commencer son chapelet d'*Ave* avant même d'être entièrement arrivés devant. Et jamais nous n'aurions osé manquer de faire nos génuflexions au moment de traverser la nef centrale pour atteindre la deuxième moitié des stations, mais nous les faisions à une telle vitesse qu'il nous arrivait d'en sortir avec un genou couvert de bleus.

— Bien sûr, je connais l'église Saint-Joseph.

Je notai mentalement le lieu de leur mariage. Sur le moment, ce détail ne semblait pas crucial, mais dans ce genre d'enquête, la plus petite bribe d'informations pouvait se révéler être la clé qui ouvre…

— Nous étions à l'autel, lui dans son uniforme et moi dans la robe de mariée de ma mère. Tout était si… merveilleux. J'avais à peine dix-sept ans et M. McGivney en avait vingt et un.

— Et c'était… quand ?

— En septembre. Se marier en septembre porte chance, tu sais.

— D'accord, mais quelle année ? Je veux dire… en quelle année vous êtes-vous mariée, madame McGivney ?

— En 1898. Quand nos jeunes hommes sont partis à Cuba.

1898. Un autre siècle ! Mais alors… voyons voir… si elle avait dix-sept ans en 1898, et que nous étions en 1939, elle avait à peu près soixante ans. Certes, c'était très vieux, mais ce n'était pas impossible. Pourtant, je trouvais étrange que ce vieillard ait combattu dans une guerre *avant* la Grande Guerre. Quand la Grande Guerre avait commencé, ma mère avait à peu près mon âge *à moi*, nom d'un chien.

— Donc il a été blessé en faisant quelque chose d'héroïque à Cuba ? demandai-je.

— Non, il n'a pas été blessé. Je ne sais pas exactement ce qui s'est passé. Et, bien évidemment, il n'a pas été en mesure de me le dire quand il est rentré…

Elle haussa les épaules. Puis elle poursuivit d'une voix lointaine, caressant délicatement la trame de ses vieux souvenirs.

— J'ai emménagé dans cet appartement juste après lui avoir dit au revoir à la gare d'Union Station. Tous les jeunes hommes en uniforme… les fanfares qui jouaient… les gens qui les acclamaient en agitant la main. J'ai fait ce petit nid pour accueillir Lawrence à son retour. (Elle se leva et commença à arpenter la pièce.) J'ai monté les rideaux toute seule, j'ai trouvé du mobilier dans des magasins d'occasion, et mon père m'a aidée à peindre – il était peintre en bâtiment, tu comprends – et j'ai choisi ce papier peint pour le petit salon – la couleur te plaît ?… Cendres de Roses, elle s'appelle.

Elle prit la brosse à cheveux de son mari sur la commode, se posta derrière lui et brossa délicatement sa chevelure blanche tandis qu'il restait immobile, baigné dans la lueur tombante du soleil qui filtrait à travers les rideaux en dentelle, son regard doux posé sur le néant.

— J'écrivais à Lawrence tous les jours, pour lui raconter comment notre appartement prenait forme. Lui aussi m'écrivait tous les jours, mais ses lettres m'arrivaient par grappes – neuf ou dix en même temps. C'est ainsi qu'ils font la distribution du courrier dans l'armée. Par grappes. Puis… puis il n'y a plus eu de lettres, et plus un mot pendant un long moment – plus d'un mois. (Elle suspendit son geste et baissa les yeux sur ses cheveux fins.) Je me faisais du souci, j'avais si peur. J'ai demandé à M. O'Brien s'il pouvait essayer de savoir pourquoi les courriers n'arrivaient plus. M. O'Brien le postier ? Et puis une lettre est arrivée du gouvernement, je craignais de l'ouvrir. Tout le monde dans le quartier savait que j'avais reçu une lettre du gouvernement parce que M. O'Brien le leur avait dit. Ma mère, mon père et ma sœur sont venus aux nouvelles. Je leur ai expliqué que je n'avais pas osé ouvrir la lettre. Mon père m'a dit que je me conduisais bêtement ; qu'il était inutile de repousser l'échéance. Autant en avoir le cœur net d'une manière ou d'une autre. Mais je refusais, alors mon père m'a dit qu'il le ferait à ma place, mais j'ai dit non ! Non, Lawrence était mon mari, et c'était mon devoir de décacheter cette lettre… quand je serais prête.

Des larmes emplissaient ses yeux bleu pâle, et sa voix s'était tendue, grêle, tandis qu'elle se remémorait avoir tenu tête à son vieux père guindé, vraisemblablement pour la toute première fois, en lui faisant comprendre que Lawrence était son mari et qu'elle décachèterait cette lettre quand elle serait prête.

Elle battit des paupières et leva les yeux sur moi à l'autre bout de la pièce.

— Tu sais ? Je crois que c'était la toute première fois que je prononçais le mot "mari" à voix haute. Je l'appelais toujours Lawrence, bien évidemment. Nous n'étions mariés que depuis quatre mois, et la rénovation de notre maison m'avait bien occupée, alors je n'avais pas vu grand monde ni vraiment eu l'occasion de parler de lui. Mon mari… mari.

Tout en savourant le mot, elle recommença à lui brosser les cheveux.

Tandis que je la regardai lui brosser les cheveux et qu'il contemplait fixement, l'œil vide, le dessin des toits par-delà sa fenêtre, soudain ses joues pâles tremblèrent ! Puis ses lèvres s'ourlèrent en un rictus machinal qui dévoila de longues dents jaunes, cependant que ses yeux restaient morts.

Un cri aigu s'étouffa dans ma gorge.

— Madame McGivney… il a… il… !

Elle hocha la tête.

— Je sais. Parfois il sourit quand je lui brosse les cheveux. Lawrence adore qu'on lui brosse les cheveux.

Eh bien moi je ne trouvais pas trop que cela ressemblait à un sourire. Ça ressemblait à un homme en pleine souffrance qui pousse un cri comme un sifflement silencieux à travers ses dents serrées. Puis, avec un léger tressautement, ses joues se détendirent, sa grimace s'évanouit, et les dents disparurent.

Un long moment s'écoula avant que mon cœur cesse de cogner dans ma poitrine. J'avais envie de sortir de là, sauf que quand on est détective privé au service de Mr Keene, *Tracer of Lost Persons*, on ne tourne pas les talons. Je pris une profonde inspiration et demandai :

— Et la lettre, alors ? Elle disait que c'était un héros ?

— Oui, un héros.

— Qu'est-ce qu'il avait fait ?

— La lettre était de son commandant. Capitaine Frances Murphy, vois-tu ? Il était au regret de m'informer que le soldat Lawrence McGivney avait contracté une maladie dans l'exercice de ses fonctions. Il était dans un hôpital militaire et serait bientôt rapatrié à la maison afin de bénéficier des meilleurs soins possibles – je me souviens de la formulation exacte. Des meilleurs soins possibles. C'est ce que j'essaie de faire depuis. Le capitaine Murphy ajoutait que Lawrence McGivney était un soldat enjoué et enthousiaste et qu'il était apprécié de tous dans le régiment. Imagine ! Tout le monde dans tout le régiment.

Attendez un peu. Être apprécié de tous et puis tomber malade ne me semblait pas relever de l'héroïsme. Mais je me gardai de dire quoi que ce soit.

Et pendant un moment, Mme McGivney ne dit rien elle non plus. Elle continuait à brosser les cheveux de son mari, un sourire attendri dans les yeux tandis qu'elle semblait relire la lettre de son capitaine dans sa tête. Puis elle battit des paupières et se focalisa sur moi.

— Tu sais quoi ? Je te parie ce que tu veux qu'un autre cookie te ferait plaisir. J'ai raison ?

Elle me coula un regard en biais à la façon faussement effarouchée de Shirley Temple.

— Non, merci, je…

Déjà elle agitait son index.

— Allons, tu ne vas pas me dire que tu dirais non à un autre cookie. Quand on est un garçon, on a toujours de la place pour un autre cookie.

Comme elle marchait jusqu'à la boîte à gâteaux posée sur le plan de travail, je demandai :

— Il a eu quoi comme maladie, M. McGivney ?

— Une méningite cérébrale, me répondit-elle depuis la cuisine. Il a eu une fièvre terrible des jours et des jours durant, couché dans son lit de camp, à transpirer et frissonner, transpirer et frissonner. Le docteur à l'hôpital des vétérans là-bas à Troy – Dr French, vois-tu ? –, il nous a dit que la plupart des hommes en seraient morts.

Elle ramena un cookie sur une de ses petites assiettes décorées qu'elle déposa devant moi. Elle avait toujours la brosse à cheveux à la main. Les longs cheveux blancs entortillés dans ses soies me firent frémir.

— Dr French a dit que Lawrence avait mené un long combat héroïque contre la fièvre, et qu'il avait survécu !

Oh. C'était donc *ça*, le genre de héros qu'il était.

— Mais… (Elle soupira.) C'est la fièvre qui l'a mis… eh bien, dans cet état.

— Et vous prenez soin de lui depuis tout ce temps ?

Elle sourit.

— Je le lave et je le nourris et… tout. Il aime bien que je lui brosse les cheveux. Il ne parle pas, mais je le vois bien à la manière qu'il a de sourire parfois.

Ainsi donc elle avait vécu seule avec lui dans cet appartement pendant plus de quarante ans, à le laver, le nourrir et lui brosser les cheveux. Quarante ans. Si longtemps que l'existence de M. McGivney avait disparu de la mémoire collective de la rue, qui pensait désormais de Mme McGivney – si tant est qu'elle pensait à elle – qu'elle n'était qu'une vieille foldingue rongée de timidité. Alors qu'elle-même se pensait comme la jeune mariée qui avait construit un nid douillet pour son soldat de mari.

Je m'apprêtais à lui demander si elle ne se sentait pas seule dans cet appartement toute la journée sans personne à qui parler, mais un flair d'enfant pour les situations socialement dangereuses m'en dissuada. Évidemment qu'elle se sentait seule ! C'est bien pour cela que je me retrouvais là, à manger des cookies. C'est bien pour cela qu'elle me donnait un nickel tout rond contre l'achat d'un cornichon qui coûtait le même prix. Je sentais les mâchoires du piège se refermer. Je n'aurais jamais dû l'interroger sur son mari. À présent que je connaissais l'étendue de sa solitude, j'allais me sentir obligé de lui rendre visite à chaque fois qu'elle tapait contre la fenêtre avec sa piécette et de l'écouter me raconter que son mari aimait bien qu'elle allume la lampe à gaz. Une responsabilité de plus dans ma vie. Et quand des fois je m'aventurerais à jeter un œil dans sa direction, il aurait son rictus de sourire comme un cri silencieux. C'est à ce moment-là que je décidai de veiller à ne pas passer trop souvent par l'allée. J'éviterais le trajet pendant au moins une semaine, histoire qu'elle s'habitue à ne plus me voir et à ne plus dépendre de moi.

C'est au cours de cette semaine de sevrage émotionnel que ma vie bascula à cause d'un incident qui pourrait paraître trivial : un tube de notre radio grilla. Il n'y avait pas suffisamment d'argent dans notre Tirelire à Rêves pour en acheter un nouveau, et je dus me débrouiller sans ma dose quotidienne d'une heure d'émissions d'aventure escamotrices de réalité essentielle à mon bien-être, pile au moment où toutes les histoires atteignaient leur paroxysme d'action et de danger – c'est ce qui me semblait en tout cas, et tout ça sous le prétexte que nous n'avions pas un dollar vingt-cinq pour acheter un nouveau tube.

Ma mère était furieuse car nous avions cette radio depuis trois ans seulement. Je lui rappelai que nous l'avions achetée de seconde main, mais elle répondit qu'on nous avait volés et qu'il était hors de question de les laisser s'en tirer si facilement ! Elle en avait marre que tout le monde essaie de lui faire la peau ! Ras-le-bol ! Ras-le-bol ! Son célèbre tempérament français-et-indien la propulsa hors de son lit de malade jusqu'à la boutique de prêteur sur gages de South Pearl où nous avions acheté la radio. Je l'accompagnai en essayant tant bien que mal de la calmer en chemin, mais elle entra en coup de vent dans la boutique et fit claquer la radio sur le comptoir. L'éventualité qu'elle y eût infligé des dégâts supplémentaires m'arracha une grimace. Le vieux Juif propriétaire des lieux sortit de l'arrière-boutique et je souris faiblement en guise de salutation, mal à l'aise à l'idée de l'esclandre à venir, que je savais inéluctable. Il avait eu la gentillesse de nous laisser la radio sans arrhes et moyennant seulement vingt-cinq cents par semaine parce que nous avions l'air “d'honnêtes gens”. Ma mère expliqua que le tube avait grillé et que comptait-il faire ? Il haussa les épaules.

— Les tubes grillent, madame. Cela arrive.

Eh bien, elle exigeait qu'il en mette un nouveau et tout de suite, parce que son fils était en train de rater ses émissions ! Le prêteur sur gages dit qu'il finirait à l'hospice s'il s'amusait à distribuer des tubes à chaque fois qu'ils grillaient, mais voilà ce qu'il pouvait faire. Il pouvait nous proposer un nouveau tube moyennant vingt-cinq cents maintenant plus vingt-cinq par semaine jusqu'au remboursement. Vous en pensez quoi ? Ma mère empoigna la radio et dit :

— Vous là, allez au diable ! C'est la dernière fois qu'on fait affaire avec votre engeance !

Et elle partit en claquant la porte. Je souris faiblement au bonhomme. Il fit saillir sa lèvre inférieure et haussa les épaules, ne me laissant d'autre choix que de courir après ma mère, qui rentrait à la maison en s'énervant toute seule et en marmottant rageusement qu'il était hors de question que son fils se passe de ses émissions de radio pour un misérable dollar et vingt-cinq cents ! Elle trouverait à se faire employer dans un foutu boui-boui pour payer ce foutu machin ! Je lui rappelai qu'elle était encore fatiguée des suites de sa crise pulmonaire, mais elle me répondit qu'elle savait à quel point cette radio comptait pour moi, et que ses enfants avaient tout autant le droit d'écouter la radio que les enfants de ces salopards de la lie de l'humanité ! Elle achèterait ce tube et tant pis si ça devait la tuer ! Ce fut à mon tour de me mettre en colère. Comme ça ce serait ma faute si elle tombait malade, si elle mourait et si Anne-Marie et moi finissions à l'orphelinat ! Je lui dis d'oublier cette histoire de radio. Je ne voulais pas de cette radio ! J'en avais marre de la radio ! Ça m'était bien égal si je n'écoutais plus jamais la radio ! Nous poursuivîmes d'un pas rapide dans le silence bouillant d'une rage double.

En entendant claquer la porte d'entrée, Anne-Marie sut aussitôt que les choses s'étaient mal passées. Elle me jeta un regard effrayé et supplia notre mère de retourner se reposer au lit pour ne pas retomber malade. Notre mère relança une salve de "il est hors de question que mes enfants…", mais je l'interrompis en lui disant qu'elle n'avait plus à se préoccuper de ce maudit tube. J'avais un plan pour obtenir l'argent. Elle se demanda ce que j'avais en tête, mais je lui répondis que c'était un secret. Dans une de ses sautes d'humeur subites, elle prit Anne-Marie sur ses genoux et s'employa à lui refaire ses tresses. J'allai dans la salle de bains m'asseoir sur le rebord de la baignoire, le seul endroit de notre petit appartement où je pouvais m'isoler pour réfléchir. À présent que j'avais réussi à faire taire ma mère, il s'agissait de trouver un moyen d'obtenir l'argent.

De retour dans la cuisine, j'avais un plan… enfin, à moitié. Bien vite, ma mère et moi nous retrouvâmes à jouer au pinocle tandis que par terre, à côté du lit, Anne-Marie, la couturière des stars, rassurait à mi-voix une vedette de cinéma dans tous ses états qui avait absolument besoin d'une tenue spectaculaire pour le soir même. Les accès de colère de ma mère étaient de courte durée, et je pense qu'elle se rendait compte à quel point ils nous tordaient l'estomac parce qu'après elle faisait toujours de son mieux pour se montrer joyeuse et amusante. Ce soir-là, elle nous raconta les quatre cents coups qu'elle faisait quand elle était petite, et Anne-Marie et moi rigolâmes plus fort que ne le méritaient les anecdotes tant nous étions soulagés.

L'enseigne en lettres rouge et or au-dessus de la nouvelle boutique annonçait : The Atlantic and Pacific Tea Company, et elle m'évoquait les images des livres que j'avais lus sur les mers du Sud, leurs colons, leurs dangereux indigènes et leurs voiliers à grands mâts. Le tout nouveau A&P était ce qu'on appelait un "commerce de quartier", à peine plus grand qu'une épicerie ordinaire, mais les prix y étaient un peu plus bas et on pouvait y déambuler et se servir soi-même en boîtes de conserve, fruits et tout le reste, ce qui était novateur à l'époque. On y trouvait en outre des produits alimentaires inédits, comme du sirop d'érable dans une burette en forme de cabane en rondins. Le sirop coulait par la cheminée et une fois vide, la cabane en rondins pouvait servir de jouet ou de tirelire. On y trouvait aussi trois sortes de café qu'on avait le droit de moudre soi-même dans des machines qui laissaient le choix entre café filtre et “ordinaire” et ce café dégageait un arome si délicieux qu’on fermait les yeux pour le humer. Le café le plus cher s’appelait le Bokar, un nom évocateur de l’Afrique de sorte que le sachet était noir comme il se devait; celui au prix intermédiaire, le Red Dot, était vendu dans un sachet jaune avec un point rouge; nous achetions toujours le moins cher, le Eight O’Clock, servi dans un sachet rouge. À l’époque, je me demandais si le Bokar était aussi bon que son arôme le promettait. D’un autre côté, aucun café n’est jamais à la hauteur de son odeur, métaphore juste sur l’écart entre l’attente et la réalité. Les prix avantageux et un plus grand choix attirèrent tout le quartier, mais on ne pouvait pas y avoir un compte si bien qu’au final l’ardoise de M. Kane l’emporta sur l’originalité et les bas prix de l’A&P, qui ferma au cours de l’année.

Le jour après que le tube de notre Emerson avait grillé, je me tenais devant l’A&P, muni du vieux chariot tout usé de ma sœur et d’un panneau en carton écrit en rouge au crayon gras qui informait la clientèle de ma disponibilité pour ramener les courses à domicile moyennant cinq cents. Le premier jour et lc suivant, une demi-douzaine de vieilles dames firent appel à mes services. Je les raccompagnais chez elle, en tirant le chariot d’Anne-Marie rempli de leurs sacs de commission, tout en leur faisant la conversation de ce ton poli et enjoué dont j’espérais qu’il les inciterait à me donner deux cents de pourboire en sus de la pièce d’un nickel, ce qu’aucune ne fit. Et toutes ces femmes habitaient à des rues et des rues de l’A&P, et je me retrouvais à trimballer leurs cabas jusqu’aux appartements des derniers étages, en prenant le soin de planquer le chariot au rez-de-chaussée dans l’entrée pour que personne ne le vole. Je me demandais quelle poisse voulait que *toutes* mes clientes soient des vieilles dames qui habitaient loin en plus d'être au dernier étage. Et que toutes soient trop radines pour lâcher un pourboire à un gars souriant et sympa. Quelle était la probabilité ? Il me fallut du temps pour comprendre que cela n'avait rien à voir avec une quelconque déveine caractérisée. Seules les femmes pauvres au point de ne pas pouvoir laisser un pourboire se rendaient à des rues de chez elles pour économiser quelques pennies en faisant leurs achats dans un de ces tout nouveaux supermarchés ; et seules celles qui habitaient en étage étaient prêtes à se séparer d'une pièce d'un nickel pour qu'on leur charrie leurs commissions jusqu'au pas de leur porte. N'empêche, au bout de deux jours j'avais mis de côté trente cents pour l'achat du tube, quand bien même ma sœur se plaignait âprement de ce que j'avais usé toute la mine de son crayon rouge pour fabriquer mon écriteau, et qu'elle ne pouvait plus confectionner d'habits rouges pour les poupées en papier, au moment où le rouge faisait fureur, et que ses clientes vedettes de cinéma se plaignaient que…

Oh, mais tais-toi, tu veux ?

Toi-même tais-toi !

Toi-même tais-toi ?

Espèce de sale perroquet !

Oh, mais tais-toi !

(De la chambre :) *Taisez-vous tous les deux !*

En arrivant devant l'A&P le lendemain matin, je tombai sur un autre garçon muni d'un chariot et d'un écriteau – un garçon plus grand avec un chariot plus grand et un écriteau plus grand. En plus il n'était même pas du quartier ! Eh bien… nous avons eu des mots. Et de me dire qu'il avait tout autant le droit que moi d'être là parce que les trottoirs ne m'appartenaient pas, non mais je me prenais pour qui à lui…

Je le cognai en plein bla-bla et réussis à placer deux autres coups pendant qu'il se demandait si c'était parti ou non pour une bagarre, après quoi on en est vraiment venus aux poings, à rouler par terre sur la chaussée, lui prenant plutôt le dessus vu qu'il était plus grand, même si je m'en tirais pas mal du tout à lui donner des coups en pleine poire par en dessous, mais le gérant de l'A&P finit par sortir et nous choper par le col et nous tenir comme ça pendant un bon moment, avant de nous faire comprendre que si on ne se tenait pas à carreaux il ferait venir les flics. Quand j'essayai d'expliquer que j'étais arrivé en premier, il me répondit qu'il m'avait vu démarrer la bagarre. Évidemment j'avais démarré la bagarre ! C'est le gamin le plus petit qui doit cogner en premier s'il veut avoir une chance. Parbleu ! Je promis toutefois de ne plus me battre, en vertu de quoi cet imposteur de copieur et moi prîmes place chacun de part et d'autre de la porte d'entrée du magasin, à nous foudroyer du regard jusqu'à ce qu'une vieille dame en sorte, et alors nous rivalisions de sourires et de gracieusetés. J'étais défavorisé parce que j'avais une lèvre fendue qui me faisait un sourire de guingois. Il faisait une chaleur accablante et les minutes passaient au compte-goutte en plein soleil, d'autant plus que j'eus une seule cliente ce jour-là et encore parce que mon concurrent s'était absenté pour une livraison. Je voyais bien ce qui se passait dans la tête des femmes. Elles n'aimaient pas avoir à choisir un enfant et à laisser l'autre en plan, alors la plupart préféraient porter leurs commissions, tandis que les autres choisissaient le gamin le plus costaud parce qu'elles ne voulaient pas obliger un petit maigrichon à trimballer leurs cabas sur tout ce chemin. Ben voyons ! Donnez votre argent au grand gamin en pleine forme et laissez le premier maigrichon se dépatouiller sans ! C'est tout à fait logique, espèces de vieilles…

Ce soir-là tandis que je rentrais à la maison en traînant le chariot derrière moi dans la chaleur humide, j'étais si fatigué et découragé que j'en oubliais d'éviter le raccourci par l'allée. Je savais bien qu'il valait mieux filer tout droit à la maison, mais je mourais d'envie de jouer un peu à un jeu de rôles tant ma dose nocturne de radio me manquait et que plus rien ne me sortait de ma vie ni ne me revigorait l'esprit. Et puis il faut dire que je ne mourais pas particulièrement d'envie de rentrer à la maison avec une lèvre fendue et un piètre nickel après toute une journée de travail. J'étais bien plus convaincant dans le rôle du héros modeste que dans celui du raté persévérant.

L'allée était éclairée du seul et unique lampadaire vieillot qui avait réchappé aux lance-pierres. Sa faible lumière sale tombait à pic sur les façades des écuries abandonnées, creusant leur surface granuleuse et jetant des poches d'ombre épaisse autour des entrées… le cadre parfait pour des jeux à donner la chair de poule. Je me glissai dans un interstice entre un cabanon et une écurie, une moitié de mon visage éclairé et l'autre dans l'obscurité, parfaitement conscient de l'aspect effrayant que je devais avoir tandis que je murmurais à mes partisans qu'il y avait *forcément* une explication rationnelle aux Meurtres dans l'Allée. "Je ne serais pas étonné d'apprendre que le professeur Moriarty est mêlé à cette affaire, Watson." (Un débit saccadé mâtiné d'un ton nasal à la Peter Lorre me faisait office d'accent anglais.) Je leur expliquai que le seul moyen de découvrir le tueur fou était de nous exposer aux mêmes périls que ces pauvres femmes ensanglantées, trucidées à la hache, la tête arrachée, le visage en bouillie…

… Je manquai de me pisser dessus quand le *tap-tap-tap* strident à la fenêtre envoya ma voix couiner dans les aigus et mes partisans valdinguer dans le noir, me laissant seul face au danger. En levant les yeux, j'aperçus Mme McGivney qui me faisait signe, et à l'autre fenêtre la silhouette de son mari détourée par la lumière diffuse de la lampe à gaz de leur salon. Je *savais* que j'aurais mieux fait de rentrer directement ! Avec un soupir énervé, j'insérai mentalement un marque-page dans mon jeu pour pouvoir le reprendre au bon endroit la fois suivante, puis je regagnai le bout de l'allée d'un pas lourd, bifurquai pour dépasser notre perron, où je planquai le chariot d'Anne-Marie à la cave, avant de pousser jusqu'au 232 et de monter les escaliers dans l'air qui devenait de plus en plus épais et chaud au fur et à mesure des étages. Au tout dernier, directement sous la toiture en plomb, il régnait dans l'appartement des McGivney une chaleur étouffante exacerbée par le fonctionnement des lampes à gaz. Ce fut la seule fois de ma vie que j'éprouvai les effets de ce type d'éclairage, plus doux et doré que la lumière électrique et qui ne donnait pas la sensation de descendre des becs de gaz ornementés sur les murs, mais plutôt d'émaner des objets et des personnes ainsi éclairés, qu'il faisait luire d'une sorte d'éclat en dedans… ainsi que j'imaginais la vie que devaient avoir les gens dans les films, ou les gens riches.

Avec une ombre de réprobation dans la voix, Mme McGivney me demanda où j'étais passé ces derniers jours, et je lui expliquai qu'un tube de notre radio avait grillé et que j'avais essayé de gagner de l'argent pour le remplacer. Elle émit un petit son nasal sec, comme pour dire que ce n'était pas une excuse, si bien que je lui demandai d'un ton raide ce qu'elle voulait. Il était tard et l'épicerie de M. Kane était fermée. En réalité, elle voulait seulement me donner un verre de lait et de ses fameux cookies "dont les petits garçons raffolent". Je m'abstins de lui dire que ce petit garçon en particulier aurait préféré qu'on le laisse poursuivre son jeu plutôt que de le traîner tout là-haut pour l'obliger à passer du temps avec une vieille dame ennuyeuse et un épouvantail. À la place, je m'assis en face d'elle et grignotai d'un air bougon. Elle se contenta de me sourire, puis tourna les yeux vers son mari et poussa un soupir satisfait, comme si tout allait bien à présent que nous étions de nouveau ensemble.

Je remarquai que quand elle buvait son lait, elle regardait à l'intérieur du verre, comme les tout petits. Et c'est alors que je fus frappé de constater que, tout comme son mari, elle était étrangement jeune. Bien sûr, elle avait les cheveux blancs, mais sa peau était lisse et ses yeux vifs. Un peu comme si face au mode de vie qui était le leur, dénué d'espoirs, de peurs, de labeur ou de loisir, le temps les avait effleurés en passant, sans éroder leurs traits, et qu'ils étaient restés éternellement jeunes et étrangement fantomatiques.

Comme je partais, elle pressa un nickel dans le creux de ma main. Je protestai que je n'avais rien fait pour le gagner, mais elle replia mes doigts autour, et je partis en songeant à quel point les gens gentils pouvaient être pires que les méchants, parce qu'il est impossible de lutter contre les gens gentils.

Je retrouvai ma mère et ma sœur en train de prendre l'air sur notre perron et m'assis à côté d'elles. Je leur parlai des

McGivney et ma mère fut étonnée d'apprendre qu'il y avait un M. McGivney. Anne-Marie frottait la chair de poule qui avait éclos sur ses bras à la pensée de se retrouver dans la même pièce qu'un fou qui passait ses journées à regarder par la fenêtre. Je lui répondis qu'il n'était pas fou, seulement un peu… disons, abîmé, mais elle rétorqua que les hommes abîmés faisaient tout aussi peur que les fous, peu importe le nombre de nickels qu'on me donnât. Ma mère affirma que je ne devais pas accepter d'argent à moins de m'être acquitté de quelque corvée pour le mériter. Sans quoi cela revenait à accepter la charité, or les LaPointe s'y refusaient ; tout ce qu'ils avaient était le fruit de leur travail. Mais elle était contente que je me sois fait de nouveaux amis, et elle était persuadée que je leur apportais une aide précieuse… ces pauvres vieux tout seuls. Je faillis lui dire que je n'appréciais pas d'être forcé à me sentir responsable d'eux, mais n'en fis rien parce que j'avais peur qu'elle se rende compte que j'éprouvais le même ressentiment à devoir un jour nous sortir de Pearl Street.

Le lendemain matin, je trouvai un *troisième* garçon devant l'A&P, muni celui-ci d'un chariot flambant neuf et d'un écriteau au lettrage de qualité professionnelle qui proposait de porter les commissions moyennant quatre cents. Ça se voyait bien à ses vêtements qu'il n'était pas pauvre, et que c'était un gamin ordinaire qui avait la chance d'avoir un chariot neuf et quelqu'un – probablement un père – qui l'avait aidé à peindre son écriteau et lui avait donné des conseils pour saper la concurrence. Je vis d'emblée en quoi l'offre de porter les commissions pour quatre cents était une arnaque astucieuse, parce que la plupart des femmes lui donneraient un nickel et qu'elles ne lui demanderaient pas la monnaie d'un penny en retour sous peine d'avoir l'air trop mesquines ; donc en cassant les prix, il décrocherait le marché pour en fin de compte empocher tout autant que nous. À tous les coups son père était un représentant de commerce plein de bagou. Eh bien, je pris le nouveau gamin sur le côté pour lui toucher deux mots, en lui faisant comprendre qu'il n'y avait pas assez de travail pour trois et que c'était moi qui avais eu l'idée à l'origine. Puis j'affectai un air préoccupé et lui confiai que je m'inquiétais de ce que sa mère serait triste de le voir rentrer à la maison sans ses dents de devant et avec son joli chariot tout défoncé et… Du coin de l'œil, j'avisai le gérant du magasin qui m'observait, alors je me bornais à planter l'index dans le torse du gosse de riche et à le fixer de mon regard perçant, les yeux plissés, ce qui dans mon quartier revenait à dire "Tu files un mauvais coton, mon gars !", avant de m'en retourner à mon vieux chariot en roulant des mécaniques.

Sauf qu'il resta, et que je ne décrochai pas une seule cliente ce jour-là, pris que j'étais entre un concurrent plus puissant et un autre plus attractif. Je tins bon jusqu'à la fermeture de l'A&P en fin de journée. Mais je ne me donnai pas la peine de revenir. À quoi bon ?

Ce vendredi-là, le chèque hebdomadaire de 7,27 $ de l'aide sociale arriva à la maison, ce qui nous permit d'acheter le tube, moyennant toutefois de la soupe de pommes de terre tous les soirs de la semaine au lieu des deux soirs habituels. Mais j'aimais bien la soupe de pommes de terre, et encore aujourd'hui d'ailleurs, en dépit des litres que j'ai pu en consommer enfant. Ce soir-là, je me plantai devant l'Emerson, perché sur un pied dans un état hypnotique de profond réconfort de l'âme, la tête inclinée, les yeux mi-clos, totalement absorbé dans les mondes trépidants de *Jack Armstrong, The Green Hornet, The Lone Ranger* et *Masked Rider of the Plains.* Le monde était de nouveau acceptable.

Après que ma sœur et moi eûmes fait la vaisselle, nous prîmes place tous les trois dans le salon pour la diffusion des programmes à suspense du vendredi soir. Nous avions l'habitude d'éteindre les lumières pour écouter dans l'obscurité, à la seule lueur jaune du bouton de la radio, qui rendait délicieusement effrayantes les émissions telles que *Suspense* et *The Inner Sanctum* et *The Whistler* – un homme qui marchait la nuit et connaissait beaucoup de choses. Il savait tout des étranges histoires tapies dans le cœur des hommes et des femmes qui s'enfonçaient dans l'obscurité. Oui, il savait tout des terreurs indicibles dont ils n'osaient parler !

Un matin au réveil, je me rendis compte avec effroi que les vacances d'été touchaient à leur fin et qu'avec ces histoires d'argent qu'il fallait gagner et de temps passé chez les McGivney, je n'en avais pas assez profité… un peu comme une glace à l'eau qui fond pendant qu'on est obligé de parler poliment à une bonne sœur, sans qu'on puisse en suçoter toute la couleur avant qu'elle ne se détache de son bâtonnet. L'année prochaine, j'aurais dix ans, et j'avais le sentiment que le passage à un âge à deux chiffres était significatif… la fin de l'enfance, parce qu'une fois qu'on passait à deux chiffres, c'était pour le restant de ses jours. Et autre chose : toute ma vie jusqu'ici avait été en mille neuf cent trente et quelque et mille neuf cent trente avait une sonorité solide et agréable, alors que l'année à venir basculerait vers mille neuf cent *quarante.* Et ce “quarante” avait un aspect bizarre quand on l'écrivait et faisait une drôle de sensation dans la bouche quand on le prononçait. Tout changeait. J'étais en train de grandir alors que je n'avais pas fini d'être un enfant ! Ce serait mon dernier été avant que je ne sois contraint d'abandonner mes jeux de rôles pour me consacrer sérieusement à ce qui pourrait nous sortir de Pearl Street.

D'accord, j'acceptais la responsabilité que me confiait ma mère d'assurer notre satanée fortune. Mais je ne pouvais pas me permettre de m'occuper de Mme McGivney par-dessus le marché. J'avais la ferme intention de jouer d'arrache-pied pendant les deux semaines à venir avant la rentrée des classes et dans l'âge adulte, ce qui voulait dire que je devais consacrer tout mon temps à moi-même, à mes jeux, aux émissions de radio, aux déambulations dans la rue en quête de mystères et d'aventures, et que je n'aurais tout bonnement pas une minute à perdre à me tourner les pouces chez les McGivney.

Pendant une semaine, j'évitai la ruelle et entrepris de revisiter un par un tous les jeux de rôles auxquels j'avais joué dans ma vie pour consigner à jamais leurs délices enivrants dans ma mémoire. Cette semaine-là, je repoussai les spadassins de Richelieu, j'expulsai une bonne fois pour toutes les voleurs de bétail d'Albany et je menai une expédition jusqu'au Cimetière des Éléphants, où nous faillîmes perdre Reggie et Kato. Le dimanche, j'enfilai mes vêtements de jeu juste après la messe de six heures et passai la matinée à l'un des meilleurs jeux : la Légion étrangère, qui exigeait de ne rien boire après le souper de la veille pour avoir bien soif au moment de franchir Broadway en direction du fleuve, de traverser l'écheveau des rues du quartier noir de Blacktown encore assoupi, et d'escalader la haute clôture en bois d'une briqueterie à l'abandon avec ses énormes tas de sable et de gravier. Là, je titubais à travers des étendues sans fin de sable, dont je gravissais à grand-peine les monticules, ébloui par un soleil de plomb, tiraillé par une soif lancinante qu'empirait le fait que j'étais déjà affaibli par une demi-douzaine de blessures de lances infligées par de perfides Arabes que j'avais pourtant toujours traités avec justesse, contrairement à certains de mes frères légionnaires. J'avais la gorge sèche et je balbutiais que les flaques d'eau glacée que je voyais partout n'étaient que des mirages. Surtout… pas… arrêter. J'aurais voulu renoncer à lutter, m'allonger et laisser la mort m'anéantir, mais c'était impossible. Non, je devais continuer ! À côté de la loge du gardien, il y avait une fontaine avec un robinet, et le jeu voulait que je garde à l'esprit l'image de cette eau fraîche et limpide tandis que je rampais à quatre pattes sur les tas de sable et de gravier en tirant ma jambe blessée (parfois les deux jambes), mais bien déterminé à porter le message de ce qui restait de ma compagnie décimée et assiégée à l'avant-poste croulant de Sidi Bel Abbès au colonel du régiment stationné dans nos quartiers généraux au cœur de la cité trépidante de Sidi Bel Abbès. (Ok d'accord, je ne connaissais qu'un seul nom de ville du désert ! C'est pas un crime non plus ?) En empruntant le chemin le moins direct possible et en zigzagant inlassablement dans un état à demi-conscient sur les flancs du grand tas de sable du milieu, je réussissais à faire durer la partie jusque après l'heure de midi, et j'avais alors les lèvres gercées et la langue gonflée par la soif. Quand enfin j'arrivais à la fontaine, je glissais la tête dessous, me préparant au choc merveilleux du jet d'eau froide, mes doigts ayant à peine la force de faire jouer la poignée rouillée. D'une voix enrouée j'implorais Allah de me donner de la force. Donne-moi de la force ! Alors dans un ultime effort, je faisais tourner le robinet…

… dont pas une goutte d'eau ne sortit. Ils avaient coupé l'eau depuis l'été précédent ! Merci de me gâcher la partie. Parbleu !

Le temps que je rentre dans mon quartier, j'avais tellement soif que je décidai de couper par la ruelle pour arriver chez moi le plus vite possible.

Trois coups aigus d'une pièce de monnaie contre le carreau au-dessus de ma tête… Oh non ! Elle était là, à me faire signe de monter. Zut ! Zut ! Double zut !

Cette fois-ci, ça ne se passerait pas comme ça. Tandis que je montai d'un pas lourd l'escalier sombre du 232, je concoctai un plan pour me libérer de cette vieille dame solitaire et de son maboul de mari : j'allais bouder et être malpoli, histoire de lui faire passer l'envie de ma compagnie. Mais d'abord…

— Pourrais-je avoir un verre d'eau, madame McGivney ?

— Mais bien sûr, John-Luke !

Je l'avalai d'un trait, plutôt que de la boire à petites gorgées, et j'en savourai la douceur salvatrice, tel que je l'aurais fait dans l'ultime scène dramatique du jeu de la Légion étrangère, si ces imbéciles ne m'avaient pas coupé l'eau !

— Bonté divine, tu avais une de ces soifs ! Tu en veux encore ?

— Non, merci.

J'avais du mal à me rappeler d'être malpoli.

— Tu es sûr ?

Elle s'assit de l'autre côté de la petite table dressée pour deux.

— Tiens, avant que j'oublie.

Elle déposa un nickel à côté de ma serviette.

— Non, je n'en veux pas, dis-je en repoussant la pièce vers elle.

Elle inclina la tête sur le côté.

— N'essaie pas de me faire croire qu'un petit garçon comme toi ne saurait pas quoi faire d'un nickel.

— Non, ma mère m'a dit qu'il ne fallait pas que j'accepte de l'argent de vous à moins d'avoir fait une commission ou quelque chose en échange.

— Oh, je vois. Eh bien… glisse donc ce nickel dans ta poche.

— Non, je n'en veux pas.

— Allons, garde-le jusqu'à ce que je trouve quelque chose que tu pourras faire plus tard, dit-elle en poussant de nouveau le nickel vers moi.

Je ne le touchai pas.

Quand elle me tendit l'assiette de cookies, je baissai la tête et plantai le regard sur la nappe. Elle finit par poser un cookie dans mon assiette. Je ne le regardai pas.

— Veux-tu aller te débarbouiller, John-Luke ?

— Il n'y a que ma mère qui m'appelle comme ça.

— Comment ?

— Il n'y a que ma mère qui m'appelle comme ça.

— Oh… je suis désolée. Je… eh bien, veux-tu aller te débarbouiller ? Tu m'as l'air un peu… poussiéreux, dit-elle en souriant gentiment.

En palpant mon front du bout des doigts, je sentis la poussière du sable qui m'avait vu ramper pour rentrer de Sidi Bel Abbès. Me retrouver face à une personne qui n'était pas ma mère et m'entendre dire que j'avais le visage sale me fit éprouver une honte cuisante – vestige du jour où deux jeunes assistantes sociales à la voix sirupeuse avaient fait une descente dans notre appartement pour vérifier que notre mère s'occupait correctement de nous.

Elles nous avaient interrogés, Anne-Marie et moi, pour savoir si des hommes dormaient parfois à la maison, et l'une d'elles m'avait demandé de me tenir debout devant elle pendant qu'elle m'inspectait le crâne à la recherche de lentes. De colère, j'avais arraché ma tête de ses mains en lui hurlant d'aller au diable et les deux âmes charitables avaient émis des petits bruits secs de surprise et d'indignation en disant qu'elles n'avaient jamais vu d'enfant si mal élevé. Après leur départ, ma mère m'avait expliqué qu'il fallait être poli avec les assistantes sociales, sans quoi elles allaient rédiger un mauvais rapport, nous obligeant tous les trois à prendre la fuite pour éviter qu'on ne lui enlève ses enfants. Alors comme ça elle avait le droit de se mettre en colère et de sonner les cloches aux assistantes sociales, mais moi non. C'était bien ça ?

Je sortis de table et marchai jusqu'à l'évier dans la cuisine de Mme McGivney. Dans le petit miroir qui le surmontait, je me rendis compte que mon visage sale était strié de ruisselets de sueur. Penaud, j'allumai l'eau d'un geste brusque, qui se mit à gicler d'un petit embout en caoutchouc fiché au bout du robinet et éclaboussa mon pantalon, donnant l'impression que je m'étais fait pipi dessus, et là j'eus *vraiment* honte. Pour camoufler ma déconfiture, je me savonnai les mains à la hâte et me frictionnai le visage, puis me passai de l'eau, mais comme je ne trouvai rien pour l'essuyer, je restai planté là devant l'évier, dégoulinant, le savon qui me piquait les yeux, comme une espèce de petite chose sans défense. Comme son mari. Parbleu !

Je sentis alors qu'elle pressait une serviette de toilette dans la paume de ma main. Je séchais mon visage et me rassis à table, lourdement, *très en colère.*

— Tu ne manges pas ton cookie, John-Luke ?

— J'en veux pas.

— Comme tu préfères. Mais ce sont des cookies au sucre. Tes préférés.

— Mes préférés, c'est les cookies aux flocons d'avoine. Ceux de ma mère.

— … Oh. (Il y avait de la douleur dans sa voix.) Je me suis dit que tu devais avoir faim.

— Ma mère nous nourrit très bien.

— Je ne voulais pas dire… j'en suis sûre.

En réalité, j'avais une telle soif que j'aurais pu avaler le verre de lait en deux gorgées, mais je restai assis en silence, à regarder les sourcils froncés la petite nappe brodée qu'elle avait sans doute sortie rien que pour moi.

Elle émit un petit bruit du fond de sa gorge, puis dit :

— Pauvre garçon ; tu es malheureux, n'est-ce pas.

— Non, je… j'ai autre chose à faire, c'est tout.

Je voulais bien évidemment parler de mes jeux, de ma tentative de faire le plein de jeux avant la rentrée scolaire et le passage à l'âge à deux chiffres et de devoir chercher du travail, mais elle le prit différemment.

— Oui, je parlais à M. Kane, qui m'a dit que tu faisais toutes sortes de petits boulots pour aider ta mère. Elle doit être très fière d'avoir un bon garçon comme toi.

Je ne dis rien.

— J'espère que tu ne m'en voudras pas de poser la question, mais… ton père, John-Luke. Est-il mort ?

Je ne sais pas quelle mouche me piqua. L'envie de la choquer, j'imagine.

— Non, il n'est pas mort, il est en prison.

Il se passerait plus de vingt ans avant que je découvre que je lui avais dit sans le savoir une vérité que ma mère s'était appliquée à nous cacher.

Elle étouffa un petit cri.

— Oh ! Oh, je suis désolée. Je ne voulais pas être indiscrète. Je voulais seulement… oh, quelle tristesse. Mon pauvre petit.

Elle tendit les bras vers moi mais je me dégageai.

— Non, on est fiers de lui ! Ils l'ont mis en prison parce qu'il travaillait comme espion contre les tuniques rouges* ! Ils vont le pendre le mois prochain, mais ça lui est égal. Ce qui l'ennuie, c'est qu'il n'ait qu'une vie à donner à son pays !

— …Qu… quoi ?

— Écoutez, je vais rentrer, affirmai-je en me levant.

— Non, je t'en prie, ne pars pas.

Elle se leva et m'attira tout contre elle. Je tournai la tête sur le côté pour éviter que mon nez ne s'enfonce dans son ventre mou.

— Mon pauvre, pauvre petit. Tu as connu déjà tellement de problèmes et de soucis dans ta jeune vie, n'est-ce pas ? Pas étonnant que tu sois tout nerveux. Mais je sais ce qui va aider à t'apaiser et te sentir mieux.

Elle ouvrit un tiroir dont elle sortit la brosse avec des cheveux blancs qui pendaient de ses soies, les cheveux de son mari fou, et elle revint vers moi. Je me levai d'un bond, ouvris la porte en grand et dévalai les escaliers, ma main agrippée faisant grincer la rampe.

* Surnom donné aux soldats de l'armée britannique entre la création de la Grande-Bretagne (1707) et la Première Guerre mondiale.

Arrivé au week-end de la Fête du Travail* qui marquait la rentrée des classes, j'avais extrait jusqu'à la dernière goutte d'aventure et de danger du jeu de cet été-là, qui consistait à défendre à moi tout seul Pearl Street – et par extension le monde – de l'invasion nazie. Dans une sorte de tournée d'adieu, je m'employais à éliminer les derniers Strong Troopers à l'extrémité de notre ruelle, où je n'avais pas remis les pieds depuis que je m'étais enfui dans les escaliers de Mme McGivney pour éviter d'avoir à toucher cette infâme brosse à cheveux, la rampe grinçante râpant le pli de peau entre mon pouce et mon index et laissant une croûte qui mettrait une éternité à cicatriser parce que je n'arrêtais pas de la craqueler en dépliant la main en grand : étrange fascination enfantine pour la douleur.

Malgré mes blessures aux deux jambes, à l'épaule et au pli de peau entre mon pouce et mon index, je réussis à ramper depuis l'abri que m'offrait la porte d'une écurie jusqu'à celle d'après, en imitant le bruit du ricochet des balles d'un *crooooukh* guttural suivi d'un *chiiiooo* mourant entre mes dents, tandis que les balles nazies faisaient voler en éclats le bois à côté de ma tête avec le bruit de *tap-tap-tap* d'une pièce contre le verre – quoi ? Je faillis relever les yeux, mais muai le coup d'œil en une inspection renfrognée des alentours, à la recherche de tireurs embusqués, parce que je ne voulais pas qu'elle sache que j'avais entendu son appel. M'étant assuré qu'il n'y avait pas de snipers nazis sur les toits, je mimai avec intensité le dessin d'une carte sur le sol. Elle répéta ses trois coups insistants, et je n'eus aucune

* Aux États-Unis, la fête fédérale du Labor Day est célébrée le premier lundi de septembre.

peine à me la représenter en train de m'observer de là-haut. Je me recroquevillai au-dessus de ma carte. Elle tapa de nouveau au carreau, mais cette fois deux petits coups seulement, après lesquels elle s'arrêta net. L'absence du troisième coup me fit dire qu'elle avait soudain *compris* que je l'entendais, mais que je l'ignorais sciemment. Je restai tête baissée, sachant qu'en la relevant, je l'apercevrais là-haut, les yeux pleins de tristesse et de récrimination.

Triste, et furieux que l'on me fasse ressentir cette tristesse, je fis semblant d'apercevoir un soldat ennemi au fond de la ruelle. Je lui tirai dessus avec le doigt puis je m'élançai à ses trousses jusqu'à disparaître de la vue de Mme McGivney.

Pendant toute la suite de notre vie à Pearl Street, je restai à l'écart de la ruelle qui avait été le théâtre de mes jeux de rôles. Par deux fois j'entraperçus Mme McGivney qui traversait la chaussée à la hâte pour se rendre en fin de journée chez M. Kane, mais je l'évitai à chaque fois. Je ne revis jamais son héros de mari.

La semaine suivante, je retournai à l'école – dans une nouvelle classe, avec une nouvelle enseignante, une vieille pie coriace trop attifée aux cheveux orange de l'école sans charme du pragmatisme qui ne se laissa pas abuser par les airs indifférents de petit malin que je me donnais pour me défendre. Elle prit les dispositions nécessaires pour que je passe une série de tests de QI et d'aptitude qui aboutirent à un programme d'enseignement spécialisé et, avec le temps, à un enchaînement de bourses et une carrière universitaire qui finit par nous sortir de Pearl Street. L'heure de la bonne fortune avait enfin sonné pour ma mère.

Je suis aujourd'hui nettement plus âgé que ne l'était Mme McGivney quand je répondis pour la première fois aux coups secs de son nickel contre le carreau. Des années durant j'ai vécu et travaillé en Europe, aussi éloigné de Pearl Street que faire se peut dans l'espace, le temps et la culture en restant de ce côté des vivants. Et pourtant, en ces instants où les papillons noirs du doute et du remords s'agitent dans une nuit sans sommeil, il m'arrive encore d'entendre cet appel brisé, ces deux claquements secs, et le silence accusateur qui les suivit ; et ma gorge se noue de honte au souvenir de la vieille dame seule à qui je n'avais pas de temps à consacrer tant j'étais occupé à essayer de me sauver moi-même.

SIRE GERVAIS ET LA FORÊT ENCHANTÉE

Et sache qu'en ces temps lointains le bon roi Arthur implora ses chevaliers de la Table ronde de se mettre en quête du Saint Graal pour le bienfait de leurs âmes, la gloire de son règne et la sérénité de la cour, laquelle se trouverait fort bonifiée par l'absence de ces fougueux bagarreurs. Quoique chacun des vaillants guerriers d'Arthur eût soif d'attirer l'éloge des Hommes pour ses nobles actions et le pardon de Dieu pour ses viles actions en se consacrant à la recherche de la plus sainte des reliques, l'ordre du roi ne rencontra néanmoins aucune précipitation car, que la vérité inavouable soit connue, pas un seul de ces nobles guerriers n'était certain au plus profond de son cœur de savoir ce qu'était exactement un *graal*… sauf, bien évidemment, qu'il s'agissait d'une chose sainte et d'un objet de quête juste. Mais aucun n'osait avouer son ignorance par crainte du ridicule, et comme aucun autre chevalier n'admettait jamais avoir quelque doute sur la question, chacun se pensait seul dans son ignorance indigne. Ainsi, à la mention du Graal chacun hochait la tête en aspirant l'air à travers ses dents d'un air entendu et quand, regardant autour de lui, il constatait que ses confrères hochaient la tête en aspirant l'air, son soupçon selon lequel la nature du graal était connue de tous sauf de lui s'en retrouvait confirmé.

De toute cette société bien née, nul n'était plus fier de son ascendance que Sire Gervais, qui pour cette raison ressentait la honte de son ignorance plus cruellement que tous les autres. Par deux fois il s'en était allé en quête de renommée et de reconnaissance, sans jamais croiser de graal… pas à sa connaissance, en tout état de cause. Ce qui l'ulcérait le plus était l'idée qu'il eût pu poser les yeux sur le Saint Graal sans s'en apercevoir, et ainsi perdre le crédit de sa découverte. Ainsi conçut-il un stratagème rusé pour débusquer la nature, fonction et forme exactes d'un graal afin qu'il pût l'identifier, dût-il en croiser un au cours de ses quêtes futures. Un soir, tandis que la noble tablée était réunie, Sire Gervais demanda sur le ton le plus désinvolte qui existât :

— Ah… dites-moi, frères chevaliers, avez-vous déjà songé à ce que vous feriez d'un graal, s'il s'en trouvait un sur cette table en cet instant ? Bien évidemment, je ne veux point parler du Saint Graal, mais plutôt du graal commun, celui de tous les jours.

— Euh ? Quoi ? Un graal ? Ici ? Sur la table ? s'enquit Sire Bohort, dont la force du rein paternel avait été si entièrement dévolue à bien charpenter sa musculature qu'il n'était rien resté pour sa cervelle.

Aussitôt le fier Sire Gervais pâlit de crainte qu'un graal fût un objet trop volumineux pour être posé sur une table, et que son ignorance courût le risque d'être dévoilée.

— Nenni, ai-je dit une table ? ria-t-il de son erreur. Je voulais dire dans un *jardin*. Par trop souvent les hommes – y compris ceux de lignée impeccable – confondent tables et jardins, car ne sont-ce tous deux des… ah… choses ?

— Oui, mais dis-moi, Sire Gervais, demanda Sire Gauvain qui espérait sournoisement découvrir pour sa propre gouverne ce qu'était un graal, pourquoi irais-tu mettre ce graal dont tu parles dans un jardin ? Et qu'en ferais-tu au juste, une fois posé là ?

En cet instant, Sire Gervais regretta amèrement d'avoir lancé le sujet et ce faisant d'avoir donné le flanc à des accusations de stupidité – pire encore, d'impiété.

— Et que m'empêche de poser un graal dans un jardin, frère chevalier, tant qu'il s'agit là d'un jardin approprié à la réception d'un graal ? Je te prie, pourquoi tant d'empressement à contester ma vision de la nature des choses ?

— Nenni, frère de la Table ronde, ne sois point froissé. Je cherche seulement à comprendre comment tu songes manier… ou porter… ou admirer… ou peut-être châtier ?… ce graal, une fois que dans ton jardin tu l'auras disposé.

— Manier ? Porter ? Admirer ? Châtier ? répéta Sire Gervais, aussi déconcerté que quinaud, et par conséquent en colère. Penses-tu que je fusse le genre de bougre qui doit manier, porter et châtier son graal sous le simple prétexte qu'il se trouvât dans son jardin ? Un homme de la plus haute ascendance ne peut-il prétendre à mettre un graal dans son jardin sans avoir de basses intentions à son endroit ? Ne me chicane plus sur ce sujet, mon bon messire, sans quoi tu sentiras mes chausses au plus profond de ton séant, espèce de vil bâtard, adorateur des Français, masticateur de crottin, vomisseur d'hostie, fornicateur de mouton !

— … Adorateur des Français ? *Adorateurs des Français !* O-o-oh, tu mets en péril ta face de lâche dégénéré de se frotter à mon poing ganté d'acier, espèce de scrofule lépreux, lubrique, puant, lèche-titre, traître, fornicateur de vieilles sorcières…

… Vous me permettrez de tirer un voile pudique sur cette scène avant qu'elle ne sombre dans l'incivilité. Nul doute que le lecteur attentif s'interroge sur l'ultime épithète lancé par Sire Gauvain et se demande pourquoi un chevalier d'un rang et savoir-vivre aussi élevés que Sir Gervais s'adonnerait à forniquer avec des vieilles sorcières, si rare est la joie et maigre la revigoration à retirer de l'attachement de ses armes d'amour au bas-ventre de vieilles biques.

L'explication de ce léger défaut dans la personnalité par ailleurs irréprochable de Sir Gervais se trouve dans le récit véridique et instructif de Sire Gervais et la Forêt Enchantée, par lequel le lecteur attentif apprendra comment ce noble chevalier gagna le titre qui est depuis entré dans l'histoire : Gervais ! Fornicateur de vieilles biques !

Et sache que ce fut en une douce matinée d'automne baignée de brouillard que le hardi Sire Gervais, paré de sa plus somptueuse armure, s'en fut de Camelot en quête du Graal, et de rencontres à même d'enchérir sa réputation et sa bourse. Il ne fallut pas beaucoup de temps pour qu'il se retrouve au plus profond d'une forêt sombre où le sabot de son cheval avançait sans bruit sur le tapis de feuilles tandis que l'homme et sa monture se glissaient entre les silhouettes fantomatiques des arbres qui émergeaient du brouillard qui les devançait, avant d'être happé par le brouillard qui les talonnait. Des branches formant saillie effleuraient dans un chuintement son heaume dont la plume se courbait sous le poids de l'humidité.

Comme Sire Gervais était un valeureux guerrier de sang noble, nous sommes obligés de présumer que si ses yeux fusaient de part en part, ce n'était que pour mieux déceler l'adversaire; que s'il sifflotait sèchement, ce n'était que pour faire connaître sa présence à quelque ennemi tenté de l'affronter; que si les paumes de ses mains suaient, ce n'était que parce que l'envie de brandir l'épée au combat les démangeait; que lorsque brusquement il décida d'abattre bride et de sortir de cette sombre forêt humide et menaçante, ce n'était que pour partir à la recherche d'une aventure plus grande et périlleuse encore; et à ne point y douter, le glapissement qui s'échappa de sa gorge était une manière de cri de guerre, qu'il poussa en apercevant soudain une vieille bique d'une laideur exceptionnelle qui se tenait au bord du chemin et lui faisait signe d'approcher de son doigt noueux.

La voix étouffée dans sa gorge, Sire Gervais s'adressa à la vieille sorcière en ces termes :

— Je te souhaite le bonjour, vieille sorcière d'une laideur exceptionnelle qui me fais signe : peux-tu m'indiquer la sortie de cette forêt ? Je te devine douée d'un rare talent dans l'art de donner des indications, car l'un de tes yeux tend vers la gauche tandis que l'autre tend vers la droite de telle sorte que leurs chemins se croisent à quelques pouces au-dessus de ton nez crochu.

Et la vieille bique de glousser d'aise et de détourner son visage avec pudeur.

— Nenni, aimable chevalier, ne songe point à affaiblir les barrières de ma chasteté par des éloges enjôleuses, car je pressens que tu as percé le mystère de cette forêt enchantée.

— Que dis-tu ?

— Nenni, que feins-tu, rusé galant. Tu sais fort bien qu'en cette forêt enchantée toutes choses apparaissent l'inverse de ce qu'elles sont.

— Comment ça ?

— Nenni, nenni, noble chevalier. Ne prétends point l'ignorance.

Sire Gervais se raidit sur sa selle, sa dignité blessée.

— Tu m'accuses à tort, vieille sorcière nauséabonde ! L'ignorance n'est point simulacre chez moi ! Et malheur au vil diffamateur qui affirme le contraire !

— Apaise ton courroux, aimable chevalier. Car sache que même mes sens parfois sont décontenancés, alors que j'habite ces lieux depuis longtemps. Oubliant l'espace d'un instant l'enchantement d'apparence trompeuse de cet endroit, j'ai cru d'ailleurs avoir affaire à un gueux maigrichon à califourchon sur un cochon, les genoux labourant le sentier boueux, ses pieds traînant derrière.

Le fier chevalier chercha du regard alentour la personne ainsi dépeinte.

— C'est de toi que je parle, beau-chevalier-bien-que-de-semblance-laide.

— Cherches-tu à te faire défoncer ton crâne croûteux, vieille-sorcière-laide-*et*-de-semblance-laide, dans l'espoir que la raclée apporte quelque amélioration à ton apparence ?

— Nenni, calme ton courroux et sois éclairé ! Ce que j'ai dépeint n'est que ton image telle qu'elle *semble* apparaître, ici dans une forêt où toutes choses apparaissent l'inverse de ce qu'elles sont véritablement. Te découvrant laid, tremblant, déformé, chétif et disgracieux, j'en conclus que tu dois être en vérité un preux chevalier aux traits puissants de toute beauté.

— Par mes coilles, si tu ne viens pas de me peindre jusqu'au dernier trait !

— Et je ne doute point, valeureux guerrier, que ma propre grâce, mon élégance, et ma beauté effarouchée viennent de prendre dans tes yeux enchantés une tout autre apparence.

— Assurément, madame. Ah ça, oui, en effet !

Entendant ceci, la vieille bique (ou ce semblant) poussa un long soupir gémissant et une larme coula lentement le long des ravines de son visage ridé pour s'égoutter en fin de course sur le bout de son nez verruqueux. Ce long cheminement tortueux laissa à Sire Gervais le temps de méditer le phénomène mystérieux qui lui était survenu dans cette Forêt enchantée. Il en conclut que se tenait devant lui une prise digne d'un badinage amoureux, à condition bien évidemment que son rang d'apparence inférieur fût, en réalité, aussi élevé que l'apparente laideur de son aspect était, en réalité, de toute beauté. Car sache que Sire Gervais se refuserait – de fait, il n'y réussirait pas – à saillir femme, aussi ardente fût-elle, si elle ne fût de noble naissance, car il possédait un orgueil de classe outrecuidant de telle proportion que son membre se ratatinait devant la tâche avilissante de copuler avec des femmes inférieures, aussi séduisantes fussent-elles, mais qu'il se tenait au garde-à-vous en présence de toute femme de titre élevé, aussi répugnante, flétrie ou hideuse fût-elle.

— Mais j'en oublie la bienséance et le devoir, s'excusa l'apparente vieille sorcière une fois que sa larme eut terminé son long parcours. Assurément tu dois être las de tes aventures et souhaiterais partager l'agrément de mon château.

— Tu es fort bienveillante, belle gente dame.

— Princesse, en fait.

— Princesse ? Princesse ? Oh, pardonne-moi, séduisante Princesse ! Puis-je te proposer de chevaucher derrière moi ?

— Avec plaisir, toutefois je n'ai jamais été à califourchon sur un cochon.

— Un cochon ?

— Oh, là là que dis-je ? Moi-même parfois je me trompe et prends pour argent comptant le spectacle devant mes yeux, alors que j'en ai l'habitude.

Et sur ce, la vieille bique d'apparence trompeuse se hissa derrière Sire Gervais, releva ses jupes et enroula ses jambes d'apparence maigre et croûteuse aux siennes.

Tandis qu'ils chevauchaient, Sir Gervais déploya son parler courtois en ces termes :

— Sachant, tel que je le sais, que dans cette forêt toutes choses apparaissent l'inverse de ce qu'elles sont, belle Princesse, j'en déduis que le séduisant arôme qui émane de toi – cette puanteur apparente – doit, en réalité, être l'essence même de toutes les épices les plus rares et les fleurs les plus capiteuses.

La jouvencelle rougit en se lovant tout contre lui et la beauté de ce moment procura des picotements dans les yeux du chevalier.

Un peu plus loin, ils atteignirent un marécage fétide en bordure duquel une masure s'affaissait sous des poutres pourries.

La jouvencelle eut un rirc à la semblance de caqueterie et dit :

— Vois-tu comme le pont-levis de mon château est baissé, comme s'il attendait ton arrivée ? En bien, j'espère que tu n'y verras pas une métaphore de ma chasteté hautement prisée et solidement défendue, petit pendard !

Et de ses articulations anguleuses, elle asséna plusieurs coups faussement effarouchés sur son heaume au point de lui faire siffler les oreilles.

— Un pont-levis ? répéta-t-il avec perplexité. Un château ? Ah ! Mais bien sûr ! Sache, Princesse, qu'au premier coup d'œil j'ai pris par erreur ton pont-levis pour un rondin glissant posé en travers d'un épais marécage !

Et Sire Gervais de rire de bon cœur de son erreur.

Il devint évident qu'au même titre que les hommes bien nés, les chevaux pur-sang étaient victimes de l'enchantement de la forêt, car en s'aventurant sur le pont-levis, le noble destrier de Sire Gervais glissa tel qu'il l'aurait fait sur un étroit rondin et précipita les deux cavaliers dans les douves, dont ils ressortirent avec force crachotements et à côté desquelles Sir Gervais se releva enfin, l'eau nauséabonde du marécage dégoulinant de son armure.

— Je crains que tu n'attrapes la mort, s'inquiéta l'adorable princesse. Hâtons-nous au château pour te sortir de cette armure mouillée. La bonne chaleur de ma vaste cheminée te ravigotera les sens.

Bien vite, le chevalier se retrouva sous les voûtes en flèche de la grande salle du château que les non-initiés auraient pu prendre pour une pièce basse de plafond et immonde au sol tapissé de joncs et au toit de chaume pourri. Il frissonnait, tout nu, devant le feu ronflant qui avait l'aspect extérieur d'un feu souffreteux de brindilles dont la fumée montait en volutes jusqu'au toit pour s'échapper par ses trous et fissures.

Sache que la jouvencelle avait, pour le bien de sa santé, retiré ses habits détrempés et se tenait à présent devant lui telle qu'Ève l'avait été lorsqu'elle avait prêté attention à l'incitation vicieuse du serpent.

— Mon Dieu ! s'écria le chevalier. Comme tu dois être accorte, en réalité ! Car si chaque perfection se traduit par une imperfection, alors tu es l'incarnation de la beauté, de ton crâne dégarni à tes orteils noueux ! Je ne puis contenir mon ardeur plus avant ! À l'attaque !

À loisir et avec force inventions, ils s'enchevêtrèrent en un tourbillon parmi les joncs détrempés d'apparence trompeuse qui jonchaient le sol de la grande salle, adoptant toutes les formes et pauses de la liaison amoureuse. Enfin épuisé et vidé de son essence, Sire Gervais roula sur le flanc en haletant et empoigna un bout de chiffe dont il recouvrit sa nudité frémissante tandis que la vieille sorcière d'apparence trompeuse exprimait son affection en fredonnant et soupirant et tentant de toutes sortes de façons rusées et faussement effarouchées de raffermir sa lance pour de nouvelles joutes d'amour.

Pendant un an et un jour, Sire Gervais se languit d'amour dans ce château enchanté, le corps nourri de succulents rôtis de cerfs et de sangliers qui revêtaient l'apparence et le goût illusoires de soupes d'orties; et ses ardeurs nourries par une vision intérieure trop puissante pour être anéantie par les preuves apportées par ses sens. Et en ceci, il n'était pas très différent de nous, tous autant que nous sommes enfermés dans nos forêts enchantées individuelles – c'est en tout cas ce que les sages aimeraient nous faire croire.

Le matin qui suivit l'année-et-la-journée, la vieille bique d'apparence trompeuse mit Sire Gervais au défi de lui donner la preuve de son amour éternel en livrant combat à son ennemi, un baron voisin dans la chênaie duquel son pourceau aimait fouiller. Au début, Sire Gervais répugnait à causer du tort à un chevalier avec qui il n'avait point échangé les insultes préliminaires d'usage qu'exigent savoir-vivre et éducation, mais lorsque la vieille bique d'apparence trompeuse décrivit le baron maléfique comme un vieillard antédiluvien et chétif, alors le chevalier se remémora toutes ses bontés ainsi que son devoir de chevalier. C'est ainsi qu'à l'issue d'un énième contretemps sur le pont-levis, Sire Gervais chevaucha pour venger les insultes essuyées par la princesse arrimée à son dos.

Ils rencontrèrent bientôt un bûcheron de forte corpulence et de grande taille qui fixa le chevalier les yeux dans les yeux, alors qu'il se tenait par terre et que Sire Gervais était en selle. Le paysan avait une barbe grise, pourtant il était solide comme un chêne et si large de poitrine que malgré ses simples haillons, il était plus imposant que le chevalier en armure.

— Dis-moi, grand valet, lança Sire Gervais, connais-tu le repaire du maléfique baron, quoique chétif, qui a vilipendé la délicate jouvencelle de haute lignée qui se tient derrière moi ?

— La délicate jouvencelle ? répéta le bûcheron et il se mit à rire tant et si bien que les larmes inondaient ses joues et qu'il se tenait les côtes avec des grimaces de douleur euphorique.

La princesse murmura dans le trou d'oreille du heaume de Sire Gervais que le persifleur qui se tenait devant eux n'était autre que le baron en question.

Le chevalier lui répondit en cachant sa bouche de sa main :

— Mais ne manque-t-il pas à ce solide bonhomme la fragilité et la décrépitude que tu attribues au baron ?

— Ah, mon amour, oublies-tu que toutes choses ici sont d'apparence trompeuse ?

— Euh-h-h-h… Ah ! Évidemment ! Certes, mais es-tu certainement sûre que ce géant rigolard céans est, en vérité, une petite créature toute frêle ?

— Te semble-t-il autrement ?

— *Tout à fait* autrement, avoua le chevalier en coulant un regard en biais à l'homme fort comme un bœuf qui se dressait devant lui.

— Eh bien ! La voilà, ta preuve !

Sire Gervais peinait à assimiler cette considération, répétant :

— Euh-h-h-h... Ah ! Évidemment ! (Après quoi il s'adressa au géant d'apparence trompeuse en ces termes :) Cesse donc de rire, espèce de bâtard mal dégrossi, et écoute mes doléances ! Concède au pourceau de cette princesse aux attraits infinis l'usage de ta chênaie, sinon expose-toi au pas d'armes face à Gervais, chevalier de la Table ronde !

Le bûcheron sécha ses yeux sur sa manche et dit :

— As-tu perdu l'usage de tes sens, mon garçon ? Dussions-nous nous battre, toi et moi, je broierais ton costume d'acier avec mes mains de telle manière que tu serais incapable de t'en extirper au moment où l'envie de chier t'adviendrait dessus.

Sire Gervais murmura par-dessus son épaule :

— Princesse, comment se fait-il que cette canaille ne tremble pas devant mon haut rang et ma puissance toute martiale ?

— La raison en est aussi limpide que ma conscience de jouvencelle, mon amour. De même qu'il semble à tes yeux enchantés être imposant et bien bâti, tu lui apparais n'être qu'une petite chose rachitique sans l'ombre d'un danger. Ainsi œuvre l'illusion.

Sire Gervais cligna des paupières et s'efforça de concevoir la complexité de la question. Après un temps assez long, il s'écria :

— Ah-h-h ! Mais bien sûr ! (Puis il rit sous cape.) Quelle drôle de surprise l'attend lorsque l'on s'affrontera au combat. (Puis, se tournant vers le paysan il cria :) Assez de ces vains pourparlers ! Fais ce que je te dis, manant, sans quoi cette main ira pulvériser tes vieux os cassants !

— Nenni, nenni, riposta le géant d'apparence trompeuse en balayant d'un geste la menace du furieux chevalier. Ne m'oblige pas à te réduire en bouillie, mon garçon, car je suis d'humeur aussi douce que je suis robuste de corps. Sache que cette vieille sorcière puante me dépêche régulièrement des bouffons confus pour me dépouiller de ma chênaie et chacun de ces simples d'esprits a essuyé les blessures les plus impitoyables. Mais je préfère te parler que te cabosser. Marchandons donc. Abandonne cette ville bique accrochée à ton dos et laisse-moi t'accueillir comme mon fils. Car sache que ma fille est une jouvencelle ardente et concupiscente en âge de s'accoupler et que le besoin de faire la bête à deux dos est chez elle pressant. Or il n'y a point d'homme dans cette satanée forêt si ce n'est nous deux.

Sur ces mots, le paysan désigna d'un geste le bord du chemin, où se tenait une jeune fille mûre et agouante dont les seins tendaient le tissu de son corset, qui avait des cheveux fins d'or, un beau visage, l'œil vif, la taille svelte, l'arrière-train agréable et dont la langue rose se dardait entre des dents de la blancheur la plus pure.

L'apercevant, Sire Gervais sentit son pouls palpiter à sa tempe, et à un autre endroit les confins de son armure l'irritèrent.

Mais avant qu'il eût pu cracher dans sa paume et crier “Marché conclu, l'affaire est dans le sac !”, la vieille sorcière d'apparence trompeuse soufflait de sa voix rauque dans son trou d'oreille :

— Je décèle, preux héros, que tu halète et baves tandis que tu gonfles et te distends, mais n'oublie pas qu'ici toutes choses sont d'apparence trompeuse. Au regard désenchanté, cette jouvencelle prend les atours des périls crasses de la féminité, laide sous ses dehors, lépreuse jusqu'à la moelle, si repoussante que les crapauds de passage ont des haut-le-cœur en la voyant.

Et elle poursuivit en lui confessant que l'origine de sa discorde avec le baron chétif était qu'il ne pouvait pas marier sa fille pétrie d'imperfections parce que la beauté de sa voisine flétrissait la pauvresse en comparaison.

À l'issue d'un long silence qu'il passa à tenter de démêler l'affaire, Sire Gervais dit :

— Euh-h-h… Tu veux dire… Attends une minute… Elle n'est pas… Alors que toi… Hmmm. Ah-h-h, mais bien sûr !

Toutefois, sa virilité continua de palpiter de son propre chef jusqu'à ce que la vieille bique précise que la jeune fille d'apparence trompeusement savoureuse n'était pas de leur classe. Sa prononciation des voyelles ! Sa manière d'aspirer le H ! Non, non, non, elle n'était vraiment pas des *nôtres*. Le chevalier manqua de s'évanouir de soulagement à l'idée d'avoir réchappé de si près au déshonneur en s'accouplant en deçà de son statut.

— Sans tes conseils, princesse, j'aurais pu être la victime du vil complot de ce fripon ! Prépare-toi à souffrir, coquin !

Et sur ce, il tira son épée avec la ferme intention de fendre la tête du bûcheron, du sommet de son crâne jusqu'à son insolent sourire.

Mais le géant d'apparence trompeuse empoigna la garde de l'arme en plein vol, brisa la lame sur sa cuisse et balança les morceaux dans le ruisseau.

— Oh-oh ! cria le chevalier. Tu précipites mon courroux sur ton échine de vieillard fragile !

D'un bond, il était descendu de selle et avait empoigné son adversaire par la gorge.

Mais le bûcheron dégagea la main agrippée à sa gorge aussi facilement que s'il se fût agi d'une caresse, et il fit claquer l'un contre l'autre les gantelets d'acier jusqu'à ce que la paume des mains du chevalier lui fut cuisante à force d'applaudir vigoureusement. Puis il souleva le chevalier tête-bêche et le balança de sorte que sa tête faisait le marteau contre la cloche de son heaume.

— Voilà, dit-il en reposant Sire Gervais sur ses pieds. Restons-en là. Tu ne veux point épouser ma fille ? Ainsi soit-il. Va et ne m'importune plus.

Hébété, les oreilles pleines de sifflements, le sang palpitant dans ses paumes, le chevalier rejoignit sa monture et se cramponna au pommeau, tandis que ses jambes se dérobaient sous son corps.

Mais la vieille sorcière d'apparence trompeuse se pencha depuis la selle et murmura :

— Je t'en supplie, fais preuve de clémence envers ce vieux baron chétif, mon preux chevalier ! S'il me tarde de le voir puni pour ses insultes, je ne veux point du péché de son meurtre sur mon âme !

— Que dis-tu ? grommela Sire Gervais, à moitié inconscient.

— Tu lui as infligé une blessure cinglante. Pour sûr, il devra rendre les armes après un tel châtiment.

— *Moi*, je lui ai infligé une blessure cinglante *à lui* ?

— Joie-de-mes-nuits, oublies-tu qu'ici toutes les choses sont d'apparence trompeuse ?

— Quoi ? (Le chevalier démoli fronça les sourcils, perdu dans ses réflexions.) Euh-h-h. (Il loucha vers le ciel dans un effort de concentration intense.) Hé bé-é-é-é. (Il serra fort les paupières et invoqua toute sa capacité de raisonnement pour résoudre le problème.) Hmm-mm-mm. (Puis, enfin :) Ah, mais bien sûr !

Et sur ce, il se jeta de plus belle à la gorge du géant d'apparence trompeuse.

Agacé par l'acharnement de cet imbécile, le bûcheron s'en saisit par les épaules et le secoua jusqu'à ce que ses membres pendouillent en tous sens, puis il ficha le heaume du chevalier dans la branche fourchue d'un chêne et le laissa pendre par le menton, son corps oscillant délicatement dans la brise. Et sur ce, il s'en fut, emmenant sa fille avec lui.

Jetant l'éponge après le départ du bûcheron, la vieille sorcière d'apparence trompeuse grogna vertement que Sire Gervais ne servait à rien à une pauvre fille cherchant à affirmer le droit de fouiller de son pourceau, et elle rentra dans son château en attendant que se présente un protecteur plus robuste.

La nuit tomba ; la forêt s'assombrit ; les créatures nocturnes se carapataient en tout coin ; et Sire Gervais restait accroché dans la plus profonde des mélancolies, se demandant quel ensorcellement l'avait transporté dans les branchages de ce grand arbre pour y loger son cou après qu'il avait impitoyablement puni le vieux baron que l'enchantement lui avait présenté sous les traits d'un solide bûcheron.

Il était perdu dans ces tergiversations philosophiques lorsqu'une douce voix l'interpella depuis le tapis forestier.

Baissant ses yeux vers le bas – car il ne pouvait rien mouvoir d'autre –, le chevalier entraperçut la fille délicieusement savoureuse d'apparence trompeuse du géant d'apparence trompeuse, baignée dans un rai de lune qui faisait étinceler sa chevelure dorée et sa généreuse poitrine semblable à des fruits mûrs.

— Je te décrocherai en un clin d'œil, beau chevalier, l'interpella-t-elle.

— Sois-en... remerciée, marmonna-t-il la mâchoire serrée.

— Mais d'abord, tu dois me promettre ton aide.

— Pour... pour quoi faire ?

— Avant que je ne te déloge de ta branche fourchue, tu dois me promettre... (Et là, la jouvencelle rougit et détourna son visage.) Oh, comment puis-je le formuler avec pudeur ?

— Crache... le... morceau ! grommela le chevalier en détresse.

— Eh bien, ma foi. Tel que mon père a pu te le dire, j'ai l'âge et le désir de m'accoupler, mais aucun homme digne de l'acte ne vit en cette forêt. Par conséquent, si je te déloge, tu dois me faire la promesse de m'enseigner les voies de la fornication. Voilà, c'est dit ! s'écria-t-elle en enfouissant son visage dans ses mains pour cacher pudiquement sa rougeur.

— C'est d'accord, acquiesça Sire Gervais d'une voix rauque entre ses dents serrées.

Sur quoi la jeune femme d'apparence somptueuse s'arma d'un solide bâton, releva ses jupes si haut que les brises nocturnes s'en furent rafraîchir et croupe et écu, et grimpa dans l'arbre. Fichant le bâton derrière le casque du chevalier, elle fit levier avec tant de bonne volonté que Sire Gervais fut libéré et s'en alla tomber dans un grand fracas sur le sol, où il resta assis d'un air abasourdi.

Avant qu'il n'ait recouvré ses sens ballotés, la jouvencelle s'était jetée sur lui et tirait sur le laçage de son armure pour qu'il puisse se montrer à la hauteur de sa promesse. Sa force physique était si décidée à s'acquitter de ladite promesse qu'il la chevaucha plus d'une fois à cette fin, mais à chaque fois, son imagination le mettait en garde que cette jeune femme ardente et agouante était en vérité une personne de basse extraction avec qui tout accouplement était une ignominie, et cette prise de conscience le rendait instantanément impotent.

Plusieurs heures durant, il se retrouva tour à tour raidi et flétri jusqu'à ce que, à l'approche de l'aube, une orchite engendrée par le flux et le reflux du sang lui infligeât de douloureuses crampes.

C'est alors que la jouvencelle se retira d'un air boudeur en soufflant et en tapant de son joli pied.

— Tous ces tâtonnements et ces aiguillons, pour s'effacer et se ratatiner, ce ne peut être la fameuse fornication dont j'ai tant entendu chanter les louanges !

Dans sa honte, il avoua que si, ils avaient bel et bien forniqué du mieux possible.

— Que nenni, s'écria la jouvencelle. Cette fornication est un sport dangereusement surfait ! Si c'est pour cela que les jeunes filles rêvent en pâmoison, et en conséquence de quoi elles grossissent et font des bébés qui pendent à leurs mamelons, alors plus jamais je ne me prêterai à la fornication ! Si Dieu me préserve de la gravidité en cette occasion, je me vouerai au couvent, où j'exécuterai Sa volonté et Son travail jusqu'à ce que ma chair vieillisse au-delà de tout désir.

Sire Gervais la conforta dans ce choix d'un air grave, arguant que si elle ne retirait aucun plaisir de la fornication avec lui – laquelle était la forme la plus raffinée de cet art délectable –, alors pas un seul homme ne saurait jamais la satisfaire. Et il éprouva quelque orgueil à songer qu'il servait Dieu en aidant une jouvencelle à entrer au couvent au lieu de passer son existence sous le vent de la tentation.

C'est ainsi qu'avec le temps, la Pucelle de la Forêt Enchantée gravit les échelons, de nonne à abbesse, puis enfin au haut rang de Sainte, en récompense de sa renonciation aux plaisirs masculins au cours des quatre-vingt-six ans de son existence en ce bas monde. Car le célibat est à juste titre considéré comme un miracle chez une personne aussi sublime, savoureuse, ardente et agouante qu'elle ; alors que de manière générale chez les nonnes il s'agit d'une réussite bien banale, car il n'y a rien d'émérite à défendre un fruit que la Nature a déjà rendu immangeable.

Quant à Sire Gervais, il s'en retourna à la Table ronde, où il régala ses camarades du récit de son année et une journée passées dans les bras d'une princesse hautement désirable en dépit de son apparence trompeuse ; et il expliqua comment, par considération envers les personnes âgées, il s'était laissé battre par un vieux chevalier pitoyablement maigrichon qui avait tenté de se déguiser en puissant bûcheron ; et comment il avait failli de peu se faire séduire par une vieille sorcière aussi laide que putride qui se faisait passer pour une jouvencelle ardente et aguichante, désireuse de pratiquer la fornication. Et son auditoire ébahi en avait le cœur rempli d'émerveillement et de jalousie.

Sire Gervais passa le restant de son existence si affecté par son séjour dans la Forêt des Apparences Trompeuses qu'il n'acceptait de jouer à ventre contre ventre qu'avec des vieilles biques et des vieilles sorcières ravagées par les années et les difformités. Et si quelques chevaliers jaloux dénigrèrent ses choix amoureux, force était de reconnaître qu'il rencontrait bien plus de succès dans le maniement de sa pique dans les arènes de la volupté qu'il ne l'avait fait avant son ensorcellement.

C'est ainsi qu'au fil des ans, la renommée du chevalier fut chantée dans les couloirs du temps par les bardes et les troubadours, dans les lais desquels il porta à jamais le nom de : Sire Gervais ! Fornicateur de vieilles biques !

HISTOIRE DE PÂQUE

— Eh bien, jeune homme, qu'est-ce que tu es allé fabriquer? demanda mon maître en souriant. On peut dire que tu as réussi à attirer sur toi le courroux de l'institution religieuse. Cela dit, ça ne lui fait peut-être pas de mal de se faire pincer le nez de temps en temps, ne serait-ce que pour la leçon d'humilité.

Je traduisis ces phrases dans le grec de la koinè, la lingua franca qui se comprenait dans les agoras à travers le Levant. Au cours des années qu'il avait passées dans l'administration diplomatique à la frontière barbare, mon maître avait mis au point une méthode en vue de faciliter des conversations confidentielles avec ceux dont il ne parlait pas la langue: tandis que j'interprétais rapidement à voix basse, il soutenait le regard de son interlocuteur. Cette technique avait pour vertu de m'écarter du tableau et de permettre à mon maître d'établir un lien plus étroit que l'on pourrait penser possible entre un aristocrate hautement civilisé de Rome et un Juif rural originaire de cet avant-poste poussiéreux et croulant de Judée. Tandis que je traduisais les propos du Procurateur, je m'appliquai à imiter son ton amical, voire jovial, pourtant le prisonnier entravé restait les yeux baissés et rien n'indiquait qu'il avait entendu. Je regardai mon maître avec un haussement d'épaules.

Le sourire de Pilate s'estompa ; il reprit d'une voix plus grave et impérieuse.

— Tu serais bien avisé de coopérer, jeune homme. Tu es accusé de blasphème envers leur dieu – ton dieu à toi aussi, je suppose. Je ne puis t'aider si tu refuses de me parler.

Après que j'eus traduit ces propos, l'accusé leva la tête et posa ses yeux profondément enfoncés et calmes sur mon maître, et c'est alors que le Procurateur vit la contusion sur sa joue et l'estafilade sur son sourcil, preuves que ses interrogateurs avaient essayé de lui soutirer des aveux par la force. Ses yeux se détournèrent avec un tressaillement et il balaya d'un regard de colère la longue volée de marches en pierre jusqu'au groupe de prêtres et de scribes qui attendaient en contrebas. Ces derniers accueillirent le mécontentement furieux qu'ils lurent sur ses traits sévères en piétinant nerveusement le sol. Incarnation de la domination romaine en Judée, le Procurateur était souvent obligé d'ordonner, ou tout du moins de cautionner, toutes sortes de châtiments nécessaires au maintien sous un semblant de contrôle des passions de ce peuple querelleur et litigieux, bien qu'il eût instinctivement en horreur les sévices physiques. Non pas qu'il possédât des idées morales bien arrêtées, sur le principe, contre le châtiment physique ; la question touchait davantage à sa sensibilité raffinée. Comme il me l'expliqua un jour, le fait qu'il dinât de viande ne voulait pas dire qu'il avait envie d'assister à l'abattage des animaux.

En l'occurrence, il était attablé pour dîner lorsque la requête lui fut transmise de se prononcer sur une énième de ces chamailleries religieuses locales. À dire vrai, je doute qu'il s'offusqua d'être dérangé, tant la compagnie des brutes qui constituaient sa garde personnelle l'ennuyait. Un jeune centurion venait de gâcher le point d'orgue de son histoire en se montrant incapable de réprimer son rire, et aussi vaseuse que fût la blague, ses camarades officiers s'étaient esclaffés en tambourinant sur la table en guise d'applaudissements. Même Claudia Procula, malgré sa haute lignée, avait haussé le menton et laissé voir ses petites dents blanches dans une pantomime polie, quoique minimaliste, d'hilarité. Les coins de ses yeux étaient encore plissés en cette expression que son époux qualifiait de "fol amusement", quand elle jeta un regard de l'autre côté de la table pour voir si pour une fois il jouait son rôle d'hôte sympathique, ou tout du moins feignait un brin d'intérêt envers ses invités. Son sourire se durcit lorsqu'elle s'aperçut qu'il était en pleine conversation avec moi, un humble esclave qui n'aurait pas dû être assis à la même table que des officiers de la classe équestre, et encore moins au côté de Pilate, la laissant divertir ces gardes-frontières pour qui la conception d'une conversation pleine d'esprit décollait rarement du scatologique. Fille d'une famille patricienne, elle acceptait l'idée qu'il fallait s'accommoder de l'avant-poste colonial le moins prisé de tous, que Rome conférait uniquement aux hommes dénués de mécènes d'importance ou qui, à l'instar de son époux, s'étaient attirés les foudres de Tibère. Même avant que le mariage eût uni leurs anciennes maisons, elle s'était inquiétée de ce que la langue caustique et l'esprit insouciant du jeune Pilate se révèlent être des failles fatales à Rome, où l'évolution de carrière dépendait davantage d'un sourire superficiel et d'une éthique souple que de réelles compétences. Mais à l'époque, il était jeune et beau et les périls masqués derrière l'irrévérence acerbe de son intelligence l'avaient ravie. Qui aurait pu prédire que ses observations cyniques et ses affronts blessants finiraient par les faire échouer en ces confins crépusculaires du monde civilisé ? La Judée, parmi tous les endroits envisageables ! Une terre de chevriers superstitieux et de mystiques hallucinés, de prêtres jaloux et de zélotes suicidaires. Quels avaient été les mots de Valerius Gratus lorsqu'ils étaient arrivés pour le remplacer au poste de Procurateur ? "Je ne vous envie pas, mes chers. On dit que si les dieux décrètent un jour que le monde a besoin d'une purge, ils injecteront l'huile chaude à la Judée."

Le refus qui lui était opposé de recevoir les officiers dans le confort relatif de leur résidence officielle à Césarée était pour Claudia une source de ressentiment. Non, ils avaient été contraints d'accompagner les renforts jusqu'à ce coin paumé, bondé et puant de Jérusalem pour exhiber le long bras musclé de l'autorité romaine dans l'espoir de désamorcer les troubles civils qui accompagnaient invariablement la fête annuelle la plus importance de leur religion primitive, ce… cette…

— Comment appelez-vous ces festivités ? demanda-t-elle à la tablée.

Un officier grisonnant et usé par la guerre qui était assis deux places plus bas (un simple soldat qui avait dû grimper les échelons, à en juger la laxité vulgaire de ses voyelles) répondit que les locaux nommaient cette période "la Pâque".

— La Pâque ? Qu'est-ce que ça peut bien vouloir dire ?

— Je n'en sais diable rien, madame. Mais à l'évidence ces pauvres bougres ont été oubliés des dieux quand il s'est agi de distribuer les patries dignes de ce nom.

— Certes, répondit Claudia Procula d'un ton sec visant à rappeler au simple soldat l'écart social qui existait entre eux. Mais dans ce cas, pourquoi tiennent-ils à célébrer un tel discrédit ?

Le vieux soldat secoua la tête.

— Qui sait ? C'est un drôle de peuple, madame, voilà la vérité !

Au même moment, à l'autre extrémité de la table, je m'employais à exprimer la même opinion, quoique avec plus de panache.

— Comme mon maître le sait mieux que quiconque, il est vain de tenter de comprendre le Juif en termes rationnels. En dépit de son ingéniosité et de son intelligence, dans son essence profonde le Juif est une créature de passion qui puise son énergie dans ses enthousiasmes et ses illusions. Nous en avons l'exemple dans le fait que, bien qu'ils aient été vaincus et asservis par tous les peuples qui se sont aventurés malencontreusement en cette sinistre contrée, ils croient sans complexe qu'ils sont le peuple élu de leur dieu. Malgré les preuves du contraire, ils conservent cette croyance insensée. Et cette croyance les conserve.

Je souris sous cape, satisfait de cette tournure.

— Hum-mm.

Pilate saisit sa coupe, qu'il trouva vide. Mais quand la jeune servante s'approcha pour la remplir, il la congédia d'un geste agacé. Depuis quelque temps, il buvait trop. Par ennui, se disait-il.

— Quand je suis arrivé ici, je me suis appliqué à comprendre leurs croyances et superstitions. J'ai découvert qu'à l'instar d'autres cultes du Levant, leur dieu était à l'origine un dieu de combat. D'ailleurs, ils l'appellent encore "Dieu des Armées", malgré leurs multiples défaites. Ce dieu des armées anéantit et remplaça le reste du panthéon pour devenir leur seule divinité, et quand bien même il n'y a plus de concurrence, il reste un dieu jaloux, si incertain de son pouvoir qu'il exige constamment d'être rassuré, porté aux nues et glorifié. La preuve – si besoin était – que nous faisons les dieux à notre image !

Il eut un petit rire. Je ris de conserve, tel qu'il sied au serviteur d'un maître au tempérament susceptible.

— En effet, mon Maître, leur mythologie contient un récit qui illustre votre argument. Il était une fois leur dieu qui, se trouvant d'une humeur particulièrement grincheuse, décida de détruire une cité licencieuse et tous ses habitants à moins que le prophète en question ne parvienne à trouver un certain nombre d'hommes de bien au sein de la population. S'ensuit un passage au cours duquel le prophète et le dieu marchandent sur le nombre exact d'hommes de bien qu'il faudrait pour sauver la cité, et où le vieux prophète fait lentement baisser la barre au dieu ! Quel dieu délicieusement sémitique ! Un dieu avec lequel on peut négocier ! Dieu comme négociant d'étal de marché ! Mais en dépit de toutes ses marques d'humanité levantine, le dieu juif est une création désincarnée, comparativement aux héros (et canailles !) hauts en couleur de notre propre panthéon.

— Peut-être, mais il n'est pas assez désincarné pour moi, dit Pilate. C'est un dieu passionné. Un dieu jaloux. Un dieu de vengeance. (Il continua, les yeux mi-clos.) Ceci explique peut-être que je trouve ces gens si difficiles à gérer. Si impénétrables. Si torves. Et si intrigants, avec ça… de manière plutôt agaçante. Romain jusqu'à la moelle, plus Romain que notre empereur bien-aimé, je suis une créature de raison et de logique.

J'ignorai avec diplomatie cette référence à l'empereur. Descendants du clan sabin des Pontii (d'où son nom), les ancêtres de Ponce Pilate étaient des aristocrates à l'époque où les aïeuls de Tibère étaient encore de solides métayers, fait historique que mon maître avait rarement le tact de dissimuler.

— Je suis une créature de raison et la pensée rationnelle est la plus grande force de Rome, insista-t-il.

— Et peut-être est-ce aussi sa plus grande limitation ? suggérai-je avec un sourire hésitant qui me permettrait de prétendre que je faisais l'idiot, dût-il en prendre ombrage.

— Oui, le besoin du rationnel peut entraîner une limitation. J'avoue me sentir mal à l'aise face à la passion dénuée de logique. Je peux m'accommoder de l'homme agressif, de l'homme rusé, de l'homme subtil, de l'homme fourbe, de l'homme obstiné, de l'homme stupide… mais de l'homme fou ? Non. Le fou et le zélote me déconcertent. (Et, après une pause :) … Et me font peur, en plus.

— La Judée est assurément un poste difficile pour quiconque est incapable de faire face à un zélote, hasardai-je.

— Peut-être est-ce la raison pour laquelle l'honneur de gouverner la Judée est toujours conféré à ceux qui sont tombés en défaveur. Nous autres, les sacrifiables.

Son petit rire doux n'était pas sans amertume.

Je le gratifiai d'un sourire évasif et baissai les yeux. J'étais au fait des événements qui avaient mené mon maître à ce poste pitoyable. Si sa haute naissance et ses capacités innées auraient dû le prédestiner au pouvoir et aux privilèges, il était mentalement incapable de dissimuler son mépris envers les imbéciles et les hypocrites ; une faiblesse considérable pour un politicien de quelque forme de gouvernement que ce fût, un désastre dans la tyrannie. D'aucuns se demandaient pourquoi un homme si ostensiblement dénué de carapace et de la conscience conciliante du politicien avait bien pu entrer au service du gouvernement. La réponse était d'une simplicité déconcertante : Ponce Pilate avait été élevé dans la croyance qu'il était du devoir d'un honnête homme de servir son pays. Oh, il reconnaissait volontiers que cette vision du devoir était romantique et démodée en cette époque de politiciens professionnels dotés d'une déontologie de négociant et d'une méthodologie de putain, pourtant il se cramponnait aux valeurs de sa classe.

Mais sa haute naissance et ses dons ne le protégeaient en rien, car lorsque les médiocres ambitieux que le dédain et la dérision de Pilate avaient fustigés réussirent à se frayer un chemin jusqu'au pouvoir, ils prirent leur revanche en dissuadant Tibère d'attribuer au Sabin hautain le moindre poste d'importance. Trouvant que toutes les voies d'accès à un service fructueux lui étaient fermées, Pilate envisagea de se retirer dans sa maison de campagne, une perspective qui glaça le sang de Claudia Procula, car les relations politiques de son époux étaient la source d'attractions sociales et romantiques qui lui prenaient tout son temps et son énergie et l'empêchaient de ruminer sur l'écoulement de sa jeunesse. Elle persuada Vitellius, le proconsul de Syrie, de nommer son mari au poste de la Judée. La rumeur courait selon laquelle sa “persuasion” impliqua de marchander depuis une position de force : à l'horizontale. Pour ma part, évidemment, je rejette de telles rumeurs. Il en est de mon devoir.

Comme vous pouvez l'imaginer, les flagorneurs de Tibère ne s'opposèrent point à la nomination de Pilate en Judée, cette fosse à ordures pour carrières manquées. Ça lui apprendra à se moquer de ceux qui font de leur mieux pour servir leur empereur bien-aimé ! Que ce Pilate hautain promène donc son sourire méprisant parmi les dromadaires pendant un temps ! Il verra bien si ça l'amuse !

Mon maître ne tarda pas à découvrir que la Judée était non seulement le poste le moins estimé, mais qu'il pouvait se révéler difficile et désagréable, car la population éprouvait un profond ressentiment à l'égard de l'occupation romaine, et avait de longue date forgé un don naturel à se plaindre aigrement en une arme redoutable visant à user l'opposition à grands coups de jérémiades.

Fort conscient de la réputation qu'avait la Judée d'être l'avant-poste le plus insipide de l'empire, Pilate se mit en quête dès son arrivée d'un érudit-esclave grec formé aux jeux d'esprit sophistiques, dans l'espoir que l'exercice intellectuel soit un baume versé sur son ennui. C'est ainsi que je fis mon humble entrée dans cette noble maison, et je pense avoir été de quelque valeur pour mon maître Ponce, car je vis depuis longtemps parmi ces gens et je connais non seulement le dialecte koinè mais aussi l'hébreu et l'araméen, cette dernière langue étant très répandue dans le Levant et faisant même son apparition ici et là dans les écrits juifs sacrés – une partie du Livre de Daniel est rédigée en araméen, par exemple, tout comme leur prière pour les morts, le Kaddish, ainsi que… Mais regardez-moi donc, à étaler mon érudition ! Honte sur moi ! Veuillez pardonner à un pauvre vieillard instruit le péché de l'orgueil intellectuel, en gardant à l'esprit que l'orgueil est le seul péché que puissent se permettre les pauvres, et le seul que les vieux sachent encore manier.

D'emblée, Ponce Pilate fit montre d'une fascination (une fascination morbide, de l'opinion de son épouse et, je dois l'avouer, de la mienne aussi) pour la nuée de "messies" hallucinés auto-proclamés qui infestent ce moment oppressant de l'histoire juive. Chaque jour ou presque, un nouveau prédicateur démagogue arrive tout droit sorti du désert en chancelant, suivi d'un cortège dépenaillé de zélotes issus du bas peuple, des mal aimés, des perdus, des désespérés, des crédules, et vulnérables, et des mécontents – tous cherchant à agrandir leurs vies misérables en s'associant aux choses éternelles et miraculeuses. Cette épidémie de rabbins rustauds, avec leur philosophie simpliste et leurs adages campagnards, donne à l'institution religieuse juive et aux occupants romains une rare opportunité de coopérer, car les prêtres désapprouvent la dévotion et l'enthousiasme que la foule inculte affiche à l'égard de ces fanatiques, et les Romains les considèrent comme l'épicentre de l'agitation sociale au sein d'une population d'ores et déjà dangereusement instable. Avez-vous remarqué à quel point les aversions et peurs lient les hommes bien plus étroitement que les intérêts et les affections communes ? Quelque chose à voir avec la nature humaine, ce terme fourre-tout qui désigne la bassesse de nos appétits et la pauvreté de nos esprits.

Mais Ponce avait beau identifier le danger que représentaient ces fanatiques, il n'en restait pas moins fasciné. Il compara un jour ce mélange de fascination et de répulsion à un épisode lors duquel, enfant, il avait vu un chien se faire écraser sous la roue d'un chariot. La scène l'avait dégoûté, pourtant il n'avait pu en détacher les yeux. Ces zélotes risquaient de se faire écraser par les détenteurs du pouvoir, Romains comme Juifs, pourtant ils envisageaient cette perspective avec fièvre et un goût abominable pour le martyre. Je fis remarquer à mon maître l'incohérence logique qui existait chez un homme qui se targuait d'avoir la rationalité détachée d'un noble romain, et qui néanmoins était attiré par les idolâtres, les fous, le chaudron bouillonnant des émotions. Il balaya ma remarque d'un rire, mais je me demandais si ne sommeillait pas, en quelque profondeur chez lui, une jalousie envers ces “messies”… le désir d'éprouver les choses si intensément, de vouloir quelque chose au point d'être prêt à souffrir, voire à mourir pour l'obtenir.

Il eut amplement l'opportunité de s'adonner à son intérêt morbide pour ces prédicateurs fanatiques peu de temps après notre arrivée à Jérusalem, où zèle et sédition fermentaient à chaque coin de la ville. Il était arrivé sur les lieux pour consolider la petite garnison par sa seule présence, se prêtant à une mise en scène éloquente de son entrée dans la ville en grossissant les rangs de ses maigres renforts par l'adjonction de son épouse, des servantes et esclaves de cette dernière ainsi que de sa propre suite, laquelle comptait des concubines, des servants, des scribes et votre humble serviteur, un vieux philosophe dévoyé qui, selon l'humeur de son maître, tenait lieu d'adversaire dans des joutes rhétoriques, de confident, d'amuseur, de conseiller et de bouffon. Le maintien de la paix en Judée (ou plutôt, le maintien du désordre dans des limites acceptables, car mon maître comprenait bien la nécessité de relâcher périodiquement la pression, de crainte que le chaudron n'explose) exigeait une part considérable d'esbroufe et de courage, sachant qu'il ne disposait que de trois mille soldats romains pour contrôler plus de trois millions et demi de Juifs. Un savant pilotage politique serait requis pour que cette menue démonstration de force parvienne à maîtriser les milliers de pèlerins qui convergeaient vers Jérusalem chaque année pour la Pâque, tous plus brûlants de ferveur religieuse les uns que les autres et prêts à flamber comme du bois sec dans les flammes de l'insurrection.

Il n'est pas étonnant que mon maître se montrât ce soir-là d'humeur morose et irritable et peu à même de supporter la compagnie de soldats bourrus à l'esprit creux. Passant de mon rôle de conseiller à celui d'amuseur, j'œuvrai à lui remonter le moral.

— Mon maître est las du fardeau de l'État. Travailler avec ces Israélites est particulièrement démoralisant, car rien n'est plus exténuant que de s'ingénier à déplacer un rocher inébranlable. Je pourrais peut-être organiser de quoi vous requinquer ? Quelque chose à la fois jeune et… disons… revigorant.

— Non, non, je ne suis pas d'humeur.

— Les femmes du cru sont amusantes, pourtant. Ardentes, accortes, inventives et par-dessus tout reconnaissantes, car leurs hommes sont trop pris par leurs querelles pointilleuses sur des questions d'interprétation scripturale pour satisfaire à leurs appétits, qu'elles ont considérables. Ceci explique peut-être pourquoi elles sont si nombreuses à chercher réconfort dans le saphisme. Ou peut-être n'est-ce simplement…

Toutefois le Procurateur n'allait pouvoir bénéficier de mon éclairage sur les causes de cette propension au tribadisme, car un chahut éclata du côté des grandes portes qui reliaient le prétoire de la forteresse Antonia au temple de Jérusalem, et l'officier de la garde traversa les dalles de pierre à grands pas sonores dans le cliquetis suffisant de son armure. Il se mit au garde-à-vous devant le Procurateur.

— Mon Seigneur !

Pilate leva les yeux avec lassitude.

— Ne voyez-vous pas que nous sommes en plein dîner ?

— Si, mon Seigneur ! Je le vois bien, mon Seigneur !

— Dans ce cas, si l'affaire peut attendre…

— Ils exigent de vous voir, mon Seigneur !

Pilate écarquilla légèrement les yeux.

— Ils *exigent* ?

— Eh bien… en fait… ils *demandent* à vous voir, mon Seigneur. C'est une délégation du San-hé-drin.

De toute évidence, il venait tout juste de mémoriser les trois syllabes.

Le Procurateur leva vers moi des sourcils interrogateurs.

— Une sorte de haute cour religieuse, mon Maître, expliquai-je. Rome lui a concédé une certaine autonomie gouvernementale sur des questions mineures : les rites religieux, les festivals locaux, les spécificités alimentaires, le fonctionnement des places de marchés – ce genre de choses.

— Hum. Et que veut-il de moi, ce Sanhédrin ?

— Ils vous ont amené un prisonnier pour que vous le jugiez, mon Seigneur, répondit l'officier de la garde. C'est en rapport avec les "huilés".

— Le "huilés" ? répéta Pilate. Depuis quand êtes-vous en poste ici, jeune homme ?

— Depuis trop longtemps, mon Seigneur.

— Comme nous tous. Mais à l'évidence, pas suffisamment pour être au fait d'un des phénomènes les plus répandus dans cette ville. On les appelle les “oints”, pas les “huilés”, bien qu’en effet ils fussent oints avec de l’huile. C’est ce qui nous donne le mot grec les désignant : les *cristos*. Je crois qu’il existe en outre un terme en hébreu, dit-il en me jetant un coup d’œil.

— *Messie*, mon Maître. Cela veut dire la même chose : celui qui a été oint.

— Ah, oui, *messie*. (Puis, se tournant vers l’officier de garde :) Très bien, dites-leur donc que j’examinerai leur requête après mon dîner. Qu’ils reviennent dans deux ou trois heures.

Mais l’officier de garde restait planté là, l’air indécis.

— C’est… ah… il semble que l’affaire soit de toute urgence, mon Seigneur. Ils exig… demandent à vous parler séance tenante.

Pilate poussa un soupir de supplicié.

— Oh, fort bien. Combien sont-ils ?

— Tout un troupeau, mon Seigneur.

— Un troupeau, hein ? Ma foi, voilà qui est impressionnant. Informez votre… troupeau… que je recevrai une députation de trois des plus propres d’entre eux.

L’officier de garde se balança d’un pied sur l’autre, mal à l’aise.

— Quoi encore ? s’impatienta Pilate.

— Je crains que vous n’ayez à vous déplacer jusqu’à eux, mon Seigneur. Ils vous attendent sur les marches qui descendent au temple.

— C’est à *moi* de me déplacer jusqu’à *eux* ?

— Oui, mon Seigneur. C’est en rapport… eh bien, au pain, mon Seigneur.

— Au pain ? !

L'officier de garde regardait droit devant lui, seul le mouvement de ses yeux trahissait sa nervosité.

Je m'éclaircis la gorge.

— Je crois comprendre le problème, mon Maître. Ils nous tiennent – nous et de fait cette salle dans laquelle nous dînons – pour "malpropres".

— Nous sommes malpropres ? Si ce n'est pas la pitié qui se moque de la charité ! Avant que nous n'arrivions pour leur donner l'exemple, ces Juifs ne prenaient pas deux bains dans la même année.

— "Malpropres" dans le contexte rituel d'"impurs", mon Seigneur.

Faisant une grimace des plus comiques et trembler ma voix d'un trémolo théâtral, j'ajoutai :

— Voyez-vous, mon Maître, nous sommes coupables de receler – osé-je prononcer ces mots horribles – du *pain au levain* en ce lieu.

— Du pain au lev… ! Que les Dieux m'accordent la patience ! s'écria-t-il avant de glousser : Oh, très bien, dites-leur que ce mangeur impur de pain au levain ne tardera pas à les rejoindre.

— Oui, mon Seigneur ! acquiesça l'officier de la garde avant de s'en aller dans un cliquetis et un claquement de pas martiaux.

— Les huilés ! proclama Claudia Procula avec un tressaillement de dégoût. Des fanatiques crasseux aux yeux caves qui maintiennent les masses abruties sous leur emprise hypnotique. Je me suis laissé dire qu'ils grouillent dans le désert. À quoi devons-nous cette soudaine infestation de… comment les appellent les gens du coin ?

— Les messies, ma Dame, l'informai-je. Mais, hélas, il n'y a rien de nouveau ni de soudain à cette nuée de messies.

Ils apparaissent de façon spontanée dans le corps politique, tels des asticots sur de la viande avariée, dès qu'instabilité politique, dépravation économique ou réforme religieuse règnent sur cette triste terre. Mais les dix dernières années ont connu une véritable recrudescence. Pas un jour ne passe sans que quelque nouveau *cristo* entre dans la ville avec une poignée de disciples fanatiques, à guérir les hypocondriaques, à glisser de la poudre rouge dans l'eau pour soi-disant la transformer en vin, à faire disparaître par la transe les tourments de la faim, à proclamer que l'hôte affamé a été nourri, à ressusciter les morts – les ivres morts, la plupart du temps –, en résumé, les ruses et les faux-semblants d'usage.

— Mais pourquoi rabâchent-ils tous les mêmes combines ? Par pur manque d'imagination ?

— Pas tout à fait, ma Dame. Ils n'ont d'autre choix que d'accomplir les mêmes "miracles" parce que tous les Juifs connaissent fort bien les écrits de leurs prophètes qui, depuis la nuit des temps, s'appliquent à décrire le Messie tant attendu. Chaque aspirant messie sait quelles formules, quels gestes et quels "miracles" il doit réaliser pour accomplir les prophéties. Je serais très surpris si en ce moment même, ils n'étaient pas une demi-douzaine dans la rue à mettre en scène leurs miracles, à grand renfort de prêches et de pied de nez à l'institution religieuse, chacun déclarant être né d'une femme vierge et descendant de l'incontournable famille de Jessé, chacun suivi de sa clique de disciples déconcertés.

— Mais comment est-il possible que les Juifs, célèbres dans le monde entier pour leur intelligence, se fassent avoir par ces charlatans démagogues ? demanda Claudia Procula.

Dans les interminables catalogues d'opprobre que l'on met sur le dos des Juifs, personne n'entend jamais prononcer le mot "crédule" !

— Ah, mais ils sont un peuple remarquablement crédule, ma Dame ! À la fois perfide et crédule.

— N'y a-t-il pas là une contradiction logique ? objecta mon maître.

— Bien sûr que si, mon Maître. La contradiction est l'essence caractéristique de tous les peuples du Levant, mais la crédulité juive a un caractère bien à elle. Le Juif est trop vif d'esprit pour se laisser duper par d'autres ; mais il se dupe souvent lui-même. Et comment est-ce possible ? Parce que le Juif est une victime constante et consentante de l'Espoir.

— Le Juif comme victime de l'Espoir ? Eh bien, en voilà un concept intéressant… si ce n'est quelque peu fantaisiste, commenta la femme de mon maître.

— Fantaisiste si vous voulez, ma Dame, mais…, commençai-je mais elle avait tourné la tête pour accorder son attention à d'autres invités, si bien que je poursuivis au bénéfice de mon maître, … mais mon Maître, cette dépendance à l'espoir explique pourquoi le marchand le plus cupide et matérialiste sacrifiera tout pour une chimère, un mouvement, un spectre, une promesse gravée dans le sable… en résumé, un espoir. L'espoir implicite dans le nom de "Terre promise" qu'il donne à ce tas de sable aride. L'espoir consacré par son fameux marché passé avec son dieu : l'Alliance. Menacez ces précieuses espérances, et du jour au lendemain le Juif laborieux et prudent devient un fanatique. Un enthousiaste ! Un rhapsode ! Un zélote !

— Je suis parfaitement au courant des contradictions du caractère juif, le Grec. Et je sais quelles chausse-trappes posent de telles contradictions. Mais je suis curieux, et la curiosité est un leurre puissant chez l'homme qui s'ennuie. Par-dessus tout, ces fameux "oints" me fascinent, aussi bien les individus que le phénomène.

— J'espère que mon Maître se rappelle comment l'aspic fascine sa victime avant de la mordre mortellement. Par-dessus tout, n'oubliez pas une seconde que le Juif est toujours prêt – que dis-je, empressé ! – à devenir un martyre, car le Juif a un appétit viscéral pour le calvaire, et pour en martyriser d'autres avec son calvaire. C'est là que se dessine pour vous un grand danger.

— Pour moi ?

— Ma foi, pour Rome, si vous préférez. Mais en ce lieu et à cet instant, vous *êtes* Rome.

— Rome peut-elle avouer son désarroi ?

— L'inverse me chagrinerait, mon Maître. Après tout, il m'incombe de divertir en éblouissant mon auditoire par la complexité de ma perspicacité.

— Il vous incombe de surcroît de partager le fruit de votre perspicacité et de débrouiller le mystère de ces complexités. Je perçois une certaine malice dans votre ton qui sied mal à un esclave… même le plus complexe et perspicace de tous.

— Je me le tiens pour dit, mon Maître. Et me montre profondément contrit.

Je baissai la tête et me repliai dans un silence respectueux.

— Eh bien ?

— Je vous demande pardon, mon Maître ? M'avez-vous parlé ? m'enquis-je innocemment.

— Bon sang, le Grec ! D'abord tu blesses avec ta supériorité, et après tu punis avec ton humilité ! Es-tu sûr de n'avoir aucune goutte de sang juif en toi ?

Si mon sourire ne quitta pas mes lèvres, l'espace d'un instant, mon cœur de battre s'arrêta. Était-il tombé par inadvertance sur la vérité quant à mes origines ? (Si vous pensez, cher Lecteur, que seuls les Gentils nourrissent des sentiments antisémites, alors vous mésestimez l'intrication des réactions qu'un individu peut éprouver après des années à essuyer mépris, moqueries et humiliations.) Quand je compris qu'il avait seulement cherché à être amusant, je me ressaisis en douceur :

— Ah, mais je prévenais tout simplement mon maître que face à ces messies, il convient de se méfier de la tendance juive au martyre… un martyre que l'adversaire du Juif pourrait bien finir par partager avec lui, s'il ne fait point attention, car lorsque le Juif se jette du haut d'une falaise, en règle générale c'est la main agrippée à la tunique de son ennemi.

Pilate eut un petit rire.

— Je garderai ma tunique bien serrée. Bon, allons ! Il me semble que nous avons fait patienter suffisamment longtemps les prêtres du Sanhédrin pour leur donner une idée de leur relative insignifiance. Allons jeter un œil au messie qu'ils retiennent prisonnier.

Le Procurateur se mit debout et leva la main pour empêcher que ses convives ne l'imitent.

— Non, non. Continuez de festoyer, messieurs. Je reviens dans quelques instants. Claudia, je sais que je peux compter sur vous pour divertir nos invités.

Elle exprima son agacement en pinçant quasi imperceptiblement les lèvres, mais en diplomate chevronnée, s'appliqua consciencieusement à faire raconter à l'officier supérieur présent une anecdote en vogue tandis que Pilate et moi sortions sur le palier au sommet de l'imposante cage d'escalier qui descendait du prétoire jusqu'à la salle du jugement.

En contrebas se tenait un groupe de grands-prêtres et de scribes entourés de badauds impatients d'assister à l'épreuve du châtiment. Et là, devant les chefs religieux, tête baissée, il y avait un jeune homme vêtu d'une tunique d'étoffe bon marché sale et souillée par le voyage. Ils l'avaient amené depuis Caïphe après l'avoir accusé de blasphème en ce qu'il prétendait être le Fils de Dieu. Ils lui avaient attaché les bras et bandé les yeux; puis ils l'avaient frappé au visage et lui avaient demandé: "Si tu es en effet le fils omniscient du dieu omniscient, alors dis-nous lequel de nous t'a frappé." Et comme il ne voulait, ou ne pouvait répondre, ils l'avaient raillé en disant: "Et pourtant tu prétends être le Messie! L'Oint que notre peuple attend depuis si longtemps!" Le prisonnier s'était borné à répondre: "Quoi que je vous dise, vous ne me croiriez pas, et vous ne me laisseriez pas partir", de sorte qu'ils l'avaient amené pour qu'il soit jugé par le Procurateur.

Lorsque Ponce Pilate apparut au sommet des escaliers, les prêtres et scribes firent monter leur prisonnier à mi-hauteur des marches qui menaient au prétoire – enfin, pour être exact, ils s'arrêtèrent une marche avant d'être arrivés à mi-hauteur afin qu'on ne puisse leur reprocher d'avoir pénétré en un lieu où les Gentils profanaient la Pâque en mangeant du pain au levain.

Pilate baissa les yeux sur eux et prit la parole, et je me souviens de ses mots avec exactitude, parce que je fus obligé de les répéter en les traduisant. Pour faciliter mon récit, je partirai dorénavant du principe que vous comprenez que tout ce qui fut dit passa par moi. Pilate commença:

— Quelle accusation portez-vous à l'encontre de cet homme ?

— Il blasphème, en se faisant appeler le fils de Dieu !

Le Procurateur haussa les épaules.

— Est-ce donc si grave ? Ne sommes-nous pas tous les enfants de nos dieux, pour ainsi dire ? Mais si vous avez le sentiment qu'il a offensé votre culte, dans ce cas emmenez-le et punissez-le selon vos coutumes.

Voyant que Pilate n'avait aucune intention d'endosser la responsabilité de châtier ce pauvre hère à propos de quelques questions futiles liées à la sensibilité du culte local, le grand-prêtre changea d'approche.

— Nous avons trouvé cet homme excitant notre nation à la révolte, en se disant lui-même Christ, roi et en empêchant de payer le tribut à César. En temps normal, nous punirions cette trahison contre votre culte et contre Rome, mais vous nous interdisez désormais la sentence à mort d'un prisonnier.

Il était vrai que les Romains avaient jugé nécessaire de priver les Juifs du droit de se condamner à mort les uns les autres au sujet de leurs prises de becs interminables concernant la religion, aussi Pilate répondit-il :

— Oh, allons ! Prêcher quelques inepties à un tas d'ignorants mécontents n'est tout de même pas passible de mort.

Son ton condescendant et cajoleur aurait pu servir à raisonner des enfants querelleurs, mais lorsqu'il lut dans leur expression déterminée, lèvres pincées, qu'ils n'avaient aucunement l'intention de laisser leur proie s'en tirer à bon compte, il poussa un long soupir et ajouta :

— Bon, très bien, faites-le monter que je l'interroge.

Je m'éclaircis la gorge pour lui rappeler leur terreur à l'idée d'approcher des mangeurs de pain.

— Qu'il monte seul ! Vous autres attendrez en bas !

Quand l'accusé se présenta devant lui, Pilate dit :

— Eh bien, jeune homme, qu'est-ce que tu es allé fabriquer ? On peut dire que tu as réussi à attirer sur toi le courroux de l'institution religieuse. Cela dit, ça ne lui fait peut-être pas de mal de se faire pincer le nez de temps en temps, ne serait-ce que pour la leçon d'humilité.

Il sourit, mais rien chez le prisonnier n'indiqua qu'il avait entendu.

Le sourire de Pilate s'estompa et il reprit d'une voix plus grave et insistante :

— Tu serais bien avisé de coopérer, jeune homme. Tu es accusé de blasphème envers leur dieu – ton dieu à toi aussi, je suppose. Je ne puis t'aider si tu refuses de me parler.

Le prisonnier leva la tête et posa ses yeux profondément enfoncés et calmes sur mon maître sans répondre.

— As-tu, réellement, prétendu être le Roi des Juifs ? poursuivit le procurateur. Avant que tu ne répondes, je tiens à te prévenir que César est le seul et unique chef ici, ce qui ferait donc de la revendication d'être roi une trahison. Comprends-tu cela ? Bien. Es-tu le Roi des Juifs ?

Le prisonnier répondit :

— Tu le dis.

Pilate me regarda, j'eus un haussement d'épaules. Nous avions rencontré le même phénomène chez tous les "messies" que nous avions été obligés d'interroger : cette étrange réticence à admettre qu'ils avaient contrevenu à la loi, tout en étant tout à fait disposés – et de fait déterminés – à accomplir le martyre en expiant leurs offenses. Comme s'ils étaient tiraillés entre leurs pulsions vers la vie et leurs pulsions vers les transses morbides du martyre.

— Donc tu nies avoir affirmé être le Roi des Juifs ? C'est bien cela ? demanda Pilate en l'orientant vers la bonne réponse.

Le jeune homme répondit, mais comme on pouvait s'y attendre, pas à la question qui lui avait été posée. Il dit :

— Je suis né et je suis venu dans le monde pour rendre témoignage à la vérité. Quiconque est de la vérité écoute ma voix.

Mon maître et moi échangeâmes un regard. Nous avions entendu cette histoire de venue au monde pour être le témoin de la vérité de la bouche de tous les messies que nous avions interrogés depuis un an environ. De fait, jusqu'à la formulation était quasiment identique. Passant au latin afin que nous ne puissions être compris, mon maître dit :

— Encore un qui a bien appris son rôle. Sont-ce donc vraiment tous des gredins et des charlatans ?

— Plusieurs le sont, c'est sûr. La plupart, vraisemblablement. Mais pas tous. Certains sont des fanatiques qui entendent véritablement des voix et qui se souviennent avec clarté d'événements qui n'ont jamais eu lieu. Mais les plus intéressants d'entre eux sont des enseignants simples et honnêtes qui prennent l'apparence du Messie pour donner plus de poids et de retentissement à ce qu'ils enseignent aux masses incultes. Hélas, parfois ces enseignants se retrouvent pris dans les rets de leur petit subterfuge lorsqu'ils sont interrogés par des prêtres et des fonctionnaires religieux et se voient obligés soit d'abandonner leurs revendications à la divinité et ce faisant perdre leurs disciples et le fruit de toute une vie de labeur, soit d'encourir des peines pour blasphème, ce qui, bien évidemment, peut vouloir dire la mort.

Pilate hocha la tête.

— Choix difficile. Gloire et mort ou vie et ignominie. Mais je vais te dire ce qui me déconcerte, le Grec. Je ne comprends pas l'attrait des masses ignorantes pour ces *cristos*. Que leur offrent-ils ?

— Rien.

— Rien ?

— Enfin, quelque chose de plus profond et attrayant que rien : le néant ! La prophétie selon laquelle la fin du monde est imminente. La destruction totale ! Le jugement dernier ! L'apocalypse ! Une perspective très délectable pour les égarés, les infirmes, les esseulés, les démunis, les insatisfaits, les inaptes, les ignorants et les faibles qui nourrissent les rangs de leurs disciples. Et plus délectable encore est la perspective que cet anéantissement complet balayera également les riches au même titre que les intelligents, les forts, les heureux, les sémillants, les éclairés, les libérés, les puissants – tous ceux que le bas-peuple envie et hait.

— La fin de la misère pour eux et des représailles sévères pour nous autres, hein ? médita mon maître. Un mélange aussi séduisant qu'exaltant. À la fois sursis et revanche. Hum.

— Oui, et chacun de ces *cristos* fait miroiter cette promesse devant qui voudra bien l'écouter. Ils promettent que les pauvres, les humbles et les opprimés régneront dans le ciel tandis que nous autres souffrirons tous les tourments de Dis. Je vois ces messages comme autant de charbons ardents jetés sur des prairies desséchées. Si la plupart brûleront lentement puis finiront par s'éteindre, le danger est que les promesses de l'un de ces messies – peu importe lequel, au fond – s'enflamment en une immense conflagration qui déferlera sur le monde. Ce sera alors un jour sombre pour tous les hommes cultivés et raffinés, car nous deviendrons la minorité méprisée de la tyrannie du bas-peuple ignare.

Pilate, les yeux mi-clos, hocha la tête par-devers lui, puis se tourna et s'adressa aux prêtres et à la foule :

— Vous m'avez amené cet homme, que vous accusez de corrompre le peuple. Je l'ai interrogé devant vous, et je ne l'ai trouvé coupable de rien.

S'avançant d'un pas, le grand-prêtre déclara :

— Nous avons une loi et d'après notre loi il devrait mourir, parce qu'il prétend être le Fils de Dieu.

— Mourir parce qu'il est un fanatique superstitieux et sans instruction ? rétorqua Pilate avec une incrédulité dédaigneuse. Mourir parce qu'il souffre d'une terrible envie d'être remarqué, d'être "quelqu'un" ? Allons, allons, mes amis. Quel mal peut-il faire ? Il n'est qu'un homme parmi tant qui errent dans le désert accompagnés de leurs petites troupes de disciples, à faire des tours de passe-passe en guise de miracles et à prêcher quelques saines vérités qui ne font pas de mal à entendre. Pourquoi ne pas vous contenter de le faire battre de verges ? À coup sûr cela aura pour vertu de dissuader les autres.

Mais l'un des scribes s'avança et déclara :

— Si vous relâchez cet homme, vous n'êtes point un ami de César, car quiconque prétend être un roi parle contre César.

J'adressai à mon maître un froncement de sourcils de mise en garde. Se rendait-il compte qu'en déplaçant leur accusation des motifs religieux aux motifs politiques, ils transféraient la responsabilité de son châtiment de leurs épaules aux siennes ? Si cet homme était coupable de blasphème, il serait condamné par le Sanhédrin et le Procurateur se cantonnerait à leur accorder ou refuser le recours à la peine de mort ; en revanche, s'il était coupable de trahison, alors le représentant de Rome en Judée serait obligé de le condamner, autrement dit toute la responsabilité échoirait à Pilate. Il me semblait évident qu'ils avaient l'intention d'épingler mon maître sur les cornes d'un dilemme, en lui laissant le choix entre autoriser l'exécution de cet homme simple ou donner l'impression de cautionner ses déclarations perfides.

Toutefois, le Procurateur connaissait la duplicité de l'esprit levantin ; il évita le piège sans donner l'impression d'avoir remarqué qu'il avait été posé sur son chemin.

Il s'adressa aux prêtres :

— Et s'il rétracte maintenant son affirmation d'être le Roi des Juifs ? Vous devrez forcément le libérer. (Pilate se tourna vers le prisonnier et dit à voix basse :) Réfléchis bien à ta réponse, fiston. (Avant de demander à haute voix :) Es-tu le Roi de Juifs ?

L'accusé ne formula aucune réponse, et se contenta de regarder Pilate avec cette obstination à la fois douce, absolue et inflexible dont je me souviens dans le regard de ma propre mère. Il me semblait évident que cet homme était déterminé à trouver son martyre, néanmoins mon maître n'était pas disposé à le laisser se détruire si facilement.

— Tu ne réponds pas ? N'entends-tu pas les crimes dont ils t'accusent ? Ils disent que tu te fais appeler le Roi des Juifs, et que tu exhortes le peuple à ne pas payer le tribut à César ! Ce sont là des accusations sérieuses, fiston. C'est ta vie qui est en jeu.

Mais le prisonnier refusait de parler.

— Es-tu le Roi des Juifs ? demanda Pilate en articulant sèchement chaque syllabe pour signifier que c'était sa toute dernière chance de se rétracter.

Semblant s'en aviser, le jeune rabbin leva la tête et dit :

— Mon royaume n'est pas de ce monde.

— Voilà ! s'exclama mon maître triomphalement. Avez-vous entendu ? Son royaume n'est pas de ce monde. Il nie être le roi de quoi que ce fût de réel et d'importance. Il ne prétend plus être le Roi dcs Juifs !

Mais le scribe obstiné n'avait aucunement l'intention de lâcher sa proie.

— Mais il soulève le peuple, en prêchant par toute la Judée, depuis la Galilée, où il a commencé, jusqu'ici !

— Depuis la Galilée ? répéta Pilate qui entrevoyait soudain un moyen de se faufiler entre les cornes de son dilemme. Vous dites que cet homme est un Galiléen ? Eh bien dans ce cas, il tombe sous la juridiction d'Hérode Antipas, qui est en ce moment ici même à Jérusalem pour célébrer votre Pâque. Emmenez votre prisonnier devant Hérode Antipas, car je ne trouve rien de coupable en lui.

D'un geste, il ordonna aux gardes d'escorter l'accusé jusqu'à la foule amassée en contrebas, puis il tourna les talons et regagna le prétoire à grandes enjambées, flanqué de scs propres gardes. Après avoir suivi des yeux les prêtres et les scribes qui emmenaient leur prisonnier avec force grognements furieux en le poussant sans ménagement jusqu'à la sortie de la salle du jugement, j'emboîtai le pas à mon maître jusqu'au banquet.

Lorsque j'arrivai, Pilate acceptait une coupe de vin des mains de Claudia Procula, dont la contenance trahissait une vive inquiétude. Je me postai à proximité, les yeux baissés et le visage tourné sur le côté de cette manière que j'ai de devenir quasi invisible sans jamais perdre un mot.

— … mais ne vous inquiétez pas, disait Pilate à sa femme. Ce n'est rien de grave. Encore un de ces *cristos*, c'est tout.

— Vous me dites de ne pas m'inquiéter, Pilate, mais c'est plus fort que moi. S'ils sont aussi anodins que vous l'affirmez, je ne comprends pas que vous preniez le risque de vous en occuper en personne.

— C'est mon travail, ma chère. Et à vrai dire, ils m'intriguent, avec leur soif de tout sacrifier au nom de la notoriété, jusqu'à leur vie. C'est le jeu d'acteur poussé à l'extrême.

— Ponce, je vous en supplie. Ne vous occupez plus de cette affaire. J'ai été tourmentée toute la nuit dernière par un rêve récurrent sur ces fanatiques hallucinés, dans lequel ils vous détruisaient et anéantissaient votre réputation.

Pilate eut un petit rire.

— Ma réputation à Rome est déjà en lambeaux, comme vous le savez.

— Ne plaisantez pas, Ponce. J'ai pour ce soir une prémonition des plus funestes.

— Allons, allons, retournez auprès de nos invités, Claudia. Je vous rejoins sans tarder.

— Vous êtes un tel *imbécile*, parfois, Ponce.

— Hum ? Oui, oui, sans doute.

Elle se détourna de lui avec humeur et s'en alla auprès des convives, laissant mon maître boire son vin à petites gorgées dans une attitude de recueillement.

— Quelque chose ne cesse de titiller ma curiosité, dit-il, comme pour lui-même, sachant toutefois que je prêtais attention juste à côté.

— Et qu'est-ce donc, mon Maître ?

— Tu as laissé entendre qu'un jour, un de ces messies pourrait bien séduire de nombreux adeptes parmi le bas peuple et les laissés-pour-compte de ce monde, et tu as eu recours à une espèce de métaphore vaseuse sur les braises et la brousse pour décrire la propagation du culte du messie.

— ...Vaseuse ?

— Mais comment est-ce possible ? Quand la postérité se retournera sur cette nuée de messies, elle doutera du fait que l'un d'entre eux pût être le vrai fils de dieu, alors que tous les autres n'étaient que des fripouilles ou des idiots.

— Oh non, mon Maître. Les générations futures ne s'interrogeront pas sur la foule de *cristos*, car ils n'en auront jamais entendu parler. L'histoire est écrite par les vainqueurs et si ma triste prédiction s'avère, le récit sera écrit par les disciples du messie qui aura réussi – peu importe lequel. Et il y a fort à parier que ces disciples se garderont bien de faire allusion aux autres messies, car ce faisant ils amoindriraient leur importance en tant que disciples de la seule vraie voix à être sortie du désert. La foule de messies oubliés de ma "métaphore vaseuse" tombera dans l'oubli et l'heureux messie rayonnera sans l'ombre d'un défaut. Ses doutes seront érigés en questions philosophiques tandis que ses faiblesses – si l'on en admit – seront glorifiées comme preuves de son humanité. Il sera dépeint comme parfait, pur de corps et d'esprit. Vierge, comme sa mère. S'il avait une épouse dans la vie, ses disciples la dévaloriseront ou nieront son existence. Non, maître, le *cristo* qui sortira du lot n'aura ni défaut ni concurrent.

Pilate m'avait écouté d'un air absent, comme saisi de quelque pensée sépulcrale, ce qui me déconcerta, car il lui fallait plus que jamais rester sur le qui-vive.

— Mon Maître, puis-je prendre la parole ? demandai-je.

— Comme si tu te gênais, marmonna-t-il.

— Je crains qu'il n'y ait quelque chose dans les prémonitions de votre noble épouse. À traiter avec ces messies, vous pourriez rapidement vous retrouver le cou dans un bâton fourchu. Si vous vous prononcez en faveur des prédicateurs, les prêtres et les scribes protesteront si fort qu'on les entendra jusqu'à Rome. Si vous vous prononcez en faveur des prêtres et des scribes, attendez-vous à voir une foule de disciples fanatiques offrir leurs poitrines aux lances romaines et crapahuter sur des croix pour vous infliger leurs souffrances à la vue de tous.

— Tu es en train de me dire que je n'en sortirai jamais gagnant ?

— Quand ils commenceront à vous lancer à la figure les cadavres de leurs "oints", il ne sera plus question de gagner, mais de ne point trop perdre, et surtout pas trop publiquement. Votre salut réside dans le fait de ne rien faire, tout en donnant l'impression de comprendre et de compatir avec les droits et les peurs des deux bords.

Le Procurateur hocha la tête pensivement. Puis il dit :

— Je me demande comment notre jeune homme s'en sort face à Hérode Antipas ?

— Que projetez-vous de faire, si jamais on le traîne de nouveau devant vous ?

Il ferma les yeux avec lassitude et enfonça les doigts profondément dans ses orbites.

— Je ferai mon possible pour sauver la vie du pauvre garçon, et le cas échéant, je m'emploierai à lui donner une mort digne. Peut-être pourrai-je répondre aux attentes du prêtre en me contentant de réprimander et de moquer publiquement son prisonnier, en espérant que cela suffira à le libérer.

— Et si cela ne suffit pas ?

— Dans ce cas je proposerai la vie de ce prédicateur inoffensif en échange d'un de nos prisonniers condamné pour meurtre. Cela devrait les satisfaire.

— Pensez-vous ? Avez-vous oublié que vous êtes en Judée ?

— Que suggères-tu ?

— Si en réprimandant ou en moquant ce pauvre fanatique toutes vos tentatives d'apaisement échouent, et si la soif de sang de la populace ne se satisfait pas d'un meurtrier jeté en pâture, alors il ne vous reste qu'une seule chose à faire. Vous laver les mains publiquement de l'affaire et laisser les prêtres punir cet homme pour blasphème.

— Mais la sanction pour le blasphème est la lapidation.

— C'est *leur* sanction. Leur coutume. Vos mains seront propres. Rome ne sera pas responsable.

— Avez-vous déjà vu une lapidation ? Moi oui. Ma première année ici, je me suis obligé à assister à l'une de leurs lapidations rituelles. Le spectacle de la populace féroce était plus révoltant et plus effrayant que l'horrible sort de la victime, une pauvre femme condamnée pour adultère. Si tu les avais vus se rassembler pour exécuter leur jugement – d'abord avec hésitation… une petite pierre jetée mollement, davantage un geste de désapprobation à l'égard du péché que de châtiment à l'égard de la pécheresse. Mais une deuxième pierre fut jetée, puis une troisième et soudain la folie s'empara d'eux. Leurs yeux étincelaient… ils laissaient échapper des petits jappements pour se donner du cœur à l'ouvrage… la bave aux lèvres. Et la victime. La pauvre femme ! Elle suppliait… elle pleurait… elle tentait de leur faire entendre raison tandis que les pierres la frappaient, soulevant des nuages de poussières de ses vêtements. Au début, elle fit de son mieux pour ne rien laisser paraître de sa douleur, parce qu'elle se doutait bien que cela ne ferait qu'attiser leur frénésie… mais elle céda à la panique en sentant le sang lui couler sur le visage. Elle tomba, et une pluie de pierres s'abattit sur elle. Elle se releva en titubant, mais la tempête de pierres faisait rage. Les pierres qu'ils utilisent sont de petite taille, de sorte qu'une seule ne peut tuer. Cette particularité a le double avantage de dédouaner les individus au sein de la foule de la culpabilité du meurtre et de prolonger le tourment de la victime. La femme tomba une nouvelle fois et resta immobile, et la foule attendit dans un silence haletant. Son corps fut parcouru d'un tremblement, puis elle se releva avec lenteur et se tint devant eux, faible et chancelante, aveuglée par son propre sang, en marmonnant de son mieux des mots de remerciements à travers ses dents cassées, persuadée qu'ils avaient décidé de faire preuve de clémence. La foule écouta, les yeux rivés sur elle dans un silence galvanisant. Puis, comme exaltés par un même élan irrépressible, ils se remirent à lui lancer des pierres. Enfin… plus de deux heures après le début de la scène… il ne restait plus qu'un tas en charpie au milieu de leur cercle haletant et suant. Épisodiquement, une pierre s'écrasait avec un gros floc sur l'amas informe qu'ils avaient fait de cette femme. Puis la foule s'éloigna en silence, rassérénée, satisfaite, et sans nul doute furent-ils nombreux à manifester, de retour chez eux, le dégoût de la nature animale de leurs semblables. (Les yeux de mon maître s'ouvrirent de nouveau sur l'instant présent.) Et le pire était que personne n'était responsable. Pas un citoyen en particulier ne l'avait tuée. C'est la foule anonyme et rageuse qui avait commis cette atrocité. (Il posa sur moi son regard exténué d'avoir revu dans sa mémoire les horreurs de la lapidation.) As-tu déjà remarqué, le Grec, que lorsque je suis contraint de punir quelque bandit, tout le monde dit : "Pilate a fait fouetter le malheureux", ou "Le Procurateur a crucifié trois meurtriers". Mais lorsqu'ils parlent d'une lapidation, ils ont toujours recours à la voix passive, et disent : "Le criminel a été lapidé à mort", comme si c'était l'œuvre des pierres et pas de ceux qui les avaient jetées ? Non, je ne les laisserai pas lapider ce pauvre fanatique dont le seul crime est une soif inextinguible de reconnaissance. S'il n'y a d'autre choix que de l'exécuter, je les obligerai à avoir recours à un moyen plus humain.

— La crucifixion ? m'enquis-je.

— C'est la méthode d'exécution publique la plus rapide et la moins douloureuse qui s'offre à moi.

— Mais la lapidation est le châtiment d'usage pour le blasphème. Vous ne pourrez y déroger.

— Non. Mais je peux changer le motif d'inculpation. Je peux ordonner son exécution pour trahison envers Rome plutôt que pour blasphème.

— Mais, mon Maître ! Ce choix ôtera la responsabilité de la mort de ce garçon des épaules des prêtres pour la poser sur les vôtres !

— J'en ai conscience. Mais ma décision est prise. S'il doit être tué, ce sera pour trahison, et il sera crucifié. Je veillerai à ce qu'ils utilisent des clous pour abréger ses souffrances. Ceux qui sont attachés à la croix à l'aide d'une corde agonisent pendant des jours. Et j'ordonnerai à un garde de lui porter le coup de grâce avec une lance. Mais… espérons ne pas en arriver là. Espérons que Hérode Antipas trouvera un moyen d'ébranler la volonté du Sanhédrin. C'est un vieux roublard.

— Suffisamment roublard pour esquiver ses responsabilités et rejeter la décision sur vous, Maître. Si bien qu'en fin de compte c'est vous qu'on blâmera plus que quiconque.

Il hocha la tête, résigné.

Sur ces entrefaites, l'officier de la garde revint de son pas lourd pour annoncer qu'une délégation de prêtres attendait le Procurateur dans la salle du jugement. Ils avaient un prisonnier avec eux.

— Déjà ? s'étonna Pilate en reposant sa coupe de vin. Hérode a-t-il donc réussi à s'extirper du piège ?

Je proposai d'aller m'entretenir en premier avec les scribes, puis d'informer Pilate de leur résolution et de leur état d'esprit. J'avais décidé de raisonner, de marchander, de supplier les prêtres… tout ce qui pourrait tirer mon maître de leurs filets. Quand, après avoir fait attendre les prêtres pendant un quart d'heure, Pilate apparut au sommet des escaliers, je l'accueillis le sourire aux lèvres, soulagé de lui annoncer que le prisonnier en question n'était pas, que les dieux soient loués, le malheureux qu'ils avaient questionné plus tôt.

— Encore un messie suicidaire ? s'enquit Pilate en baissant les yeux sur l'homme ligoté qui se tenait en contrebas, entouré de prêtres et de scribes. Deux en une seule journée. Ça n'en finira donc jamais ?

— Apparemment non, mon Maître.

— Et je suppose que lui aussi prétend être né d'une vierge, de descendre de la famille de David, d'avoir fui l'Égypte pour échapper à la persécution, d'avoir enseigné dans le désert et d'avoir accompli des miracles et tout le reste.

— Sans doute, mon Maître.

Pilate poussa un soupir.

— Eh bien, fit-il en faisant signe qu'on lui amène le prisonnier. Qui sait ? Celui-ci se laissera peut-être sauver.

— Espérons-le, mon Maître. Ce messie s'appelle Joshua. Joshua de Nazareth. Mais il se fait appeler par la version grecque de son nom : Jésus.

POST-SCRIPTUM POUR LES CURIEUX

Les sources historiques laissées derrière lui par Ponce Pilate sont étonnamment minces, s'agissant du plus célèbre de tous les Romains – plus largement connu encore que Jules César. Son nom n'est mentionné que par deux fois dans les documents officiels et apparaît une fois dans une inscription douteuse parant une ancienne tombe profanée. Ainsi doit-il être considéré comme une personnalité propre à l'histoire de l'Église plutôt qu'à celle de l'histoire de Rome. Et même au sein de l'histoire de l'Église, les sources sont aussi rares qu'hasardeuses.

Parmi les écrits fallacieux et quasi apocryphes des pseudépigraphes se trouvent des récits de Ponce Pilate rédigés par Flavius Josèphe et Philon d'Alexandrie, et dans les textes totalement apocryphes que sont les "Lettres à l'Empereur" et "Les Actes de Pilate", Eusèbe de Césarée nous raconte que Pilate finit par être renvoyé à Rome pour y expliquer son incapacité à apaiser les Juifs ; toutefois, lorsqu'il arriva, Tibère était mort (ce qui nous mène au mois de mars en 37 apr. J.-C.) et Pilate ne fut pas reconduit au poste de Procurateur de Judée. Le récit d'Eusèbe rapporte la croyance selon laquelle Pilate devint chrétien suite à sa rencontre avec Joshua de Nazareth et qu'il finit par se suicider – vraisemblablement dans un accès de culpabilité et de douleur. Les adeptes de l'ironie méditeront le fait que la femme de Pilate fut en fin de compte élevée au rang de sainte mineure de l'Église orthodoxe (en raison de son rêve prophétique ?) et que Pilate lui-même est un saint de l'Église copte.

LE MOTEUR DU DESTIN

Mais quel scandale ! Plus tôt dans l'après-midi, il avait interrompu ses préparations frénétiques en vue de retourner dans son village natal et s'était précipité en bas au central téléphonique, où il avait été obligé de rester trente minutes l'oreille collée au tuyau d'écoute, à gronder d'impatience tandis que la femme assise devant son enchevêtrement infernal de fils et de fiches bataillait pour le maintenir en contact avec l'agence de voyages Laffite-Caillard. Il s'était soumis aux complexités mystérieuses du téléphone parce qu'il savait pertinemment que la ruée habituelle du Nouvel An pour avoir des places dans le train de nuit à destination d'Hendaye serait exacerbée par les vacanciers désireux de marquer le coup afin de célébrer l'arrivée du nouveau siècle, ct dc sorte à éviter le moindre retard il préférait s'assurer que ses billets l'attendraient lorsqu'il se présenterait au guichet en fin d'après-midi. Mais après être arrivé devant l'agence Lafitte-Caillard à la dernière minute, être sorti d'un bond de son fiacre, avoir crié l'ordre au chauffeur de ne pas bouger, s'être précipité dans la neige et, boudant l'ascenseur trop lent, avoir gravi les escaliers trois pas trois jusqu'au bureau du troisième étage, avec l'intention de faire claquer son argent sur le comptoir et d'attraper ses billets à la volée, que trouva-t-il ? Il tomba sur la toute fin d'une file d'attente de voyageurs de dernière minute, voilà ce qu'il trouva ! Mais quel scandale !

De frustration, il mordillait l'extrémité de sa nouvelle moustache cependant que devant lui, la file d'imbéciles incapables s'acquittaient comme des empotés de leur tâche triviale (mais *interminable*), qui consistait à retirer leurs billets, en examiner chaque feuillet pour être absolument sûrs et certains qu'ils ne comportaient aucune erreur, puis à aller prendre l'ascenseur de leur pas dandinant pour redescendre jusqu'à l'enfilade de fiacres stationnés devant le bâtiment, dont les chevaux impatients s'ébrouaient en soufflant des jets de vapeur par les naseaux dans l'air nocturne tandis que les chauffeurs restaient blottis sur leurs sièges hauts, le col de leurs manteaux remontés contre la première chute de neige de l'année.

Il avait ajusté son arrivée à l'agence de voyages de façon à avoir suffisamment de temps (pas une minute de plus, certes, mais suffisamment, suffisamment !) pour que lui et sa sœur fassent le trajet jusqu'à la gare d'Austerlitz et prennent place dans leur wagon-lit avant le départ du train. Qui aurait bien pu anticiper cette foule embouteillée de voyageurs de dernière minute ? Oh. À bien y penser, il l'avait anticipée. C'est bien pour ça qu'il avait réservé ses billets à l'avance. Eh bien… qui aurait pu se douter que la compagnie n'aurait pas de file séparée pour les voyageurs prescients ayant déjà réservé leurs billets ?

Comme il se balançait de ses orteils à ses talons pour dissiper son anxiété, il se rendit soudainement compte que l'aiguille des minutes de l'horloge au-dessus du comptoir n'avait pas bougé depuis au moins... c'est alors qu'elle émit un *clic-tchonk* tandis que l'aiguille hoquetait jusqu'à la minute suivante. Oh, c'était *ce genre* de mécanisme, donc ? Il aurait dû s'en douter ! *Et* il aurait pu se douter que le bureau de réservations n'aurait qu'un seul commis en service. Le coup classique !

Au bout d'une éternité, il avança en troisième position dans la file, mais quand le couple âgé au comptoir se retourna pour demander au commis de clarifier quelques notions confuses, notre héros soupira si fort que le vieil homme, tout troublé à l'idée d'exaspérer quelqu'un à ce point, perdit le fil de sa question et reprit tout depuis le début. Un coup d'œil à l'horloge fit savoir à notre Basque longanime qu'il ne restait plus qu'un quart d'heure au fiacre qui l'attendait dans la rue pour traverser le fleuve jusqu'à la gare d'Austerlitz – à peine assez de temps, partant du principe qu'ils ne seraient pas retardés par quelque imbécile s'appliquant à effrayer les chevaux en klaxonnant au volant de sa voiture.

Le pire était qu'il pouvait lire son nom sur une enveloppe posée sur le bureau du commis. Ses billets étaient juste là, à un mètre à peine ! Et il avait l'argent dans la paume de sa main ! D'impatience, ses os se tordaient presque à l'intérieur de son corps.

L'horloge bondit à la minute suivante, et le jeune homme s'éclaircit la voix pour s'adresser à l'homme à la stature imposante qui se tenait devant lui, quelque expert de sa profession à en juger son manteau de prix en popeline noire et ses manières gourmées.

— Excusez-moi, monsieur. Je voyage pour une mission de la plus haute importance, et je suis certain que vous ne me tiendriez pas rigueur si j'échangeais promptement mon argent contre mes billets. Cela ne prendrait qu'une seconde, et je vous en serais éternellement re…

— Mes affaires aussi sont de la plus haute importance, monsieur, répondit le géant à la barbe blonde en se tournant vers lui. Je crains donc que vous ne dussiez attendre votre tour.

— Mais, monsieur, c'est pour ma part une question de vie ou de mort !

— Et pour ma part, monsieur, c'est une question d'honneur.

— Personne suivante ? demanda le commis d'une petite voix, désireux de ne surtout pas se mêler à ce qui donnait déjà l'impression de tourner au vinaigre.

— Si ce que vous avez à faire est à ce point urgent, rétorqua le jeune Basque dont les yeux noirs lançaient des flammes funestes dans les yeux bleu pâle de l'inconnu récalcitrant, alors vous auriez dû faire vos fichues réservations à l'avance par téléphone. Si vous aviez eu une once de prévoyance, monsieur, nous serions déjà l'un comme l'autre sortis d'ici !

L'horloge émit son *clic-tchonk* pour s'avancer d'une précieuse minute dans l'éternité et le commis hasarda de nouveau un timide :

— Personne suivante ?

— Je ne crois pas au téléphone, fit savoir Barbe-blonde à son persécuteur. Mon opinion professionnelle, en qualité de médecin, est qu'une utilisation excessive de cette invention risque fort d'entraîner la surdité.

— Et mon opinion, en qualité d'homme de bon sens, est que votre conviction tient du charlatanisme stupide.

— Du charlatanisme, monsieur ?

— Du charlatanisme *stupide*.

— Si je n'étais à ce point pressé, je vous donnerais la rossée que vous méritez !

— *Vous*, me rosser *moi* ? Vous, une grosse limace du nord, me rosser moi, un Basque pur-sang de la race qui a botté le derrière de Roland ? C'est ridicule.

— Je me permets de vous rappeler que je suis bien plus grand que vous, monsieur.

— Plus gros, oui. Plus grand, jamais !

— Personne suivante ?

— Monsieur, je ne me cacherai pas pour vous dire... Mais non. Je ne gâcherai pas une minute de plus à écouter vos rodomontades infantiles de Gascon.

Sur ce le médecin se retourna vers le comptoir et s'employa à réserver des billets pour Biarritz.

— Gascon ? marmonna le jeune homme, éberlué que quiconque pût prendre un Basque pour un Gascon. *Gascon ?* Je vais vous apprendre à me traiter...

Mais il ravala son indignation (quoique au prix d'un effort herculéen) parce qu'il se devait pour l'honneur de sa famille d'arriver chez lui à Cambo-les-Bains le plus rapidement possible. Et qu'une prise de bec avec ce gros tas de viande de charlatan du Nord aussi impoli et insolent qu'entêté ne ferait que le retarder davantage – Ah, enfin !

Le médecin blond passa devant lui en l'effleurant pour regagner l'ascenseur, et le jeune homme s'avança jusqu'au commis tressaillant, fit claquer son argent sur le comptoir, se saisit de l'enveloppe contenant ses billets et sortit de l'agence en courant.

— Attendez ! cria-t-il.

Mais le médecin appuya sur le bouton du rez-de-chaussée et l'ascenseur s'enfonça à l'intérieur de sa cage en fer forgé ouvragée dans l'obscurité en contrebas, emportant avec lui son passager qui souriait de sa vilaine victoire.

— Connard ! maugréa le jeune homme.

Il jeta son pardessus sur son épaule et se précipita dans la cage d'escalier en marbre qui descendait en spirale autour de la cage à l'intérieur de laquelle l'ascenseur descendait avec une telle lenteur qu'il arriva avant lui à l'étage inférieur, où il appuya sur le bouton d'appel, puis continua de dévaler les marches à toute allure.

Voilà ! À présent, Dr Barbe-blonde de la Grande Gueule serait obligé d'ouvrir la porte en accordéon intérieure et la porte en fer forgé extérieure, puis de les refermer et d'appuyer sur son bouton "rez-de-chaussée" à lui pour pouvoir poursuivre sa descente. Notre Basque était au fait de cette manœuvre car on venait d'installer un tout nouvel ascenseur Otis "Safety Lift" à la rédaction du journal où il lui arrivait de vendre des bouts de critique d'art dramatique et que les journalistes ne résistaient jamais à l'envie de se faire des farces puériles par ascenseur interposé.

Comme il poursuivait sa plongée en spirale, deux vieux messieurs s'écrasèrent dos contre le mur pour le laisser passer. À l'étage suivant, il appuya de nouveau sur le bouton d'appel de l'ascenseur en passant – ha ! – et replongea de plus belle dans l'escalier, ses pieds rapides comme l'éclair, son pardessus volant dans son sillage. À mi-chemin de la dernière volée, une femme de ménage s'enfuit en entendant s'approcher le claquement de ses pas, et il faillit trébucher sur le seau et la brosse qu'elle avait abandonnés, ce qui lui valut de glisser sur ses talons en manquant de perdre l'équilibre sur une demi-douzaine de marches mouillées. Comme il arrivait à fond de train dans le hall d'entrée, le cerveau en ébullition, il entendit la femme de ménage proférer un commentaire parfaitement vulgaire, mais il ouvrait déjà les portes palières d'une grande claque et déboucha sur le trottoir, où les pas des passants s'enfonçaient dans deux centimètres de neige fraîche.

Oh, non! Le fiacre n'était pas là où il l'avait laissé. Maudit soit le perfide chauffeur qui avait promis d'attendre que…

Oh… il est là.

Il s'était avancé en tête de file, qui s'était réduite à deux calèches grâce au départ des insupportables traînards devant lui. Il s'élança dans le tourbillon des flocons de neige en direction de la lampe latérale du véhicule.

— Cocher!

Puis il réduisit le volume de sa voix en un filet rauque, de sorte à ne pas déranger sa sœur, qui avait fini par s'endormir à bord de la calèche après une nuit terrible à se faire un sang d'encre pour leur irresponsable de frère et ses agissements téméraires là-bas à la maison de Cambo-les-Bains.

— Je paierai le double de la course si vous m'amenez à la gare à temps pour attraper le 7 h 20.

D'un bond, il grimpa dans la voiture tandis que le chauffeur avalait une longue lampée de sa flasque, donnait un coup de fouet au cheval à moitié endormi, et les voilà partis. Le jeune homme recouvrit délicatement de son pardessus le corps replié de sa sœur sur la banquette opposée du fiacre; puis il se contorsionna pour jeter un ultime coup d'œil à l'agence de voyages Lafitte-Caillard à travers la lunette arrière collée à l'isinglass et aperçut avec satisfaction le médecin qui surgissait des doubles portes en glissant et dérapant à qui mieux mieux avant de se précipiter vers le dernier taxi de la file.

Bien fait !

Le cocher s'insinua à tombeau ouvert dans l'enchevêtrement de la circulation, échangeant avec les chauffeurs outrés ces lourdes menaces qui satisfont le désir ardent du Français d'être gaillardement agressif sans jamais risquer la confrontation physique. Craignant que les ballotements incessants du fiacre ne privent sa sœur d'un repos bien mérité, le jeune homme tendit la main dans la pénombre, posa le bras autour de ses épaules et la hissa fermement contre son flanc. Elle émit un son somnolent et ouaté, puis battit des paupières et leva les yeux…

Ils poussèrent un cri… Quoiqu'il parvînt à faire redescendre la fin du sien en un baryton plus viril.

— Sortez de ce fiacre ! ordonna-t-elle en se recroquevillant dans le coin le plus éloigné.

— Mais, mademoiselle…

— Sortez immédiatement ! Dehors. Sortez ! *Sortez !*

— Mais nous sommes au milieu de la route.

— Sortez ou je crie.

— Vous criez déjà.

— Si vous croyez que ça, c'était crier, attendez un peu la suite !

Elle ouvrit la bouche, rejeta la tête en arrière et prit une profonde inspiration.

Mais aucun son ne sortit de sa bouche, tant la question qu'il posa la déconcerta :

— Qu'est-il arrivé à ma sœur ?

— … Votre quoi ?

— Ma sœur ! Je croyais que vous étiez ma sœur, sauf que non.

— Dieu merci.

Le fiacre cahota dans un virage rendu traître par la neige fondue, et les deux passagers furent projetés l'un contre l'autre.

— Oh non, n'essayez même pas, l'avertit-elle. Pas de cela avec moi.

— Je vous assure, mademoiselle, que je n'avais aucunement l'intention de…

— Arrêtez le fiacre.

— Je ne peux pas.

— Vous ne *pouvez* pas ?

— Je ne veux pas, si vous préférez.

— Oh, comme ça vous ne voulez pas ? Eh bien, c'est ce qu'on va voir !

Elle tendit le poing pour cogner contre le plafond et attirer l'attention du chauffeur, mais il la saisit fermement par les poignets pour la rasseoir sur la banquette.

— Lâchez-moi, espèce de… brigand ! Espèce, espèce de… souteneur !

— Je vous assure, mademoiselle, que je…

— Arrêtez de m'assurer de tout un tas de choses et laissez-moi sortir de ce fiacre !

— C'est hors de question ! Ce fiacre continuera à toute vitesse jusqu'à la gare d'Austerlitz. C'est une question de vie ou de mort !

Elle cessa soudain de se débattre et le dévisagea avec une profonde suspicion.

— La gare d'Austerlitz ? Mais… mais je vais à la gare d'Austerlitz.

— Oui, et vous n'y pourrez rien, alors autant l'accepter. Dès notre arrivée, je sauterai du fiacre et le cocher pourra vous amener où vous voulez.

— Lâchez-moi.

— Quoi ?

— Vous me tenez les mains.

— Qu... ? Ah, oui, bien sûr. Pardon.

— Comment saviez-vous que j'allais à la gare d'Austerlitz ?

— Je n'en savais rien. (Il porta la paume de sa main à son front.) C'est en train de devenir la pire soirée de ma vie.

Elle lui coula un regard en biais pour déceler le moindre signe d'insanité et resta un instant silencieuse avant de lui demander :

— Pourquoi m'avoir choisie comme victime d'enlèvement ?

— Victime d'enlè... ? Oh pour l'amour de... Écoutez. Je croyais que vous étiez ma sœur. Ce que je veux dire, c'est que je croyais que c'était mon fiacre. Après tout, ils se ressemblent tous. Si cela avait bel et bien été mon fiacre, alors vous auriez été ma sœur. Sauf que ce n'est pas lui et vous n'êtes pas elle, mais ce n'est pas ma faute à moi. S'il doit y avoir un coupable, c'est ce grand dadais malotru.

— ... Je vois. Ah... de quel grand dadais malotru parlons-nous ? demanda-t-elle sur le ton léger de la conversation, car elle pensait qu'il valait mieux se prêter à son jeu en attendant de trouver l'occasion de s'échapper.

— Le grand dadais malotru, têtu et pompeux qui était devant moi dans la file d'attente ! S'il avait eu la décence élémentaire de me laisser retirer mes billets, je n'aurais pas été en retard, et je n'aurais pas eu à me dépêcher, et je ne serais pas monté dans le mauvais fiacre, et je ne serais pas *en train de vous expliquer tout ça maintenant.*

— Je... vois...

— Si seulement il avait réservé ses billets à l'avance, comme je l'ai fait. Mais non. Non, non, non. Ce balourd superstitieux ne se rend pas compte que nous sommes à l'aube du xxe siècle. Savez-vous ce qu'il m'a dit ?

— Ah... non. Non, je l'ignore. Que vous a-t-il donc dit ?

— Il m'a dit que l'utilisation du téléphone rendait sourd. Et il se prétend médecin.

— Mon frère !

— Quoi ?

— C'était mon frère ! Il est médecin.

— En plus d'être malotru, têtu, pompeux...

— Je l'attendais pendant qu'il achetait nos billets.

— Ma sœur m'attendait.

— J'ai dû m'assoupir. J'étais si inquiète que je n'ai rien dormi ces deux dernières nuits.

— Ma sœur non p...

— Je comprends ce qui s'est passé, à présent. Vous avez commis une terrible erreur.

— Je *vous ai dit* que c'était une erreur, mais vous ne vouliez pas m'écouter.

— Pourquoi écouterais-je une brute de brigand autodéclaré ?

Il cligna des paupières.

— Je vous demande pardon ?

— Oh, non, il est trop tard pour me demander pardon. Nous devons décider calmement et judicieusement ce que...

— Oh, mon Dieu ! Ma sœur est entre les griffes de cet espèce d'imbécile pompeux et têtu de...

— Mon frère est peut-être têtu, voire pompeux à l'occasion, mais au moins votre sœur n'aura pas à repousser des avances indésirables.

— Des *avances* ?

— À mon réveil, vous me serriez dans vos bras. Le niez-vous ?

— Je vous protégeais, voilà tout.

— De quoi ? De grossiers brigands ?

— Le fiacre cahotait dans la circulation. Je ne voulais pas que cela vous réveille.

— Donc vous m'avez protégée en vous assurant qu'à mon réveil, je me retrouverais dans les bras d'un inconnu ? Un inconnu louche, avec ça.

— Eh bien, je suis navré si je vous ai chamboulée, mais je n'ai pas le temps de passer ma soirée à psalmodier des excuses. Écoutez, mademoiselle. Votre frère nous suit. Je l'ai vu grimper dans ce que je comprends maintenant être *mon* fiacre, et sans doute qu'il… Oh mon Dieu, il détient ma sœur ! Et à tous les coups ils vont arriver trop tard à la gare et rater le train ! Je l'aurai au dernier carat, si tant est. Ma sœur va être furieuse. Mais au moins votre frère pourra prendre soin de vous. Il vous suffira pour cela d'attendre à la station de fiacres.

— Où serez-vous ?

— Dans le train, évidemment. Je dois absolument arriver à Cambo-les-Bains avant demain midi pour empêcher mon pauvre crétin de frère de tomber dans les griffes d'une séductrice manipulatrice. Une erreur épouvantable qui détruirait son avenir, lui briserait le cœur et… Mais je n'ai pas le temps d'expliquer. Quand vous verrez ma sœur, dites-lui ce qui s'est passé, et dites-lui de retourner dans mon appartement et d'y attendre de mes nouvelles. Elle y sera toute seule, je le crains. Elle ne connaît personne à Paris. Mais c'est ainsi. Me ferez-vous cette faveur ?

— En échange de toutes les faveurs que vous m'avez prodiguées ? Comme de m'enlever, par exemple ? Et de voler le fiacre de mon frère ? Et de me broyer les mains de votre poigne grossière ?

— Je suis navré de vous avoir fait mal.

— Vous ne m'avez pas fait mal. Je suis bien trop costaude pour ça.

— Dans ce cas à quoi rime cette histoire de mains broyées par ma poigne grossière ?

— C'est seulement une… une sorte de métaphore.

— Une métaphore ? Ce n'était pas une métaphore ; c'était un mensonge éhonté.

— Ma foi, peut-être que… et puis après ? Qui êtes-vous pour décider de ce qui constitue ou non une métaphore ? Pensez-vous être le seul à devoir sauver une pauvresse d'une épouvantable erreur qui va détruire son avenir ?

— Quo… ? On nage en plein illogisme.

— Et je suppose que c'est encore pire qu'une métaphore ? Ne comprenez-vous donc pas que mon frère et moi nous rendions également à Cambo-les-Bains ?

Il plissa les paupières.

— Qu'est-ce que vous racontez ?

— Je vous raconte que la "séductrice" dont vous projetez de sauver votre frère est ma pauvre sœur, éperdue et amoureuse ! Et que le mufle sans cœur qui essaie d'entraîner ma sœur dans un mariage insensé est votre fourbe de brigand de frère. Apparemment le brigandage est un trait familial, chez vous !

— Mon frère n'est pas un brigand.

— Et ma sœur n'est certainement pas une séductrice.

— Eh bien, j'entends m'assurer qu'elle ne mette pas son grappin d'éperdue amoureuse sur mon frère !

— Et j'entends la sauver des griffes de votre “pauvre crétin” de frère !

— Tant mieux !

— Je ne vous le fais pas dire !

Ils se retirèrent chacun dans leur coin et jetèrent des regards furibonds par leur fenêtre respective. D'un geste machinal, elle remonta le manteau sur ses genoux pour se protéger des courants d'air froid qui filtraient par les vitres branlantes ; puis, se rendant soudain compte de ce dans quoi elle s'enroulait, elle repoussa la vile penaille qui alla glisser sur le plancher.

La neige qui fondait sur le toit du fiacre ondulait sur les carreaux, faisant se succéder alternativement les fines zébrures de lueur onctueuse des becs de gaz qui paraient la devanture des échoppes et la blancheur froide des rectangles crus de lumière électrique qui émanaient des tout nouveaux réverbères. Le jeune homme nota mentalement l'effet obtenu. Il pourrait un jour le suggérer en scénographie pour l'une de ses mises en scène. Il tira sa montre, chercha à tâtons une allumette dans la poche de son gilet, l'alluma et poussa un grognement.

— Je n'y serai jamais à temps ! marmonna-t-il piteusement.

— Bien fait, dit-elle.

Il méprisait le genre de personnes mesquines qui disent “Bien fait”. À la lueur de son allumette, il distingua son visage pour la première fois et ses yeux pleins d'intelligence et quelque peu hautains lui renvoyèrent leur regard scrutateur, d'une couleur fascinante… Aïe ! Il fit tomber l'allumette sur son manteau, qu'il s'empressa de ramasser et de taper du plat de la main pour s'assurer que l'étoffe ne prenait pas feu.

— Je vois que vous n'hésitez pas non plus à passer vos nerfs sur les objets inanimés, dit-elle.

Il gratta une nouvelle allumette et vit clairement le terrible danger qui guettait son frère. Si la sœur avait elle aussi ce teint onctueux et ces yeux d'un bleu violet… son pauvre frère !

L'allumette mourut et ils éprouvèrent une cécité momentanée, jusqu'à ce que leurs pupilles se dilatent de nouveau dans la pénombre du fiacre, qui bifurquait en cahotant sur le pont Sully pour traverser le fleuve à la pointe la plus en amont de l'île Saint-Louis. La lumière crue des tout nouveaux réverbères du pont glissa sur eux à intervalles cadencés puis, après un soubresaut vers la gauche, ils suivirent les quais de la rive gauche en direction de la gare d'Austerlitz.

Comme le chauffeur se risquait à un dépassement téméraire, une roue du fiacre se coinça dans le sillon d'une ligne d'omnibus tiré par des chevaux, catapultant les passagers dans les bras l'un de l'autre. Ils battirent en retraite aussitôt dans leur coin, où ils se toisèrent avec une indignation fébrile doublée d'une bonne dose de suspicion.

Après un silence morose, elle prit la parole d'une voix monocorde empreinte d'une détermination glaciale.

— J'ai décidé de vous accompagner.

— Quoi ?

— Je ne vous fais pas confiance pour empêcher ce mariage grotesque. Ma sœur est une enfant. À peine dix-huit ans.

— Mon frère n'a que deux ans de plus.

— À l'évidence, cela suffit pour entraîner une innocente dans le mariage en vue de mettre la main sur sa dot.

— Si quelqu'un est coupable de tendre des pièges, ce n'est certainement pas mon frère. Il n'a pas besoin de la misérable dot de votre sœur. Il est à la tête d'un établissement prospère à Cambo.

— Je n'ose m'imaginer le genre d'établissement.

— Un hôtel, si vous voulez savoir. Un des meilleurs de Cambo. Il était à mon père et à mon grand-père avant lui. Mais mon père est mort et il était évident que j'avais plus de talent pour le littéraire que pour le commercial, alors nous avons convenu que l'hôtel reviendrait à mon frère. Il le gère avec ma mère.

— Donc votre mère aussi est dans le coup ?

— Attendez un peu !

— Je vais à Cambo, un point c'est tout ! Je ne fais pas confiance à votre clan sauvage de brigands basques.

— Je m'offusque de… Comment avez-vous deviné que nous étions basques ?

— Tout le monde à Cambo est basque – exception faite des pauvres patientes qui viennent y prendre les eaux et finissent entraînées dans un mariage. Et puis il y a la question de vos yeux.

— Mes yeux ?

— Oui, vos yeux. Les "yeux bruns attendrissants" si tristement célèbres des Basques qui figurent dans quantité de romans d'amour bon marché.

— Je ne connais rien aux romans d'amour.

— Contrairement à ma sœur. Elle les dévore. Et c'est pour ça que je vous accompagne à Cambo-les-Bains.

— Oh, alors c'est comme ça, hein ?

— Oui, c'est comme ça.

— Comment ?

— *Comment ?*

— Avez-vous un billet de train ?

— Évidemment j'ai un… enfin… non, en réalité. C'est mon frère qui a nos billets.

— Ah ! Dans ce cas, comment comptez-vous monter à bord du train ?

— Eh bien, il suffira que je… Une petite minute. Mais vous avez un billet ! Pour votre sœur.

— Ooooh, non, certainement pas !

— Oh que si ! Et si vous ne me cédez pas son billet, je vous suivrai jusqu'au quai et je vous accuserai à grand renfort de cris et de sanglots de… de vous enfuir avec une grue en m'abandonnant moi et nos enfants ! Nos *sept* enfants.

— Jamais vous n'oseriez.

Elle haussa le menton et le toisa froidement.

Il eut le sentiment désagréable que son adversaire ne se laissait pas freiner par des questions d'intégrité.

— Je ferais tout en mon pouvoir pour sauver ma sœur d'un destin pire que la mort : un mauvais mariage.

Comme pour ponctuer cette dernière déclaration, la calèche s'immobilisa dans une embardée, les rassemblant une fois encore en une proximité qui entretenait une brève analogie physique – mais seulement physique – avec une étreinte. La portière du fiacre s'ouvrit à la volée et la lumière d'une lanterne œil-de-bœuf les éclaira en plein visage.

— Le train pour Hendaye ? demanda le porteur. Vous devriez vous dépêcher, m'sieur'dame. Ils sont en train de fermer les grilles du quai.

Le jeune homme sauta à bas de la voiture sur le trottoir qui longeait la masse impressionnante de la gare d'Austerlitz. Elle lui emboîta le pas, ignorant ostensiblement sa main tendue, tandis que le portier se saisissait de deux mallettes (celle de la jeune femme et celle de son frère) dans le coffre du véhicule et se hâtait d'entrer dans la gare. Ils se suivirent jusqu'au tourniquet, où le jeune homme chercha ses billets pendant dix secondes d'éternité avant de les dénicher dans la première poche qu'il avait sondée. Ils se faufilèrent par les grilles qui se refermaient et coururent de toutes leurs forces. Bien vite, elle se laissa distancer avec un petit cri de désarroi et, étouffant un juron, il l'attrapa par la main et la tira dans son sillage à une allure qui lui coûta non seulement son dernier semblant de grâce mais en outre mit à mal son équilibre tandis qu'ils se précipitaient sur le quai, droit sur le portier qui se tenait à côté de l'escalier escamotable à la portière de leur wagon en agitant frénétiquement les bras pour qu'ils se dépêchent. Comme ils passaient devant la voiture-restaurant, la jeune femme entraperçut des visages qui suivaient leur course trépidante avec une expression d'amusement sincère mêlée de… d'autre chose, une chose qu'elle ne serait en mesure d'identifier que plus tard, quand la prise de conscience la mortifierait d'un picotement de honte qui lui hérisserait la peau du cou jusqu'au cuir chevelu.

Avec toute l'élégance gestuelle et la minauderie affectée qui sont la marque d'un quêteur de pourboire chevronné, le steward les accompagna jusqu'à leur compartiment, rangea leurs mallettes dans le porte-bagage et alluma la lampe à gaz qui affichait l'aspiration de l'Art nouveau de Guimard à créer un feuillage à base de verre et de métal. Après qu'on lui eut pressé une pièce de monnaie dans la paume de sa main et qu'il eut posé les yeux dessus dans un mélange résolument gaulois de résignation et de dédain, le steward annonça que le service démarrerait dans quinze minutes dans la voiture-restaurant et qu'il préparerait leurs lits pendant qu'ils étaient à table. Comme il posait la main sur la poignée de porte en partant, il fit un clin d'œil au jeune homme et inclina la tête en direction de la jeune femme en haussant les sourcils.

Elle aperçut cet échange sémillant d'homme à homme par l'entremise du miroir tandis qu'elle retirait son Trilby, et fit volte-face. Levant une main pour retarder le départ du steward, elle interrogea le jeune homme :

— Lui avez-vous donné un pourboire ?

— Eh bien… euh… oui, bien sûr.

— Donnez-moi ce pourboire, ordonna-t-elle au steward.

L'intéressé fit un bond en arrière et bégaya :

— Mais, mad'moiselle, mais… mais…

— Donnez-le-moi !

Elle tendit la main et avec un rictus de douleur sincère, le steward retourna son poing et laissa tomber la pièce de monnaie dans la paume de sa main.

— Et maintenant sortez d'ici ! Et si nous appuyons sur le bouton pour faire appel à un steward, ne vous avisez pas de venir toquer à la porte. Vous m'avez bien comprise ?

— Mais, mad'moiselle, je…

— Et qu'est-ce qui vous fait dire que je suis une mademoiselle ?

— Je suis terriblement navré, madame. J'ai pensé…

— Mensonge. Vous n'avez jamais eu une seule pensée de votre vie – rien que des idées mal placées ! Dehors. Ouste !

Le steward s'éclipsa en fermant la porte derrière lui avec un bruit vertement contrarié, suivi d'un claquement rebelle des doigts, d'un grommellement mandibulaire d'indignation, d'une extension furieuse du cou, d'une poussée pétulante de la lèvre inférieure et d'une dilatation dédaigneuse des narines, catalogue de colère virile qu'il exhiba une fois seulement qu'il fut bien assuré d'être à distance respectueuse d'elle.

— Vous n'y êtes pas allée de main morte, commenta le jeune homme non sans un certain respect teinté de stupéfaction.

— Et vous avez été complaisant. Que signifiait cette œillade, à votre avis ?

— Oh, ça ne voulait rien dire. Pas vraiment. Les hommes sont comme ça.

— Exactement !

— Ma foi… après tout…

— Quoi ?

— Eh bien, que devrait-il penser ? Vous êtes jeune et séduisante… à votre manière… et vous ne portez pas d'alliance. Et puis il y a la question de votre…

— Qu'est-ce qui vous fait dire que je ne porte pas d'alliance ? Je n'ai pas encore retiré mes gants.

— Non, mais naturellement je me suis dit… L'êtes-vous ? Mariée, je veux dire ?

— En l'occurrence, non. Et puis il y a la question de ma… de ma quoi ?

— Je vous demande pardon ?

— Après vos fadaises sur mon alliance, vous avez dit “Et puis il y a la question de votre…” Ma quoi ?

— Eh bien, votre robe, pour être tout à fait honnête.

— Qu'est-ce qu'elle a, ma robe ?

— Je refuse de subir un contre-interrogatoire sur ce ton.

— Vous n'avez pas le choix ! Qu'est-ce qu'elle a, ma robe ?

— Eh bien, elle est… euh… moderne.

— Moderne ?

— Courte, disons. Elle est courte. Courte !

— Ma robe tombe précisément à huit centimètres du sol. Je refuse d'obéir aux injonctions de la mode qui obligent une femme à traîner les pans de sa robe dans la boue – et bien pire que la boue – tout ça pour garantir aux hommes que sa réputation est suffisamment irréprochable pour la rendre digne de leurs attentions… lesquelles attentions, bien évidemment, sont conçues pour l'inciter à agir de sorte à ternir sa réputation.

— Loin de moi l'idée de priver quelque femme que ce soit du droit de porter ce qu'elle veut. Mais si une femme montre huit centimètres de cheville à tous les passants, alors elle doit accepter…

— Je n'accepte rien ! Et ce n'est pas huit centimètres de cheville. Mais huit centimètres de chaussures fermement lacées.

— Ah, que vous dites. N'empêche que lorsque vous êtes descendue du fiacre, un bout de la jambe était visible au-dessus de la chaussure.

— Deux petits centimètres de bas. D'épais bas noirs.

— Êtes-vous sûre qu'ils n'étaient pas plutôt bleus ? Et êtes-vous sûre qu'il s'agit de bas et non pas d'un bloomer ?

— Ah, alors comme ça vous avez quelque chose contre les bas-bleus et contre la courageuse Miss Bloomer ?

— Je suis un homme résolument moderne, et si cela ne tenait qu'à moi, chaque femme serait aussi libérée que le plus bleu de tous les bas bleus, et que Dieu les bénisse. Mais vous ne pouvez pas blâmer la majorité des hommes de…

— Je peux tout à fait les blâmer. Et je ne m'en prive pas ! Quant à vous… ha !

— Ha ?

— Vous prétendez être un homme moderne. Et pourtant, alors même que vous vous précipitez pour arracher votre frère des griffes de la plus adorable des petites idiotes romantiques au monde, vous prenez le temps de remarquer le nombre précis de centimètres de cheville que je dévoile en descendant du fiacre. C'est bien d'un homme, ça ! C'est à cause d'hommes dans votre genre que je suis devenue comédienne.

Il cligna des paupières et porta la main à sa poitrine.

— C'est à cause de moi que vous êtes devenue… ?

— Je préfère ne pas épiloguer.

Elle se détourna de lui et regarda fixement au-dehors la traînée horizontale de neige floue qui traversait le faisceau de la lampe à gaz. Elle concentra de nouveau son regard sur la surface de la vitre, où elle discerna le reflet du visage du jeune homme, dont les yeux la scrutaient intensément.

— Eh bien ? Qu'y a-t-il ? demanda-t-elle à la vitre.

— Êtes-vous réellement comédienne ?

— Cela vous semble à ce point impossible ?

— Non, mais… moi-même je suis dans le théâtre. Je suis dramaturge. Et aussi, ajouta-t-il avec un haussement d'épaules dédaigneux, critique à mes heures pour la presse écrite.

— Critique, hein ? J'aurais dû m'en douter.

— C'est-à-dire ?

— Que j'aurais dû m'en douter.

— Où avez-vous joué ? Je vous ai vue, peut-être. J'ai même pu écrire un papier.

— Je suis au Théâtre-Libre d'André Antoine, dit-elle avec fierté.

— Oh, dit-il avec une note descendante. Strindberg, Zola, Ibsen, toute la clique. Des pièces de "signification sociale".

Il y avait un tremblement dans sa voix.

— Vous désapprouvez le drame social ? Où est-ce la signification qui vous fait peur ?

— Je désapprouve le réalisme bidon. La manière qu'ont les comédiens de grommeler, de se gratter et de tourner le dos au public. C'est tout aussi artificiel que le roulement de *r* des cabotins qui s'attaquent à une scène toutes dents dehors. Dans quoi vous êtes-vous produite ?

— Oh… des tas de choses.

— Comme par exemple ?

— Eh bien, j'étais dans *Hedda Gabler*, pour commencer. Et dans *Une maison de poupée*. Et *Thérèse Raquin*.

— J'ai vu la production de *Hedda Gabler* du Théâtre-Libre. D'ailleurs, j'ai écrit une critique. Mais je ne me souviens pas de vous.

— Je n'ai pas dit que je jouais un grand rôle dans *Hedda*.

— Même dans un rôle secondaire, je me souviendrais de cette splendide crinière de cheveux cupriques et de l'insolence de ce petit nez retroussé.

— Eh bien mon rôle était… alors, en fait, le metteur en scène voulait que je me concentre sur la dimension *intérieure* de mon personnage. De ce qui bouillonnait sous la surface avec une telle puissance que de l'exprimer à l'aide de mots eût été superflu.

— Je vois. Vous êtes en train de dire que vous n'aviez pas de texte.

— Je suis en train de dire que j'incarnais une jeune servante profondément sensible qui avait conscience de la souffrance intime de la famille. Je renvoyais cette conscience et cette sensibilité au public, et je suis convaincue qu'il ressentait ma… euh… ma…

— Je vois. Avez-vous déjà eu un rôle avec du texte ?

— Eh bien… non. Pas en tant que tel. J'apprends encore le métier. C'est ma première saison avec André.

— Grands Dieux ! Votre brillante carrière avec "André" décolle à peine que vous êtes prête à la laisser s'écrouler pour foncer dans les Pyrénées sauver votre pauvre sœur tuberculeuse d'un destin que vous estimez pire que celui de la mort.

— Vos commentaires sarcastiques ne sont ni amusants ni éclairants. Je vois en quoi vous avez choisi de devenir critique.

— Je rédige des critiques dans le seul but d'élargir ma connaissance du théâtre… et de gagner un peu d'argent. Comme je vous l'ai dit, je suis dramaturge.

— Oh ? Et qu'avez-vous écrit ?

— Oh… des dizaines de choses.

— Comme par exemple ?

— Eh bien… par exemple, j'ai autorisé le Théâtre de la Gaîté à jouer une de mes pièces juste le mois dernier.

— La Gaîté ? Mais ils ne produisent que des farces de bas étage.

— Je reconnais sans vergogne que ma pièce était une farce. Une farce bien écrite et divinement désopilante, pour tout vous dire.

— Et vous avez le culot de dédaigner le réalisme social. Vous qui n'avez d'autre chose à proposer que des amourettes sottes, des coïncidences improbables, des erreurs d'identité et des scènes de paravent galvaudées mettant en scène des maris volages surpris à se cacher de leurs épouses vengeresses, le tout entassé dans trois actes frénétiques de bavardage et de capharnaüm !

— Ce qui montre l'étendue de vos connaissances ! Ma pièce n'avait qu'un acte !

— Ah, donc vous écrivez des saynètes pour chauffer le public épais de la salle en prévision des *vraies* farces au programme. Et vous osez ricaner devant des œuvres qui parlent de la souffrance humaine, des questions sociales et de l'oppression criminelle des femmes ! Humph !

— Dans la réalité, personne ne dit vraiment "Humph". C'est une convention littéraire.

— Eh bien moi je dis "Humph". Tout particulièrement quand je m'adresse à des auteurs d'histoires triviales… (Elle fronça les sourcils.) Ma sœur n'est pas tuberculeuse. Où diable êtes-vous allé chercher ça ?

— Euuhh, dit-il en peinant à suivre le saut de sujet. Oh, je vois où vous êtes. Eh bien, j'en ai déduit que votre sœur avait les poumons fragiles parce que les eaux de Cambo-les-Bains sont célèbres pour traiter deux maladies : la tuberculose pulmonaire et ce que par euphémisme on appelle les "problèmes féminins". Puisque ce dernier semble survenir essentiellement chez des femmes "d'un certain âge" dont rien ne vient occuper l'imagination hyperactive, j'en ai tout naturellement conclu que…

— Ça serait plutôt Tante Adelaïde.

— … Tante Adélaïde ?

— La sœur de mon père. Elle est venue s'occuper de lui à la mort de notre mère. Mais ces derniers temps elle a tendance à être un peu… ça ne vous regarde pas. Sophie a accompagné Tante Adélaïde à la station thermale pour qu'elle y prenne les eaux pour guérir… son affection.

— Sophie étant votre sœur ?

— Mais vous m'écoutez ? Mon père pouvait difficilement laisser son idiote de sœur y aller toute seule. Elle est encore plus incorrigiblement romantique que notre Sophie. Vous savez, je vous parie ce que vous voulez que Tante Adélaïde est de mèche avec votre frère pour arracher la pauvre Sophie à sa famille. Je meurs de faim.

— Euuhh. (Encore ce saut.) Ah ! Ma foi, le steward a dit qu'ils…

— Je ne veux plus entendre parler de ce cloporte avec ses sous-entendus vulgaires.

— Fort bien, mais l'Infâme Invertébré a dit qu'ils serviraient dans quinze minutes, et c'était… (Il repêcha sa montre qu'il ouvrit d'un coup sec :) il y a vingt minutes. Je suppose que vous préféreriez vous abstenir de dîner en compagnie d'un rustre pourvoyeur de farces triviales, j'attendrai donc votre retour avant…

— Balivernes. Nous dînerons ensemble.

Il s'en trouva surpris… mais étrangement ravi.

— Je ne dois donc pas être si terrible que ça au fond.

— Cela n'a aucun rapport. Je n'ai pas d'argent.

— Oh.

— Allons-y ?

— Ah… mais certainement.

On les guida à une table à l'extrémité du wagon-restaurant “américain”, ce qui les obligea à affronter un feu nourri de curiosité mêlée à autre chose. Elle convoqua mentalement l'image de ces mêmes visages qui les scrutaient tandis qu'ils couraient frénétiquement pour attraper le train et soudain elle identifia cette autre chose : de la connivence. De la connivence débonnaire ! Comme nous l'avons annoncé, un picotement de honte lui hérissa la peau du cou jusqu'au cuir chevelu lorsqu'elle comprit que ces sans-gêne romantiques partaient du principe qu'ils étaient des mariés en fuite en partance pour leur lune de miel. Laissant vraisemblablement des parents furieux et des fiancés évincés dans leur fol sillage. Oh, quelle humiliation ! Toute comédienne qu'elle était, ce n'était pas d'avoir un public qui la dérangeait, c'était l'absurdité de son rôle dans cette farce vulgaire.

Tout homme qu'il était, il n'avait rien remarqué.

Elle s'assit avec une dignité grave, les lèvres serrées, son attention rivée sur le menu, mais douloureusement consciente des sourires, des murmures et des coups de coudes aux confins troubles de sa vision périphérique. Levant les yeux, elle le surprit à hocher la tête poliment à l'attention de deux femmes souriantes qui étaient assises à la table d'en face, puis à leur retourner un grand sourire. Des sœurs, manifestement ; célibataires, vraisemblablement ; commères, sans l'ombre d'un doute. Son sourire mondain s'évapora au contact du froncement de sourcils réprobateur qu'elle lui adressa.

— Qu'y a-t-il ?

Elle se pencha vers lui et sourit de son sourire d'actrice : tout dans les lèvres et les joues, rien dans les yeux.

— Vous rendez-vous compte que tout le monde nous regarde ? demanda-t-elle dans un murmure doucereux qui ne cachait toutefois pas l'aspérité de son ton.

Il regarda autour de lui.

— Ma foi, oui, maintenant que vous le dites. Tout le monde a l'air fort sympathique. Le vieux monsieur là-bas vient de me faire un petit signe de la main avec un clin d'œil.

— Si vous lui retournez son clin d'œil, susurra-t-elle en douceur, je vous flanque un tel coup de pied que vous boiterez pendant le restant de vos jours.

Elle sourit et lui tapota la main.

— Je ne comprends pas.

— Je veux bien le croire. Ils pensent…

De son index recourbé, elle lui fit signe de se rapprocher, et il se pencha vers elle par-dessus la table.

— Ils pensent que nous venons de nous marier.

— Mais c'est ridicule !

— Ne parlez pas si fort.

— Mais pourquoi vont-ils penser… ? Je veux dire, de quel droit vont-ils s'imaginer que j'irais…

— Ne parlez pas si fort ! coupa-t-elle d'une voix rauque. Je ne veux surtout pas qu'ils aillent s'imaginer en plus que nous avons une querelle d'amoureux. Ce serait du pain béni.

Il jeta de nouveau un regard vers les deux sœurs célibataires. La plus boulotte des deux retroussa les lèvres et secoua la tête d'un air de dire : coquins, coquins d'enfants (mais si adorables).

— Oh mon Dieu, maugréa-t-il.

— Exactement, dit-elle.

— Eh bien, n'ayez crainte pour votre réputation, mademoiselle. Je veillerai à ce qu'elle ne subisse aucun préjudice.

— Ma réputation ne vous concerne pas. Je suis parfaitement capable de la défendre toute seule.

— Peut-être, reste que je vous laisserai la chambre. Je passerai la nuit assis dans le compartiment fumeur. À regarder par la fenêtre… seul… dans le froid.

— Vous n'en ferez rien ! Vous… (Elle maîtrisa l'intensité de sa voix et s'efforça de sourire tout en murmurant :) Vous n'allez certainement pas alimenter leurs cancans d'un morceau de choix qui les laisserait penser que suite à une prise de bec, je vous ai obligé à passer notre nuit de noces assis dans le compartiment fumeur. Vous passerez la nuit assis dans notre chambre, à regarder par la fenêtre si vous le souhaitez, dans le froid peut-être, seul certainement, tandis que je dormirai à un mètre de là, dans une indifférence totale à votre présence. Et maintenant, cher époux, je crois que je suis prête à passer commande.

— J'ai perdu l'appétit, dit-il d'un ton acerbe.

— Vous allez néanmoins commander un menu complet. Dont vous mangerez jusqu'à la dernière miette. Il est hors de question que ces gens aillent s'imaginer que nous faisons hâter le dîner pour… enfin, que nous faisons hâter le dîner.

Dans sa sollicitude obséquieuse, le serveur alla jusqu'à disposer un vase soliflore sur leur table : une rose blanche de la virginité, vouée bientôt sans doute à un abandon docile. Elle le remercia d'un "Très aimable à vous" abrupt, prononcé sans desserrer les dents.

Ils étaient à la moitié de leur soupe (de grands bols à demi remplis, prenant en considération les oscillations du wagon) quand, après un silence maussade, il poursuivit ses pensées à voix haute.

— Ce n'est pas comme si je n'avais pas conscience de… ou que j'étais indifférent face aux injustices sociales que les femmes affrontent au jour le jour. C'est tout l'inverse. C'est seulement que… Oh, laissez tomber, conclut-il avec un haussement d'épaules.

— C'est seulement que… quoi ? s'enquit-elle.

— Eh bien, si vous voulez savoir, je ne pense pas que la lourdeur du "drame social" serve à quelque chose. Peut-être qu'il prend le public et qu'il lui met le nez dans ses défauts, mais il ne résout rien. Pour commencer, le drame social prêche à ces dames de la paroisse, et…

— À ces dames de la paroisse ?

— C'était une figure de style.

— Je hais les figures de style.

Il la dévisagea.

— Comment peut-on nourrir une aversion générale contre les figures de style ?

— Rien de plus facile. J'ai fait ça toute ma vie. Quid des dames de la paroisse ?

— Les seules personnes disposées à aller au Théâtre-Libre pour se faire matraquer par d'interminables "messages" sont déjà d'accord avec lesdits messages. Si vous voulez persuader les masses indifférentes, il faut présenter votre message sous une forme qui sera agréable au plus grand nombre.

— Comme vos farces, je suppose ?

— Exactement. Par exemple dans ma dernière farce…

— … Une simple saynète pour chauffer la salle…

— *Dans ma dernière farce*, je tournais en ridicule les hommes qui considèrent que les épouses esseulées et délaissées en quête d'amour et d'empathie sont des "femmes déchues", alors que leurs maris avec leurs virées en ville sont perçus comme de joyeux coquets et de vieux loups de mer.

— Eh bien… peut-être.

Hum, peut-être ce type ne se résumait-il pas à un beau visage, avec cette chevelure épaisse et bouclée, ces yeux basques limpides et cette bouche à la courbe…

— Mais je parie que vos personnages féminins sont des stéréotypes, comme dans toutes les farces : l'épouse dominatrice ; la soubrette mutine et séduisante ; la femme fatale agitée et impulsive ; l'ingénue innocente et écervelée ; la…

— Il est vrai que les dramaturges usent de personnages-types pour…

— N'essayez pas de vous en sortir en prétendant qu'elles ne sont que des figures de style !

— Des figures de style ?

— D'accord, très bien ! J'avoue que je n'ai jamais vraiment compris ce qu'étaient les figures de style. Est-ce un crime ? Est-ce une infamie de ne pas faire la différence entre une métaphore, une hyperbole, un anagramme, une litote et un…

— L'anagramme n'est pas une figure de style.

— Dieu merci, ça en fait une de moins.

— Chuuuut. Ils vont croire que nous avons notre première dispute, sourit-il.

— Vous trouvez tout ceci très drôle, évidemment.

— Je trouve que c'est un bon matériau pour une farce. Une farce sociale, bien sûr. Une farce stimulante par sa signification sociale. Je pourrais avoir un personnage tel que vous : charmante, déterminée, impétueuse, à débiter tous vos trucs de suffragettes. Pendant qu'en face le dramaturge très digne, compréhensif et étrangement séduisant scrute calmement ses yeux pleins d'éclairs et…

— …Mes *trucs* de suffragette ?

— Oui, enfin vous voyez ce que je veux dire.

Elle fut empêchée de lui rétorquer qu'elle ne voyait pas ce qu'il voulait dire, et n'avait aucune envie de le savoir, par l'arrivée du serveur qui remplaça la soupière par un grand plateau d'huîtres à la vapeur, car le Nouvel An – la saison traditionnelle des huîtres – approchait à grands pas.

Il s'employa avec dextérité à retirer les délicieux mollusques de leur coquille, mais au bout du troisième, se rendit compte qu'elle ne mangeait pas.

— Que se passe-t-il ? Je croyais que vous aviez faim.

— Je meurs de faim. Je n'ai pas fait de repas digne de ce nom depuis que nous avons reçu ce télégramme de Sophie, annonçant son intention d'épouser le frère d'un gratte-papier qui débite des farces vulgaires à tour de bras.

— Mais alors si vous avez faim, pourquoi ne mangez-vous pas ?

Il se pencha en avant, la regarda droit dans les yeux avec un sourire et lui susurra de sa plus belle voix de nouvel époux :

— Vous ne voulez tout de même pas que les gens aillent s'imaginer qu'une impatience fébrile vous coupe l'appétit ?

Et sur ce, il remua les sourcils de manière suggestive. Elle lui répondit d'un murmure, le visage renfrogné :

— Je ne mange pas parce qu'il est impossible de manger des huîtres avec des gants.

— Dans ce cas, dit-il d'une voix caressante mais en prenant soin de bien détacher ses syllabes comme s'il s'adressait à l'idiote du village : pourquoi ne retirez-vous pas vos gants ?

Elle posa la main sur la sienne et leva les yeux sur lui avec un sourire :

— Je ne les retire pas parce que... (Elle pinça ce point atrocement douloureux sur le dos de sa main, point connu seulement des filles qui n'ont eu d'autre choix que d'apprendre à riposter aux taquineries d'un frère aîné)… Parce que, imbécile, je ne porte pas d'alliance. Et s'il y a bien une chose que je trouverais encore plus repoussante que l'idée que ces gens me croient votre épouse, c'est qu'ils me croient votre maîtresse.

Elle avait sifflé la dernière syllabe du mot tout en le pinçant sans pitié.

— Aïe !

Il retira sa main de sous la sienne et se frotta la peau en la dévisageant muettement d'un air accusateur.

— Alors comme ça on se retrouve face au bon vieux problème du elle-ne-peut-pas-retirer-ses-gants-parce-qu'elle-ne-porte-pas-d'alliance ? Fort bien, je vais vous montrer ce dont un dramaturge intelligent est capable. Hmm-hmm.

Toute sa concentration sembla refluer en lui-même tandis qu'il se creusait les méninges pour trouver un subterfuge capable de – ha !

— Retirez vos gants, dit-il.

— Mais, je…

— Je vous en prie, faites ce que je vous dis. Retirez vos gants.

De mauvaise grâce, elle retira son gant de la main droite, puis celui, révélateur, de la main gauche.

— Et maintenant, suivez le mouvement, murmura-t-il avant de lancer d'une voix forte : Bonté divine ! Où est passée ton alliance, ma chérie ?

Elle plissa les yeux.

— Si c'est une sale combine pour me faire honte…

Elle déplia son index et visa le jeune homme en plein cœur.

Autour d'eux, toutes les oreilles qui se tendaient vers leur table depuis qu'ils s'y étaient installés (et tout particulièrement depuis son "aïe" des plus sincère) s'étaient mises à trémuler tandis que les corps s'inclinaient vers eux, quoique personne ne se laissât surprendre en flagrant délit de tourner la tête pour regarder.

— Je t'ai déjà dit, ma chérie d'amour, continua-t-il à voix haute, que l'alliance de Grand-Maman était trop grande pour ton joli doigt délicat. Mais, petite coquine impatiente que tu es, tu n'as pas voulu attendre que je demande au joaillier de… euh… la petifier, n'est-ce pas ?

Il la regarda en fronçant le nez, puis se saisit de ses gants posés sur la table.

— La *petifier* ? répéta-t-elle tout en se faisant la promesse de lui faire payer son histoire de "petite coquine impatiente" – quant à son froncement de nez…

— Que vais-je bien pouvoir raconter à Mère, maintenant ? Elle sera dévastée d'apprendre que l'alliance de Grand-Maman est… Ah ça, nom d'une pipe en bois ! s'exclama-t-il en pinçant l'annulaire du gant gauche. La voilà ! Elle a glissé à l'intérieur de ton gant. Bécasse, va.

— Bécasse ?

Il pressa sur le doigt du gant pour en faire sortir l'alliance invisible, puis il y mit les doigts, extirpa entre son pouce et son index un morceau de vide qu'il fourra dans son gousset avant de le tapoter d'un geste protecteur.

— Voilà, elle n'ira pas plus loin, mon petit chou, jusqu'à ce que j'aie l'occasion de la faire… euh… rapetifier. Heureusement que ton petit mari s'occupe de tout.

Il agita son index sous son nez d'un air réprobateur et crut sentir les applaudissements silencieux de tout le wagon-restaurant. Son instinct de comédienne aidant, elle était encore plus sensible que lui à ces applaudissements silencieux… qu'elle abhorra. Quant à cet index agité sous son nez… !

Il reprit de leur voix basse coutumière :

— Franchement, avouez que j'ai le don d'imagination indispensable pour devenir un dramaturge à succès.

— Si cela n'exige rien de plus que l'instinct et la ruse d'un charlatan, alors soit.

— Je me suis donné trois ans pour percer dans le théâtre parisien.

— Cela prendra sans doute un peu plus longtemps avec des répliques comme "nom d'une pipe en bois !" Et si vous ne "percez" pas en trois ans, qu'adviendra-t-il ?

— Alors, dans ce cas… je… je n'en sais rien. Envisager l'échec est chose risquée. Cela fait germer des idées dangereuses dans la tête de la déesse de la chance. Et vous ? Combien de temps vous êtes-vous donné pour réussir comme interprète de drames sociaux de la plus haute importance ?

— Le temps qu'il faudra.

— Je vous reconnais bien là ! Et maintenant, pour reprendre des forces en vue de la longue route qui vous sépare de la célébrité, de la richesse et de l'impact social, vous feriez peut-être bien de vous attaquer à vos huîtres.

Libérée de ses gants, elle s'y employa goulûment ; à présent, c'était le jeune homme qui semblait avoir perdu l'appétit.

— Que se passe-t-il ? demanda-t-elle en manipulant sa fourchette à huîtres avec adresse.

— Ces huîtres me font penser à ma sœur.

— Une vraie perle, c'est ça ? Ou plutôt le petit air visqueux ? À moins que ce ne soit le côté fumant de colère depuis que vous l'avez abandonnée ?

— Elle adore les huîtres. Et elle n'a rien avalé depuis que nous avons reçu le télégramme de mon frère nous annonçant qu'il avait succombé aux manigances de… eh bien, qu'il était tombé profondément et éternellement amoureux de votre Sophie, et qu'il avait l'intention de l'épouser sur-le-champ, avec ou sans l'approbation de la famille. Nous voilà, à huit heures passées, et ma sœur ne peut même pas aller au restaurant. C'est moi qui ai l'argent du voyage, naturellement.

— Naturellement ? En quoi est-ce "naturel" que les hommes détiennent l'argent ? Quant à votre sœur, je ne m'en ferais pas. (Elle termina sa quatrième huître et jeta son dévolu sur la cinquième.) Je parie qu'en cet instant même elle est assise en face de mon frère et qu'elle s'empiffre d'un plateau d'huîtres. Dieudonné aura certainement…

— *Dieudonné ?*

— N'essayez même pas, j'ai tout entendu. Dieudonné aura certainement insisté pour que votre pauvre sœur abandonnée se joigne à lui pour dîner. Mon frère prend toujours les décisions convenables. Il est la parfaite incarnation de ce qu'il y a de plus conventionnel – jusqu'aux normes en matière de gentillesse et de compassion… du moment que c'est à l'attention des "bonnes personnes".

— Vous n'avez pas l'air de beaucoup apprécier votre frère.

— Oh, je l'aime, bien sûr. Mais non, je ne l'apprécie pas beaucoup.

— C'est exactement ce que je ressens envers ma sœur !

— Qui doit être en ce moment même assise face à lui dans un restaurant chic (il ne fréquente que les établissements chics qu'il délaisse dès que leur popularité est en berne). Je l'imagine très bien, à jeter un œil autour de lui pour vérifier qu'on le regarde divertir votre sœur par le menu des châtiments qu'il se propose de vous infliger demain, lorsque le train suivant l'amènera à Cambo-les-Bains. Et votre sœur est vraisemblablement en train d'essuyer délicatement le bout de ses doigts tachés d'huîtres sur sa serviette tout en tentant de prendre votre défense.

— Ce qui montre l'étendue de votre savoir. Elle serait la dernière personne au monde à prendre ma défense. Depuis qu'elle est venue me "rendre visite" à Paris, totalement à l'improviste, elle fait de ma vie un enfer.

— Brave petite.

— Elle passe ses journées à gaspiller sa part de l'héritage familial en vêtements, puis ses nuits à se plaindre de mon incapacité à lui présenter des gens "sympathiques"… Comment ça, "brave petite" ?

— Qu'est-ce qui vous en empêche ?

— Qu'est-ce qui m'empêche de quoi ?

— De lui présenter des gens "sympathiques".

— Je ne connais pas de gens "sympathiques" !

— Je veux bien le croire.

Le serveur remplaça le plateau d'huîtres vidé par un poulet Marengo pour elle et une daube au vin pour lui. Comme elle s'attaquait à son assiette avec un entrain candide, elle demanda :

— Donc votre sœur est une snob, c'est ça ? Eh bien, elle devrait s'entendre à merveille avec mon frère. Il donnerait tout pour pouvoir restreindre sa patientèle au gratin chic de la capitale. Elle et lui pourraient gravir les échelons de la bonne société, allant main dans la main de dîners ennuyeux avec des gens "convenables" en dîners encore plus ennuyeux avec des gens "importants" – de somptueux banquets où le prix de chaque plat pourrait sauver de la famine un village arménien par semaine, et où l'on trouve au moins un domestique en livrée par convive planté le groin dans la mangeoire dorée, et… que faites-vous ?

— Je griffonne quelques notes. J'ai une très bonne mémoire des dialogues, mais vous déblatérez à un rythme effarant. Si j'arrive toutefois à saisir en substance votre énergie et votre débit, je pourrai toujours vous étoffer plus tard.

— Je ne suis pas certaine de vouloir être étoffée par vos soins. J'ai toute l'étoffe que… arrêtez d'écrire et mangez votre ragoût. Il va refroidir.

Mais il continuait à écrire. Aux tables alentour, les commensaux auraient donné tout et n'importe quoi pour pouvoir jeter un œil à ce que le marié rédigeait dans son petit carnet. Un message d'amour, je parierais. Quelque chose qu'il rechignerait à nous laisser entendre. Oh, la jeunesse, la jeunesse ! Enfin, au moins il mange son ragoût, maintenant. Ç'aurait été bien dommage de le laisser refroidir, elle avait bien raison. Des deux, c'est elle qui a la tête sur les épaules. Elle portera la culotte à la maison, c'est moi qui vous le dis.

Elle laissa errer son regard dans le vide, les yeux troublés, un morceau de poulet oublié en équilibre sur sa fourchette. Puis elle dit, comme par-devers elle :

— Je ne peux pas vraiment lui en vouloir.

— Euuhh… non, non, ne me dites pas. Laissez-moi retrouver. Voyons voir… ah… vous n'en voulez pas à ma sœur de ne pas avoir pris ma défense face aux attaques de votre frère sur ma personne ? Vrai ?

— Faux. C'est ma sœur à moi à qui je ne peux pas en vouloir. La pauvre petite tête de linotte est amoureuse… aussi indigne d'elle fût l'objet de son affection.

— Ma foi, je ne peux pas en vouloir à mon frère non plus. Il est victime des traditions romantiques de notre famille. Mon arrière-grand-père, mon grand-père, mon père – tous sont tombés amoureux au premier regard et chacun a ravi la femme qui avait conquis son cœur – dans deux cas, au grand dam du village, car elles étaient promises ailleurs.

— Avez-vous quelque velléité d'agir un de ces jours au grand dam de votre village ?

— Si la femme idéale, irrésistible et providentielle entrait dans ma vie, je me verrais tenu par la tradition familiale de la faire chavirer et de faire d'elle ma compagne adorée pour toute éternité.

— Et si elle n'avait aucune envie de chavirer ? Et si elle préférait garder l'équilibre ? Et sa dignité, alors ? Et son libre arbitre. Et la valeur qu'elle donne à son indépendance ?

— Disons qu'il semble évident que votre sœur ne souffre d'aucune de ces menues inhibitions qui l'empêcheraient de chavirer.

— Non, je crains que vous n'ayez raison. Elle s'est laissé emporter par des vagues de pure extase et…

Remarquant le morceau de poulet qui refroidissait au bout de sa fourchette, elle le mangea d'un air méditatif, les yeux fixés sur les traits de neige par-delà la vitre. Puis, d'une voix adoucie par l'émerveillement :

— … le Siècle des Femmes.

Il cligna des paupières, s'efforçant de combler le fossé à propos de, de quoi ? Mais impossible.

— Très bien. J'abandonne.

— Dans trois jours, nous entrerons dans le XXe siècle, lequel sera le Siècle des Femmes.

— Ah, oui, certes. Sauf que le XXe siècle ne commence pas dans trois jours. Il commence dans un an et trois jours, le premier janvier 1901.

— J'ai entendu ça, mais je refuse de le croire. C'est peut-être défendable d'un point de vue mesquinement mathématique, mais la logique poétique s'y oppose.

— La notion de "logique poétique" n'existe pas.

— Pas pour vous, peut-être. Pensez donc… mes filles, mes petites-filles et mes arrière-petites-filles naîtront au cours du Siècle des Femmes. L'une d'elles deviendra peut-être présidente de la France.

— Présidente de la France, c'est tout ? Impératrice de toute l'Europe, assurément.

Elle opina, acceptant cette responsabilité supplémentaire avec philosophie.

— C'est drôle, n'est-ce pas ? dit-il à l'issue d'un bref silence, au cours duquel elle sépara le restant du poulet de son os avec une délicatesse toute chirurgicale.

— L'idée que mon arrière-petite-fille devienne impératrice d'Europe ?

— Non, cette idée est plus sinistre qu'elle n'est drôle. Ce qui est drôle, c'est qu'ayant eu le temps de nous remettre du choc de ces missives annonçant que mon frère et votre sœur avaient pour dessein de se marier, lui avec une diablesse sournoise, elle avec un brigand basque, nous ne demandons rien de plus désormais qu'ils temporisent pendant quelques semaines – qu'ils prennent une sorte de délai de réflexion. Après ça, s'ils restent déterminés à se lancer dans les eaux impétueuses du mariage, ils pourront avoir une cérémonie digne de ce nom, qui rassemble votre famille et la mienne pour leur souhaiter bonne traversée sur le chemin rocailleux de la vie.

— Il me semble que vous venez de lancer leur navire sur un chemin rocailleux. Serait-ce une métaphore mélangée ?

— Filée. Je croyais que vous ne connaissiez rien aux métaphores.

— Vous non plus, apparemment. Mais, soit, je serais disposée à les laisser se marier, du moins si je trouve que votre frère est digne de ma sœur.

— Oh, ce sera le cas. Il est tellement… eh bien, franchement, il est exactement comme moi.

Elle émit un grondement sourd. Puis elle demanda :

— Vous ne finissez pas votre daube ?

— Hum ? Ah, non. Non, je ne pense pas.

Elle échangea son assiette vide contre la sienne à moitié pleine.

— Pensez-vous réellement qu'à leur arrivée au prochain train, les snobs se montreront aussi attentionnés et compréhensifs que nous ?

— Certainement pas. Ils renâcleront comme un cheval qui piaffe. Mais je peux me charger de ma sœur. Et je ne doute pas une seconde que vous puissiez vous charger de votre frère.

— C'est vrai. En conséquence de quoi, toute notre agitation et notre précipitation pour atteindre Cambo à temps n'auront servi qu'à vous donner de la matière pour écrire une farce de bas étage ?

— De bas étage ? Mais pas du tout ! J'envisage une production extravagante. Le décor intérieur d'un wagon fonctionnel en plein mouvement n'est pas une mince affaire, dites-vous bien. Et j'ajouterai l'odeur de la nourriture qui flottera dans tout le théâtre à travers les bouches de chauffage – une vraie mise en scène à la Dion Boucicault – cependant que le diorama d'un paysage de campagne défilera sans fin derrière les vitres.

— Quand bien même la scène se passe la nuit ?

— Euh… d'accord, nous ferons l'économie des coûts de production du diorama et nous contenterons d'asperger un peu d'eau sur les vitres obscurcies en les balayant de temps en temps d'un faisceau de lumière pour figurer le passage d'un village. Et la scène finale ? Ah, la scène finale ! Une scène somptueuse qui se soldera par plusieurs mariages. Elle sera spectaculaire. Et très drôle, bien entendu.

— Plusieurs mariages ?

— Mais évidemment ! La situation l'exige ! Les premiers à convoler en justes noces seront les deux jeunes vauriens opiniâtres et romantiques qui ont semé toute cette pagaille. Viendront ensuite le frère médecin snob et la sœur arriviste, qui feront la promesse de grimper les échelons assommants de la société jusqu'à atteindre des sommets d'ennui. (Nous pourrons prétendre à de grands moments de comédie burlesque quand le vieil excentrique dont ils se moquent, pensant qu'il s'agit de l'idiot du village, se révèle être le vicomte de Fric von Gottlot, milliardaire fantasque de son état.) Puis vient le moment émouvant (tamisez les lumières, sortez les mouchoirs, mesdames !) quand, inspiré par le bonheur des jeunes amoureux qui les entourent, les deux vieux esseulés (ma mère et votre père) décident de partager l'automne de leur vie par respect pour leurs défunts conjoints. Et voilà ! Un triple mariage avec un grandiose… Oh-oh, attendez une minute ! J'ai oublié quelqu'un.

— Je me demandais quand…

— J'ai oublié de trouver quelqu'un pour votre tante Adélaïde. Hum. Ah ! J'ai un vieil oncle bourru qui ne s'est jamais marié, Hippolyte. L'union de votre tante Adélaïde nous offrira l'occasion d'une intrigue secondaire comique : la vieille fille follement amoureuse et le vieux bonhomme au charme suranné, quoique adorable, qui par la plus pure des coïncidences…

— C'est précisément le problème de la farce ! Elle repose sur des coïncidences faciles qui ne tiennent pas la route.

— Mais les coïncidences sont le moyen qu'utilise le Destin pour infléchir l'existence des mortels.

— Non, je réfute ces inepties sur les coïncidences comme "Moteur du Destin". Ce n'est qu'une piètre excuse invoquée par les conteurs pour avoir recours à des conventions galvaudées. Comme celle de la fin heureuse, du vieux stratagème de l'erreur d'identité, de la grenouille qui se transforme en prince, alors que dans la vie – dans la vraie vie âpre et sans fard – le prince se révèle le plus souvent être une grenouille, ou plus précisément un crapaud.

— Certes, mais la vraie vie âpre et sans fard grouille de coïncidences. Prenez notre rencontre ce soir dans le fiacre. Si ça, ce n'était pas une coïnci… Hé, mais c'est pas mal, ça.

Il sortit son carnet et griffonna "grenouille-crapaud" tandis que le serveur débarrassait leurs assiettes et attendait d'avoir toute leur attention avant de leur psalmodier la carte des desserts.

Ils choisirent la crème brûlée, le serveur s'en fut et elle dit :

— Que disiez-vous de notre rencontre ?

— Admettez que notre rencontre est le fruit d'un vrai faisceau de coïncidences.

— Je n'admettrai rien de tel. Étant donné que ma sœur et votre frère ont envoyé des télégrammes annonçant leur intention de contracter un mariage inconsidéré, il devenait tout à fait naturel que vous et mon frère vous précipitiez à Cambo-les-Bains pour tenter de leur faire entendre raison. Il n'y a là aucune coïncidence, seulement le cours naturel des choses. Et, bien évidemment, vous êtes l'un comme l'autre allés chez Lafitte-Caillard parce que c'est l'agence de voyages de référence. Là encore, aucune coïncidence. Pendant que vous traînassiez au comptoir, les fiacres se sont avancés le long de la file d'attente, comme de coutume, et sachant qu'à Paris ils ont tous la même forme et la même couleur, nous pouvons difficilement voir une coïncidence dans le fait qu'après avoir été vexé de manière puérile par l'échange avec mon frère, et voulant à tout prix attraper votre train, vous n'ayez pas pris la bonne calèche. Que je me sois assoupie dans un recoin du fiacre n'était pas une coïncidence non plus. C'était la résultante naturelle de mon manque de sommeil, étant donné que j'avais passé la nuit à me faire un sang d'encre pour la pauvre Sophie.

— Ça n'était pas plutôt un coup de théâtre jouant sur la vieille combine de l'erreur d'identité, hein ?

— Pas le moins du monde. Et ce n'est pas une coïncidence si mon frère et vous aviez les billets de train, cependant que votre sœur et moi n'avions pas un sou pour dîner. C'est le résultat de l'état d'esprit stupide, injuste et oppressif qui dicte ce qui est permis pour les hommes et proscrit pour les femmes. Non, non, il n'y avait pas de "Moteur du

Destin” à l’œuvre dans notre rencontre. C’était l’enchaînement rationnel de tout un éventail de données.

— Et le fait que vous et moi soyons dans le théâtre ? Ce n’est pas une coïncidence, j’imagine ?

Il était sûr de l’avoir coincée.

— Alors, d’une certaine manière, c’en est une.

— Ah !

— Mais d’une autre, pas du tout.

— Oh.

— Réfléchissez : prenez la rencontre entre deux individus où vous voulez dans le monde. Bien des aspects de cette rencontre seront indirectement identiques – ce qui ne revient pas à la même chose que d’être fortuits.

— Ah bon ?

— Non. Par exemple, ils marchaient dans la même rue, sans quoi ils ne se seraient pas croisés. Ainsi est-ce un critère qui préside à leur rencontre et non pas une coïncidence. Vous voyez ce que je veux dire ?

— Hmm-hmm.

— De surcroît, il est vraisemblable que l’un comme l’autre aient bu un café ce matin-là, qu’ils aient lu les titres des journaux, qu’ils soient nés au cours du même siècle, dans le même pays, qu’ils émettent de mêmes réserves à l’idée de manger des vers de terre vivants, ou de se jeter par la fenêtre du deuxième étage pour faire de l’exercice en remontant par les escaliers. Mais aucune de ces actions ne peut décemment prendre l’appellation de coïncidence.

— Vraiment pas ?

— Non. Ce sont tout simplement les similitudes normales, aléatoires et fortuites qui accompagnent toute rencontre. À ce titre, s’il n’y avait pas une seule similitude entourant les circonstances de leur rencontre, nous obtiendrions une coïncidence. Vous comprenez ?

— Ah-h… presque.

— Je soutiens que le fait que nous soyons tous deux dans le théâtre est l'une de ces similitudes normales et mathématiques probable sans laquelle notre rencontre aurait été véritablement fortuite et par conséquent n'aurait pas été en soi une coïncidence, mais tout à fait l'inverse. Et voilà.

Il la regarda posément pendant un long moment.

— Avez-vous été scolarisée chez les jésuites, par hasard ?

— Les filles ne sont pas admises dans les écoles jésuites. Encore un bel exemple de préjugé stupide.

— Donc, si je comprends bien, vous êtes en train de dire que si je me lançais dans l'écriture d'une pièce de théâtre inspirée des circonstances de notre rencontre, je ne pourrais pas me retrouver accusé de céder à la facilité en m'appuyant sur des coïncidences invraisemblables, exact ?

Elle fronça les sourcils. Une petite minute, n'avait-elle pas défendu justement l'inverse ? Et pourtant en tordant l'argument jusqu'à… hmm-hmm.

Il sourit.

— J'envisage de clore la pièce par un quintuple mariage incluant le personnage du dramaturge et le personnage de la comédienne.

— Oh ?

— Mais, bien sûr, ce serait ridicule.

— Oui, bien sûr… Pourquoi ?

— *Cinq* mariages d'un coup ça fait un peu beaucoup. Et puis, le dramaturge et la comédienne sont ce que nous autres auteurs dramatiques appelons des “agents” – dès lors ils ne peuvent raisonnablement pas se marier.

— Non, bien sûr que non… Pourquoi pas ?

— Eh bien, pour commencer, ce serait trop prévisible. Le public le verrait arriver dès l'instant où il grimpe dans le fiacre. Et puis, c'est sans compter les implications médicales et religieuses.

— Médicales… ?

— … et religieuses. Le mariage de leurs frères et sœurs en fait doublement des beaux-frères et des belles-sœurs. Et quand leurs parents se marient, ils deviennent demi-frère et demi-sœur. La Bible ne voit pas ce genre d'union d'un bon œil. Et les biologistes nous mettent sévèrement en garde contre elles. Mais que je décide ou non de les marier n'est pas le problème le plus épineux qui se pose à moi.

— Ah bon ?

— Non, non. Le problème le plus épineux sera celui de la distribution des rôles. Le rôle du jeune dramaturge ne présente pas d'obstacles insurmontables. Il pourra être incarné par un comédien intelligent, charmant, et plutôt beau – à condition qu'il ait l'esprit vif et un tempérament de battant. Mais la jeune femme, qui se balade en robe courte, préconise un changement de société, expulse les stewards des compartiments, monte à bord des trains en compagnie de parfaits inconnus et menace d'avoir une petite-fille qui sera un jour à la tête de l'Europe – ce ne sera pas une bagatelle de trouver une comédienne pour une telle gageure, à la fois charmante et adorable et désirable et charmeuse et brillante et amusante et – disons, toutes les qualités que j'admire chez – chez ce personnage que j'ai inventé. Non, il me faudra remuer ciel et terre pour dénicher une comédienne capable de rendre justice au rôle. Ce n'est pas une affaire pour une novice. Il me faudra une actrice au palmarès… Aïe !

Elle avait manqué de lui arracher la peau du dos de la main. Après cet assaut totalement injustifié mais infiniment satisfaisant, elle laissa sa main à plat sur la table, et le bout de ses doigts effleurait accidentellement le dos de ses mains. Ils ne se tenaient pas la main. Personne n'aurait pu affirmer qu'ils se tenaient la main d'aucune façon. Non. C'est seulement que sa main à elle reposait sur la table près de ses mains à lui parce que… eh bien, il fallait bien qu'elle les pose quelque part, non ? Il avait vivement conscience de la douceur de son toucher et il n'osait déplacer sa main ne serait-ce que d'une fraction de centimètre de peur qu'elle ne se rende brusquement compte que leurs mains se touchaient et qu'elle ne retire la sienne. En réalité, il n'avait aucune inquiétude à se faire.

Le serveur apporta les desserts, et elle commença à manger le sien avec lenteur, ses pensées délicatement tournées en son for intérieur. Lui ne pouvait manger le sien, car c'était sa main droite qu'elle avait immobilisée inopinément, et il aurait préféré mourir que la bouger.

— Vous ne voulez pas de votre dessert ? s'enquit-elle.

— Je n'ai plus trop d'appétit, je crois.

C'était un mensonge ; il bouillonnait d'appétit, mais pas pour de la nourriture.

— Eh bien… si vous en êtes certain.

Elle prit sa crème brûlée et tandis qu'il la regardait manger jusqu'à la dernière cuillerée, son cœur se gonfla devant la portée symbolique de ce geste. Puis ils se mirent à parler en même temps.

— Au fait, comment… ?

— Puis-je demander… ?

— Je suis désolé, qu'alliez-vous… ?

— Non, vous d'abord.
— Je me demandais simplement quel était votre nom.
— J'allais vous poser la même question, dit-elle.
— Alors là, c'est forcément une coïncidence.
— Pas du tout.

Ce récit s'inspire d'un dispositif narratif utilisé dans une histoire de Robert W. Chambers parue dans la version européenne reliée du New Harper's Monthly Magazine *d'août 1903. (Volume CVII, n° DCXXXIX). Je reconnais avec gratitude ma dette envers M. Chambers et je serais ravi d'avoir des nouvelles de ses descendants.*

LE POMMIER DE LA DISCORDE

La veuve Etcheverrigaray puisait réconfort et fierté dans le magnifique pommier qui poussait à la limite de sa propriété, juste après la parcelle de poireaux qui se révélaient chaque année les meilleurs du village ; et sa voisine et rivale de toute une vie, Mme Utuburu, retirait une satisfaction non moins importante du magnifique pommier se dressant près du lopin de piments, qui rendaient jaloux d'elle tous les producteurs de ce petit poivron piquant. Malheureusement pour la quiétude de notre village, il n'est pas ici question de deux arbres, mais d'un seul : un arbre qui poussait très précisément à la limite entre les terres des deux femmes et qui était, aux yeux de la loi et de la tradition, leur propriété partagée. Il était inévitable que les pommes produites par cet arbre dussent entraîner un différend, étant donné le triste rôle que joue ce fruit perturbateur depuis le Jardin d'Éden.

Comme tout le monde le sait, ni la mesquinerie ni l'avidité n'ont de place dans la personnalité basque, si bien qu'il convient de chercher ailleurs la cause de la Guerre du Pommier qui devint partie intégrante de notre folklore. L'explication tient à l'implacable rivalité à laquelle les deux femmes s'adonnèrent assidûment pendant la majeure partie de leur existence. Au temps de leur jeunesse, l'une d'elles avait été jugée la plus belle fille de notre village, tandis que l'autre était considérée la plus élégante et charmante – quoique des années plus tard, plus personne ne se souvînt laquelle était quoi et, malheureusement, plus aucune trace de ces qualités n'était encore discernable pour rafraîchir les mémoires. Le Destin, dans sa grande malice, voulut que les deux jeunes femmes en pincent pour cette belle canaille de Zabala, qui ne répondait alors pas encore au nom de Zabala-Une-Jambe, puisqu'il n'avait pas encore commis la faute indéterminée (mais indubitablement charnelle) pour laquelle Dieu le Père dans sa rectitude le punit en lui prenant une jambe au cours de la Grande Guerre, tandis que son bienveillant Fils Jésus montra sa miséricorde en lui laissant l'autre sur laquelle clopiner. Tout le village savait que les jeunes femmes admiraient Zabala parce qu'aucune d'elles ne daignait danser en sa compagnie lors des fêtes, et que l'une comme l'autre détournaient le visage d'un air hautain quand cet effronté vaurien leur adressait un mot ou une œillade. S'il fallait une preuve supplémentaire de leur attirance, on avait entendu les deux belles du village dire qu'elles préféraient faire vœu de chasteté plutôt que d'épouser ce brigand fourbe et baratineur de Zabala quand bien même il serait le tout dernier homme à Xiberoa. Plutôt se faire nonnes. Plutôt se faire prostituées ! Plutôt se faire *protestantes* ! (Bien sûr, personne ne les croyait capables d'en arriver *là*.)

Étant tout aussi rusé qu'Il est bon, Dieu sait comment nous punir, non seulement en nous refusant nos souhaits, mais aussi en les accordant. Dans ce cas précis, Il trancha avec le dos de la lame. Il décréta qu'aucune des deux jeunes femmes n'aurait Zabala, puisque ce dernier quitta le village pour s'en aller punir le Kaiser Wilhelm, lequel à cette époque violait des bonnes sœurs et embrochait des bébés belges sur sa baïonnette, comme nous le faisaient savoir les affiches d'enrôlement. Zabala rentra trois années plus tard, une jambe en moins, mais avec une telle sophistication d'homme du monde qu'il en avait oublié les termes basques pour désigner quantité de choses et utilisait le français à la place. Il se vantait des merveilleux endroits qu'il avait vus et de toutes les délicieuses débauches auxquelles il s'était livré, mais c'est avec stupéfaction qu'il apprit qu'en son absence les deux femmes s'étaient mariées à de simples bergers bien en deçà de leurs aspirations, que les deux cérémonies de mariage avaient eu lieu dans les deux mois qui avaient suivi la grande fête grisante marquant la récolte de la fougère des collines, et que les deux femmes avaient respectivement donné naissance à un enfant après seulement sept mois de gestation. Dans notre vallée, les premières grossesses de courte durée n'attirent aucune critique, tant il est bien connu que le bon Dieu rend les premières grossesses miséricordieusement brèves pour récompenser la jeune femme d'avoir conservé sa virginité jusqu'au mariage. En revanche, les grossesses suivantes sont généralement menées jusqu'à leur terme, ce qui semble logique, puisque le fait même qu'il ne s'agisse pas d'une première grossesse signifie que la mère n'était plus vierge au moment de la conception. N'est-il pas merveilleux de réussir à ce point à trouver justice et objectivité en toutes choses ? Encore une preuve supplémentaire de la main de Dieu sur notre quotidien.

Au fil des années, le berger Etcheverrigaray augmenta lentement son cheptel jusqu'à être en mesure d'acheter une petite maison en bordure du village, laquelle était dotée d'un jardin embroussaillé que sa femme domestiqua avec soin jusqu'à en faire la fierté du village, et cela va sans dire, un sujet de jalousie. Mais son mari prit l'habitude de passer le temps qu'il aurait dû consacrer à ses brebis dans le troquet de notre maire, gaspillant son argent sur une telle quantité de petits verres de vin qu'après sa mort soudaine d'aucune maladie autre que la volonté de Dieu, sa veuve aurait eu bien du mal à joindre les deux bouts n'eût été ce jardin fructueux qu'elle avait amendé au fil des années avec amour et à la sueur de son front.

Quant à l'époux de Mme Utuburu, il était rongé d'un mal pire que la boisson : il était malchanceux. Et il existe un vieux dicton basque qui nous apprend ceci : infortuné est en effet celui qui est accablé de malchance. Si un orage éclatait vers les sommets, vous pouviez mettre votre main à couper que la foudre frapperait les bêtes d'Utuburu. Si, à de rares occasions, ses brebis connaissaient une saison féconde, le prix de la laine était voué à chuter. S'ajoutait à cela que le village ne se montrait pas très sensible à ses malheurs, car il est bien connu que la malchance est le fouet avec lequel le Seigneur réprimande ceux qui ont péché, aussi habilement et clandestinement que ce fût. Et n'oublions pas autre chose : quand le prix de la laine chutait pour Utuburu, il chutait pour tout le monde – même pour nous, les chanceux et les innocents.

Vous imaginez donc notre surprise lorsque nous apprîmes que Utuburu-le-Malchanceux allait toucher un héritage inattendu d'un oncle lointain. Mais les méthodes subtiles du Seigneur se firent jour quand, alors qu'il rentrait chez lui après avoir fêté la seule bribe de bonne fortune de toute sa vie, Utuburu tomba dans le fleuve et se noya.

Avec ce qui resta de l'héritage une fois que les avocats cupides se furent gavés, Mme Utuburu fit l'acquisition de la petite maison voisine de la veuve Etcheverrigaray, et elle s'employa à faire durer une petite rente en trimant tout le jour dans son jardin, lequel ne tarda pas à devenir le meilleur – ou le deuxième meilleur – du village, selon que l'on estimait un potager à la qualité de ses poireaux ou à celle de ses piments.

C'est ainsi que le Destin, dans sa grande ironie, fit vivre et vieillir côte à côte les deux rivales en bordure du village, chacune sans mari, et chacune avec un fils unique qui accaparait son amour et gouvernait ses espérances.

Le fils de la veuve Etcheverrigaray se révéla être un élève intelligent et assidu, d'abord à l'école maternelle du village, puis au collège de Mauléon, plus tard au lycée de Bayonne et enfin à l'université à Paris. À chaque nouveau palier dans ses études, il s'éloignait un peu plus de son village, et plus sa mère avait proportionnellement d'amples raisons d'être fière de lui, plus les occasions se faisaient rares de l'exhiber à sa voisine moins bien lotie. Au début, son fils lui écrivait de courtes missives que le prêtre du village lisait encore et encore à la veuve Etcheverrigaray jusqu'à ce qu'elle les sut par cœur, après quoi elle les partageait avec les femmes qui lavaient leur linge à grands coups de battoirs au lavoir du village, ses yeux balayant les feuilles de papier tandis qu'elle récitait de mémoire. Une fois, son fils envoya un gros livre rempli de petits caractères qui arborait son nom sur la couverture, et dont le prêtre nous expliqua que c'était la preuve qu'il en était l'auteur : il avait écrit chaque mot, du premier au dernier. L'ouvrage contenait tant de choses érudites sur l'agriculture tropicale que même notre prêtre ne pouvait s'appliquer longuement à sa lecture sans piquer du nez. À terme, le fils obtint un poste très important au Brésil ou quelque chose comme ça, et le village ne le revit jamais.

Quant au fils de Mme Utuburu, le mieux que l'on puisse dire de ses résultats scolaires est que les dommages qu'il infligea à l'établissement au cours de son bref passage n'étaient pas aussi importants que certains voulaient bien le faire croire. Ses dons innés tendaient dans une autre direction : il devint le joueur de jaï-alaï le plus puissant et rusé que notre village eût jamais produit – et ce n'est pas peu dire, car c'est notre village qui offrit au monde le légendaire Andoni Elissalde, celui-là même qui écrasa tous les nouveaux espoirs entre 1873 et 1881, jusqu'à ce qu'une pelote le percutant en pleine tête n'en fasse un innocent ; si adoré de Dieu qu'il cessa à jamais d'être tourmenté par le doute et détourné du droit chemin par la curiosité. Après que le jeune Utuburu eut construit sa réputation au sein de notre équipe communale, il partit jouer à Bayonne, où il fut sélectionné dans l'équipe qui s'en allait en tournée en Espagne et en Amérique du Sud, distribuant des leçons d'humilité partout où elle allait et faisant rougir de fierté toutes les joues de Xiberoa. Ainsi, alors que le garçon devenait de plus en plus célèbre dans le plus noble de tous les sports, il jouait de plus en plus loin de notre village et de sa fière mère, qui ne manquait pas une occasion de garder les photos et les éloges de lui dans les journaux. Elle conservait toute la page, de crainte d'en découper la mauvaise partie parce que, comme sa voisine, elle ne donnait pas prise aux menaces que faisait peser sur une foi élémentaire la maîtrise de la lecture. Tandis qu'il était en tournée en Amérique du Sud, le fils se vit offrir une immense fortune pour jouer en Argentine ou quelque chose comme ça. Par deux fois il envoya des clichés de lui le montrant dans le feu de l'action, et par une fois il envoya un magnifique coussin de soie multicolore peint d'une femme magnifique (quoique impudique) et accompagné des mots BONJOUR DE BUENOS AIRES. Sur l'autre face, dans un arc-en-ciel de broderies se détachait le mot MADRE, dont le prêtre affirmait qu'il se référait à Mme Utuburu ou alors à la Vierge Marie, soit une bonne pensée dans un cas comme dans l'autre. Après ce geste de prodigalité, le fils ne donna jamais plus de nouvelles.

Dans l'ordre normal des choses, les deux veuves auraient vécu leur existence en reportant sur leurs potagers le soin et l'affection dont leurs époux n'avaient plus besoin et dont leurs enfants ne voulaient plus, assistant régulièrement à la messe du matin vêtues de leur châle noir, persuadées que leur piété ne manquerait pas d'être récompensée, échappant petit à petit à l'attention du village, comme souvent avec les vieilles dames. Mais tel n'était pas le destin de la veuve Etcheverrigaray et de Mme Utuburu, tant leur rivalité de plus en plus forte attisait la curiosité et les commérages des femmes de notre village. Au début, cette rivalité se manifestait par des regards mutuellement jetés par-dessus le mur de pierre au potager de l'autre en murmurant des petits mots de condoléances et d'encouragement pour l'année à venir. Au fil des ans, ces gouttes d'acide édulcoré s'affinèrent en bribes d'éloges ou de sympathie que chacune exprimait au cours de sa tournée d'emplettes. Mme Utuburu encensait constamment sa voisine comme une sainte qui avait dû supporter son ivrogne de mari. Mais bien évidemment, si le vieux soiffard n'avait pas été soûl le soir de leur rencontre, il n'aurait jamais… Ah, mais à quoi bon l'évoquer maintenant, après toutes ces années ?

Et la veuve Etcheverrigaray laissait souvent échapper des soupirs sincères en songeant à l'infortune de sa voisine dont le mari avait la guigne. Le pauvre homme était malchanceux en tout, à commencer par le fait qu'il se retrouvait contraint de vivre avec une femme qui… mais assez ! Il était mort, à présent, et souffrait d'un plus grand châtiment encore !… si c'était possible.

S'il y avait bien une chose qui arrachait à Mme Utuburu une moue de mépris, c'était la manière qu'avaient certaines personnes d'arriver au lavoir tous les mardis avec une espèce de vieux livre qu'elles passaient leur temps à feuilleter et tripoter en poussant des soupirs jusqu'à ce que les autres se retrouvent obligées de poser des questions dessus par politesse, moyennant quoi elles finissaient noyées sous un monceau d'absurdités à propos de l'intelligence exceptionnelle de quelque avorton binoclard qui était totalement infichu d'attraper une pelote avec un chistero et qui n'avait jamais eu la décence d'envoyer à sa pauvre mère un petit quelque chose pour la Nouvelle Année ! À elle qui avait veillé des nuits durant pour sauver la vie de cette demi-portion quand il était malade… soit quasiment tout le temps !

Et s'il y avait bien une chose en ce bas monde qui exaspérait au plus haut point la veuve Etcheverrigaray, c'était la manière qu'avaient certaines personnes de se trimballer partout avec un vieux coussin tout poussiéreux, et de vous le coller sous le nez jusqu'à ce qu'on soit obligé de demander ce que diable ce pouvait bien être. Après quoi on se retrouvait avec une charretée de balivernes sur la force et la vitesse d'une espèce de tête de bois de brute ignare qui n'avait pas même la politesse élémentaire d'envoyer à sa mère un petit cadeau le jour de la fête de son Saint. À elle qui avait porté ce monstre sous son cœur pendant neuf mois !... Enfin, sept.

Les saisons se muèrent en années. Une route goudronnée s'insinua dans notre vallée et bientôt la radio infligea les voix de Paris à nos oreilles, semant les valeurs et les aspirations de la capitale dans les cœurs de nos jeunes gens. Un vieil adage basque dit : Comme la jeunesse s'estompe, l'on vieillit. Et c'est ce qu'il advint aux deux femmes. Tout d'abord avec discrétion, puis avec une précipitation effrayante, ce qui ressemblait jusqu'alors à une pile inépuisable de lendemains devint un vague petit enchevêtrement d'hiers. Elles continuaient malgré tout à trimer dans leurs potagers pour produire les meilleurs légumes (ou les deuxièmes meilleurs légumes) de notre village, et malgré tout elles continuaient à affûter leur rivalité, incitées en grande partie par leurs voisins, qui s'amusaient des sempiternelles médisances, jusqu'à ce que notre quiétude vole en éclats avec la Guerre du Pommier. L'arbre en question était vieux et noueux, toutefois il produisait sans faillir une généreuse récolte de ce succulent fruit craquant à la chair parsemée de taches rouges de cette variété que l'on appelait autrefois Sang-du-Christ. De nos jours, on ne voit plus de pommes Sang-du-Christ, mais les vieillards qui s'en souviennent avec plaisir ne se lassent pas d'expliquer aux jeunes que la modernité n'arrive pas à la cheville de ce qui existait à leur époque : que ce soit les fêtes de village, la météo, le comportement des enfants... Jusqu'aux pommes, pour l'amour de Dieu !

Comme l'arbre se dressait précisément à la frontière entre leurs jardins (en effet, le mur qui les séparait touchait l'arbre de part et d'autre de ce dernier, et était déformé par sa poussée), elles avaient toujours partagé les pommes, chacune ramassant exclusivement les fruits des branches qui surplombaient sa propriété. Pour éviter de paraître mesquine au point d'ignorer la présence de l'autre, elles ne s'employaient pas à la récolte le même jour, même s'il était parfois éreintant, alors qu'on avait prévu depuis des semaines de ramasser des pommes un matin donné, de se rendre compte en regardant par la fenêtre que cette vieille goinfre de voisine avait jeté son dévolu sur le même jour ! Sans parler du fait que le jeune Zabala aurait forcément demandé à l'une de l'épouser si l'autre ne s'était pas amusée à se jeter sur lui de manière parfaitement scandaleuse !

Le destin des pommes qui poussaient sur les branches litigieuses qui couraient le long du mur frontalier était une source de tension renouvelée chaque année. Aucune des deux femmes ne voulait se risquer à ramasser des pommes qui ne surplombaient pas sans conteste sa propriété de crainte de donner à l'autre toute latitude de la qualifier de voleuse autour du lavoir, si bien qu'elles furent obligées d'attendre que Dieu, déguisé en force gravitationnelle, règle la question à la fin de chaque saison en faisant tomber les pommes d'un côté ou de l'autre du mur de séparation. Certaines années, le Diable, déguisé en vents violents, attisait le conflit en faisant tomber la majorité des pommes sujettes à débat dans un seul et même jardin. Et chaque année, un nombre déchirant de pommes tombaient sur le mur et pourrissaient lentement dans ce no man's land rocailleux, sous le regard affligé des deux femmes, qui se plaignaient amèrement du gâchis honteux généré par cette espèce de vieille médisante de… que Dieu lui pardonne.

Même si les mortels ne le pourront.

Le boulanger de Licq, qui se rendait de village en village au volant de sa camionnette et klaxonnait pour attirer le chaland, avait un sens aigu des affaires, comme tous ces Licquois mordeurs de pièces d'or. Il savait que la variété rarissime des pommes Sang-du-Christ était si appréciée que tout le monde était prêt à les payer à prix… à prix juste, bien évidemment. Au fait de la concurrence entre les deux veuves, le boulanger prit soin d'offrir à l'une comme à l'autre l'occasion de mettre du beurre dans les épinards. Après d'âpres négociations, il prit ses dispositions pour acheter cinq paniers de pommes à chacune.

Le lendemain matin tôt, la veuve Etcheverrigaray sortit de sa maison et se dirigea vers son arbre chargée de cinq paniers qu'elle avait l'intention de remplir avant – mais qu'est-ce que c'était que ça ?! Mme Utuburu se tenait de l'autre côté du mur de pierres et remplissait déjà ses paniers à elle des beaux fruits charnus. En temps normal, la veuve ne se serait jamais aventurée à faire sa récolte en même temps que sa voisine cupide, mais comme le boulanger passait dans l'après-midi pour prendre ses pommes, elle se mit au travail d'un air sombre sans dire un mot. Il ne lui fallut pas bien longtemps pour se rendre compte qu'elle ne parviendrait pas à remplir ses cinq paniers, car cette année les pommes avaient beau être particulièrement grosses et belles, elles étaient moins abondantes que d'habitude (c'est ainsi que Dieu, dans Sa justice éternelle, donne d'une main tout en reprenant de l'autre). En effet, une fois ramassé toutes les pommes des branches qui surplombaient sans conteste son jardin, la veuve Etcheverrigaray s'avisa qu'elle n'avait rempli que quatre paniers. Et encore, en donnant une acception large au mot “remplir”. Un regard coulé en biais par-dessus le mur lui révéla que Mme Utuburu en était exactement au même point : toutes ses branches nues et un panier résolument vide. Et son idée à elle d’un panier “rempli” était manifestement qu’il n’était pas totalement vide ! Au même moment, la veuve Etcheverrigaray découvrit avec horreur que sa voisine, penchée par-dessus le mur, louchait dans cette direction afin d’estimer si certaines des branches qui couraient le long du no man’s land entre leurs propriétés pourraient, après réexamen, être considérées comme se trouvant de son côté à elle du mur. D’indignation incrédule, la veuve ouvrit les yeux grands comme des soucoupes ! Cette vieille gloutonne envieuse d’Utuburu était bel et bien en train de songer à briser la trêve tacite qui leur permettait de se partager le pommier ! Elle s’avança d’un pas pour compenser l’iniquité de sa voisine par la récolte de pommes qu’elle pouvait tout aussi bien estimer pousser de son côté de la branche litigieuse. “Alors comme ça, siffla Mme Utuburu sous cape, cette gourgandine cupide d’Etcheverrigaray veut jouer à ça, hein ? C’est ce qu’on va voir !” Et elle s’employa énergiquement à récolter les pommes jusqu’alors considérées comme suspectes mais qui devenaient de fait les siennes au motif de défense légitime – sans parler de revanche.

Elles ramassaient furieusement de part et d’autre de la même branche, quand madame Utuburu la tira vers elle au moment même où sa rivale s’apprêtait à saisir un fruit. “Quoi ? grommela la veuve Etcheverrigaray entre ses dents. Ma foi, moi aussi je peux jouer à ça ! Et mieux que toi, encore !” Sur ce, elle empoigna hardiment la branche qu’elle immobilisa le temps d’en ramasser frénétiquement toutes les pommes de sa main libre. “Dieu me soit témoin, grogna Mme Utuburu. Cette catin sans gêne est donc prête à arracher les branches de l’arbre pour satisfaire sa cupidité ?” Et elle tira la branche à elle, emportant dans son élan la veuve prise de court qui se retrouva à moitié de l’autre côté du mur. “Aïe, cria la veuve. Alors comme ça, cette traînée effrontée joue la grosse dure ?” Et elle tendit la main pour ramener de nouveau la branche vers elle lorsque Mme Utuburu, qui avait ramassé la toute dernière pomme, lâcha ladite branche qui repartit en arrière et alla fouetter l’ample poitrine de la veuve stupéfaite, qui tituba et finit par tomber sur son séant avec un petit bruit de succion au milieu de ses poireaux de prix. Elle n’eut nullement le temps de laisser déborder sa fureur, ni de faire savoir son indignation aux villageois qui avaient commencé à se regrouper le long de la route pour assister au spectacle, car déjà sa voisine jetait son dévolu sur une branche litigieuse à l’autre extrémité de l’arbre. La veuve Etcheverrigaray se releva en grognant et en époussetant vigoureusement la boue à l’arrière de sa jupe avant de se jeter de nouveau dans la mêlée, bien déterminée à laver cet affront. Hurlant toutes les calomnies que des années de rivalité avaient entassées dans leurs imaginations fertiles, elles agrippèrent les pommes pour les arracher aux branches tout en agrémentant leur réputation respective de ces accusations biologiques fort explicites pour lesquelles la langue basque a vraisemblablement été conçue, s’il n’était pas universellement reconnu qu’elle avait été inventée aux cieux à l’intention des anges. À un moment précis, alors que chacune d’elles convoitait la même pomme, leurs mains se touchèrent, et toutes deux battirent en retraite avec un cri comme si le contact les avait souillées. Encore furieuse de la manière sournoise que Mme Utuburu avait eue de lâcher la branche, la veuve Etcheverrigaray décida de lui rendre la pareille. Elle appuya de tout son poids contre la branche pour l'infléchir de son côté, de sorte que lorsque Mme Utuburu tendrait la main pour cueillir le fruit, elle n'aurait qu'à la lâcher et la regarder fouetter…

… la branche cassa, et la veuve se trouva une nouvelle fois le séant dans son lit de poireaux, sous les huées et les acclamations des spectateurs qui lui mettaient le feu aux joues tant la rage le disputait à l'humiliation. Elle resta plantée là à égrener avec force grognements des descriptions de la personnalité, de la généalogie, des habitudes et des aspirations de Mme Utuburu, cependant que cette femme complètement calomniée, face à son panier qui n'était toujours pas rempli et à la branche chargée des toutes dernières pommes qui gisait par terre, hors de portée dans le jardin de sa voisine, levait les paumes vers le ciel et conjurait Dieu d'être témoin de ce pillage ! Ce vol ! Ce brigandage ! Sur ce, elle s'empressa de se signer et supplia Mère Marie de poser les mains sur les oreilles du petit Jésus, afin qu'Il ne soit pas offensé par les obscénités que vomissait la bouche de cette ignoble rustre d'Etcheverrigaray !

Laquelle description incita la veuve à faire un geste obscène.

Lequel geste obligea Mme Utuburu à balancer une poignée de boue.

Laquelle agression força une demi-douzaine de villageois à se précipiter depuis le bord de la route pour s'interposer avant que des dommages corporels ne viennent gâcher le plaisir bon enfant de leur divertissement.

Dans le récit final de la Guerre du Pommier, on retint que ce fut la veuve Etcheverrigaray qui réussit – tout juste – à remplir ses paniers en cueillant les toutes dernières pommes, alors que Mme Utuburu dut se livrer à des négociations longues et compliquées pour que ce boulanger grippe-sou de Licquois finisse par accepter ses maigres paniers avec des soupirs et des grognements de supplicié tout en augurant que ses enfants finiraient à l'hospice. Toutefois, de nombreux villageois estimèrent que Mme Utuburu était sortie victorieuse puisqu'après tout, ce n'était pas elle qui avait atterri par deux fois sur son large postérieur au milieu des poireaux.

Au cours des quelques semaines suivantes, à chaque fois qu'au marché une femme posait des questions sur les événements (les yeux écarquillés d'innocence et des roucoulements de compassion de la voix), Mme Utuburu menaçait d'intenter des poursuites judiciaires à l'encontre de la malotrue malveillante qui avait endommagé son arbre ! Et la veuve Etcheverrigaray ne se gênait pas pour exprimer publiquement ses soupçons quant à ce que sa voisine avait offert au boulanger en guise de compensation ; quoique, comme l'estimait la veuve, la marchandise en question ne valait déjà pas grand-chose quand elle était jeune et fraîche et ne serait acceptée par le boulanger qu'à condition qu'il eût l'intention de réduire son séjour au purgatoire en mortifiant sa chair.

Au cours de l'année suivante, elles réglèrent leurs comptes sur le champ de bataille de leurs potagers, chacune trimant du matin au soir pour produire des légumes qui faisaient la fierté du village et le désespoir des autres jardiniers. L'activité en plein air entretenait la force et la souplesse de leur organisme, tandis que les éloges des passants les aidaient à garder la flamme, notamment si les éloges pouvaient être interprétés comme une comparaison offensante pour la récolte de la voisine.

Puis, par une journée d'automne froide et humide, Zabala-Une-Jambe mourut. De rien en particulier ; la vie le quitta, sort auquel nous devrons tous nous résoudre un jour ou l'autre. Zabala n'avait pas de famille, mais il était du village, de sorte que nous nous rendîmes tous à son enterrement et restâmes sous la pluie tandis que le prêtre saisissait l'occasion de nous promettre que la mort constituait une partie inéluctable de chacun d'entre nous, alors nous ferions bien de nous y préparer, et tout particulièrement certaines personnes qu'il pourrait nommer, sauf qu'il n'allait pas entacher la solennité des circonstances en lançant des accusations… mais de peu ! On quitta le cimetière, les femmes pour retourner à la maison et au travail, les hommes pour aller au troquet de notre maire boire un petit verre en souvenir de Zabala… voire deux verres.

Seules Mme Utuburu et la veuve Etcheverrigaray restèrent dans le cimetière, sous la pluie, de part et d'autre de la balafre de terre retournée, les yeux baissés sur leurs chapelets qu'elles tenaient entre leurs doigts rendus noueux par le labeur. Elles restèrent ainsi sans bouger pendant une heure. Deux heures. La pluie détrempa leurs châles, elles serraient les dents pour les empêcher de claquer, mais aucune ne voulait être la première à partir, car c'eût été renoncer au rôle de meneuse de deuil et reconnaître que l'autre avait plus de raisons d'être accablée de chagrin.

Leurs épaisses jupes noires étaient si imbibées d'eau qu'elles ne se soulevaient même plus dans les rafales de vent qui poussait la pluie à l'horizontale par-dessus la tombe, pour autant aucune des deux n'aurait cédé le terrain à celle dont ce séduisant fripon de Zabala s'était soucié comme d'une guigne. C'eût été une insulte à sa mémoire… Sans parler d'une insulte à son bon goût !

En fin de compte, le prêtre sortit au petit trot de sa maison attenante à l'église, les yeux encore lourds de sommeil, en grommelant que deux vieilles entêtées l'arrachaient à sa méditation. Il se posta à la tête de la tombe, luttant contre le vent pour retenir son grand parapluie noir, et leur ordonna avec colère de le suivre. Immédiatement ! Comme il est imprudent de désobéir à un messager de Dieu, surtout dans le cadre fortuit d'un cimetière, elles l'autorisèrent à les raccompagner chez elles, après seulement qu'elles eurent à tour de rôle tenté de rester à la traîne. Elles rentrèrent, chacune d'un côté du prêtre, chacune ayant une épaule protégée par le parapluie tandis que l'autre était trempée par la pluie qui dégoulinait de son rebord. Sans un mot, elles quittèrent le prêtre une fois arrivées en bas de leurs jardins et remontèrent leurs allées d'un pas lourd, chacune chez soi.

Le lendemain se leva avec ce frêle soleil qui annonce la fin de l'automne, et Mme Utuburu songea qu'il faudrait bientôt récolter les pommes, qui avaient poussé en abondance cette année, quoique plus petites et moins sucrées qu'à l'accoutumée. (La justice impartiale de Dieu ne se révèle-t-elle pas en toutes choses ?) Comme elle s'affairait à la préparation de bocaux de piperade, elle jetait de temps à autre un coup d'œil par la fenêtre de la cuisine pour voir si cette cupide d'Etcheverrigaray n'était pas déjà en train de dépouiller l'arbre. Mais la veuve ne quitta pas sa maison de la journée, et Mme Utuburu se demanda quel jeu pouvait bien être en train de jouer la vieille chouette. Oh-h, une petite minute ! Faisait-elle semblant d'être trop bouleversée pour pouvoir s'occuper de son jardinage ? Était-ce là sa manière sournoise d'insinuer qu'elle avait plus de raisons de pleurer le jeune Zabala, alors qu'il n'en avait jamais rien eu à fiche d'elle ? Quelle fourberie !

Le lendemain matin après la messe, le prêtre demanda à Mme Utuburu pourquoi sa voisine avait raté l'office, ce à quoi elle répondit qu'elle n'en savait absolument rien. Peut-être avait-elle abandonné la fréquentation de l'église, se rendant compte que si la miséricorde divine était infinie, elle n'était peut-être pas suffisamment infinie pour sauver certaines personnes qui passent leur temps à faire étalage de leur prétendu chagrin ! Le même genre de personnes qui se trimballent partout des gros livres écrits par des fistons filiformes si faiblards qu'ils sont incapables de lancer une pelote contre un fronton ! Non, quand bien même l'enfant Jésus lui-même le supplierait de jouer une partie ! Le prêtre secoua la tête en poussant un soupir, navré qu'il était d'avoir posé la question.

Cet après-midi-là, quand Mme Utuburu leva les yeux du paillis qu'elle mettait dans son potager en prévision de l'hiver, elle aperçut le prêtre qui remontait consciencieusement l'allée menant chez la veuve. Il resta dix minutes à peine à l'intérieur avant d'en ressortir, le front barré d'un pli lourd. Lorsque Mme Utuburu l'interpella par-dessus le mur en lui demandant à quoi jouait la vieille Etcheverrigaray, le prêtre bifurqua jusqu'à elle en soulevant les pans de sa soutane pour lui épargner la boue.

— Votre voisine a été appelée au jugement de Dieu, dit-il dans un trémolo tempéré qui n'était pas sans évoquer les appels de fonds pour la rénovation du toit de l'église.

Mme Utuburu n'en croyait pas ses oreilles ! Cette vieille jument en pleine santé d'Etcheverrigaray ? Celle-là même qui était parfaitement capable d'arracher la branche d'un arbre qui ne lui appartenait pas ? C'était impensable !

— Elle a dû attraper une fièvre de la moelle osseuse en restant sous la pluie pendant l'enterrement du pauvre Zabala, expliqua le prêtre. Je l'ai trouvée assise dans sa cuisine, les pieds dans un seau d'eau qui avait refroidi.

Le prêtre s'en fut prendre les dispositions d'usage, et bientôt quatre femmes du village en descendirent par la route, vêtues de robes noires passées à la hâte ; la tête inclinée, les paumes des mains pressées devant elle, elles avançaient d'un pas lent, mais chacune trémulait d'une excitation contenue à la perspective de participer aux grands moments de la Vie et de la Mort. Une fois chez la veuve Etcheverrigaray, elles lavèrent, vêtirent et disposèrent le corps, après avoir pris le soin d'ouvrir la fenêtre de la chambre pour laisser son âme s'envoler vers les cieux. Puis la première pleureuse – qui méritait ce titre privilégié vu que, en qualité de doyenne des veilleuses, elle était probablement "la prochaine", quoique cela ne fût jamais exprimé clairement – ressortit de la maison pour annoncer le décès aux poules, afin qu'elles n'interrompent pas la ponte. Dans d'autres parties du pays basque, la coutume veut que l'on aille murmurer aux abeilles de la défunte que leur gardienne est morte, pour éviter que cette disparition soudaine n'incite les abeilles à abandonner leurs ruches en masse. Personne au village n'étant apiculteur, nous avons pour habitude d'informer les poules, ce qui est visiblement un bon calcul, parce qu'on ne les a jamais vues abandonner leurs poulaillers en masse.

Dans la cuisine de la veuve Etcheverrigaray, les pleureuses devisaient à voix feutrées, s'exaltant mutuellement à grand renfort d'évocations pieuses de ce que n'importe laquelle d'entre elles pouvait à tout moment être rappelée à Dieu, si bien qu'elles avaient intérêt à se tenir prêtes avec des âmes pures… et des sous-vêtements propres.

La première pleureuse suggéra de convier Mme Utuburu à veiller en leur compagnie. Après tout, les deux femmes avaient été voisines pendant plus longtemps que les garçons n'ont de pensées inavouables. Mais la deuxième pleureuse se demanda si la présence de sa rivale de toujours en train de fouiner dans la cuisine qu'elle n'avait pas eu le temps de briquer ne risquait pas d'offenser la défunte. Après mûre réflexion, il fut décidé qu'elles feraient soigneusement le ménage, après quoi elles inviteraient Mme Utuburu à la veillée.

C'est ainsi que Mme Utuburu, avec une raideur et une bienséance compassées, prit place pour la toute première fois dans la cuisine de sa voisine. Des silences embarrassés furent suivis de sursauts de conversation qui s'affaissaient en bribes de phrases avant de s'estomper en hochements de tête imperceptibles et en balbutiements d'assentiment. Aucune des pleureuses n'était disposée à louer la veuve en présence de sa rivale, et aucune n'osait cancaner à son sujet en présence de son esprit, alors de quoi pouvait-on bien parler ? En fin de compte, au grand soulagement de tout le monde, Mme Utuburu se leva pour prendre congé. Néanmoins la première pleureuse l'invita à observer la tradition ancestrale en emportant avec elle un petit quelque chose de la maison en souvenir de la défunte. Au début, elle déclina l'offre, puis à force – et surtout pour pouvoir s'en aller sans désagrément supplémentaire – elle se laissa infléchir. Son départ fut suivi d'un long silence, puis un flot de paroles retenues s'épancha en chœur des lèvres de toutes les veilleuses. Pourquoi diantre était-elle allée choisir cette relique en particulier ?

Le village entier vint accompagner la veuve en sa dernière demeure. Après nous être recueillis près de la tombe pendant un temps respectable, à frissonner dans un vent chargé de l'odeur de la neige soufflant des montagnes, nous nous éloignâmes, les femmes en cuisine, les hommes au bistrot du maire pour prendre un petit verre tout en causant de la mise en garde du prêtre sur le fait que chaque heure de la vie blesse, et que la dernière tue… d'accord, peut-être deux verres.

Mme Utuburu n'avait nullement l'intention de s'attarder auprès de la tombe ; c'est seulement qu'elle ne se rendit pas compte que les autres étaient partis. Une bonne heure s'écoula avant qu'elle ne relève les yeux et, qu'étouffant un cri de surprise, elle ne s'aperçoive qu'elle était seule. Seule. Sans rien pour marquer le passage des jours. Sans personne pour la pousser à travailler d'arrache-pied dans son potager et à récolter de plus grands éloges des villageois. Sans petites victoires pour lui parer la gorge de rougeurs de fierté, sans petites défaites pour picoter ses oreilles de rougeurs d'humiliation. Sans rien à dire sur rien, si ce n'est son magnifique coussin de soie dispendieux reçu de Buenos Aires.

L'hiver descendit de la montagne et quand sa mission de purification par le froid fut accomplie, se retira lentement sur ses pentes, laissant le printemps ameublir les sols et l'eau de fonte emplir l'Uhaitz Handia de vagues qui dansaient sous l'écume terreuse. C'est en cette saison que Mme Utuburu faisait habituellement ses semis de piments sous cloche pour avoir un mois d'avance sur le reste du village, mais elle ne s'en sentait pas la force. À quoi bon ? Elle n'avait pas d'époux à nourrir, pas de fils appréciant sa piperade épicée et désormais aucune voisine à fâcher avec la supériorité de ses produits. Et si elle s'épargnait de planter des piments, cette année ? La tâche de s'atteler à son potager lui semblait aussi lourde qu'ingrate.

Elle commença à – je ne dirais pas "à comprendre", car jamais elle ne soumit la question au processus de la réflexion. Elle commença à sentir que sa rivale avait été… non pas une raison de vivre, mais une adversité à vaincre : un sujet de grief quotidien, une source d'envie, un motif pour se lever le matin, ne serait-ce que pour vérifier à quelle nouvelle bassesse elle s'était livrée.

Tout en bas du village, au lavoir, une femme repoussa une mèche de cheveux de son front de sa main couverte de savon en commentant que trois jours de lessive étaient passés sans que Mme Utuburu ne montre le bout de son nez. À la marche en pierre suivante, sa voisine reposa le battoir avec lequel elle frappait le linge en suggérant que deux d'entre elles descendent à la lisière du village pour s'assurer qu'il n'était rien arrivé de fâcheux. Après tout, elle n'est plus toute jeune et… Mais regardez ! La voilà !

En effet, l'intéressée s'approchait du lavoir de son pas imposant, son menu ballot de linge sale dans une main, et à plat sur l'autre son célèbre coussin de Buenos Aires, sur lequel reposait en équilibre…

Oh non, c'était impensable !

Mais si. Le Livre. Et les laveuses n'eurent d'autre choix que d'écouter Mme Utuburu distribuant ses éloges entre la robustesse remarquable de son fils et l'esprit prodigieux du fils Etcheverrigaray.

C'est ainsi que Mme Utuburu s'employa à garder la veuve Etcheverrigaray en vie pendant de nombreuses années encore. Et elle-même aussi, par la même occasion.

NUIT TORRIDE EN VILLE II

Il n'y avait que trois passagers dans le dernier bus en provenance du centre-ville : un homme, une femme et un clochard. La jeune femme était assise juste derrière le chauffeur parce qu'elle se fiait instinctivement aux hommes en uniforme, chauffeurs d'autobus compris. Elle étreignait son sac à main sur ses genoux serrés, les yeux fixés sur le tapis de sol en caoutchouc mamelonné pour éviter de croiser le regard du vieux clochard face à elle, qui sentait la pisse et la transpiration et se réveillait avec un reniflement mouillé à chaque fois que l'autobus roulait dans un nid-de-poule ou faisait une embardée pour en contourner un autre. Le jeune homme assis seul au fond n'avait pas réussi à trouver le sommeil à cause de la chaleur et du tiraillement incessant de son estomac. Après avoir tourné et viré pendant des heures, il avait quitté l'asile de nuit et déposé son balluchon à la consigne de la gare routière pour pouvoir marcher sans être encombré.

Une vague de chaleur étouffante frappait la ville depuis plus d'une semaine. Après minuit, seulement, il faisait assez frais pour que les habitants se risquent à sortir respirer un brin d'air. Dans les immeubles suffocants qui séparaient le centre-ville climatisé des banlieues aérées, on laissait les enfants dormir sur les escaliers de secours, étendus sur des coussins de canapé. En contrebas, sur les perrons des maisons de grès rouge, les femmes vêtues d'amples robes d'intérieur en coton devisaient d'une voix endormie pendant que les hommes en maillots de corps moites sirotaient des bières. Au début de la canicule, les gens s'étaient plaints du temps qu'il faisait à de parfaits inconnus dans un élan de camaraderie bougonne de détresse partagée, comme pendant une guerre, une inondation ou un ouragan. Mais une fois toute la fournaise emmagasinée, quand la brique et l'acier de la métropole s'étaient mis à irradier la chaleur en pleine nuit, l'humeur de la population s'était faite maussade et amère.

L'autobus remontait au pas les rues des bas quartiers étrangement plongées dans la pénombre, car on gardait les lumières éteintes pour ne pas surchauffer les appartements et plusieurs lampadaires avaient été cassés par des groupes de gamins que la chaleur rendait aussi malheureux que mutins. Mais l'intérieur de l'autobus était fortement éclairé et la jeune femme trouvait étrange de sillonner les rues sombres sous une cloche de verre à la vue de tous cachés par l'obscurité. Les vitres de l'autobus étaient ouvertes pour combattre la chaleur, mais l'air ambiant était si chargé de suie qu'elle sentait comme du sable entre ses dents, si bien qu'elle voulut claquer la vitre devant son siège, mais elle était coincée et, n'y parvenant pas, elle détourna la tête. Elle aperçut un panneau publicitaire connu fixé dans la courbe du plafond qui lui garantissait d'améliorer ses chances de réussites de *25 %, 50 %, 75 %… Plus encore !… en apprenant la sténographie. Satisfait ou remboursé ! N'attendez pas ! Empruntez le chemin de la réussite dès aujourd'hui !* L'affiche montrait un patron séduisant qui souriait à une jolie femme à l'air organisé, un carnet de notes ouvert devant elle. Ce serait elle, un jour prochain.

Elle tira sur le cordon lâche pour demander l'arrêt et un *ding* distordu précéda l'immobilisation du bus dans une embardée. Tandis qu'elle remerciait le chauffeur et descendait à l'avant, le jeune homme se faufila par les portes en accordéon à l'arrière. L'autobus s'en fut dans un tourbillon de poussière et de détritus, emportant les ronflements du clochard dans la nuit.

Elle se dirigea vers l'unique réverbère encore intact de toute la rue, titubant légèrement sur ses talons hauts qu'elle n'avait pas l'habitude de porter. Quand sa cheville se tordit, elle se retourna vers le trottoir avec un froncement de sourcils accusateur, comme si un obstacle l'avait fait trébucher. C'est à ce moment-là qu'elle le remarqua.

Le jeune homme s'avisa qu'elle risquait de penser qu'il la suivait, or il ne voulait surtout pas l'effrayer, de sorte qu'il enfonça les mains dans ses poches et se mit à siffler pour montrer qu'il n'avait nullement l'intention de sauter sur quiconque à l'improviste, ni rien tenter dans le genre. Il avait jeté son dévolu sur le thème musical du *Troisième Homme*, qu'elle avait vu un après-midi rediffusé dans un cinéma de quartier pour échapper à la pluie. Elle n'avait pas beaucoup aimé le film, particulièrement la fin triste, quand l'actrice italienne passait à côté de Joseph Cotton, qui était amoureux d'elle. Elle savait bien que les gens pensaient que les films qui avaient une fin triste étaient plus "artistiques" que ceux qui avaient une fin heureuse, mais elle allait au cinéma pour se débarrasser de son cafard, et elle préférait que les films l'aident à se sentir bien.

Le jeune homme cessa de siffler quand il se fit la réflexion qu'elle écoutait probablement les histoires d'épouvante de *The Whistler* retransmises à la radio, et que s'il y avait bien une chose qui la mettrait mal à l'aise, c'était un inconnu qui sifflotait dans une rue mal éclairée. Elle le prit vraiment par surprise quand une fois arrivée à hauteur du réverbère, elle fit volte-face.

— Ne tentez pas quoi que ce soit, je vous préviens ! (La tension lui donnait une voix grêle.) On est dans un quartier italien, ici !

Le jeune homme leva les paumes en signe de reddition.

— Ouh là là, madame, lança-t-il avec la diction suintante et édentée de l'acteur de westerns Gabby Hayes. Y'a pas de raison pour que vous m'balanciez une tripotée d'Italiens sur le paletot.

Mais sa répartie ne la dérida pas. La lumière du réverbère transforma ses yeux en deux déchirures d'ombre sous le dessin net de ses sourcils ; seul le bout de ses cils ourlés de lumière étincelait, tandis qu'il souriait et poursuivait de sa voix balbutiante à la Jimmy Stewart :

— Écoutez, je… je suis terriblement navré si je vous ai effrayée, mademoiselle. Mais je tiens à vous dire que je ne vous suivais pas. Enfin, si, si, j'imagine que je vous suivais. Mais pas intentionnellement ! J'étais simplement, disons que, eh bien… je me promenais. En pleine rêverie. Simplement… j'étais plongé dans ma rêverie, c'est tout. Écoutez, et si je… tout bonnement… si je faisais demi-tour et que je repartais dans l'autre sens ? C'est du pareil au même pour moi, parce que je ne vais nulle part en particulier. Moi je… vous savez… j'erre sans but dans la vie.

Elle ne souriait toujours pas, alors que c'était une très bonne imitation de Jimmy Stewart, elle devait bien l'admettre. Elle ne le lâchait pas des yeux, tendue et en colère ; si bien qu'il lui adressa un petit salut comique et remonta la rue dans l'autre sens. Puis il se retourna :

— Excusez-moi, mon petit poussin, mais vous avez dit quelque chose qui a titillé ma cu-rio-si-té.

Il étira les syllabes dans le style nasal et sifflant de W.C. Fields. Ils se tenaient à une distance de dix mètres l'un de l'autre, mais il était minuit largement passé et la rumeur de la circulation du centre-ville était si lointaine qu'ils pouvaient se permettre de parler d'une voix normale.

— Je vous prie, dites-moi, mon petit, pourquoi m'avoir prévenu qu'il s'agit d'un quartier italien. Quel est le rapport – tel qu'ont l'habitude de s'interroger les philosophes antiques ?

W. C. Fields fit tomber les cendres de son cigare imaginaire et attendit poliment sa réponse.

Elle s'éclaircit la voix.

— Les Italiens sont différents de la plupart des citadins. Ils ont le sens de la famille. Si une femme crie, ils sortent en courant et cassent la figure à celui qui l'embête.

— Je vois, observa W. C. de son inflexion traînante. Une coutume des plus louables, c'est certain. Mais qui serait bien sévère pour un gars accusé à tort d'être un agresseur, tel que votre humble serviteur.

W. C. Fields la faisait sourire, alors il continua.

— J'en déduis que vous êtes une femme d'origine i-talienne ?

— Non. J'habite ici parce que c'est plus sûr. Et moins cher.

Il gloussa.

— Vous m'en avez dit plus que vous ne le vouliez, dit-il de sa voix normale.

Elle fronça les sourcils, et la lumière biseautée remplit d'ombres les rides de son front.

— Comment ça ?

— Vous venez de me dire que vous vivez seule, et que vous n'avez pas beaucoup d'argent. Auriez-vous la gentillesse de me dire une autre chose ?

— Quoi donc ? demanda-t-elle avec prudence encore, quoique la première poussée d'adrénaline s'estompât déjà.

— Y a-t-il un endroit par ici où je pourrais boire une tasse de café ?

— Ma foi… il y a un White Tower. Quatre pâtés de maison plus loin, au tournant.

— Merci, dit-il avec un sourire qui lui plissa les yeux. Vous savez, c'est une scène étrange. Je veux dire… vraiment étrange. Essayez plutôt de vous la représenter. Notre héroïne descend d'un bus, d'accord ? Elle est suivie par un jeune homme, qui rêvasse vaguement. Soudain, elle fait volte-face et le menace de le tuer à coups d'Italiens. Surpris, perplexe, abasourdi, dérouté, et tout bonnement apeuré, il décide de prendre ses jambes à son cou. Mais la curiosité – ce vilain défaut notoire – le contraint à s'arrêter et ils se mettent à bavarder, séparés par plusieurs mètres de trottoirs dont il espère qu'ils lui apporteront un sentiment de sécurité. Tandis qu'ils parlent, il remarque la lueur du réverbère qui embrase sa chevelure et drape ses épaules tel un châle de lumière… Un châle de lumière. Mais ses yeux… ses yeux se perdent dans l'ombre, de sorte qu'il ne sait pas ce qu'elle pense, ce qu'elle ressent. Le jeune homme demande le chemin du café le plus proche, qu'elle lui indique obligeamment. C'est maintenant qu'arrive la partie épineuse de la scène. Osera-t-il l'inviter à boire un café en sa compagnie ? Ils pourraient prendre place dans la plus immaculée des tours blanches du White Tower et passer quelques heures de cette nuit étouffante à parler… ma foi, à parler de ce que bon leur semble. De la vie, par exemple, ou de l'amour, ou peut-être – je ne sais pas trop – de base-ball ? Enfin le vagabond trouve le courage de le lui proposer. Elle hésite – eh bien, évidemment ! Quelle jeune héroïne n'hésiterait pas ? Il lui sourit de son sourire le plus enfantin – je crains que ce soit en effet mon sourire le plus enfantin. Et puis la fille – eh bien, je ne sais pas trop ce que notre héroïne déciderait. Que ferait-elle à votre avis ?

Elle le dévisagea, soupesant muettement ses intentions. Puis elle demanda :

— Vous êtes anglais ?

Le changement brutal de sujet le fit sourire.

— Pourquoi cette question ?

— Vous avez la même voix que les Anglais dans les films.

— Non, je ne suis pas anglais. Ceci étant, vous n'êtes pas italienne. Nous voilà quittes, à égalité, sauf d'humeur. Pour ma part, je suis d'humeur simple, d'humeur égale, volontiers d'humeur badine. Mais vous ? Vous êtes d'humeur bizarre.

— Comment ça bizarre ?

— Oh, allons ! Accepter l'invitation d'un parfait inconnu à aller boire un café, c'est pas banal, quand même.

— Je n'ai pas dit que j'irais boire un café avec vous.

— Pas en ces termes peut-être, mais… dites, c'est par où votre White Tower ?

— Il faut rebrousser chemin.

— Il me semble que vous avez dit : quatre pâtés de maison plus loin, au tournant.

Ils descendirent la rue côte à côte, mais en laissant un grand espace entre eux et il se fit fort de maintenir un filet de bavardage, essentiellement des questions à son propos. Cela lui plaisait, parce que personne ne s'intéressait jamais à elle, à qui elle était, ce qu'elle pensait ou ressentait. Elle lui confia qu'elle n'était à New York que depuis six mois, qu'elle venait d'une petite ville dans le nord de l'État et qu'elle avait un travail qu'elle n'aimait pas tant que ça. Non, elle n'aurait pas préféré rester dans sa ville d'origine. Oh bien sûr, elle avait le cafard parfois, mais pas au point de vouloir retourner là-bas. À l'embranchement suivant, elle bifurqua soudain en direction du café ouvert jour et nuit, et leurs épaules se touchèrent. Ils réagirent d'un "pardon" de concert et poursuivirent leur chemin, désormais plus proches, quoiqu'elle veillât à ce que leurs épaules ne se touchent plus tandis qu'ils approchaient du White Tower, bloc de lumière blanche comme de la glace dans la chaleur de la nuit.

En dépit de l'heure avancée, le café était bondé. La climatisation avait attiré les gens que la touffeur avait chassés des rues. Dans le box voisin du leur, un couple dorlotait trois enfants en pyjama et chaussures de tennis délacées. Le bébé dormait dans les bras de la femme, sa bouche humide appuyée contre son épaule. Les deux autres faisaient des bruits de succion avec leurs pailles plantées dans une glace pilée brun clair dont les tout derniers arômes de cola avaient été aspirés depuis belle lurette. Parmi ces réfugiés de la canicule, le jeune homme identifia plusieurs oiseaux de nuit à leur manière défensive de se courber sur leur tasse de café qui leur valait droit de séjour. Il reconnut en eux ses semblables : les débris qui flottent jusque dans les cafés ouverts toute la nuit et s'y amoncellent ; les paumés et les perdus ; ceux à la dérive et ceux qui avaient échoué ; les prédateurs et les proies.

Le garçon et la fille bavardaient, leurs mugs de café entre eux ; et quand la conversation s'étiolait ou que leurs pensées s'égaraient en leur for intérieur, comme cela arrivait parfois, ils jetaient un œil à la rue déserte qu'éclairait seulement la grosse tache de lumière filtrant de leur fenêtre. À un moment, elle le vit en train scruter son reflet à elle sur le carreau. Lorsque ses yeux s'aperçurent qu'elle le regardait en retour, ils se détachèrent dans un tressaillement. Elle était sûre qu'il n'avait pas vraiment eu l'occasion de voir à quoi elle ressemblait dans la pénombre et qu'il jaugeait rapidement le reflet qui s'offrait à lui. Elle était jeune et mince, mais elle savait qu'elle n'était pas jolie. N'empêche, parfois les gens disaient qu'elle avait de beaux yeux, et quand elle les scrutait dans le miroir, à défaut de les trouver exotiques ou sexy, elle les trouvait tout du moins pleins de bonté et expressifs, soulignés qu'ils étaient par de longs cils duveteux – son meilleur trait. Elle craignait qu'il ne la complimente sur ses yeux et était bien contente qu'il n'en fasse rien, parce que dire qu'une fille avait de beaux yeux revenait à confesser qu'elle n'était pas belle ; un peu comme de décrire une personne dénuée d'humour comme étant "sans façon", ou une fille vraiment assommante comme "une bonne oreille". Ses cheveux rebiquaient sur ses épaules et formaient, avec leur frange courte, un cadre pour son visage. Ce soir-là, elle était sortie vêtue d'une robe en coton rêche avec des petits nœuds sur les épaules, un jupon ample retenu par une crinoline froissée et un boléro assorti… son ensemble “June Allyson”.

Toutes les grandes actrices de film avaient un maquillage, une coupe de cheveux et une garde-robe caractéristiques que les filles essayaient de reproduire, suivant chacune le style de sa “star de cinéma préférée” : à savoir l'actrice à laquelle elle pensait le plus ressembler. Pour les filles à gros visage, il y avait “le style Loretta Young” ; pour les filles à visage sévère, “le style Joan Crawford” ; pour les filles à visage maigre, il y avait Ida Lupino ; pour les filles à la bouille joufflue, Mitzi Gaynor ou Doris Day ; et pour les filles très quelconques il y avait toujours Judy Garland, avec sa gravité, œil humide et voix perchée dans les aigus. Et pour les filles qui n'étaient pas jolies de manière ostentatoire, il y avait June Allyson, qui était toujours gentille, douce et compréhensive, et qui finissait presque toujours par séduire le personnage masculin, quand bien même elle n'était pas si sexy que ça.

— Elle est jolie, cette robe, dit-il d'un air grave.

Elle baissa les yeux sur le tissu en souriant.

— Je me suis mise sur mon trente et un pour sortir au cinéma ce soir. Je ne sais pas pourquoi. J'ai simplement…

Elle haussa les épaules.

— Un film avec June Allyson ? demanda-t-il.

— Oui. J'attendais la sortie de… (Ses yeux s'écarquillèrent). Comment avez-vous deviné ?

Il endossa sa voix de Bela Lugosi.

— Je sais quantité de choses, très chère. J'ai des pouvoirs qui dépassent largement le tout-venant des êtres humains ordinaires qu'on trouve dans le commerce.

— Non, sérieusement, en vrai. Comment avez-vous su que j'étais allée voir un film avec June Allyson ?

Il sourit.

— Un coup de chance. (Puis reprenant la voix de Bela Lugosi.) Ou peut-être pas ! Peut-être ai-je rôdé devant le cinéma, avant de vous suivre dans l'autobus, à traquer ma proie !

Il passa à Lionel Barrymore, tout en sifflements débonnaires.

— Maintenant écoutez-moi bien, jeune dame ! Vous devriez vous méfier des mauvais garçons qui vous emmènent dans des repaires bien éclairés pour vous abreuver de stimulants… telle que la caféine.

Elle rit.

— En tout cas, vous avez vu juste. Je suis allée voir un film avec June Allyson. C'est ma préférée.

— Sans blague ?

— C'était *Les Femmes mènent le monde*. Vous l'avez vu ?

— Hélas, non.

— Eh bien, c'est l'histoire de trois hommes qui convoitent le même emploi formidable, sauf qu'il n'y a qu'une place. Et leurs épouses tentent de les aider, et…

— Et June Allyson est la plus gentille des trois épouses ? Une jeune provinciale ?

— C'est exact, et elle… mais attendez ! Vous dites que vous ne l'avez pas vu.

— Encore un coup de chance. (Puis reprenant sa voix de Bela Lugosi). À moins que ? Il ne faut jamais vous fier aux mauvais garçons, très chère. Car derrière leurs sourires et leurs airs inoffensifs… se cachent des chaudrons bouillonnants de passion !

Elle balaya ses absurdités d'un mouvement de la main : un geste vieux jeu, provincial, à la June Allyson.

— Pourquoi vous présentez-vous comme un mauvais garçon ?

— Je n'ai jamais dit ça, rétorqua-t-il d'une voix brusquement sévère.

— Mais si. Vous l'avez répété deux fois.

L'espace d'un moment, il la regarda fixement… puis il sourit.

— J'ai fait ça, vraiment ? Ma foi, ça fait de nous une fine équipe, j'imagine. Moi, le mauvais garçon et vous, la fille bizarre. Deux transfuges des bas-fonds. En voilà une idée : vous êtes Bas et moi Fonds, ça marche ? Ce qui fera dire à Amos, dans *Amos 'n' Andy* : "Éclairez donc ma lanterne, Mamzelle Bas. Qu'est-ce que c'est-y que vous faites donc comme travail ?"

Elle décrivit son emploi dans le grand magasin JC Penney, où les caisses aériennes voltigeaient sur des câbles, faisant transiter espèces et reçus à toute allure jusqu'à une caisse centrale suspendue au plafond, puis envoyant la monnaie en retour aux vendeuses à qui l'entreprise rechignait à confier de l'argent. Elle officiait tout là-haut dans la cage de la caissière, où elle préparait la monnaie qu'elle renvoyait en salle.

— Mais la plupart des magasins se sont modernisés et se sont débarrassés de leur système de transport d'argent liquide.

— Et que se passera-t-il si votre magasin se modernise et laisse tomber les caisses machin-chose…

— Les caisses aériennes.

— Les caisses aériennes. Qu'adviendra-t-il de votre poste ?

— Oh, d'ici là je serai devenue secrétaire qualifiée. Je prends des cours de sténographie deux soirs par semaine.

Avec la méthode Gregg, ça vous dit quelque chose ? Et puis je suivrai des cours de dactylographie dès que j'aurai assez économisé. Vous savez ce qu'on dit : si vous savez taper à la machine et prendre des notes en sténo, vous ne connaîtrez jamais le chômage.

— Ouais, ils n'arrêtent pas de nous le rabâcher. Des fois, j'en ai marre, à force. Donc, je suppose qu'avec votre travail, votre sténo, vos cours et tout le tintouin, vous ne sortez pas trop.

— Non, pas trop. Je ne connais pas grand monde… Personne, à vrai dire.

— Vos parents doivent vous manquer.

— Non.

— Même pas un peu ?

— Ils sont croyants et terriblement stricts. Avec eux, tout n'est que péché, péché, péché.

Il sourit.

— Ça leur fait beaucoup de péchés, non ?

— Non, ils ne fautent jamais. Jamais. Mais ils… je ne sais pas comment décrire ça. Ils sont tout le temps à *penser* au péché. À s'en purifier, ou à se fortifier pour lui résister. Je pourrais dire qu'ils passent leur temps à *ne pas* pécher. Un peu comme… vous vous souvenez quand on marchait dans la rue, que je vous ai bousculé et que nos épaules se sont touchées, après quoi on a continué en faisant attention à ce qu'elles ne se touchent plus mais en y pensant tout du long ? Eh bien avec eux c'est la même chose pour le péché, si vous voyez ce que je veux dire.

— Je vois parfaitement ce que vous voulez dire.

Elle eut soudain le sentiment qu'il n'avait pas même remarqué le moment où leurs épaules s'étaient touchées, et qu'il ne voulait pas l'avouer.

Ils restèrent un instant sans parler, puis elle émergea de sa rêverie en poussant un petit soupir et dit :

— Et vous ?

— Ce que je pense du péché ?

— Non, je voulais dire parlez-moi de vous, de votre travail et tout ça.

— Très bien… voyons voir. Tout d'abord, je dois avouer que je ne travaille pas dans une enseigne JC Penney et que je n'ai jamais suivi de cours de sténo de ma vie. Je n'ai pas le temps. Je suis trop occupé à rôder aux alentours des salles de cinéma et à suivre les filles à bord des autobus.

— Non, sérieusement ! Comment ça se fait que vous parliez avec un accent anglais alors que vous n'êtes pas anglais ?

— Ce n'est pas un accent anglais. C'est ce qu'on appelle un accent "mid-Atlantique". Et il est totalement bidon. Quand j'étudiais l'art dramatique à l'université, je…

— Vous êtes allé à l'université ?

— Deux ans, seulement. Après l'action de police en Corée, j'ai… (Il éluda la suite d'un haussement d'épaules.) Non. Je ne suis pas anglais. Je détestais ma voix alors j'ai décidé d'en changer. Elle faisait tellement… new-yorkaise. Monotone, métallique, nasillarde, pas assez de résonance, trop d'acuité. Je voulais la voix des acteurs que j'admire. Welles, Olivier, Maurice Evans. Alors j'ai pris des cours de diction et je me suis entraîné pendant des heures dans ma chambre, à écouter des disques et à les imiter. Mais en fin de compte, ça n'aura été qu'une perte de temps.

— Mais pas du tout ! J'aime vraiment bien votre manière de parler. Elle est tellement… cultivée. Un peu comme Claude Rains ou James Mason.

— Eh oui, ma chère, dit-il avec la voix de Rains, l'intonation bidon a fini par devenir une habitude.

Il passa à Mason, en descendant dans les graves avec une touche d'enrouement aspiré. Quelle merveille de l'écouter imiter tous les acteurs de son choix !

— Mais même avec une nouvelle voix, j'étais encore la personne que j'essayais de ne plus être. Quelle plaie ! (Après quoi il reprit sa voix de tous les jours :) Malgré toutes mes voyelles bien placées et mes consonnes terminales voisées, je restais un mauvais garçon qui fuyait… ce qu'on est tous censés fuir.

— Donc vous avez quitté l'université pour vos enrôler dans l'armée ?

— C'est exact. Mais l'armée… eh bien ils ont décidé de me laisser partir plus tôt.

— Pourquoi ?

Il haussa les épaules.

— J'imagine que je ne suis pas du genre soldat. Pas assez agressif. Vous avez froid ?

Elle se tenait les bras croisés sur la poitrine, le haut de ses bras serrés entre ses paumes… comme elle le faisait parfois quand elle songeait à quel point ses seins étaient minuscules. Il tendit la main par-dessus la table et l'effleura au-dessus du coude.

— Vous êtes frigorifiée.

— C'est la climatisation. Je ne sais pas pourquoi ils la mettent aussi fort.

Petit à petit, les réfugiés s'étaient dispersés, et ce fut au tour de la famille voisine de leur box de partir, la mère serrant contre elle le bébé à la bouche humide, le père portant un enfant dans ses bras et tirant par la main une fillette ensuquée de sommeil, dont les chaussures aux lacets défaits sonnèrent comme des sabots contre le plancher. Il ne tarderait pas à n'y avoir plus un chat, seulement des drôles d'oiseaux.

Elle leva les yeux sur l'horloge au-dessus du comptoir.

— Oh là là, il est deux heures passé. Je travaille, demain.

Pourtant, elle ne bougea pas. Il poussa un profond soupir et s'étira, ses pieds touchant les siens sous la table. Il dit "Excusez-moi" et elle répondit "Ce n'est rien" et ils tournèrent tous les deux la tête vers la rue déserte. Elle scruta ses yeux à lui qui se rivaient à son reflet à elle à la surface du carreau, et il lui sourit.

— Et vous ? demanda-t-elle. Vous ne devez pas travailler tôt, demain ?

— Non. Je n'ai pas ce qu'il est convenu d'appeler un emploi stable. Je me laisse porter de ville en ville. Quand j'ai besoin d'argent, je me rends au marché avant l'aube et j'attends avec tous les autres vagabonds et alcoolos. Les placeurs débarquent dans des camions et sélectionnent les plus jeunes et les plus costauds pour une journée de dur labeur. Je ne suis pas si balaise que ça, mais je trouve de l'embauche presque à chaque fois. Je gratifie les contremaîtres d'un de mes sourires enfantins, et à tous les coups ils me choisissent.

— C'est vrai que vous avez un sourire enfantin.

— Et quand le sourire enfantin n'y suffit pas, je me rabats sur "mon expression de profonde sincérité". Avec ça, c'est dans la poche. Une journée de travail ne rapporte qu'un dollar ou un dollar dix de l'heure. N'empêche qu'une journée de treize ou quatorze heures me permet de gagner deux jours de liberté.

— Mais il n'y a aucun avenir dans de telles conditions.

— *Quoi* ? Pas d'avenir ? On m'aurait menti ! On m'a certifié que le travail de journalier agricole était la voie royale vers la richesse, la gloire et la renommée auprès des femmes, sans oublier une relation étroite avec mon Sauveur personnel. Mince alors, je ferais mieux de laisser tomber et de prendre un cours de sténographie. La méthode Gregg.

Sa repartie se voulait spirituelle, mais ne suscita qu'un sourire mince et fugace. Elle n'aimait pas qu'on se moque d'elle. On s'était beaucoup moqué d'elle dans sa vie.

— Je suis désolé, dit-il. Je ne me moquais pas de vous. Si je me moquais de quelqu'un, c'était plutôt de moi. Vous avez mille fois raison ! Journalier agricole, ça n'a aucun avenir. Je ferais bien de commencer à prendre la vie au sérieux ! (Il plissa les yeux dans un sourire.) Je m'y mettrai peut-être jeudi prochain. Qu'est-ce que vous en dites ?

Elle resta un long moment silencieuse, puis annonça qu'il fallait vraiment qu'elle rentre chez elle.

Il opina du chef.

— Vous voulez que je vous raccompagne ? Ou vous vous sentez bien en sécurité dans votre quartier italien ?

— Et vous, alors ? Vous n'allez pas dormir ?

— Ils ne me laisseront pas rentrer. Il est trop tard. Je vais traîner dans les rues en attendant. Les villes sont intéressantes juste avant le lever du jour, quand il n'y a pas un bruit si ce n'est une sirène au loin qui signale un incendie, un crime ou une naissance – ce qui est une forme de crime, vu l'état du monde. Les sirènes qui retentissent au loin ont quelque chose d'obsédant. Comme quand on entend le sifflement d'un train de marchandises la nuit, tout au fond de la vallée, et qu'on donnerait tout au monde pour ne pas être le genre de…

Il s'interrompit et son attention se replia en son for intérieur. Il semblait prêter l'oreille à un train de marchandises au loin dans sa mémoire.

Elle s'éclaircit discrètement la gorge.

— Mince alors, ça doit être passionnant de voyager dans des trains de marchandises et de voir des tas de choses. On doit se sentir seul, j'imagine. Mais ça doit être intéressant.

— Ouaip ! fit-il, la mâchoire contractée à la Gary Cooper. Très intéressant, m'dame. Mais on se sent très seul, aussi.

Elle poussa sa tasse de café sur le côté.

— Il faut vraiment que j'aille dormir un peu.

Pour autant, elle ne faisait toujours pas mine de bouger.

— Quand vous avez dit que vous n'alliez pas vous coucher parce qu'ils ne vous laisseraient pas rentrer. De qui vouliez-vous parler ? Pourquoi feraient-ils une chose pareille ?

— De toute évidence, vous n'êtes pas *au fait** du protocole en vigueur dans le sympathique asile de nuit de votre quartier. C'est à peu près le même partout. On dort dans des cages grillagées qu'on peut verrouiller de l'intérieur pour protéger son balluchon des voleurs et son corps des hommes qui… Ce ne sont pas exactement des homosexuels. La plupart d'entre eux préféreraient avoir une femme sous la main. La plupart d'entre eux fantasment sur les femmes. Mais…

Il haussa les épaules et lui jeta un coup d'œil pour voir si le sujet la décontenançait. Mais non. Elle écoutait, le front barré d'inquiétude, et tentait de saisir ses propos avec une absence absolue de fausse pudeur qu'il trouvait épatante.

* En français dans le texte original.

— La routine de l'asile de nuit est aussi simple qu'inflexible. Les portes ouvrent à dix heures du soir et à onze heures c'est l'extinction des feux. Tôt le matin, habituellement aux alentours de cinq heures trente ou six heures, les sonneries se déclenchent et on dispose de trente minutes avant qu'ils ne nettoient tout à la lance à incendie, en visant à travers le grillage des cages. Les matelas sont entourés d'une matière plastique imperméable pour qu'ils ne prennent pas l'eau, mais ça ne les empêche pas d'être moites, et l'endroit empeste toujours l'urine et le Lysol. Mais les prix sont intéressants ! Cinquante cents la nuit. Dix cents de plus pour la douche. Ce soir, j'ai pris une longue douche froide, puis je me suis allongé sur mon lit de camp pour lire un bouquin jusqu'à l'extinction des feux. Mais il faisait une chaleur ! Le plastique du matelas me collait dans le dos et faisait un petit bruit de déchirure à chaque fois que je me retournais. Et puis la sueur me piquait les yeux. À tel point que j'ai décidé de sortir et de traîner dans la rue. Mais alors… (et il bascula sur sa voix de Peter Lorre, nasillarde et latérale, aux consonnes dentales :)… qui vois-je si ce n'est June Allyson sortant d'un film avec June Allyson, que tout naturellement j'ai suivie. Vous pensez que c'était mal de ma part, n'est-ce pas Rick ? Vous ne m'aimez pas beaucoup, n'est-ce pas, Rick ? (Il sourit avant de reprendre avec sa voix de la rue :) Et me voilà, en train de parler avec une fille très, très fatiguée, dans un White Tower quasiment désert. Qu'est-ce qu'on se marre, hein ?

Elle secoua la tête d'un air triste.

— Mince alors, quelle vie terrible. Et pour quelqu'un qui est allé à l'université, en plus.

Il laissa la réplique à W.C. Fields :

— Ça se passe comme ça, dans le vaste monde, mon petit poussin. C'est pas une vie, ni pour un homme ni pour une bête !

— Quelle solitude !

— Ouaip. Parfois, un gars comme moi se sent plus seul que toutes ces choses esseulées qu'on peut voir en train de se sentir seules. (Soudain, il cessa de faire le pitre.) J'imagine que je me sens presque aussi seul qu'une fille qui se met sur son trente et un par la nuit la plus chaude de l'année pour aller au cinéma… toute seule.

— Ma foi je… je ne connais pas grand monde ici. Et avec mes cours du soir et tout le reste… (Elle haussa les épaules.) Mince alors, il faut vraiment que je rentre.

— Très bien. Allons-y.

Elle jeta un nouveau coup d'œil à l'horloge.

— Vous allez rester dehors à marcher jusqu'à l'aube ?

— Ouaip.

Elle baissa les yeux sur ses genoux, sourcils froncés, tandis que sa gorge se marbrait de rose.

— Vous pourriez…

Elle s'éclaircit la gorge.

— Vous pourriez venir chez moi, si vous voulez. En attendant le lever du soleil, je veux dire.

Il hocha la tête, plus pour lui-même que pour elle.

Ils abandonnèrent la fraîcheur du White Tower pour la chaleur humide de la rue. Au début, la sensation était agréable sur leur peau froide, mais bien vite elle se fit abrutissante. Ils marchaient sans un mot. En l'invitant dans sa chambre, elle s'était jetée avec audace et désespoir dans l'inconnu, si bien qu'elle se sentait désormais tendue, le souffle court face au péril… et à l'excitation. Est-ce cela, se demanda-t-elle. Est-ce lui ?

Il ressentit une excitation comparable à la sienne. Quand il lui sourit, elle lui répondit d'un sourire timide plein de fragilité et d'espoir. Il y avait quelque chose de folâtre dans sa démarche incertaine, perchée sur sa paire de talons hauts, quelque chose de puéril dans le murmure sifflant de sa crinoline rêche. Il poussa un profond soupir.

Elle le précéda au gré de trois volées d'escaliers sombres et étroits, l'un comme l'autre veillant à fouler les marches le plus légèrement possible parce qu'elles craquaient et qu'ils ne voulaient pas réveiller la logeuse. Elle fit jouer la clé dans le verrou lâche, ouvrit la porte et lui fit signe d'entrer en premier. Après l'obscurité de la cage d'escalier, la chambre l'éblouit et le surprit. Le réverbère sous lequel ils s'étaient rencontrés se dressait juste au-dessous de sa fenêtre et jetait jusqu'au plafond la forme trapézoïdale distordue des carreaux, emplissant la chambre de rais de lumière crue séparés par des taches d'ombre sans fond. Ses yeux avaient du mal à s'accoutumer à ce jeu déroutant de clartés et de ténèbres tant la luminosité dilatait ses pupilles qui ne distinguaient plus rien dans la pénombre. La toile cirée d'une petite table était incrustée de lumière, tandis que dans le coin, le lit en fer était scindé en deux dans la diagonale par l'ombre d'une vieille penderie démesurée qui mangeait la majeure partie du maigre espace. La seule porte était celle par laquelle ils étaient entrés et il en conclut que la salle de bains devait se trouver dans le couloir. En réalité, elle se trouvait à l'étage inférieur. La chambre était une mansarde convertie à peu de frais dont la toiture métallique qui coiffait le plafond bas laissait infuser la chaleur du soleil du matin au soir dans l'espace exigu.

— Il fait horriblement chaud, je sais, murmura-t-elle pour s'excuser.

Elle se tenait dos à la fenêtre, et un halo étincelant détourait ses cheveux, la laissant sans visage, tandis que la lumière était si vive sur son visage à lui qu'elle brûlait la moindre expression ; elle portait un masque d'ombre ; il portait un masque de lumière.

— Je vais ouvrir la fenêtre pour faire entrer un peu d'air, chuchota-t-il.

— Vous ne pourrez pas. Elle est bloquée.

— Merde alors.

— Désolée. Voulez-vous un verre d'eau ? Si je la laisse couler suffisamment longtemps, elle est froide. Enfin… fraîche, en tout cas.

— On est obligés de chuchoter ?

— Non, mais je…

— Mais vous ne voulez pas que les voisins sachent que vous avez fait monter quelqu'un ?

Elle confirma d'un signe de tête.

— Voyez-vous, je n'ai encore jamais…

Elle déglutit bruyamment et le bruit qu'elle fit la mit mal à l'aise.

— Oui, je veux bien un verre d'eau, merci, dit-il sans chuchoter, mais en parlant à voix très basse.

Il s'assit au bord du lit, plongé jusqu'au torse dans la pénombre.

Elle ouvrit l'unique robinet de l'évier cassé et laissa déborder l'eau du verre sur son poignet jusqu'à ce qu'elle fût froide, soulagée d'avoir quelque chose à faire, ou plus exactement, d'avoir quelque chose pour retarder ce qu'ils allaient faire.

La lumière crue du réverbère laissait voir une plaque chauffante à deux brûleurs posée sur la table. Son fil électrique courait jusqu'à un plafonnier fixé de guingois. Il était interdit de cuisiner dans la chambre, mais elle le faisait quand même pour économiser de l'argent. Elle débranchait la plaque chauffante pour la cacher quand elle partait au travail. À côté de l'appareil reposaient un cahier d'exercices et un bloc-notes ; la méthode Gregg. Ces objets de la vie de tous les jours devenaient abstraits et caricaturaux à la lumière fragile du réverbère qui embrasait leurs contours tout en les noyant de nappes d'ombre. La chambre avait quelque chose de criard et d'irréel qui lui faisait penser à un champ de foire illuminé mais désert.

Elle lui apporta le verre d'eau ; il la remercia et le but d'un trait ; elle lui demanda s'il en voulait un autre ; il répondit que ce n'était pas la peine, je vous remercie ; elle lui dit que cela ne la dérangerait pas du tout ; il dit non, merci et elle resta sans rien dire d'un air embarrassé.

— Hé, qu'est-ce que c'est ? demanda-t-il.

Il brandit une sphère en verre que ses doigts avaient débusquée sous l'oreiller après être partis inconsciemment à la recherche de cette fraîcheur que les enfants trouvent en retournant les oreillers pour y coller la joue.

— C'est ma boule à neige.

Il secoua le lourd presse-papiers de verre, le leva jusqu'à la bande de lumière qui tombait en biseau sur le lit et regarda la neige tourbillonner autour d'un bonhomme de neige affublé d'un nez en carotte.

— Une tempête de neige rien que pour vous. C'est bien utile par une nuit torride comme celle-ci !

— Je l'ai gagnée à la foire du comté quand j'étais petite. J'avais acheté un ticket de tombola avec mes sous pour payer les attractions et j'ai remporté le troisième prix. J'ai raconté à mes parents que je l'avais trouvée à la fête foraine, parce qu'ils sont totalement opposés aux tombolas, aux bingos et à tous les jeux d'argent. Cette boule à neige est la seule chose que j'ai emportée quand j'ai quitté la maison. Sauf mes vêtements, bien évidemment.

— Comme ça votre boule à neige est votre amie, hein ? Une compagne fiable qui vous aide à traverser les vicissitudes de la vie.

— Je la garde sous mon oreiller et parfois la nuit quand j'ai vraiment le cafard, je la secoue et je regarde les tourbillons de neige, après je me sens plus en sécurité et plus… oh, je ne sais pas, conclut-elle avec un haussement d'épaules.

— On retourne à son poste de sentinelle, loyale boule à neige.

Il rangea le presse-papiers sous l'oreiller qu'il remit à sa place d'une petite tape ; puis il tendit les mains, se saisit des siennes et l'attira à lui pour qu'elle vienne s'asseoir tout près.

— Je vous en prie…, dit-elle d'une voix à peine perceptible. J'ai peur. Je ne devrais vraiment pas… je veux dire que je n'ai jamais…

Elle aurait tant aimé que ses mains ne soient pas moites d'effroi. Il lui parla d'une voix douce :

— Écoutez. Si vous voulez que je m'en aille, je vais descendre discrètement et m'éclipser. C'est ça, ce que vous voulez ?

— … Non, mais… Ne pourrait-on pas simplement…

— Vous savez ce que je pense ? Je pense que je ferais mieux d'y aller. Vous avez peur et je ne voudrais pas vous convaincre de faire quelque chose que vous n'avez pas envie de faire.

Il se leva du lit.

— Non, ne partez pas !

L'effort de parler à voix basse tendait sa voix.

Il se rassit, mais veilla à laisser un écart entre leurs hanches.

L'espace d'un instant, elle ne dit rien et resta à pétrir les doigts de sa main gauche avec la droite. Puis elle les serra très fort. Sa décision était prise. Elle reprit la parole d'une voix monocorde.

— J'étais assise à table, comme tous les soirs. Je m'exerçais à la sténo à la lueur du réverbère parce qu'il fait trop chaud pour allumer la lumière. Et soudain je me suis mise à pleurer. Je me sentais si vide, si seule et si déprimée ! Ce n'étaient pas des gros sanglots, mais les larmes coulaient sans discontinuer. Je n'aurais jamais pensé avoir tant de larmes en moi. Je me sentais tellement *seule*. (Sa voix couina sur le mot.) Je ne connais pas âme qui vive dans cette ville. Je n'ai pas d'amis. Même à la maison, je ne fréquentais personne. Mes parents ne me l'autorisaient pas. Ils disaient qu'une chose mène à une autre. Ils disaient que les garçons veulent tous la même chose. Et je suppose qu'ils ont raison.

— Oui, ils ont raison, approuva-t-il avec sincérité.

— Au bout d'un moment, j'ai arrêté de pleurer, poursuivit-elle avec un sourire triste. J'avais dû me vider de mes larmes. Je me suis aspergé le visage d'eau froide et j'ai voulu me remettre à ma sténo, mais alors j'ai fermé le livre en disant : Non ! Non, je ne vais pas rester ici à me morfondre ! Je vais me mettre sur mon trente et un, je vais sortir et je vais *trouver* quelqu'un. Quelqu'un à qui parler. Quelqu'un qui aura de l'affection pour moi et qui saura me prendre dans ses bras quand j'ai le cafard.

— Vous avez décidé de sortir et de… de vous laisser draguer ?

— Je ne vois pas les choses comme ça, mais… oui, j'imagine.

— Vous vouliez faire l'amour avec un parfait inconnu ?

— Non, non. Enfin… pas exactement. Voyez-vous, je n'ai jamais…

Elle secoua la tête.

— Permettez que je vous dise quelque chose ? J'ai su que vous étiez vierge dès l'instant où je vous ai vue. Si, c'est vrai. Vous aviez des airs de fille sage. Comme June Allyson. Mais d'une certaine manière – ne me demandez pas comment – je voyais bien que la fille sage que j'étais en train de regarder cherchait un mauvais garçon pour lui faire l'amour. C'est marrant que j'aie pu voir une chose pareille, hein ?

— Mais vous vous trompez. Je cherchais seulement quelqu'un à qui parler. Quelqu'un qui prenne soin de moi.

— Ah. Donc vous ne vouliez pas faire l'amour, c'est ça ?

— Je ne sais pas. Peut-être que si. En quelque sorte. Je n'y ai pas du tout réfléchi. J'ai pris ma serviette, je suis allée dans la salle de bains au bout du couloir, j'ai pris un long bain froid, et après j'ai enfilé ma belle robe et hop je suis sortie. Comme ça.

— … Comme ça.

— J'ai pris l'autobus jusqu'au centre-ville et je me suis promenée. Aux coins de rue, les garçons me regardaient. Vous savez, cette façon qu'ils ont de regarder les femmes. Mais aucun d'eux… j'imagine que je ne suis pas… je sais que je ne suis pas jolie ni rien…

Elle s'interrompit, espérant à moitié une objection. Puis elle poursuivit :

— Ils me regardaient, mais personne ne m'a dit bonsoir ni rien du tout, alors…, conclut-elle avec un haussement d'épaules.

— Alors vous avez décidé d'aller au cinéma. *Les Femmes mènent le monde.*

— Oui, dit-elle et sa voix avait défailli en mode mineur.

— Mais oh, attendez ! Vous avez bel et bien fait une rencontre ! Pas des plus extraordinaires, j'en conviens. Un vagabond des plus communs. Mais vous lui avez parlé pendant des heures autour d'un café. Et maintenant… voilà où nous en sommes.

— Oui, voilà où nous en sommes, répondit-elle en écho. Et j'ai peur.

— Évidemment, vous avez peur. C'est bien naturel. Ce n'est pas tous les jours qu'une vierge se retrouve dans la pénombre avec un mauvais garçon qu'elle connaît à peine.

Comme elle ne disait rien, il poursuivit :

— Quand bien même vous êtes vierge, j'imagine que vous savez comment deux personnes… l'amour et tout ça ?

— Oui. Enfin, un peu. Ça faisait glousser les filles dans les vestiaires de l'école. Elles parlaient de la manière dont les gens… le faisaient. Au début, je ne les croyais pas.

— Je vois très bien ce que vous voulez dire. Pour un gosse, ça paraît tellement bête de faire une chose pareille. De coller ensemble son attirail à faire pipi. Comment, *ça*, c'est censé être agréable ? Et quand on s'imagine ses propres parents à l'œuvre… ! C'est à faire vomir un ver de terre, comme disent les vieux clochards de la campagne.

— À l'école, les filles inventaient des histoires horribles sur… sur ça. Rien que pour me faire rougir. C'était facile de me taquiner parce que j'étais timide, et que j'étais ignorante. Ma mère ne m'a jamais rien expliqué. Un jour, les filles m'ont fait une blague. Elles m'ont donné une feuille de papier pliée et m'ont demandé d'écrire mon chiffre préféré, puis sur la ligne d'après ma couleur préférée, puis ma deuxième couleur préférée, puis – oh, je ne me souviens pas de tout ce qu'il y avait ; mais la dernière question était pour savoir si je croquais mes cornets de glace ou si je les léchais. À la fin, elles ont déplié la feuille et elles ont tout lu à voix haute. Et rédigée de ma propre écriture, il était écrit combien de fois par jour mon petit ami et moi faisions la chose, et la couleur de son… engin… quand on commençait et sa couleur à la fin, ce genre de choses.

— Et pour finir, l'aveu que vous le léchiez.

Elle hocha la tête piteusement.

— Je ne suis pas retournée à l'école de tout le reste de la semaine, tellement j'avais honte. J'ai fait semblant d'être malade. Et puis je suis vraiment tombée malade. Je veux dire… c'est à ce moment-là que mes règles ont commencé.

— Mais ça n'avait aucun rapport avec les moqueries des filles.

— Oh, je sais bien, mais n'empêche… que ça arrive après tout ça…

— Oui, je comprends. Les gamins peuvent vraiment être méchants entre eux.

— Ça remonte à des années, mais j'en ai les larmes aux yeux rien qu'à y penser.

— Oui… des larmes de rage. Ça m'arrive, parfois. La rage enfle en moi et je me mets à pleurer comme une madeleine.

— Ça vous arrive ? Vraiment ?

— Bien sûr. Et donc vous avez vu toutes ces choses embarrassantes rédigées de votre main et à présent vous apprenez à écrire d'une autre manière. En sténographie.

Elle fronça les sourcils.

— Ce n'est pas pour ça que je prends des cours de sténographie.

— Ça pourrait l'expliquer en partie. La psychologie est une affaire tordue. Comme moi qui joue toutes sortes de rôles parce que je n'ai pas envie d'être… (Il haussa les épaules.) Alors comme ça vous n'avez jamais fait l'amour. Ça alors. Quand même, je suppose que vous avez déjà bécoté des garçons. Qu'on vous a déjà caressée et… vous savez… touchée.

— Non, jamais. Je n'ai jamais eu de… de petit ami. (Elle avait prononcé ces deux mots d'une voix un peu impressionnée.) Aucun garçon ne m'a jamais trouvée attirante de cette manière. (Elle eut un petit rire dédaigneux.) Ni d'aucune autre manière, d'ailleurs. Ma mère disait toujours que c'était une bénédiction que je sois quelconque. Qu'au moins mon apparence m'éviterait les ennuis.

— Mais vous avez toujours rêvé d'ébats amoureux. Et c'est bien normal.

Elle ne répondit pas.

— Et je suppose que vous avez déjà fait l'amour avec vous-même.

Elle resta coite.

— Je veux dire, vous vous êtes… vous savez… touchée et caressée. C'est tout ce qu'il y a de plus naturel.

— Mes parents ne seraient pas d'accord pour dire que c'est naturel. Ils diraient que c'est un péché.

— Eh bien, venant d'eux c'est évident. Mais vous, pensez-vous que ce soit un péché ?

Au bout d'un moment elle répondit à mi-voix :

— … oui.

— Mais vous le faites quand même ?

— … oui…

— Hum. Eh bien, c'est grosso modo ce à quoi ressembleraient nos ébats. Seulement c'est moi qui ferais… vous voyez bien… ce que vous vous faites à vous-même. Je vous toucherais, vous caresserais et vous donnerais du plaisir. À moins, bien entendu, que vous n'en ayez pas envie.

Elle se concentra sur ses doigts qu'elle tordait sur ses genoux.

Il prit ses mains et les baisa. Si seulement elles n'étaient pas si rugueuses et froides. Il souleva son menton pour incliner son visage et embrassa délicatement ses lèvres closes. Quand il recula, il s'aperçut qu'elle avait les yeux fermés et qu'une larme perlait au coin de l'un d'eux, alors il bascula sur sa voix de W. C. Fields :

— Le plus dur, mon petit poussin, c'est de se lancer. Si nous étions déjà au lit et que j'étreignais votre déé-licieux châssis dans mes bras viriiiils, tout s'enchaînerait de manière naturelle.

Il changea alors pour une voix douce et compréhensive avec un soupçon de sourire.

— Je sais parfaitement ce que tu ressens. Même pour nous autres mauvais garçons expérimentés, ce n'est pas facile. Au début.

— C'est vrai ?

— Ouaip. Écoute, tu sais quoi. Et si j'allais attendre dans le couloir pendant quelques minutes, le temps que tu te faufiles sous les draps. Puis je reviendrai jeter un œil. (Il employa sa voix de Lionel Barrymore.) Oh terre de Goshen, qui est-ce donc sous ces draps, Dr Kildare ? Eh bien ma foi, je crois bien que c'est June Allyson. Je ferais mieux de me glisser là-dessous pour lui tenir chaud. Il y va de mon devoir médical.

Elle ravala ses larmes en reniflant et balaya ses inepties de son mouvement caractéristique de la main.

— Je reviens dans deux minutes.

D'un geste ostensiblement burlesque, il l'intima au silence en posant un doigt sur ses lèvres et traversa la chambre sur les pointes des pieds, ouvrit la porte, puis la referma derrière lui.

Elle resta assise sur le lit pendant un moment, consciente qu'il patientait dans le couloir, qu'il écoutait peut-être à la porte. Elle poussa un soupir et se leva, retira sa veste et sa robe et les rangea délicatement sur un cintre dans la penderie. Elle se lava les aisselles au lavabo avec de l'eau froide et se sécha, puis elle retira son jupon de crinoline dans un bruissement, le déposa sur le dossier de la chaise et regagna le lit sur la pointe des pieds. Lorsqu'elle se rallongea le cœur battant, la vibration des ressorts du lit lui arracha une grimace. Ses doigts nerveux débusquèrent la boule à neige froide sous le coussin, et elle la caressa pour se rassurer. Puis la porte s'ouvrit lentement. Il la referma derrière lui avec un petit bruit métallique.

— Tout ceci est tellement… (Elle chercha le mot juste pour décrire la beauté de cet instant.) … Tellement *agréable*. Étendus comme ça… à parler… si proches.

Il avait guidé sa main jusqu'à son pénis flaccide, qu'elle tenait timidement, consciencieusement ("poliment" serait plus exact) tandis que son esprit caressait les mots : "petit ami… mon premier petit ami". Sa main sur sa verge était le seul point de contact entre leurs corps tant il faisait chaud. Après l'avoir amenée à l'orgasme d'abord avec sa main, puis avec sa langue, il avait relevé la tête et trouvant son ventre trempé de sueur, avait soufflé doucement dessus pour la rafraîchir. À présent, ils étaient allongés côte à côte, les yeux rivés au plafond sur l'ombre évasée des vitres que jetait le réverbère.

— C'était tout simplement merveilleux, dit-elle d'un air rêveur.

— Hum, je m'en rendais bien compte à ta manière de bouger. Et aux bruits que tu faisais.

— Mince alors, j'espère que les voisins n'ont pas entendu.

Elle rentra la tête dans les épaules et rit en silence dans le creux de sa main.

— Combien de fois est-ce que tu as… ?

Elle ne savait comment formuler sa question.

— Est-ce que j'ai quoi ?

— Combien de femmes as-tu… tu vois ?

— Tu tiens vraiment à le savoir ?

— Non, ne me dis pas ! (Puis, après un temps :) Si, dis-moi. Combien ?

— Tu es ma cinquième.

— La cinquième fois que tu fais l'amour ? Ou ta cinquième femme ?

— Les deux.

— Les deux ? Tu veux dire que tu n'as fait l'amour que cinq fois et à chaque fois avec une fille différente ?

— Exactement, Watson, dit-il avec la condescendance traînante de Basil Rathbone. Cinq filles… cinq fois. Curieuse affaire, n'est-ce pas ?

— Étaient-elles comme moi, tes autres petites a… ces femmes ?

Il massa ses tempes entre son pouce et son majeur pour soulager la pression.

— Non, rien à voir avec toi. La première, j'étais à l'université. Elle était âgée. À peu près de l'âge de ma mère. Je l'ai rencontrée dans un bar où les étudiants n'avaient pas le droit d'aller. Elle y était tout le temps, assise à un bout du zinc, à boire du gin. C'était un peu la risée du bar, avec sa couche de maquillage et sa voix faussement glamour. Les clients l'appelaient la Comtesse. Elle buvait et elle parlait de quand elle était une jeune femme de la haute société, et que tous les hommes étaient fous d'elle, sauf qu'ils n'étaient pas de son rang social, ce genre de conneries. À la fermeture du bar, on est allés marcher le long des voies ferrées. J'étais bien éméché. Je devais me dire qu'on allait aller chez elle. Elle avait du mal à garder l'équilibre sur le sol accidenté. Elle a fini par tomber contre moi, je l'ai rattrapée, elle m'a embrassée, un gros baiser humide et je l'ai allongée sur un terre-plein boueux. Et c'est ainsi, mesdames et messieurs, que se déroula mon initiation aux merveilles de l'amour ! Cette nuit-là, j'ai quitté l'université et je me suis enrôlé dans l'armée pour défendre la démocratie américaine et l'*apple pie* contre la menace du communisme international et le *bortsch*. Mon entraînement de base terminé, j'ai eu ma permission avant le départ en Corée. C'était Noël, et j'ai pris un bus pour Flagstaff en Arizona. Pourquoi Flagstaff ? Il fallait bien que j'aille quelque part, et Flagstaff compte comme quelque part… enfin presque. Aux alentours de la gare routière, j'ai aperçu une fille dans un café ouvert toute la nuit et depuis l'autre bout de la rue j'ai bien vu qu'elle se sentait seule. J'ai une sorte d'instinct pour la solitude.

— Comme quand tu as vu que je me sentais seule ? murmura-t-elle dans la pénombre.

Il resta un instant silencieux.

— Oui, comme quand j'ai vu que tu te sentais seule. En tout cas, j'ai plaisanté avec la fille, en imitant la voix de tout plein d'acteurs, et en deux temps trois mouvements on s'est retrouvés à aller chez elle. Elle était indienne, orpheline, et seule, et aussi loin qu'on peut l'être d'être jolie, et… Enfin voilà. (Il posa son pouce contre sa tempe, et appuya fort dessus.) J'ai décidé de ne pas retourner à l'armée. Il m'a fallu prendre le large. Travailler à la cueillette ici et là, suivre les cultures fruitières vers le nord, les asiles de nuit, les embauches de journaliers, les trains de marchandises. Après, il y a eu une femme à Waco, une chrétienne régénérée fanatique qui voulait me sauver. Et plus tard, une prostituée noire à Cleveland qui avait été tabassée par son mac. Je n'ai pas pu l'embrasser pendant qu'on faisait l'amour parce qu'elle avait la lèvre fendue. Et le compte y est. L'intégralité de ma vie amoureuse. Pas vraiment un Romeo. Faut dire que les gens préfèrent éviter les types dans mon genre. Les garçons abîmés finissent par abîmer les autres. Tu comprends ce que je raconte ?

— Un peu. Enfin… non, pas vraiment.

Ils restèrent un instant en silence, puis elle dit :

— J'ai cru que ça allait faire mal, mais en fait non.

Il s'extirpa de l'enchevêtrement de ses pensées.

— Quoi ?

— Quand on… tu sais. Les filles à l'école disaient que ça faisait mal la première fois, et qu'on saigne.

— Eh bien on n'a pas fait la partie qui fait mal.

— Oui, je sais. Tu ne… tu n'en as pas eu envie ?

— Tu veux que je te fasse mal ?

— Non. Non, bien sûr que non, mais je veux que tu aies… tu sais… du plaisir. Si seulement je savais comment… (Elle haussa les épaules.) Je ferai tout ce que tu veux.

Elle lova son corps brûlant contre le sien et lui susurra à l'oreille :

— Qu'est-ce que je peux faire pour que tu te sentes bien ? Dis-moi, s'il te plaît.

Il ne dit rien.

— Je ferai tout ce que tu veux.

Il rit.

— Tu me lécherais comme un cornet de glace ?

Il la sentit se crisper et s'empressa d'ajouter :

— Je suis désolé, je plaisantais. Non, je ne veux rien. Il n'y a rien que tu puisses *faire*.

— Comment ça ?

— Je suppose que tu as déjà vu des graffitis sur les murs des toilettes à l'école. Tu te souviens comment étaient dessinés les pénis ?

Elle secoua la tête.

— Oh, allez. Bien sûr que si tu t'en souviens. Décris-les moi.

— Eh bien… sur les dessins, ils sont toujours énormes. Gros comme le bras. Et parfois il y a des gouttes de sève qui giclent au bout.

— De sève ? rit-il. De *sève* ?

— Oui, enfin le liquide qui goutte à cet endroit. Pour fabriquer… Oh, je vois ! Tu as eu peur de me faire un enfant. C'est pour ça que tu n'as pas…

Elle l'étreignit.

— Non, ce n'était pas pour ça. Je ne t'ai pas fait la partie qui fait mal parce que… parce que je ne peux pas.

— Ah bon ?

— Mon pénis ne peut pas avoir d'érection.

— Oh. (Puis, après un silence assez long :) On t'a fait mal ? Une blessure ou quelque chose comme ça ?

— Non, je n'ai pas été blessé. (Puis, après un moment :) Mais oui, on m'a fait mal.

— Je ne comprends pas.

Il poussa un soupir.

— Quand j'étais gamin – en réalité, ça a commencé quand j'étais bébé –, ma mère avait l'habitude de… elle jouait avec moi. Essentiellement avec sa bouche. C'est mon premier souvenir, elle en train de jouer avec moi. Bien évidemment, moi je ne savais pas que ce n'était pas bien. Je croyais que ça se passait comme ça entre les mères et leurs petits garçons… Les baisers, les câlins et tout ça. Et puis, un soir, elle m'a dit que je ne devais jamais, jamais dire à qui que ce soit ce qu'elle faisait, sans quoi des gens méchants allaient venir et me donner la fessée *très fort* et me jeter dans un grand trou sans lumière jusqu'à la fin des temps. C'est là que j'ai compris que ce qu'on faisait était mal. Et comme je n'étais qu'un enfant, naturellement j'ai cru que c'était ma faute. Je faisais des cauchemars, dans lesquels on me jetait dans ce grand trou sans lumière et je…

Il s'interrompit brusquement et secoua la tête.

— Tu n'es pas obligé de m'en parler si tu n'as pas envie, murmura-t-elle.

— Non, j'en ai envie. En fait, je suis obligé, parce que c'est le seul moyen…

Il haussa les épaules, puis prit plusieurs inspirations avant de commettre à l'obscurité qui régnait sur eux toutes les choses qu'il tenait à lui confier.

— Pendant que ma mère me léchait et me suçait, elle se touchait et au bout d'un moment, elle gémissait en se tortillant, alors elle suçait de plus en plus vite et de plus en plus fort et parfois ça me faisait mal et je me plaignais que j'avais mal, mais elle continuait jusqu'au moment où elle retenait son souffle et poussait un cri ! Après, elle se laissait tomber sur le dos en haletant, et je me sentais tout froid en bas, là où j'étais tout collant à cause de tout ce qu'elle avait léché et sucé. Et parfois ça faisait vraiment mal. À l'intérieur.

— Ta mère… ! Elle était folle.

— Ouaip. Elle était toujours saoule quand elle faisait ça. À ce jour, l'odeur du gin me rappelle quand j'étais tout gamin, et la douleur à l'intérieur, derrière mon pénis.

— Je suis désolée. Je suis sincèrement désolée.

Elle retira la main de son sexe flasque, comme pour éviter de le faire souffrir davantage.

— Puis, je devais avoir cinq ou six ans – je ne sais pas exactement, mais je n'allais pas encore à l'école – elle jouait avec moi un soir, à me caresser et me sucer, quand soudain elle a relevé la tête avec un petit sourire satisfait – je revois encore ce sourire – et m'a dit : “Tiens, tiens ! En voilà un petit coquin ! Tu en as envie, hein, espèce de mauvais garçon ?” Tu comprends, mon pénis s'était durci. Ça peut arriver, même quand un garçon est trop jeune pour… eh bien qu'il est trop jeune pour savoir ce qui se passe. À partir de ce soir-là, et pendant les deux années qui ont suivi, elle s'est amusée à me faire bander et ça la rendait dingue, et elle me suçait à fond en même temps qu'elle se caressait, et elle me répétait que j'étais un mauvais garçon parce que j'en avais envie. Elle disait que j'étais tout dur uniquement parce que j'en avais envie et elle me suçait jusqu'à ce que ça me fasse mal aux testicules. Et puis une nuit… une nuit la douleur n'est pas partie à la fin. Elle a empiré. Et le lendemain, je n'ai pas pu aller à l'école tellement j'avais mal. Ma mère m'a dit que ce n'était rien. Que la douleur n'allait pas tarder à disparaître. Mais je voyais bien qu'elle avait peur. Elle m'a répété que si quelqu'un découvrait ce qu'on faisait, je finirais dans le grand trou sans lumière pour toute l'éternité. Et tout le monde saurait que c'était ma faute, parce que j'étais tout dur, et que ça voulait dire que j'en avais envie et qu'ils se rendraient compte que j'étais un petit coquin, un mauvais garçon. Arrivé au soir, j'avais le flanc enflé et de la fièvre. Je me suis tordu de douleur dans mon lit toute la nuit. Le lendemain matin, je me suis retrouvé tout seul à la maison. Ma mère était partie. J'avais vraiment envie de faire pipi, mais je n'y arrivais pas tellement j'avais mal. J'ai eu peur de mourir. Alors j'ai appelé le numéro d'urgence inscrit au dos de l'annuaire téléphonique. C'était la première fois que j'utilisais un téléphone. Une ambulance m'a emmené à l'hôpital. Je souffrais de hernies. Deux hernies. J'ai subi une opération et suis resté longtemps à l'hôpital. Quand je me suis senti mieux, une assistante sociale m'a rendu visite dans le service de pédiatrie. Ma mère avait disparu de la circulation. Elle s'était enfuie. Elle m'avait abandonné.

Elle se tourna sur le côté et contempla son profil. Il sentait ses yeux sur son visage, le poids de sa compassion, ça faisait du bien.

— Et ton père ? demanda-t-elle. Pourquoi est-ce qu'il n'a pas empêché ta mère de… Pourquoi il n'est pas intervenu ?

— Il n'y a pas de père.

— Oh. (Après un silence, elle reprit :) Tu as dit aux médecins ce que ta mère t'avait infligé ?

Il secoua la tête.

— Pourquoi ?

— Parce que je ne voulais pas qu'elle ait des ennuis. Après tout… c'était ma mère.

Les muscles de ses mâchoires étaient à l'œuvre et elle percevait le grincement de ses dents.

— Mais ce n'est pas juste ! protesta-t-elle.

— Non, en effet, madame, acquiesça sa voix de Gary Cooper. Ce n'est vraiment pas juste. (Puis il continua dans sa propre voix :) Le docteur a raconté à l'assistante sociale que je m'étais blessé à force de me masturber, et elle m'a dit que j'avais fait une terrible bêtise et que je risquais de me faire très mal si je n'arrêtais pas.

— Et alors… que s'est-il passé ensuite ?

— Ils m'ont mis dans un orphelinat dirigé par des frères catholiques. J'ai eu droit à de longs sermons sur la dépravation de la masturbation à tel point que les lobes de mes oreilles rougissaient de honte… de rage… face à tant d'injustice. Les enfants ont un sens aigu de l'injustice. Les frères m'obligeaient à prendre des douches froides, même l'hiver. Ils me disaient que ça m'enlèverait l'envie d'abuser de moi-même. Les douches froides m'ont valu une otite qui m'a renvoyé à l'hôpital et ça a été la fin des douches froides. Mais pas des sermons.

Il se tut et frotta doucement son ventre pour calmer ses tiraillements. Puis, usant de sa voix de Bela Lugosi :

— Et voilà, très chère. La terrifiante histoire… du pénis mou !

— Je suis vraiment désolée.

Elle sentit dans la profondeur du silence au-dehors qu'ils avaient atteint la dernière heure de la nuit avant l'aube. Elle éprouvait le besoin de parler de leur avenir. Enfin... tout au moins de se donner rendez-vous autour d'un café demain soir après le travail. Ils pourraient se retrouver au White Tower... leur endroit à eux.

— Tu devais être un petit garçon vraiment intelligent. Je veux dire, tu es allé à l'université, et tout ça.

Elle était résolue à trouver le bon côté des choses : une fin heureuse comme dans les films d'Hollywood.

— Oui, j'étais intelligent. Mauvais garçon, mais intelligent. N'empêche que j'ai quitté l'université pour m'enrôler dans l'armée. Et puis que j'ai quitté l'armée pour devenir vagabond à plein temps.

— Mais on ne peut pas quitter l'armée comme ça, si ?

— Oh, l'armée n'était pas très contente de me voir partir. Elle me cherche en ce moment même alors qu'on est là côte à côte, à se dire des secrets.

— Tu n'as pas peur qu'elle t'attrape ?

— J'ai peur de tout un tas de choses.

Elle poussa un soupir plein de compassion et murmura :

— Mince alors.

— Tu peux le dire. Quand j'étais dans l'armée, je me suis un peu déchaîné un soir. J'ai fini en sanglots, à hurler et donner des coups de poings dans le distributeur de Coca-Cola. Je m'en serais peut-être tiré à meilleur compte avec un distributeur de Pepsi, mais le Coca-Cola c'est l'Amérique, et s'y attaquer avec les poings relève de la Commission sur les activités anti-américaines, de sorte qu'ils m'ont mis à l'hôpital. Chez les fous. Le docteur là-bas m'a dit... (Il se glissa dans sa voix de Groucho Marx.)… Votre problème n'est pas d'ordre physique, fiston. Mais psychologique. Cela fera dix millions de dollars. En espèces. Nous n'acceptons pas les chèques. Tout bien considéré, nous n'acceptons pas non plus les Polonais ni les Yougoslaves.

— Et maintenant, tu ne peux plus ressentir de plaisir ? Le genre de plaisir que tu m'as donné ?

— Si, je peux ressentir le plaisir. Et parfois j'en ai sacrément envie. Mais ce n'est pas facile pour moi d'y accéder. C'est difficile et… un peu compliqué.

— Je ne peux vraiment rien faire ? Pour t'aider, je veux dire ? demanda-t-elle d'une voix aussi fluette que sincère.

— Tu veux vraiment m'aider ?

— Oui. Honnêtement et sérieusement, je le veux.

— Croix de bois, croix de fer, si je mens je vais en enfer ? (Il soupira et ferma les paupières.) D'accord. (Il s'assit au bord du matelas.) Glisse-toi par là et mets-toi dos à moi. Et moi, je vais me donner du plaisir. Tu es d'accord ?

Elle s'avança au bord du lit, l'air gauche et hésitant.

— Ça va me faire mal ?

— Oui, dit-il à mi-voix. Mais pas pendant longtemps.

Elle resta mutique.

— Tu es d'accord ? Pour la douleur et tout ça ? demanda-t-il. Si tu ne veux pas, je ne ferai rien.

Elle avala sa salive et répondit d'une petite voix.

— Non, ça va.

Il posa sa main sur son dos et fit courir ses doigts le long de sa colonne jusqu'à sa nuque et ses cheveux. Elle émit un léger fredonnement et il sentit un frisson de chair de poule recouvrir la surface de sa peau. Ses paumes glissèrent sous sa chevelure et il remonta depuis sa nuque jusqu'à ses oreilles, puis il les contourna et prit délicatement sa gorge entre ses mains. Elle déglutit, et il sentit le cartilage de sa trachée sous ses doigts. Il dévoila ses dents en un rictus, ferma les paupières et serra jusqu'à ce qu'une vague de plaisir l'emporte vers…

Elle voulut se débattre pour reprendre sa respiration. Elle agita les bras frénétiquement, mais ses mains étaient trop puissantes. Ses doigts désespérément crispés griffèrent le fer des barreaux du cadre de son lit, puis agrippèrent le bord de son coussin, puis sa boule à…

Elle se recroqueville dans le coin opposé du lit, prise au piège. Une épaule appuyée contre le fer froid du cadre de lit, l'autre contre le mur rugueux. Elle serre contre sa poitrine nue le coussin saisi à la volée, incapable de faire le moindre geste tant elle a peur de toucher la chose qui est affalée dans la diagonale du lit, scindée en deux le long de la colonne vertébrale par une ombre qui laisse apparaître une épaule, une fesse et une jambe ballante dans la lumière vive.

Quand elle avale, sa gorge meurtrie lui fait mal. Après l'avoir frappé… et encore… et encore… elle a déguerpi dans un coin sombre et regardé fixement le presse-papiers qui gisait à côté de lui jusqu'à ce que le flux et le reflux de la tempête tourbillonnante finisse sa course contre une moitié de la sphère. Il y avait des petits lambeaux de son cuir chevelu dessus.

Elle continue à regarder fixement l'objet, le ventre palpitant et froid. Une sensation poisseuse lui colle à la hanche. Il a éjaculé pendant leur lutte. Elle s'essuie avec l'ourlet du drap, et frissonne.

Le robinet goutte-goutte-goutte dans le lavabo.

Soudain le réverbère s'éteint et le plafond bascule dans l'obscurité. Une fine aube métallique filtre dans la chambre tandis qu'elle se répète dans un murmure qu'elle doit aller chercher de l'aide… qu'elle doit aller raconter à quelqu'un ce qui vient de se passer.

Mais d'abord elle doit le contourner.

Dans la rue en contrebas de sa fenêtre, l'air est presque frais. Des teintes laiteuses ont commencé à diluer le fond du ciel, et l'air matinal emplit déjà les narines d'une odeur de renfermé et de poussière.

Une nouvelle journée caniculaire s'annonce.

Nuit torride en ville	11
Compte rendu d'une réunion de village	53
Ôte ta casquette, gamin!	65
Le licenciement de Miss Plimsoll	99
Comment les animaux ont eu leur voix	135
Baisser de rideau au Rick's	155
Ce renard-de-Beñat	173
Mme McGivney et sa pièce de cinq cents	191
Sire Gervais et la forêt enchantée	261
Histoire de Pâque	281
Le moteur du destin	319
Le pommier de la discorde	369
Nuit torride en ville II	393

DERNIÈRES PARUTIONS

Helene Bukowski, *La Guerrière*
Michael Farris Smith, *Sauver cette terre*
Chris Offutt, *Les Fils de Shifty*
Giulia Caminito, *La Grande A*
Peter Swanson, *Neuf vies*
John Gierach, *Le Paradis d'un fou*
Craig Johnson, *Le Pays des loups*
James Crumley, *Folie Douce*
Blake Crouch, *Upgrade*
Pekka Juntti, *Chien Sauvage*
David Vann, *La Contrée obscure*
Sarai Walker, *Les Voleurs d'innocence*
Piergiorgio Pulixi, *Le Chant des innocents*
Edward Hoagland, *Journal d'un siècle disparu*
Julia Glass, *En ces temps de tempêtes*
Ted Flanagan, *Tout ce qui est secret*
Corrado Fortuna, *Le Dernier Loup*
Erin Swan, *Parcourir la Terre disparue*
Dennis Lehane, *Le Silence*
Kim Zupan, *Trop loin de Dieu*
Maren Uthaug, *Une fin heureuse*
Doug Peacock, *Itinéraire d'un éco-guerrier*
Tess Gunty, *Écoutez-moi jusqu'à la fin*
Peter Farris, *Le Présage*
Henning Ahrens, *Les Péchés des pères*
Andy Davidson, *La Fille du batelier*
Jennifer Haigh, *Mercy Street*
William Boyle, *Éteindre la Lune*
Cedar Bowers, *Astra*
John Gierach, *Debout dans la rivière*
James Crumley, *La Contrée finale*
Craig Johnson, *Le Cœur de l'hiver*
Paul Tremblay, *Le Chant des survivants*

Cet ouvrage a été imprimé sur du papier
dont les fibres de bois proviennent
de forêts durablement gérées

IMPRIM'VERT®

CET OUVRAGE A ÉTÉ COMPOSÉ PAR ATLANT'COMMUNICATION (VENDÉE)

ACHEVÉ D'IMPRIMER SUR ROTO-PAGE
PAR L'IMPRIMERIE FLOCH À MAYENNE
EN DÉCEMBRE 2023
POUR LE COMPTE DES ÉDITIONS GALLMEISTER
13, RUE DE NESLE
75006 PARIS

DÉPÔT LÉGAL : FÉVRIER 2024
1re ÉDITION
N° D'IMPRESSION : 103818
IMPRIMÉ EN FRANCE